Loreth Anne White

A DARK LURE

黑暗诱惑

【美】劳瑞斯·安妮·怀特 著
黄钰婷 译
蔡君梅 校译

上海文艺出版社

致汤姆·柯尔及詹妮弗·柯尔。

感谢你们慷慨地与我们分享大吧湖的人间天堂。

第一章

周三　感恩节前五天

东区的图书馆一片静谧。还只是下午四点，外面几乎已经是一片漆黑了。低压的乌云和来自太平洋西北方的细雨笼罩着这座城市，雨水在窗上流下蜿蜒的水痕，将整个城市模糊成一个氤氲的剪影。中午的时候，他刚刚持芳邻卡[①]经由和平拱门[②]从加拿大入境美国。

而现在，他已经坐在了这个长条形房间后面的电脑区，把棒球帽的帽檐拉得很低，遮住了眉眼。他的穿着看起来平淡无奇，丹宁材质的夹克，牛仔裤，工作靴——刻意伪装过的不显眼。他选择东区的原因很简单，这里是工人和短期居留者聚集地：颓废派，流浪汉，还有那些被社会淘汰的人们。在这里他能毫不费力混入其中，就像一头雄鹿轻松地将自己融入干草丛的背景之中。

他打开了一个社会媒体网站，浏览最新的报道。

---

① a NEXUS card，颁发给美国或者加拿大公民（包括永久居民）用于在美加边境快速过关的卡。

② 美加边境线的标志性建筑。

没什么新鲜的。至少，没有什么能够吸引他的内容。

他点开了另一个网页，然后又一个。两天前在波兰[①]的时候发出的消息依旧没有任何回应。每退出一个社交网页之前，他都留下了一则消息：

还在找我的亲生父母。我十一岁，女孩，七月十七日出生在不列颠哥伦比亚省[②]的怀特湖旁边……

在自己的社交网站个人信息的地方，他上传了一张从某位母亲的脸书上复制过来的深色头发孩子的照片，这张照片他同样用在所有的收养寻亲网站上——自从一个月前被亚利桑那州教养院释放出来之后，他就一直在这些网站上撒网。

怎样熟练操作电脑是他在过失杀人罪服刑期间掌握的。在监狱里，一个狱友告诉了他近年来网络媒体上这类领养儿童搜索和寻亲网站的兴起。虽然在监狱里接触不到网络，但是一被释放，他就立即找到网络，用最传统的方式搜索了"萨拉·贝克"。然而网上没有一丁点儿有关萨拉·贝克这八年的信息。没错，是能搜索到一些也叫这个名字的人，但都不是他想要找寻的那个萨拉。无论是数不清的存档中的新闻报道，还是专栏文章，有关于她的消息似乎都在八年前静止，好像这个人的经历已经被抹去了。

就像是萨拉·贝克这个人已经不存在了一样。

或者是，她已经改了名字，替换了新的身份，试图藏起来。

就在这时，他突然有了一种预感，然后打开了领养网站。

在这些公众网页上，各个年龄被领养的孩子，以及那些收养儿童

① 美国俄勒冈西北部港口城市。
② 加拿大第四大省。

的父母，在这里没有遗漏，也没有任何限制地公开信息，不遗余力地寻找着他们疏远的血缘亲情。他曾经读过一位教授有关这种现象的评论，指责这种全新的寻亲现象会导致家庭信息和关系变得更加透明化，同时会引起各种各样的新问题，以及这个领域的官方还没有办法解决的陷阱。

对他来说，这就是一个对于猎人充满刺激的梦。

他抓紧了每一个能够接近边境线的机会停驻在图书馆和开放网络的咖啡馆，就像一个最出色的垂钓者一样，牢牢攥住抛出的线，温柔地扯着，让放出的诱饵如味美的飞虫一般在钩上轻轻颤动。而在网络信息巨大的潮汐之下，以及一切他的捕猎对象可能上钩的漩涡之中，是他拿着线冷静地和水流相博，静静等待的身影。

要找到一个……当一则信息跃入眼帘的时候，他突然顿住了。

一位母亲在找一个十一岁的孩子。

他立即点进了这个链接，可惜信息不符合，出生日期和体型都对不上。他挠了挠下巴上的络腮胡——对染发剂有点过敏了。这件事从头到尾都是一场赌博。也许她早就和孩子重新联系上了，也有可能她并不想知道她孩子的近况，抑或是她已经拥有了幸福的婚姻，不再回首过去了。或者，她已经死了。

但是作为一个猎人，一个好猎人，耐心是基本的准则。他相信自己的直觉，而且他是如此的了解他的狩猎对象的习惯和想法，这种了解足够让他否定其他的可能性。他是那么的了解萨拉·贝克。

他曾经拥有过萨拉·贝克。

他曾在设陷捉住她之前仔细地研究过她足有九个月。

在那之后她又完全地被他占有了五个半月，直到他不小心犯了狂妄自大的毛病，一个愚蠢的失误。

他童年时被教导的话语此时就像一阵轻烟一样从他的脑海中浮现出来……

你在最后一抹天光散去之前如果想要开枪，孩子，那一定得是胸有成竹，一枪致命，不然就只能选择在黑夜中追踪你的猎物，孤身奋战。无论这个任务是什么，无论要花去你多少个日夜，无论你有多累，多饿，你都得完成它。你听到我说的了吗，孩子？

上一次，他过于沉浸在春季狩猎的愉悦中，直到最后一丝天色变暗的时候才给出致命的一击，所以他失手了。不仅被她反击回来弄伤了自己，还让她逃进了黑漆漆的森林中。

但是他确信无比，一旦萨拉·贝克舔舐好自己的伤口，她就会回来的——母性是个难以抗拒的诱饵。怜悯的天性、好奇心，还有愚蠢的坦率，这些全都是她的软肋，也是他第一次捉住她的切入点。

他打开了另一个网页，上面有更多各种各样的信息。妈妈，爸爸，阿姨，哥哥，表亲，孩子，都在寻找着他们被抛弃的血亲。有些寻人信息是代别人发布的，而有些是发布的人自己在寻找亲人。这种在人们血液中根深蒂固的有关家庭的观念以及归属感着实令他困惑。血缘，家庭，被需要的感觉，还有费尽全力想要找到自己还是个孩子的时候就被人抛弃的原因的执念，都让他十分费解。

就在他正要关掉最后一个页面的时候，突然响起了提示音。有人回复了他最新的留言。

他的心一颤。

我女儿出生在怀特湖社区医院，明年夏天应该就十二岁了。她是深色头发，绿色的眼睛，左边膝盖的后面有一个心形的胎记。你会是我要找的人吗？

这条回复来自一个名为渔女的用户。他很快点进了这个渔女的信息简介，里面没有照片，只有一张一条鲑鱼被一根鱼线拉着跃出水面，溅出的水花在太阳下闪闪发光的图片。没有她的个人经历或者其他信息。但是这就是她了，活生生的，就在网络的另一头，就在这一刻。他感受到了水下传来的轻轻地拖拽，有东西在轻咬他放下的饵了。

他妈的，来吧。

这就说得通了，这他妈的就说得通了。他初次遇见萨拉·贝克是在怀特湖旁一个体育用品商店的柜台后面，那是她的丈夫开的小店。萨拉是个老练的钓鱼者和猎人，擅长诱捕猎物——无论是动物还是男人。真正令他兴奋起来的是她拥有着大量的荒野求生技巧，在之前的数次狩猎之后，他迫不及待的想要一个真正的挑战，加大赌注放手一搏，然后感受战栗的快感。后来他得到了他想要的结果，还有其他。

Gamos，他轻声对自己说。他的母亲曾经告诉过他，在狩猎相关的语言中，"游戏"这个词是从古希腊词语"gamos"演变而来的，意思是猎人和被捕食的猎物间的婚姻或是结合。所以相应的，在狩猎的时候，其实他所渴求的就是这样一种关系——和他的猎物之间的感情关联，一种私人的、无法变更的结合。

这还不能被称为是一场游戏，除非猎人和猎物都知道了他们参与其中……

血液中的肾上腺素让他的脸微微有点泛红，他的小弟弟也骚动了起来，紧顶着拉链，微微颤动，还有点生疼。

冷静，深呼吸，不要越线，别急着尝试和下钩。这不是一条匆忙跃过的野生大马哈鱼，而是一条美味的、难以捉摸的、冷水栖息的鳟鱼，以其他鱼为食，远比别的鱼更有攻击性。但你想让她跑掉，游到更深的地方，让她以为自己已经自由了……

他几乎能真切地感受到潮湿的鱼线飞快地从他手指间滑过，线轴飞速转动的呼呼声仿佛就在耳边。他和那个充满野性的生物之间已经建立起了联系，一场对话已经展开。她必将成为他的——只要他不出错。

他回复了那则消息：

没错！我就是一头深色的头发和绿色的眼睛，左边的膝盖后面还有一个小小的胎记……

他静静等待着。图书馆里的寂静使周围的一切声音都如此清晰，充斥着他的耳朵。一个男人在咳嗽，图书馆外的波拉德湾雾气缭绕，浓雾中传来雾号的哀鸣声。

然后突然，对方回复了：

你能用 FisherGirl@gmail. com 这个邮箱单独联系我吗？

他舔了舔变干的嘴唇，很快打开了自己的匿名邮箱，发了一封邮件过去：

我怎么知道你就是我的妈妈？你能给我一张你的照片吗？你还住在怀特湖吗？你的名字是什么？你为什么要抛下你的孩子？我的爸爸是谁？我实在是太激动了。

几乎是发出去的同时他就收到了回复。

因为发生了不可控的意外状况，我不得不通过中介把我的孩子交给一个全封闭式私人福利院。我不知道我的宝贝女儿去了哪里，但是很希望能知道她过得怎么样。我现在的名字是奥莉薇亚·韦斯特，在卡里布[①]的老栅栏牧场担任牧场经理和渔业顾问。后面有这个牧场的网页，员工版面里面可以找到我的照片。你的养父母知道你在找你的

---

① Cariboo，卡里布是沿高原峡谷弗雷泽延伸到加列布山脉的不列颠哥伦比亚山间地区。

亲生父母吗？

他立即点进了邮件里附上的网页链接。

老栅栏牧场的网页填满了整个屏幕。他点开了“关于我们”的链接，员工照片跳了出来。

他慢慢地向下翻动页面，最终停在了一张照片上，把照片放大仔细看。他屏住了呼吸，心脏不可抑制的在肋骨下砰砰地跳动着。

是她！

毫无疑问。

该死。他感到一阵眩晕。纯净、甜美、火热的肾上腺素的突然注入几乎让他陷入短暂的迷乱，他努力咽了一下口水。没错，她变了，变得更加成熟了。她的五官变得更加鲜明，脸颊比之前更有棱角，眼神中也透露出一种几乎称得上是正直的冷静。但是那熟悉的浓密的栗色秀发和不变的鹅蛋脸都没有错。丰满的嘴唇，浑圆的透出森林中苔藓绿色的大眼睛，无一不显示出这就是她。他的皮肤微微发热。

他用指尖轻轻触碰着屏幕上她的脸。萨拉·贝克，他受伤的小鹿，现在管自己叫奥莉薇亚·韦斯特。他感受着这个名字从唇齿间吐出的感觉，奥莉薇亚……

“不好意思？”

他的皮肤怪异地跳动了一下，目光落在这声打扰的来源身上：一位年轻的蓝眼睛姑娘。

“你还要在这台电脑面前呆很久吗？”她问，“我之前预定过的。”

他盯着她的眼睛，心跳得像打鼓一样，然后慢慢露出了一个笑容。“再给我两分钟把这些网页关了，好吗？”

一抹红晕从她的脖子悄悄染上了脸颊。于是他知道，即使他也已经改变了，即使牢狱生活让他不再年轻，变得精瘦，把他的线条打磨的更加锋利，他依旧没有失去魅力。有磁性的声线和这种吸引力，以及目光中潜藏的诱惑因子依旧是他狩猎的资本。

“没关系，”她说，“麻烦你了。我……我就在那边等。”然后在离他身后不远的一张椅子上坐了下来。他能感受到她所散发出来的存在感，以及她身上那种被狩猎的可能性，可惜他现在已经有了目标，正在酝酿着一个计划。

转了转身子挡住了那个姑娘的视线，他又打开了老栅栏牧场官网的常见问题解答的页面，匆匆把牧场的方位记在了一张纸片上，那大约是在向北五六个小时车程的内陆高原上。从常见问题解答来看，老栅栏牧场在加拿大感恩节的周末前会一直开业，之后的冬天都将停业休整。他的时间所剩无几。卡里布一带很快就会迎来第一场大雪和冰冻，他不能确定奥莉薇亚到那时是否还会留在牧场。

这个事实有点打击他——这对定制时间的极致完美要求像是一个讽刺。似乎之前就有过预兆——十二年前，同样是一年当中的这个时间，差不多就是这几天，就是感恩节前的那个周日中午，就在第一场真正的大雪将下未下的时候，他抓住了她。如同一只挪动脚步要去冬眠的熊，他总是能灵敏地嗅到空气中第一片雪花的味道。他能从树叶发出的飒飒声响中听到，从斜斜射下的阳光中瞥见，从微风中轻微的金属气息中嗅出大雪来临的脚步。而且他就像一头正在给自己建造巢穴的熊一般心知肚明，只要沿着第一场风暴的边缘行动，紧接着降下的大雪会掩埋身后的一切踪迹。然后接下来的冬天他都会十分安全，躲在一个没有人能找到行踪的地方。

他又看了一遍她发来的邮件，准备写一封回信，但是看着屏幕上闪烁的光标又犹豫了。要再深入一点吗？不，他已经得到他想要的东西了，还是不要让她起疑心比较好。就让她以为这个“孩子”惊慌失措地跑了吧。

退出了自己的账户，关掉网页，清除了浏览痕迹，把位子让给了在一旁等候的女子。把地址塞进内兜，拎起外套的领子，他推开了图书馆的大门，走进清冷的空气中。细雨依旧笼罩着整个黑斯廷斯，他低下头，把双手插到口袋里，混入了从建筑物中涌出的行色匆匆赶回家的人群之中。

仿佛接受到新目标的动力，他大步走向自己停在两个街区外的卡车。是时候回家了——无论如何都是要回去的。是时候结束这场狩猎了。在这么多年被囚禁在那个狭小的监狱牢房之后他又久违地尝到了自由的滋味，山脉、森林和山间干净凌冽的空气正在召唤着他。

一个画面突然爬进他的脑海中，将他拉回了那段回忆中。

那年他七岁，刚从一场狩猎中精疲力竭地回来，坐在他妈妈的腿上。她坐在一堆书中间，用手梳了梳他的长长的不听话翘起来的头发。他的爸爸坐在噼啪作响的炉火的另一端吸着烟斗，用冰冷的目光眯眼看着他们。妈妈的声音轻轻地飘进他的意识中……

人和动物是不一样的，尤金，我的宝贝。对人来说，狩猎有时候不仅仅是为了生存，更多的是狩猎本身，这才是对猎人最大的诱惑。一场感官上的盛筵——预测，警觉，紧张，行动，独一无二的结合……妈妈的手慢慢沿着他的身体滑到了他的大腿，声音也变得低沉而温暖，在他耳边嘤嘤细语……*狩猎的兴奋是神秘的，甜美的*……

她的手指轻轻掠过他的大腿内侧，他的下身起了反应。

他的爸爸却咕哝着，猛地从椅子上站起来，用烟斗指着自己的妻子……

还不停下你的屁话，他让那只动物逃走了，这他妈的才没有什么快感！

他的父亲把凶狠的目光转向他……

这是你的责任，小子，你的责任就是抓住一头已经被射伤的鹿而已。你永远也不能停，你给我听着……你他妈一秒也不能停下来，直到你把自己想要的猎物装进袋子里，直到你完全掌控了你的猎物，直到你有了完全的支配权。你再也不能让猎物跑掉了，听到了没？如果你不能一枪毙命，那昨晚他妈的就别扣下扳机。

雾号响起，把尤金的思绪又拉回了现实。从波拉德湾的灰色河水中升起的薄雾在厚重而褴褛的草地上旋转，沿着这个老街区长长的砖头和卵石铺成的路向前翻腾。他把肩膀又往衣服里面缩了缩。

这是你他妈的责任，你给我听着……

要完成这次猎杀。

盯着电脑屏幕等待回复的时候，盖奇·波顿感到血液都涌入了脑袋，在耳旁嗡嗡作响。

会是他吗？这么多年之后，他终于出击了吗？

时间一秒一秒地流逝，已经过去好几分钟了。

还是一点消息也没有。

但是他能感觉得到，曾经有什么轻轻咬过他放下去的饵，后来又走了。他发出去的邮件没有新的回复。

他又写了一封邮件，手微微颤抖。

如果你想再谈一谈的话，请务必再用邮件联系我。当然这不是逼迫你，我只是迫切地想知道我的孩子是不是找到了一个温暖有爱的家。

他点下了“发送”，等着。又是很多分钟过去了。

依然没有回复。

波顿用手抹了一把有点秃的头顶，嘴边冒出了汗珠。他凝视着桌上散落的纸片——这些都是从怀特湖公报上剪下来的这十二年间的文章和新闻报道。泛黄的犯罪现场照片上是被挖掘出的残骸，被侵犯过的尸体，腐烂的头骨，以及尸体上消失不见的舌头和空洞的眼眶。这些照片里还有一些铁制的挂肉钩子。怀特湖杀手就是在一个被他当成是储肉库房的棚屋里将受害人一个一个地吊起来，开膛破肚，取出内脏，剥皮，然后等她们的血流干——就像在随意地屠宰一只只鹿一样。用来屠杀的棚屋和电动制冷机的照片都透着一种难以言说的冰冷和恐怖。照片上棚屋旁边还有一间小屋，他会把还活着的受害人用枷锁和绳子绑在里面，在那里对她们进行性虐待，给她们吃的让她们活过冬天，然后在春天再把她们放出去，来一场春季“狩猎”。

波顿把怀特湖杀手的最后一位受害者的照片拉近了一点。

萨拉·简·贝克。

照片上的她只有二十五岁，是伊桑·贝克年轻的妻子，怀特湖最负盛名的牧师吉姆·万洛恩之女。和其他人一样，就在第一场风暴来临前的几个小时萨拉·贝克也被怀特湖杀手抓走，被枷锁拴了整个冬天。在那之后，就在南归的大雁的叫声中，他给了她武器，将她放归了山林。

因为再也没有比狩猎一个全副武装的人更激动人心的了……

这些话，是萨拉·贝克在后期的调查中对警方讲的，这也正是当时那个杀手在她耳边轻声耳语的内容。他曾向她多次引用过梭罗、海明威和布莱克伍德的作品。

是一个受过教育，博览群书的男人。

虽然塞巴斯蒂安·乔治被当做湖区连环杀手抓住、指控、审理、宣判，但他却大字不识。

尽管有这么多的铁证，波顿还是难以置信他们竟然放过了真正的凶手。从那时起，他就私下在空闲时间整夜追查凶手，这是他的一个隐秘的心结。只因多年前就发下的要坚持公正的誓言。

正因如此，他一直以来都暗中监视着萨拉·贝克，他坚信怀特湖杀手总有一天会回来找她的。

波顿深深地呼了一口气，刚刚发出去的邮件还是没有任何的回音。他又打开了他注册的其他账户，看看发布的消息有没有新的点击。

停。

他把手放在嘴上，疑惑、恐惧和隐约的兴奋交织在一起，他能感觉到他就在那里，就在电脑的另一端。那个杀手，就在那一头听着，等着。

门突然被推开了。“爸爸?”

他跳了起来，肾上腺素的分泌骤然增多。咒骂了一句，他很快地起身，手忙脚乱地收拾着桌子上散乱的剪报、犯罪现场照片和笔记。

“托莉，该死。我告诉过你多少遍了，要敲门!”

他女儿的目光在他手上抓着的文件和电脑之间游移，最后停在了他的脸上。“你在做什么?”

“你有什么事，托莉?”

她沉默地瞪了他一会儿。

“是露易丝阿姨，”她突然说，“她来电话了，你难道没听到电话响吗?”

谴责。愤怒。自从美乐蒂死后，托莉失去了她的母亲，而他失去了妻子、挚友、支撑，还有生活的意义，这个家就充斥着这种负面情绪。

"谢谢。"他看着她的眼睛说，等着她离开房间。

她猛地甩上了门出去了。走廊上传来重重的脚步声。

上帝啊，他竟然连电话声都没有听到……敏锐一点，集中注意力。他拿起了电话，清了清嗓子。

"嗨，露。最近怎么样?"

"我不重要，关键是你怎么样?"他姐姐的声音听起来有些例行公事，"波顿，你和有医生预约的，看过了吗？我还以为你上周就会告诉我结果的。怎么样了？可以手术了吗?"

不可能。早在美乐蒂出事之前他和美乐蒂就都知道了这个结果。

他注视着窗外，夜色早已降临，在这个时节似乎早得有些不寻常。雨水在窗上黑色倒影的映衬下留下蜿蜒的痕迹。

"我没去看。"他说。

电话那头沉默了一会儿。

"我很忙，露。"

"胡说，"她轻轻地说道。然后又用一种像是为了悄悄擦鼻子而用手蒙住了话筒的低沉声音说："你对托莉还有责任，你知道的，一切都要建立在这个基础上。"

"我还有很多时间——"

"究竟有多少时间？事情随时都有可能会出问题，你都不会知道它到底会以什么样的姿态展现出来。你已经被迫提前退休了，只是因为……"她的声音渐渐弱了下去，尽量避免提起他在工作时的失忆。

他在对一个关键的杀人犯调查期间所犯的错误让他的职业生涯亮了红灯。他会失去一段记忆，等清醒过来发现自己身处异地，然而却不能想起来是怎么来的；他上周在审讯室和一个狗娘养的毒贩起了肢体冲突，却不记得是什么激怒了他，也不记得自己做过了什么。似乎上一秒他还在好好地审问，下一秒就已经冲过去猛地拉扯那个混蛋。他的健康问题被正式提出来，随之而来的就是有关他是该提前退休还是休个长期的伤假的争论。这个该死的病症在他还能走得动的时候就夺走了他的正常生活。

“听着，我的意思只是你需要适应这一切，因为万一托莉——”

“我会的。我只是还有些必须提前解决的事情。”

“比如什么？”

“还没了结的事。”

他的姐姐重重地叹了一口气。“那托莉怎么样？你已经告诉她了是吗？”

“还没有。”

“波顿——”

“够了，我才是她的父亲，我知道她还没准备好知道真相。尤其是在学校又发生了那种意外——”

“什么意外？”

“她和同学发生了点小口角，在学校的咖啡厅把那个孩子的书点着了。”

“我立刻就收拾行李。我现在就去机场搭最近的一班飞机。本和孩子们没我也可以照顾好自己一段时间。我至少可以照顾托莉，当你真的告诉托莉一切的时候。”

“不。”

“她也需要时间来接受过来和我们一起住的事实。我不认为——”

“露易丝，别这样。我知道你是好心的，我知道事情发生的时候你想来待在托莉身边。但是现在我和一头热血的公牛一样强壮有力，我很清楚自己在做什么。我很好。后天晚上大家会为我举办个退休仪式，我得参加。而且我已经把托莉从学校接出来了，我们会去——”

“你已经退了？”

他疲倦地闭上了眼睛，捏了捏鼻梁。“否则还能怎样。不然就只能冒着更大的风险，然后面临着开除。除此之外，我也想多花点时间陪陪她。我想感恩节的时候出去散散心，和她制造点好的、最后的回忆，一些特别的回忆。”他的声音变得柔软起来。“她一直以来都为美乐蒂的死深深自责着，我们需要先帮她走出这种困境，再告诉她我发生了什么。就再给我们一点时间吧，好吗？”

这次他清楚地听到他的姐姐在电话那头吸着和擤着鼻子，这声音几乎在凌迟他的心。露，他那无所不能，女强人一样的姐姐，正在哭泣。

“我也不能理解生活，露，”他静静地说，“我不知道生活为什么发给我们这样的一手牌。托莉手气不好，有张血腥的王牌。但是这就是托莉拿到的牌，所以我只能尽力弥补一些事情，在我走之前把没有了结的事情处理好。”

沉默——漫长，漫长的沉默。

波顿在黑暗中审视着自己混蛋可怜的姿态，雨水在玻璃上留下曲折的痕迹。对外他依旧是强壮的，在体育场上花费的时光让他的肌肉看起来十分强壮，长跑也让他保持着健康的体型。这幢在基斯兰奴海滩[①]旁的漂亮房子正对着绝佳的海景，别人都认为他是个人生赢家。懂事的孩子，体面地工作，爱情，尊重。只是这一切其实都只是一个完美精致的玻璃球。

现在，这个玻璃球破碎了。

---

① 基斯兰奴（Kitsilano）海滩，位于加拿大不列颠哥伦比亚省温哥华，是温哥华最受欢迎的海滩之一。

他拿到了医生的诊断书。美乐蒂曾经让事情看起来都还在控制之中，她还会和他一起走完接下来的每一步。等到一切结束后，托莉依旧会有一个母亲，他们的女儿不必孤单一人。

但是就在春天最后一场大的降雪之后，他们一家去赛普里斯山滑雪，美乐蒂就那么直直地冲向了一棵树，整个人倒插栽在了一片令人窒息的白色雪堆里，托莉只能无力地挣扎着，想要拉着妈妈的滑雪板把她解救出来。美乐蒂去世的同时也带走了他们生命中所有的光和热，像是抽走了他们所有的力气。失去了美乐蒂……他们就像是被拔掉了电池的机器，再也不会动了。带着对这种不公正的怒火，他和托莉都在失序的生活以及巨大的失落感面前迅速地崩溃了。

“给我们感恩节前的这点时间吧。”他平静地说。

他的姐姐颤抖着吸了一口气。“那你们是要去哪里旅行？”

“不是很远。只需要向着内陆再开几小时的车程。”

“回来的时候给我打电话，知道了吗？”

“知道了。”他道了别。但是他刚要放下听筒的时候，突然听到了一声轻轻的响声，似乎是房子里的另一个电话听筒被小心翼翼放回话机的声音。

波顿猛地拉开他办公室的门，冲向走廊。

“托莉！”他打开她卧室的门，她不在房间里。“托莉？你在哪儿？”

他听到浴室传来一阵水声，电话的听筒好好地放在话机上。他长松了一口气，刚刚有那么一瞬间，他觉得托莉听到了他们的通话。

尤金爬上了自己的卡车，一堆华盛顿区的车牌散落在副驾驶室的地上。把这些车牌留着比把它们随便丢在某个很有可能被人找到的地方要安全得多。

他发动了车子，打开雨刮，驶入了车流之中。雨刮器吱吱响着，把车子驶向拥挤的狮门大桥[1]，挤在一辆辆车子中间。一通过大桥，他就向通往北边山脉的高速路开去。

有砰砰砰的声音从车厢后面传来。他的血压陡然升高，一阵兴奋感爬上了他的皮肤。他给她用的药失效得一次比一次更早，现在她都产生了抗药性了。

他注视着车上的后视镜，后视镜里他可以透过卡车的后窗，再经由另一个小窗口瞥见后车厢的情况。但是天色很暗，车厢里漆黑一片，雨水也从窗口的玻璃上曲折流下，反折射着来自车外的灯光。他保证她是被好好捆着的，不过她一定是找到了什么方法在用脚跟踢着车厢。

砰，砰，砰……车厢后面又传来了响声。这真他妈是他载过的最执着的一个货物了。

一块新鲜的肉要腐烂总是会需要点时间的。她原本就不新鲜，一定不能再处理得太着急。他这次一定要做好，他需要传递一个特殊的信息……

这还不能被称为是一场游戏，除非猎人和猎物都知道了他们参与其中……

当他想到他将要怎么做，如何一步一步地让萨拉·贝克回忆起她作为一个猎物被狩猎的过去时，一抹微笑悄悄爬上了他的嘴角。他舔了舔嘴唇，回味着萨拉·贝克皮肤上那种最真实的恐惧所产生的汗液中酸甜中夹带着一丝咸的滋味。

---

① 狮门大桥（Lions' Gate Bridge），位于加拿大卑诗省内的一条悬索吊桥，横越布拉德内湾，连接温哥华市中心及北岸市镇。

第二章

周四　感恩节前四天

奥莉薇亚挥鞭把马儿赶上山脊，她的头发在身后飞扬，山风吹得她有种流泪的冲动。她应该把手套带来的——手指都要冻僵了。但是她十分享受深秋凛冽的空气接触皮肤的感觉。艾斯，她的德国牧羊犬朋友，跟着灵逸[①]踢踏的马蹄声已经远远地落在了后面。登上了山脊的顶峰，奥莉薇亚及时勒住了胯下小母马脖子上的缰绳。

西方的天空被倒挂金钟和藏红花形状的阴影深深地刻出了条纹，整齐排列的黑色云杉一直雄赳赳的长到了西边蛇形丘的脊背上，被落日的余晖勾勒出挺拔的形状，看起来像是在太阳中燃烧。她看着那个发光的火球慢慢沉下地平线后，风向突然就变了，温度一下子降了下来。小狼开始低嚎，它们的合唱在远处的大理石山谷中回荡。太阳彻底落下去了，整个世界变成了有着珍珠般光泽的灰色调。狼嚎声突然静了下来，一股寒意像水波一样荡了过来，如同水面点起涟漪，拂在

① Spirit，奥莉薇亚养的马。

她裸露的手臂上，激得她汗毛竖起。

她永远不会停止关于森林里类似的夜间剧目的遐想——如同仪式一般，光亮每日遵循时间渐渐消散，林间黯淡下来，有野性的声响四起。巨大的苍穹倒扣着，茂密的森林和被光滑的冰川覆盖着的山脉一直绵延出数百里。这个地方，这个美丽的牧场，终于让她能感受到久违的宁静。是家的感觉。

在她看来，这个山脊正是老栅栏牧场观赏落日的最佳地点。从这里望去，金色的牧场上错落间布着许多小路，最终都延伸到如一块美丽的绿松石一般镶嵌在草甸上的湖泊那里。牧群通常是在这里吃草的，但是最近就连最后一批牲畜也被出售了，大部分的马也被卖掉了——空留这一片失去了生机的牧场。

她能够依稀分辨出湖面上还有三只小船。湖水慢慢变成青灰色，所以三只船都准备返回了，正缓慢地靠向西岸的营地。延伸向西方的大理石山脉染上了第一抹雪色，山杨树的叶子已然变得金黄。感恩节就要来了。这将是最后一个还能出船捕鱼的周末——总有些不在乎夜间的湖面上能把人冻僵的温度的顽固分子，他们会尽力延长这一年仅剩的一点钓鱼的时间。冬天很快就会从山上来到这里，冰封荒野。不出一个星期，甚至过不了几天，森林就会染上一片白色，树梢上挂满冰霜。到那时，老栅栏牧场将不再对外接待，与世隔绝。

如果这是她的牧场，她会在冬天依然开放接待一些打算在这儿过冬游客，提供雪橇以供通行，开放各个小村落之间的滑雪通道，准备雪鞋和雪上汽车让人们能够深入数百里的林间小道，并且在结冰的湖面上举行溜冰和曲棍球比赛，到了夜晚还会燃起巨大的篝火。她会提供乡村牛仔式的圣诞晚餐以及农场自己饲养的火鸡烹调而成的美味，配菜是从厨房后的花园里摘来的新鲜蔬果，每夜都将从灶台冲出咆哮的火焰。她会用星点闪烁着的彩灯装饰门前那棵哨兵一样守卫着这幢老旅馆的云杉，整个老栅栏牧场一定会美得像一幅画一样。过去的有关圣诞节和感恩节的记忆突然涌上心头，让奥莉薇亚心里一痛，她强烈渴望着大家庭欢聚的温暖，渴望回到以前的生活。但是她已经不再是以前的那个人了，永远也回不去了。她已经无可避免地成为了过去这一系列事情的受害者。

但以后绝不再是。

过去受害者的身份几乎害死了她，然而现在她已经是一个完全不同的人了。

曾经每年的这个时节，这个秋季和冬天交替的令人战栗的当口，对她来说都是一场考验。无论是秋天渐渐消散的气味，还是野鹅南迁的叫声，抑或是山野中秋猎的第一声枪响都让她颤抖不已，被难以名状的恐惧层层包裹，只能因为无法忘记的害怕而胡乱呓语。她依旧在每年的这个时间感觉到巨大而尖锐的失落感，丧子之痛萦绕不散，心中的疑问也久久盘旋。

你到底在哪里，我的宝贝女儿？你过得幸福吗？安全吗？

她的情绪平静下来，注意力转向远处的老旅馆烟囱中悠然升起的炊烟，哈利迪医生的黑色SUV还停在旅馆外面。

这个牧场的主人是老迈伦·麦克唐纳先生。从十九世纪中期开始，自从他的祖先在卡里布的土地上定居繁衍，这片土地就一直属于他的家族。据世代以来的管家阿黛尔·卡里克所说，老栅栏一直是个兴旺繁荣的牧场，畜牧业和旅游业十分昌盛，这一派盛况一直持续到二十三年前，一场意外夺走了迈伦的妻子格蕾丝和他们最小的儿子吉米的生命。从那以后迈伦就对身边的一切漠不关心，变得固执，暴躁易怒，而老栅栏牧场的经营状况也每况愈下。他剩下的两个孩子都离开了他，甚至从未回来探望过。

如今迈伦病了，他在着手清理牧场和鱼塘生意还剩下来的东西。从去年冬天确诊之后，剩余的牲畜和大部分的马都被陆续卖掉了，旅馆也不再接待要住得更久的游客，只有林间小屋和营地在春天到秋天的时候可以租借。骑马观光的线路在夏天就关闭了，牧马人和马夫也基本都被解雇了，只留下一个人来照顾仅剩的几匹马。现在留下的员工就只有一位管家，一位厨子和一位厨房帮工，几名旅游季才来的服务生、酒保、兼职的清洁工，一位应季来的农场工人，一位马夫，还有她。办公室和商店经理在得到了明年夏天依旧会给她提供工作的许诺之后上周已经离开了，不过问题是迈伦能不能撑到明年夏天。

一阵风吹过奥莉薇亚的脸颊。她几乎能在夜晚的空气中尝到雪的味道——一种带着一点微妙的金属气味的味道。而且，她能感觉到有什么东西要来了。

她打算在医生离开之前截住他。就在她刚要吹口哨把追着家畜飞奔出去的艾斯呼唤回来的时候，突然从湖面上传来了某种巨大的机械发出的轰鸣声。她斜斜地向远处望去，湖对岸的树林上空像浪花一般腾起了一片烟雾。那声音听起来就像是柴油发动机的拖车，而且听声音正在向营地驶去。

她一般会把来老栅栏牧场的人都安排在营地，如果他们当晚没有自己到办公室来核对信息，她也会在第二天早上第一时间去营地登记。但是现在她可不想错过哈利迪医生，他的 SUV 已经要从旅馆的停车场开出来了。

用一声清亮的口哨唤回了艾斯，奥莉薇亚让灵逸小跑起来，离开了山顶。在她到达土路边的时候，哈利迪的车已经快开出牧场的边缘了，车后腾起一朵灰云。她快马加鞭想在出口的拱门前拦下他，马蹄声在干燥的路面上踢踏直响。哈利迪注意到她的时候降下了车速，在挂着一个褪色的公麋角的拱门下停了下来。她勒住了马，灵逸在路旁停下，在傍晚凉爽的空气中打着响鼻。

医生打开车门，下了车。

“奥莉。”

她跳下马，牵着灵逸向他走去。

“真高兴我拦到了你，”她微微喘息着说，“他的情况如何？”

医生走过来牵起灵逸的缰绳。他轻轻搔了搔灵逸的前额，然后叹息了一声，望向远方。有风轻轻拂过。他盯着跑来跑去嗅着汽车轮胎的艾斯看了一会儿，然后视线才转回来对上了奥莉薇亚的眼睛。看到他的目光时，奥莉薇亚的心猛然下沉了。

“我今天早上和一位肿瘤医生谈过——他的 CT 扫描结果出来了，癌细胞已经逐渐扩散开。他的肺部有大片阴影，顺着脊椎一直到肝脏都有。他肯定饱受折磨，奥莉。他需要接受二十四小时的纾缓治疗，还有些事情需要决定。”

她深吸了一口气。“什么时候接受治疗？”

“越快越好。”他犹豫了一下，“迈伦现在的情况每一秒都可能恶化，也有可能还会再拖久一点。这很大程度上取决于他自己还想坚持多久，还想和病痛抗争多长时间。他的儿女应该知道这些状况，但是我们都知道迈伦绝不会自己去通知他们的。”

“我觉得他从来没有停止过因为格蕾丝和吉米的死而责怪柯尔。”她平静地说。

医生点了点头。“我认识这一家子有些年头了，那场意外改变了一切。迈伦对他儿子的刻薄是他现在的性格所致。但是谁又能知道老天其实也没有给迈伦留下任何一点爱呢？再者说，如果是我的父亲病重，我也会想知道，然后做我力所能及的事情来改善我们之间的关系的，更不想失去道别的机会。”他迟疑了一下，“如果是你来通知他的孩子们的话迈伦可能更容易接受。”

“我?”

“你是他的朋友。”

“可是你和他认识更早啊，医生。”

“我确实和他相识多年，但是我想现在最好不要和他产生隔阂。在他的治疗进入到下一个阶段的时候我还需要他信任我才行。你知道他不配合治疗的话会怎样的。”

奥莉薇亚轻轻呼了一口气，一想到迈伦有可能会离开他们，她有可能会被迫离开牧场——她现在的家，她的胸口就感到一阵压力。冷风吹来，她又嗅到了一阵阴冷靠近的气息。万物周而复始。

她的思绪飘到了迈伦的图书室里挂着的那张被相框好好地框起来的照片上。那张照片被挂在那里，一定是因为迈伦对他剩下的孩子还有感情。

“我不认识他的儿子，”她轻轻地说。“我从来没和他们说过话。”

“奥莉，总要有人得去通知他们。”

马棚的房梁上挂着一盏煤油灯，火光跳跃发出灼热的光，奥莉薇亚在灯下给灵逸清洗顺毛时显得心事重重。把灵逸牵到过夜的畜栏里之后，她回到了自己的小屋去给艾斯喂食。在去旅馆见迈伦之前，她先冲了个澡，在水流下理了理自己的思绪。艾斯跟在她后面，从小屋到旅馆要经过一片飒飒作响的茂密的白杨林，林间的小道上落满了落叶，在脚下发出嘎吱的响声。

门廊和房间里洒落出黄色的灯光，在黑夜中显得格外温暖。她走上木质的台阶，在门垫上蹭了蹭牛仔靴，然后推开了厚重的木门。她穿过铺满石头的门厅时，阿黛尔正托着一个满满当当的托盘匆忙地跑过。看到她，阿黛尔在楼梯间的前面一个急停站住了。

“哦，是你，”她看起来特别不安地说。“我……我正要把麦克唐纳先生的晚餐送上去，他今晚要在图书室用餐。”

“今晚旅馆里没人订晚餐吗?”奥莉薇亚把她的外套挂在门旁的挂钩上。门厅拱顶上虬曲的树枝形状的灯在墙上投射下小片的灯光，她的右手边是一个开放式的客厅，客人平时会围坐在炉火边看电视，也可以在这里使用电脑或者是台球桌。客厅旁还有一个会在开饭时间开放的小小的吧台，吧台后面则是厨房和用餐区域。

“今晚没有。”女管家说，“不过周五和周末都有人预订了。”

即使已经没有客人住在旅馆里了，旅馆的餐厅也会根据棚屋和营地的客人的需求提供餐点。不过哈利迪医生说过，厨房也许明年夏天不会重新开放了，这很可能是老栅栏牧场的客人在这里度过的最后一个周末，这种预想令人沮丧。

“我来吧，”奥莉薇亚说着走了过去，“让我替你把这个送上去。反正我也要找他谈话。”

女管家把托盘递到她手上。

“他怎么样?”

“充满了活力，如果你问的是这个的话。”

奥莉薇亚的脸上浮现出一个笑容。“这可是个好兆头呢。你也可以先回家了，我会看着他吃饭，然后把厨房打扫干净的。”

阿黛尔看了她片刻，眼中有种说不出的意味。她反手解下身后的围裙，“如果你想这样的话，那么，我马上就收拾好走了。”

尽管阿黛尔性格暴躁，却对这个地方和麦克唐纳先生来说都是不可或缺的。奥莉薇亚很好奇麦克唐纳先生去世之后这个女人会做什么。

图书室的门轻轻虚掩着，她用托盘边缘把门抵开了。

木柴在壁炉里燃烧发出哔剥的响声，迈伦背对着门坐在轮椅里望着窗外。艾斯径直奔向炉边。

“嘿，老伙计。”

他转过身来，铁灰色头发下崎岖不平的脸皱起来挤出一个笑容。“奥莉!”他摇着轮椅迎上来。

在生病之前，他曾是一个强硬的、坏脾气的大男人，至今还能时常让她脑海中浮现出留着浓密的络腮胡的肖恩·康纳利[1]和哈里森·福特[2]的结合体的形象。

“饿了吗?”她举起手中的托盘。

他把轮椅摇到壁炉旁。“把它拿到炉子边上的桌子上吧，再倒杯酒。要一起喝一杯吗?”

“乐意至极。”

把托盘放在火炉旁的小桌子上，奥莉薇亚去酒柜给他们俩各倒了一杯威士忌。她把杯子放在迈伦伸手能够得到的桌子上，然后在火炉对面的一个大皮沙发上坐了下来。她小口抿着手中的苏格兰威士忌，看着他把汤勺送进自己的嘴里。他的手颤抖得比以前更厉害了，汤勺里的汤洒了出来。他的肤色变成了不健康的苍白的灰黄色，胡须之下的双颊深深凹陷，眼球也变成了浑浊的黄色。她感觉腹中像被人掏空

---

① Sean Connery，英国演员、制片人。代表作有《东方快车谋杀案》《偷天陷阱》等，曾在第一部“007”电影《007之诺博士》中饰演詹姆斯·邦德。

② Harrison Ford，美国电影演员。代表作有《夺宝奇兵》《星球大战》《安德的游戏》等。

了一般的空洞。

"你怎么了，奥莉薇亚?"

她回头看向迈伦的儿子的巨幅摄影作品，它被骄傲地挂在石头砌成的壁炉上方。照片里的柯尔·麦克唐纳似乎在以同样深沉的目光俯视着她，和他父亲如出一辙的灰色瞳孔中透露出几分探究，同时彰显着他的喜怒无常。只不过迈伦的头发已经斑白，而柯尔的头发还是富有生命力的黑色，皮肤也呈现出日晒后的健康光泽。

具有讽刺意味的是，照片还是在南迦帕尔巴特峰[①]拍摄的，照片中的他散发出一种粗野而无所畏惧的气场。而这张照片多年前曾被《户外》杂志作为封面图片。柯尔曾向这本杂志投稿过有关一篇对南迦帕尔巴特峰的登山者发起的惨无人道的塔利班袭击的第一手报道，后来还把这件事写进过书里，这一事件随后还被拍摄成了电影，其中有一部就是由他执导的。

柯尔曾经是一位军事心理学和哲学学者，后来转行做了战地通讯记者，最后成为了一位描写自己冒险经历的叙事散文作者，一个对寻找文学灵感上瘾而过着行走在刀尖上的生活的人，并且热衷于从心理上解构那些和他做着同样行当的人。这基本上是他所有作品的潜在主题——为什么男男女女会做出一些极端的举动，为什么有些人命运多舛，却能幸存下来，而有些人就此生命终止。她曾看过迈伦书架上他的书的封面。

他的书全都出于自恋情节，奥莉薇亚很久之前就认定了这一点。她厌恶他的每一个观点——也许是出于对他的自由，以及对他这种充满欲望、满腔热血地生活的能力的嫉妒。

---

① Nanga Parbat，世界第九高峰。

迈伦随着她的目光看向了那幅肖像，举着勺子的手顿住了。

“怎么了?”他问道。

奥莉薇亚清了清嗓子。“他现在在哪里?”

“柯尔?”

“对。还有简。简还和她的丈夫孩子一起生活在伦敦吗?”

迈伦缓慢地把他的勺子放下，伸手抬起了威士忌酒杯。他深深地喝了一大口酒，然后闭上了眼睛。“你和哈利迪谈过了?”

“是的。”

他一言不发。木柴哔剥作响，有火星在空气中爆裂。艾斯在他身后打滚，舌头长长地伸出嘴外面，就像一只小奶狗一样安逸。

“他什么都告诉我了。”她说。

迈伦抬起了眼皮。“具体说了什么?”

“他说你需要决定是否接受纾缓治疗。还有得有人通知柯尔和简，让他们知道发生了什么。”

他浓密的灰色眉毛垂了下来，眼神变得极为强硬，一字一顿地说：“除非从我的尸体上跨过去。”

“从你的尸体上跨过去又能做什么，迈伦?”她同样平静地说，“接受纾缓治疗?去养老院?还是有人打电话给你的孩子们?”

“都不怎么样。”他一口吞下剩下的威士忌，伸手去拿身旁的酒瓶，然后把其他的三个指头伸到瓶子里去搅动。她知道他现在正在接受许多药物治疗，像这样豪饮也许并不是一个好主意。但是如果这个人就快要死了，这或许也不失为一种纾解?

“我才不管那个装好人的医生说了什么屁话。如果我要死了，我一定是会死在这里，以我的方式，在我的牧场，还有在我自己该死的家里。我他妈就是在这里过完了我的一生，在这里娶了我老婆，在这里有了我们的孩子……”他的声音哽咽了，留下没有说完的语句支吾在空气中。

这也是我的妻子死去的地方，我失去我的小儿子的地方……我的家支离破碎的地方。

火光印在他的眼中跳跃。

奥莉薇亚把杯子放下，身体前倾，双手撑在了膝盖上。

“迈伦，如果你不想搬去他们能照顾到你的地方去，那么你就需要家庭护理——”

他的手蓦地伸出来打断了她：“别说了，连想都别想。只有我死的那天才会需要护士来给我给我刷牙擦屁股洗便盆。尊严，我他妈是有尊严的。这要求过分吗？”

“你的孩子应该知道你的情况。他们有权力——”

“够了！”他把杯子往桌子上一摔，脸变得通红。“门都没有。我才不会让那两个人为了遗产无休止地争吵，然后把这座牧场从我的手中夺走。他们肯定会这么做的，记住我的话。”

“你不能这么肯定他们——”

“我当然能。柯尔对老栅栏牧场和他的老爹发生了什么根本半毛钱都不会关心，我也不需要他呆在这里来和我撕破脸。他们可以得到我的牧场，不过要在我死了之后，在我的骨灰散去，墓碑被安放在格蕾丝和吉米的墓碑旁边之后。这样，我的鬼魂就能时刻陪伴着他们。”他停顿了一下，像是突然被人抽走了全身的力气，但是那股子坚持劲儿却不减丝毫。“就由你来做。为我扬起骨灰，为我立起墓碑。”

她揉了揉眉心，又偷偷看了一眼壁炉上方的肖像。“他现在在什么地方？”

回答她的是一阵沉默。

她转头看向迈伦。他脸上的表情被一种古怪的神情所取代，肩膀向内缩起来，似乎要把自己整个陷在椅子里。她从他的眼中读出了悔恨。

奥莉薇亚感到一阵揪心。

如果发生这样的事的是我父亲的话，我会想要知道的。我想要一个能够说再见的机会……

真的能有机会弥补吗？当愤怒、辛酸、懊悔和责难互相深深纠缠在一起，在一个人的灵魂中根深蒂固难以去除的时候，这样的努力是不是只是有勇无谋？

“他在哈瓦那[①]，”他最终还是开口了。“依然沉浸在他自己的悲伤中。”

她有些惊讶。“哈瓦那，古巴？你怎么知道的。”

他漫不经心地耸了耸肩，视线移向了火堆，布满青筋的双手搭在椅子的扶手上。他知道柯尔在哪里，这说明他还在乎他们，哪怕只有一点点。奥莉薇亚被一种愈发确信迈伦需要和他的儿女和解的认知包围了。

或许是奥莉薇亚对自己疏远家庭的隐隐的罪恶感在作祟，让她变得如此多愁善感？她吞咽了一下口水，努力不让自己坠入回忆之中。每次她触碰到记忆深处的事情时都会有不好的事情发生。

“什么悲伤？”她小声地问。

依然不肯正眼看奥莉薇亚，他说：“柯尔的工作好像从他的妻子和孩子离开之后就一直停滞不前。”

“我……我都不知道他有妻儿。他结婚了吗？”

---

① Havana，古巴的首都及最大城市。

“普通的合法夫妻。荷莉，带着她和前夫生的儿子泰嫁给了他。有一次在苏丹，柯尔发生了可怕的意外，危及了她儿子的性命，之后她就带着孩子回到前夫的身边了。那个孩子现在应该八岁了吧。”

“你怎么知道的这么清楚?”

“我在他投稿的那本杂志上读到的。他一向在这方面有特殊技巧，你知道的——把日子过得如此极端，永远生活在风暴的边缘，以他周围的一切做代价。柯尔甚至从来没有带荷莉和泰回过家——我从来没有见过他们。”迈伦轻蔑地哼了一声。“话又说回来，柯尔很久很久以前就不把老栅栏称作是‘家’了。”

“他们在苏丹发生了什么?”

迈伦摆摆手，像是挥开难闻的气味一样。“我不想谈这个。”他清了清嗓子又道：“吉米那年也是八岁，就是柯尔开车带他去河边的那年。”

一股寒意袭向奥莉薇亚。她有种可怕的感觉，仿佛时间在身边像DNA的双螺旋结构一样扭曲、折叠、盘旋，周而复始。

迈伦又沉默了。他的思绪看起来漂向了某片由于酒精和止痛片而浮现的悲伤的海洋。

她又悄悄瞥了一眼壁炉上柯尔的样子。

“万物都有它的时令，奥莉。”迈伦说，语句已经有些含混不清。“每个人的命运有轮回。每个人都做出自己的决定，忍受着相应的处罚。就连这个牧场也是……也许是时限到了。一个地区的结束，麦克唐纳家族继承的尽头。”他抬起酒杯，用颤抖的手摇晃着剩下的酒，看着杯子里的液体折射着壁炉的火光。“期待着我的后代能把家族继承下去一点都不切实际。”他清了清嗓子，继续说。

“即使是谁还想要重新开始养殖牲畜，这部分开销也是一个庞大的数字。但是旅馆和旅游的生意——这些是可以全年运营的，旅馆还可以重新全部开放接待旅客。不用费太多功夫就可以把小木屋翻新一下，装修得高级一点，给每位顾客提供更好的设施。现在有专门卖这些的超市。德国游客，亚洲人，英国人。这片原野能给他们一些在家里找不到的东西。”

她注视着面前的这位老人。刚刚不过是在疲倦还有酒精和止痛片作用下的胡言乱语。不过这些话依旧为她打开了一扇可以窥见他内心的窗户，这是她所没有预见到的。

“我没想到你还想过这些事情——冬天也继续运营老栅栏牧场。”

“因为这是永远也做不到的。”

“不，可以做到的。如果有这个信念的话。”她忍不住说，这是她一直以来都在幻想的事情。她甚至做过电子表格来分析预计的员工工资，四处打电话询问报价和请人评估，因为……好吧，因为她没有自己的生活，这就是原因，这个地方成了她生活的全部。因为她有一个傻傻的幻想，幻想有一天她能交给迈伦一份计划书，正式地提出什么建议。但是他的诊断书先一步来了。

“我能预想到给客户提供更高端的服务，”她说：“扩充旅游线路，甚至可以开设骑马来回塔克纳河垂钓虹鳟的路线；给行政客房的客人提供水上飞机出行；提供顶级烹调的牧场种植的有机食品，还有湖里新鲜的鲑鱼和森林里打来的野味。这些加上专注于圣诞节的冬日体验，我相信一定可以成功的。我知道它会成功的。”

迈伦打量了她很长一会儿，一种难以描述的情绪弥漫上他的眼睛。他摇了摇头。

“忘了这个念头吧。”他放下杯子，吃力地摇着轮椅穿过地毯，面部因为用力而微微扭曲。“我今晚要早点睡。现在能请你离开，顺便帮我锁上门吗?”

她站起来，接过他轮椅的把手。

“放手，我自己能行。”

但是这一次她驳回了他的要求。“别这么固执了，老伙计。我希望你多活几天呢。”她推着他走向了图书室的门。

“为什么我得让你这样管着我?”

“因为我人很好，”她轻笑着说。“而且雇我的佣金不高。”她推着他的轮椅走到图书室外的走廊上，向着去年春天新安装的小电梯走去。她俯身按下了电梯按钮。

“奥莉，你以前有在牧场的经验是吗?”

她紧张起来。“你从来没有问过我的过去。”

“但是你确实对这些很在行——打猎，捕鱼，照料马匹。这些肯定是从哪里学到的。你的家乡是哪里，奥莉薇亚？你是在不列颠哥伦比亚长大的吗？还是其他省?”

电梯门在两人面前打开了。

她犹豫了，陷入了两难的境地。他为她做了那么多，而她却欠他一个合理的解释。迈伦让她在老栅栏牧场的生活如鱼得水，让她在这里得以疗伤，让她终于找到了一丝平静。这所有的一切都源于他在看过她最初被招进来时的简历之外，从未过问过她的来历。他见过她手腕上的伤疤，但却从来没有提起过。这是一个理解别人留有秘密的男人。

“是的。”她推着他走进电梯，按下了第三层的按钮。电梯门合上，缓缓上升。“一个牧场，在更北边一些。”

他没有出声。谢天谢地，她推着他走出电梯，顺着长长的回廊走到他的房间。迈伦的房间是一间拐角处的套房，从房间望出去可以看到湖泊和南侧的山脉，以及西面被摇摆的白杨树星点点缀的山峰。

“谢了，”到房间门口的时候他说。“从这儿我自己能行了。”

“你确定吗?”

“一点问题都没有。就像我和你说的，只有我死的那天才会需要别人来给我刷牙擦屁股，给我穿上尿布抱到床上。”

她扑哧一笑。然而当她看到这个老伙计眼中的坚定和野性时，一阵不安席卷了她的肠胃——她突然害怕他会自己结束自己的生命，在大限来临之前用各种药片了结自己。

“好吧……”她踌躇了一下，不情愿留他独自一人。“那晚安。”她转身准备走下楼梯。

他突然出声叫住她，吓了她一跳。“你为什么要这么做，奥莉薇亚?”

她转过身来。“做什么?”

“照顾和取悦一个将死的老家伙。你想从我这里得到什么?”

这话像一股钝痛捶进了她心里。

“别这样，迈伦，”她静静地说。“别想把我从你身边推走。我可不是那么好对付的。”

他瞪着她，搭在轮椅的扶手上的手紧紧攥成了拳头。“你觉得是我把我自己的孩子逼走的?你觉得是我疏远了自己的儿子——这就是你的想法?”

“不是这样吗?”

他把轮椅调了个头，用力摇着轮椅穿过房间的门。“滚吧，奥莉。”他猛地甩上了门。

“你就待在里边吧，”她不甘示弱地吼回去。“就这么完蛋吧!”

没有回应。

这个该死的老混蛋。

"我知道你的把戏，迈伦!"她在门外喊。"你他妈的太懦弱，根本不敢像个爷们似的面对自己的心，就是这么回事！妥协需要勇气，也很费劲，所以你就干脆把我们所有人都拒之门外!"

还是没有回应。只有门厅里一座爷爷级别的挂钟发出滴答的响声。

奥莉薇亚低咒了一声，转身跺着脚下了楼。历经三代洗礼的楼梯在她的脚下咯吱咯吱地呻吟，过往的记忆突然涌入了她的脑海。她也离开了她的家庭，她的前夫，还有她过去所接触的生活。现在她只剩下一个她关切至极的垂死的老人，还有艾斯和灵逸，这就是她现在家的全部了。家就是湖边小树林里的那个小小的棚屋，没有电，没有电脑可以和外界联系，甚至就连这座棚屋都不属于她。它迟早会回到柯尔或是简的名下。

到那时她又该何去何从?

打起精神来，你已经挺过了最坏的时候。你也不能为这个将死的老伙计做更多的了……

不过还有一件事情可以做。她拖着脚步走出图书室。还可以为迈伦做一件微不足道的事情，她可以打电话给他的孩子们，给他们一个回家的借口，一个告别的机会，一种弥补这些空缺的时光中产生的隔阂的方式。她可以给他们一个她曾经梦寐以求机会。

她可以给迈伦一个释怀的机会。

奥莉薇亚从图书室出来，大步走向屋子后面一个迈伦工作用的侧室。柴火快要燃尽了，只剩下灰烬中微微发出的红光，艾斯静静地卧在火堆面前睡得很沉。走进侧室，迈伦的深色木质办公桌上一片狼藉，一个鼓鼓囊囊的文件袋放在乱七八糟的文件最上面。文件袋上潦草的写着“最后的遗嘱”，又一个赤裸裸提醒着事情已经到了无法挽回的地步的东西。

她拉开桌子左边最上方的抽屉。她曾经有一次见过迈伦从这个抽屉里拿出他的名片盒。名片盒的旁边有一本硬壳的精装书，书页中间还夹着一个书签。她震惊不已，这居然是柯尔·麦克唐纳最新出版的一本书——一本直白地起名为《生存的叙事散文》。

她翻开封皮看第一页。

为什么那些一心等待别人来拯救的人都死了，但有那么一个人却可以经历种种的磨难还可以奇迹般地生还？在这个有关生存心理的实验中，柯尔·麦克唐纳将会剖析他真实的、令人胆寒的与死亡邂逅的经历，以此来揭露人类一系列令人吃惊的特质，并解释为什么一个特定的个体可以抵抗命中注定的恐惧，从受害者变成一个幸存者……

奥莉薇亚的心中充斥着复杂的情绪。她倾向于把自己归类于幸存者——她从怀特湖杀手的手上逃了出来，活得比他更久。但是她真的逃掉了吗？他带来的恐怖依然在她内心深处盘旋。在某些层面上来说，她清楚自己一直以来都生活在他的阴影之下，挣扎着逃脱出有关他的记忆，逃开她以前的身份。也许奥莉薇亚是一名幸存者，但是萨拉·贝克一定不是。因为他已经杀死了萨拉，而她自己也难逃其咎。

奥莉薇亚决定把这本书借回去，她相信迈伦不会介意的。

她轻轻打开他的名片盒，找到了简和柯尔的条目，把他们的联系方式抄在一张纸上，她很快就会知道这两个电话号码是否还在使用了。把名片盒归回原处，她关上了抽屉，却不小心碰倒了一个铜制的小雕像，雕像掉在木地板上发出巨大的声响。她咒骂了一声，快速地把它捡起来放回去，然后听到图书室外传来一阵响动。她的脉搏加快了。

“嘿?”她小心翼翼地走进图书室。“谁在那儿?”

有轻轻的脚步声在走廊上响起。艾斯不在垫子上，奥莉薇亚一下子紧张起来。她像一只猫一样轻手轻脚地跑过去，利落地抽出一直以来习惯别在腰后的猎刀。

她来到走廊，一个身影绕过墙角跑下了楼梯。奥莉薇亚瞥见了一抹淡蓝色的裙角。

“阿黛尔？是你吗?”

女管家在楼梯下面站定，艾斯跟在她身后。只见她慌乱地理了理裙子。

奥莉薇亚感到怒不可遏，她最恨有人这样吓她，恐惧就意味着可能回想起往事。

“刚刚是你在图书室吗?”她粗暴地问道，心跳如雷。

“不是……我的意思是，是的，”阿黛尔说。“我看到麦克唐纳先生的晚餐托盘还在那里，所以就把它们收拾掉了。就在我刚要走的时候，觉得听到有人进了他的书房。”她的目光落到了奥莉薇亚手中的书和纸片上。

“是我进去的，”奥莉薇亚没有过多的解释，把记着电话号码的纸片塞进牛仔裤的口袋里。

“额，好吧，很好。我……我以为可能会是个强盗。我还是快点回家好了。”她忙乱地走到门口，从挂钩上抓起自己的外套，把手臂伸到袖子里，然后踌躇了一下。

“那么你找到你需要的东西了吗？从麦克唐纳先生的书房里。”

奥莉薇亚起了一丝疑心。“找到了，谢谢你。”

阿黛尔等着她再说些什么，但是奥莉薇亚合上了嘴巴。

“那，晚安。”

“我和你一起出去，”奥莉薇亚抓起了自己的夹克，从架子上取下一个手电筒。

她锁上大门的时候，阿黛尔从房子的一侧绕过去找她停在那里的斯巴鲁汽车。奥莉薇亚听到她发动了引擎。站在门廊，她看着女管家的车从尘土飞扬的车道上开出去，车前灯的两束灯光消失在了黑暗之中。在她们的上方，穹顶般的深色天幕上点缀着闪闪星光。

当斯巴鲁的发动机声消散在了空旷的原野上时，一种沉重的、冰冷的寂静笼罩了下来，奥莉薇亚不自在地缩了缩肩膀。

她打开了手电筒，艾斯寸步不离地跟在她身后穿过了草坪。当他们走到没有灯光的白杨树林的时候，枯叶和干草都在脚下发出沙沙的声响，像是在耳边轻声诉说着午夜微风的故事。她突然听到了一声细小的树枝被折断时发出的咔擦声。

她定住了。

又是一声，咔擦。

奥莉薇亚把书用夹克裹在怀里，弯下腰紧紧抓住了艾斯的项圈。她向四下的阴影挥着手电筒，艾斯在低声咆哮。她的心跳加快了，全神贯注地听着，等着。

什么都没有。只有落叶和干树枝发出的沙沙的声音。不过那种被黑暗中的什么东西注视着的感觉依然很强烈。

她还是紧紧地拉住艾斯，继续向前小跑着穿过树林，期待着能看到一双闪烁着微弱光芒的绿眼睛，或者是红眼睛。这取决于那是一只能够夜视的动物还是一个热血沸腾的别的什么东西。

但是她的眼前只能分辨出一片漆黑。继续牢牢地抓住艾斯的项圈，她快步跑回了自己的小木屋。艾斯最终还是没能有机会和一头小狼或是灰熊一决胜负，事实上，和它们对抗，艾斯基本没有胜算。它已经跛足，眼睛也瞎了。

一进到屋内她就点燃了煤油灯和蜡烛，温暖的光线颤抖着充满了她小小的客厅，这让她放松了不少。

奥莉薇亚走到门闩旁，犹豫了一下，又放下了手臂。她被锁在屋子里的时候总会感到无法抑制的恐惧，她也不想自己把自己吓得光待在外边。塞巴斯蒂安·乔治已经死了，不锁门也是她的自由，这是她给自己设下的底线。但是现在她却站在这里，抱着自己的肩膀，胃里翻江倒海。为什么会有这种感觉？就像是黑暗中有什么要来了的感觉？是正在阴森逼近的迈伦的死亡吧——一定是这样的。

合上百叶窗，她拢了拢发着红光的余灰，然后把一锅汤放到了炉子上。艾斯在火堆前的垫子上蜷缩成一团。她看了看表，算出现在古巴已经将近午夜，而伦敦大概是早上六点。

打电话去古巴太晚，打去伦敦又太早。

她在开放式的客厅里慢慢踱步，依然抱着自己的手臂，身体忍不住紧张地痉挛。

见鬼去吧，迈伦很有可能明天就不在人世了。她从腰带上抽出一部短而粗的手机——一部全球卫星GSP-1700，她为数不多的奢侈品之一。她向来不在穿着上花很多钱，也基本上不买化妆品。除非是有差事在身，不然很少去到镇子上。她的奢侈品一般是昂贵的竹制钓竿和羽毛尾钩，以及价值不菲的鱼线和线轴。她还有一部随身携带的卫星电话，不是因为这里的通信塔信号烂的和屎一样，也不是因为她想要和外界联系，而是因为尽管她宣称自己已经向前看，尽管她拒绝成为一名受害者，尽管她不想再害怕已经深深印刻在她灵魂中的黑暗的逃不开的恐惧——她还是想要一个无论在哪里都能求救的方式。虽然对外虚张声势，她也绝不想再一次陷入孤立无援的境地。

她先拨出了在伦敦的简的号码，电话被直接转到了语音信箱。她挂断电话，垂下的手臂在听到屋外有声音时猛然顿住了。她小心地听着屋外的动静，那种阴冷的感觉比之前来得更近了。她看向艾斯——她的雷达，可是这个家伙听起来已经坠入了梦乡。她又拨出了柯尔·麦克唐纳的电话。

响到第五声的时候，他接起了电话。

第三章

佛罗里达群岛　布莱克的海滨酒吧
周四　午夜时分

酒吧挤满了人，夜晚的空气闷热难耐。窗户被啪地推开，涌入一股带着咸味的海风，却丝毫没有对室内烟雾缭绕，歌舞升平的氛围有丝毫影响。汗水顺着拥挤在演唱台上的古巴裔爵士乐手们黝黑的皮肤流下，顺着或高声欢笑，或交头接耳，或在小小的舞池中踩着节奏感极强的旋律买醉摇摆的顾客们的脸颊流下。

一位女歌手接过了话筒，迷人的一笑，然后展开了歌喉。她的声线低沉忧郁，充斥着神秘的、古老的热度。当一对舞伴在舞池中随着她歌声的旋律轻轻摇摆时，就像是有人点燃了一炷气味馥郁的沉香，人们都变得亢奋了起来。玻璃罐里的蜡烛火焰晃曳着，柯尔感觉就连凳子下的地板似乎都在轻轻震动。

可能是喝太多产生的错觉吧，或者是他们刚才在小船上抽的大麻开始作祟。眼皮变得沉重起来，他用力眨了眨眼睛，试图找回一点注意力。他坐在一个小圆桌旁，手里捧着一杯啤酒，身旁坐着他一同出生入死老友加文·布莱克，一位投入了自己的全部身家开了这间海滨酒吧和租船生意的摄影记者。他和加文在天亮前就起来了，一直垂钓到夜幕降临。他们被太阳晒伤了皮肤，附带腥咸的刺痛感，肌肉也酸痛不已。

加文一个月之前抱怨说自己钓鱼需要一个帮手，把柯尔哄骗到了这里，但这其实只是一个善意的谎言。

加文·布莱克真正的目的是帮柯尔走出低迷。显而易见，他来这里之前要么流连在哈瓦那的酒吧里，要么就是烂醉在床上，写一些什么"海明威应对危机的必要条件"的垃圾文章。

透过迷蒙的醉眼，柯尔看到那位歌手正在唱一个试图从恶魔手中逃走的罪人的故事。没有过多的关注歌词，他反而眯起眼从朦胧的烟雾中打量起这个女人的外貌来。她的皮肤像是黑檀木一般充满光泽，眉眼低垂，嘴唇丰满撩人，似乎在对着麦克风轻柔地诉说爱意。她让他想起了曾在苏丹见过的一个面孔，接着又让他想起了荷莉和泰。他的皮肤燥热起来。

"你得开始一段新生活了，伙计。"加文拿过他的啤酒，凑近看着他说。

柯尔斜睇着他的老朋友。加文的面容在视线里模糊了边缘。

"我已经完了。"柯尔抬起手示意服务生再送一轮酒过来。"一切都已成事实——我的灵感来源，我的缪斯，她已经不在了。"他的声音沉重不堪，说出来的话变得含混不清。

加文向前倾身，黝黑有力的前臂枕在小圆桌上，结实的肌肉上有一个纪念阿富汗的刺青。柯尔第一次遇见他是在兴都库什山脉[①]，彼

① Kindu Kush，亚洲中部的山脉，绝大部分位于阿富汗境内。

时他的新闻摄影作品震惊全世界。加文曾经的摄影作品所达到的境界，是柯尔只期望自己能用文字表达出来的。

“去继续你之前一直很想做的赞比亚医生和黑市勾结贩卖人体器官的新闻怎么样？这能让你不再想那些烦心事。”

烦心事。

他的醉意染上了一丝怒气，迟缓却辛辣地蔓延开来，不是因为别的，而是因为这一刻深深的自我厌恶和自责，或许还有对自己放纵的愤怒。就某些方面来说，他知道加文是对的，他需要找一些事情来重新唤起激情，只是他再也不能对任何事情产生当初那样的热情了。自从在苏丹的变故改变了他的生活模式后，他对刺激性事件的追寻显得也没那么执着了，同时还丧失了对世界讲述自己的故事的初衷。

“不管怎么说，你不远万里到这来，坐在古巴的一个小酒馆里是为了什么？就是为了愚蠢地缅怀海明威？你说要把这个当作下一本书的主题，是认真的吗？早就有人写过这些了，写过一千遍一万遍了。你应该做得比这个更好。”

“你怎么还不滚蛋。”他又高高地举起手，暴躁地招呼着酒保，指指他们面前的空杯子示意。“我才不会缩头缩尾的。”

一个服务生端着两杯啤酒穿过密集的人群，走向他们的桌子。

加文盯着柯尔，似乎要在他的衣服上烧出一个洞。“你以为我为什么要在这个针尖大的群岛上开一间酒吧，管它叫‘逃离’？你以为这个世界上只有你一个人在饱受煎熬吗？根本不是的，伙计。每个人都很痛苦。”

服务生微笑着把两个盛满的酒杯放在他们面前，柯尔立即举起了自己的那杯。

“干杯。为这个逃避‘烦心事’最好的地方。”他深深地喝了一大口充满泡沫的啤酒。

就在他咽下这口酒的时候，电话响了——在吵闹的音乐和节奏声中，他好像隐隐约约听到有铃声在什么地方响起来。只不过汗水和酒水混合的气味太过浓郁，衬衫也早就被汗湿，他已经处在意识消失的边缘，不确定是不是自己在幻听。

“是你的。”加文说。

“什么?”

“你的手机在响。”他的老友朝桌面上不停震动的手机点了点头。“有人找你。”

柯尔呆滞地盯着震动的手机，有点茫然的想是谁会打电话给他。他伸手摸索着拿起手机，把它放到耳边。

“喂。”

“柯尔·麦克唐纳?”

一个女人的声音。酒吧里实在太吵了，他捂住自己的另外一只耳朵想听得更清楚一些。

“你是谁?”

“我的名字叫奥利维亚·韦斯特，是老栅栏牧场的经理。我想告诉你一些有关你父亲的事情。他现在……”她的声音断断续续的“……决定……医生说……”

“喂？信号不太好，你刚刚说了什么?”

“……他需要……回家……”

“等一下。”

他对加文说，“我得出去接个电话。”然后抓着桌子的边沿摇摇晃晃地站起身，嘴里嘟嘟囔囔。他趔趄着穿过舞池里的人群，挤开门口拥着的一群人。

屋外也是一片闷热。他能听到远处的海浪拍打着礁石，潮湿的空气中夹杂着甜腻的香气。码头的仓库挂着的大钟正指向午夜十二点。

一群穿着紧身亮片裙的女人从他身边走过，黝黑的皮肤闪着光泽，大声笑闹着问他需不需要“特殊服务”。她们天性如此，似乎只要醒着，就满脑子是不需要思考的、享乐主义的性爱……

他摇晃着步伐走过木板路，抓住栏杆努力保持平衡，然后把电话又放回了耳边。

“你刚才说你是谁?”他含混不清地问，眼前的海面在月光下泛着粼光。

“牧场的经理，奥莉薇亚・韦斯特。你的父亲需要见见他的家人，他快要不行了。”

柯尔德脑袋里一片浆糊。

“你再说一遍?”

“医生说他时日不多了，癌细胞已经扩散到全身。他现在需要尽快转入临终关怀之类的治疗，这意味着需要作出一些决定。”

“我前不久才跟我姐姐简谈过，她说他身体还好……他告诉她说他……很好。”

“前不久？具体是什么时候?”

他把手指插进因为腥咸海风的湿气而板结的头发里。头发该剪了，他都很久没有注意过了……上次剪头发是什么时候？一个月之前？荷莉离开他之后过了几个月了？泰又回到他的亲生父亲身边多久了……

“你在听吗?”

“额……还在。听着，我不知道你他妈的是谁。但是——”

电话那头的女人声音里染上了怒气。“你自己的父亲就快要死了，我只是觉得你应该知道这件事，觉得你应该有个道别的机会。但是你根本就一点也不在乎，如果你觉得只需要坐在某个古巴的酒吧里——”

“佛罗里达，我在佛罗里达。”

“随便了。不管你在哪里沉浸在自己愚蠢的过去里，每个晚上喝得烂醉如泥，都不能让你的家人回来。你不是那个幸存者，知道吗？你根本不知道怎么生存，你只会自我麻痹假装自己还在生活。”

他先是被震惊了，接踵而来的是喝醉之后的暴怒，把他从恍惚中惊醒。

“你……你他妈以为你是谁？”他对着电话大喊大叫。“你以为你是谁，能随便指手画脚，插手我的——”

电话那头是死一般的沉默。

“喂？……喂？”

一片寂静。

见鬼，那个女人挂了他的电话。他气得发抖，恶狠狠地按下回拨键，电话却没有反应，他又检查了一下手机，才发现是没电了。他盯着波光粼粼的海面又咒骂了一句。现在他连找到那个女人的电话拨回去都不能了。她刚刚说她叫什么来着？奥莉薇亚？

他把手机塞回口袋里，两只手都撑在栏杆上，努力平静下来整理思绪。他站了一会儿，心不在焉地看着一轮残月下翻涌的海浪。

他的父亲就要去世了，这是真的吗？

去年的什么时候简好像提过他得了癌症，但是她也说了父亲一直是很健壮的，没必要太担心，一切都在掌控之中。但他的父亲会告诉简自己的身体大不如前吗？不，不会的，他是绝对不会说的。自己上一次究竟是什么时候和简谈的？应该是很久以前了。

他用手扶着额头，试图回想起来简当时打电话是为了什么。对了，她是打来问他要不要在一封有关售卖牧场的意向函上署名的。他当时毫无意外的喝得烂醉，还记得自己对姐姐说他一点也不关心牧场会怎么样，她和父亲可以随意处置那块土地。

她在那通电话之后用邮件给他发了一份密密麻麻的文件，他连看都没看就用电子签名签下了自己的名字。

但是如今他开始认真考虑这件事了，他的父亲绝不会想将这块被他视为珍宝的牧场挂牌售卖的，至少他还活着的时候是不会允许的。

他们的父亲身体每况愈下的时候简知道吗？她那个时候就在计划着把牧场变现了吗？

如果是简的话，会这样做也不奇怪。

柯尔从栏杆上撑起身子，沿着木板路往外走出去。出租车，他需要找一辆出租车。

他的老友从身后的酒吧里跑出来。"柯尔！等一等！"他在柯尔刚要过马路的时候拦住了他，一手抓住他的胳膊。

"你要去哪里?"

柯尔转过脸来，加文借着路灯看到他的脸的一瞬间愣住了。

"上帝啊，发生什么了?"

柯尔站在那里，身子轻轻摇晃着，努力想要把脑子里因为刚才的一通电话噼里啪啦蹦出来的零件归回原处。

"我要回趟旅馆给手机充电。我得给我姐姐打电话。"

"刚才是谁打来的电话？一切都还好吗?"

不，一点都不好。他的父亲就快要死了。

……你这样沉浸在自己愚蠢的过去里，每个晚上喝得烂醉如泥，都不能让你的家人回来。你不是那个幸存者，知道吗？你根本不知道怎么生存……

这个女人到底是谁，她是从哪得出这些结论的？为什么她会知道幸存者的说法，知道他破碎家庭的过去？

“我爸爸病重了，”他平静地说，原本一片混乱的大脑慢慢镇静下来，思绪逐渐变得清晰。“我甚至说不清楚自己有什么感觉，但是我需要帮助。把我送回旅馆，我要收拾一些行李，还有我的护照。把我送去机场吧。”

“可是你喝醉了。”

“等我乘上最近的一架航班，酒就该醒了一半了。到温哥华国际机场[①]降落的时候我肯定已经完全清醒了。”

他在彭波顿[②]一位租住了他和荷莉的老房子的朋友那里存放了一架小型单翼飞机，所以他得从温哥华国际机场赶到彭波顿，然后驾着飞机去卡里布。这一系列的行程在脑中成型的时候他愣住了——十三年来，他第一次准备要回家了。浪子终于要回到他的家乡。

“好歹你很快就会清醒了，真不知道你因为酗酒死掉之前还能承受几个像今天这样的晚上。刚才是谁打来的电话？”

“某个叫奥莉薇亚的女人。”

加文停下来打量他。“知道吗？这个叫奥莉薇亚的女人救了你的命。来吧，我们出发。”

奥莉薇亚坐在床上烦躁地翻着柯尔的书，艾斯在她的脚边小声地打着呼噜。他居然挂断了她的电话，这个混蛋。在这种被公然侮辱的

---

① 温哥华国际机场（Vancouver International Airport），位于加拿大不列颠哥伦比亚省列治文市的一个民用国际机场，是加拿大第二繁忙的国际机场。

② 距温哥华约 160 公里的山区小镇。

恼怒背后，她更多的是为迈伦感到惋惜。她一直以来都固执地认为谈和对他来说很有好处，或者至少对他儿子来说是个不错的选择。结果只是白白浪费时间。

文章中的一段文字吸引了她的眼球，她把书抬起来凑近了仔细看。

生存就是一场旅程，它是所有故事发生的基础。无论是什么地区，什么样的文化、时代背景下，以这样或那样的姿态，我们盘膝围坐在猎人的篝火旁时听到的，从燃烧的太空舱里九死一生的宇航员口中所听到的，抑或是从战胜了癌症的妇人口中听到的有关生存的故事总是千篇一律。我们总是满脸期待地听着，希望从这些故事里学到他们用以打败野兽、出奇制胜，或是独自一人征服珠峰的魔力……

她翻到这本书的封底，上面有他的另外一张照片。

这张照片看起来是在非洲的某个地方照的，照片里他铁灰色的双眸因为一丝戏谑的闪光而染上了温度。他的皮肤被晒得黝黑，宽厚而锋利的嘴角像是知道了什么秘密一样微微上扬，也许是知道了生存的秘密吧。她咽了一下口水，再一次因为相貌而注意到父子俩之间这种微妙的基因联系让她有一种奇怪的感觉，更何况其中一人还是她如此关心的，不过也很奇怪，为什么她会对如此相像的两个人有着截然不同的感觉。

不是因为他似乎在有意无意地散发着“去你妈的”这种极具侵略性的男子气息，也不是因为他似乎随时在对人竖中指的态度，更不是因为她嫉妒他大大咧咧地就狠狠咬了生活一口的勇气——不，不是因为这些。

是她在不知不觉中已经慢慢被他所吸引了，她对这种沉迷感到十分不安。她所着迷的不仅仅是他的外表，还有他的谈吐。她被他充满了阳刚之气的散文所征服，拜倒在他那些干净有力，能把人深深带入作者当时感情中的句子下。他对这个世界和芸芸众生的观察是那样的敏锐。

像柯尔·麦克唐纳这样的男人的思想既诱人又很危险。奥莉薇亚把书搁在一边，熄灭了煤油灯。他不来也是件好事，这样她就不用面对他了。她不想再一次遇见一个对她来说极具吸引力的男人，上一次在康复后做爱时从自己的丈夫眼中看到厌烦和敷衍了事已经让她心如死灰。

她从未打算让自己再一次处于那种被人贬低的目光之下。

尤金看着她的小木屋里发出的微弱的光亮。带着凉意的风在耳边轻轻吹拂，远处夜色中的山峰上传来一声悠长的狼嚎，猎枪的声音让他手臂上的汗毛纷纷竖起。他的思绪转回了家里。野性，自由。没错，他可以尝到这滋味。在过了这么长的时间之后，她——或者说是这熟悉的一切——终于又到了触手可及的地方。他终于可以达成自己的目的，回到最初的最初，把事情终结在本该终结的地方。他无比热爱此刻命运的味道，这才是正确的样子。

他是今天日落之前刚刚到这里的，在这之前他已经逡巡过这一带的营地、木屋、马棚和旅馆，现在对整个牧场已经有了大致的了解，这里没有多少人。等到夜幕降临，他就会去旅馆外看看有多少亮着灯的窗户，以此来掌握牧场里实际旅客和工作人员的人数。

当他在一个几乎不能分辨人影的距离，从二楼一个巨大的落地窗里瞥见和一个坐在轮椅里的白胡子男人交谈的她的身影的第一眼时起，他就知道那一定是她。

他身上的每一根汗毛都是那样的熟悉她，熟悉她头发的颜色和垂在肩上的弧度，熟悉她脸庞的轮廓，熟悉她讲话时微微向右偏头的小动作，熟悉她优美的颈部线条和下颌迷人的曲线。

他比这个世界上任何一个人都要熟悉萨拉·贝克。他知道她嘴唇的触感，知道她最私密部位的滋味，甚至知道她血肉的味道。想到这些的时候他吞咽了一下口水。她就在他的身体里，成为了他的一部分。

他已经基本弄清楚了她在这个地方是怎样生活的了。他看到过她别在腰后刀鞘里的小刀。她养的狗看起来年纪不小了，而且应该主要是靠嗅觉来辨别方位。在黑夜中独行的时候她看起来很自信，但其实哪怕只是很小的树枝折断的声音也会让她一惊一乍。她行动敏捷，警觉过人，当然，这同样意味着她从来没有忘记过他，她依然还带着他带去的恐惧在生活。他悄悄地扬起了嘴角。

透过树林，附近的一间小木屋看起来是空着的，她的屋子外面也没有电话线接进去，屋顶上没有卫星接收器，他也看不到有任何的电线。她的皮带上挂着一部手机，看起来很有可能是靠他进来之前看到的山上那座通信塔来使用的。旅馆的周围有通讯电线，房顶上也有一个大大的卫星接收器。那个接收器最大的可能性是用来接收卫星电视的信号，可能还有网络信号。除了这些线路之外，这一整片地区看起来都是靠那座通讯塔的信号来联络的。这一切都很合他的意，尤其是从夜风中可以品尝到的即将来临的降雪的气息。

肾上腺素在他的体内汩汩涌动。

但是游戏还没有开始，现在还没有。

在她知道他也参与其中之前，这还不能被称之为是一场游戏。

他们可能还没有收到他留下来的讯息——今天他们的无线电里一点也没有消息，他从克林顿镇到老栅栏牧场时在加油站的报纸上也没有看到相关的报道。但是他留下的讯息应该不久就会被发现，到那时他们会知道那是什么意思的。

他把一具尸体吊在了路边的一片白棉杨林里。

他可能明天或者是后天会驾车回到镇子上，买一份报纸和其他需要的物品。然后再过几天，她就会是他的囊中之物了。

一只猫头鹰轻轻地呼号了一声，扇动翅膀从林间呼啦啦地划过。一直等到夜色变得浓重而寒冷，等到缓缓升起的月光下草地上的寒霜开始闪闪发亮，等到群星的轨迹都移到了天空的正中央，他这才像一抹鬼影一般悄悄退回了阴影之中。

晨光乍现的时候他还会回来的，为她带来第一份小礼物。是时候让她察觉到自己若有若无的存在了。

第四章

奥黑尔国际机场　周五

柯尔把自己的粗呢背包放在咖啡吧，打听着最近一班经停飞机的消息。

四个小时前加文把他送到小小的海滨机场，他挤上了一班飞机。在迈阿密又花了三个小时找到一架可以让他在奥黑尔中途下机在温哥华经停的航班。机场尽头的窗户外是芝加哥黎明的橙色曙光温柔地从地平线上散射出来。他一路上都隐隐有些头痛。这整个追着时间往西边跑的过程他都感觉很不真实，就像是悬浮在黑夜与白天交界的梦境之中，他甚至有时候觉得那通来自奥莉薇亚·韦斯特的电话是他自己喝太多酒精神错乱幻想出来的。

他点了一杯双倍美式浓缩咖啡，起身去找自己的登机口。这事从头到尾就是一个错误，他是他父亲在这个世界上最不想见到的一个人，更别说是在这个老顽固这么虚弱的时候了。他的老伙计最讨厌露出自己软弱的一面，尤其是对自己的儿子。

当他小口啜着纸杯里的咖啡的时候，一个更为复杂和阴暗的想法从他脑子里冒了出来——在离家这么多年之后，在他的父亲很明显是快要死的时候突然出现在牧场，这很像是一个善于权谋的机会主义者会做的事情。柯尔这辈子最不想的事就是让他父亲觉得他需要，或者是想得到他的任何东西，比如说遗产，或是牧场的继承权什么的。他对简也是这样说的——他们可以想怎么处置就怎么处置那片土地，他一点也不会干涉。

柯尔在登机口附近找到一个位子坐下，打开了自己的手提电脑，脑袋里一片浆糊，似乎在砰砰地响。等待电脑启动的期间，他给简打了个电话。之前离开迈阿密前他给她打电话她没有接。

这一次，她在电话铃响到第三声的时候接了起来。

“你好，我是简，”她用她特意学习的蹩脚的英国口音说道。他的姐姐就是一个这样的骗子。

“我是柯尔。你知道爸爸病重了吗？是真的吗？”

气氛有一瞬间的凝滞。

柯尔在心里咒骂了一句。“该死，简，你早就知道了？”

对面传来一声叹息。“不，我也没有很早知道。直到今天早上一个很不合适的时间他的经理打电话来说他需要临终治疗我才确定的。说真的，我也很震惊。我只知道他得了癌症，但是他和我说化疗之后病情都好转了。他说了他正在康复。现在显然他是在说谎——这一点也不新奇。永远只会说‘很好，一切都很好，’你知道的，他就是这样的人。我有试着联系过你的，你现在在哪儿？”

他深深吸了一口气，看到不远处一对父子正一起吃力地推着行李，这一幕让他想起了泰和荷莉，还有那些错过的机会。“奥黑尔国际机场。我要回家一趟。”

“什么？”

“我买了一张机票，准备要回家了。”

“我……好吧……我……不，这很好。”她清了清嗓子。“这会很有帮助的，因为托蒂和我现在都抽不开身。这边情况有点复杂，可能会有一位从比利时来的大使什么的。你一回到牧场就给我打个电话让我知道爸爸情况怎么样，告诉我事情是不是真的像那个经理说的那么严重，还有我需不需要回去。”

柯尔闭上了眼睛，捏着自己的鼻梁。他在心里默默地数到十，然后才开口，“无论如何，这个牧场经理，这位奥莉薇亚·韦斯特到底是谁？你知道任何有关她的事吗？”

电话那头又是一个古怪地停顿。“我记得她在牧场里担任钓鱼指导和普通农场工人的工作，这也是我第一次真正和她说上话。”她的声音有些颤抖。“听着，关于爸爸的遗嘱——”

“上帝啊，简，别说了，快闭嘴吧。”

“但是你还在继承名单里不是吗？还是有权利卖掉牧场的？”

“我不知道他们是从哪里找到你的，你知道吗？当时我在哈瓦那的时候你打电话和我说卖掉牧场的事情，我正在……”他暗自咒骂了一句。他甚至想不起来简当时正在计划的是什么了，对她叫他签名的是什么文件也毫无头绪。

“如果你一直以为爸爸身体还好的话，为什么当时要打电话给我让我签字卖掉牧场？”

“因为克莱顿·福布斯联系我说他有收购的意向，这就是原因。”她的声音变得尖锐起来，充满防备。“他想从我这儿打听出售的可能性有多大，因为——好吧，因为我比我们的爸爸好说话得多，就让我们正视这一点吧。他希望如果我——我们——有兴趣的话，能把事情往正确的方向推进。”

“到底是对什么有兴趣?”

“你是在跟我开玩笑吧，是吧？你都在文件上签过名了。”

“我不记得签的是什么了。”

“可能你当时眼睛都喝瞎了吧。”

“真好笑，简。快点告诉我。”

她含混地骂了一句。“福布斯想知道我们一家的想法，因为房地产开发方面有一个天大的好机会。他想在和投资商谈判以及开始委托计划之前先确保我们是站在卖掉牧场这一边的，就是这一类的事情。”

“融资？规划？为老栅栏牧场?”

“对。把它建成高档商业区和私人庄园。”

他的脑袋一阵眩晕。“爸爸永远不会同意的，绝对。”

“但是我和你可以同意。”

“它不属于我们的资产。”

“噢，饶了我吧，柯尔。爸爸病重了，没人能永远活着。我是个实用主义者，就是这样，克莱顿也是这样的人，他知道爸爸会把财产留给我们两个。而且我知道你不会要你的那一份的，所以这样做有问题吗?”

想到克莱顿·福布斯的时候柯尔的心中一沉。福布斯是他学生时代的宿敌，总是用狡猾的、表里不一的方式对待他人和生活。

“我签的是什么东西?”

“一份保证在继承老栅栏牧场后会和福布斯房地产公司进行诚恳的交涉谈判的文件。”

见鬼。他更用力地捏了捏鼻梁。

机场广播里传来传唤，他的航班开始登机了。

“我得走了。我到了之后会给你打电话的。”

“等一等，还有一件事。克莱顿认为爸爸的牧场经理在他虚弱的时候对他产生了过度的影响，他觉得她在暗中运作，也想从遗产中分走一杯羹，即使不是牧场的全部，但如果真是这样的话，爸爸也分她一份，她才不会想让我们卖掉牧场的，那么我们的整个交易就全完了。”

“福布斯是这么认为的？为什么？”他看到头等舱的旅客在排队，再看看自己的票，是一张D等舱的廉价票。

“我不知道。他只是打电话和我这么说，建议我们采取一些措施。”

“他什么时候打给你的？”

“噢，我不知道，柯尔。就是最近吧。”

“比如说是今天早上？就在爸爸需要接受纾缓治疗的消息传出来之后？”

“听着，我也没有时间废话了，孩子们要准备去学校的野营旅行。你只要记住到了那儿之后打给我，告诉我爸爸怎么样，然后调查一下那个叫奥莉薇亚的女人就可以了，好吗？很显然没人知道她的背景到底是什么样的，也没人知道她从哪儿来。我们只知道她年轻又有魅力，而且爸爸好像被迷得不轻。”说完她挂断了电话。

他长吐了一口气。天啊，他是搅到了什么样的事情里面？迈伦·麦克唐纳和一位年轻的女士有染，似乎有点不太可信，毕竟这违背了他一直以来对丧妻之痛咬紧不放的惯例。但是柯尔不得不说——距离他上一次见到自己的父亲已经过去了整整十三年。他的思绪蓦地转到了钱夹里那张满是折痕的照片，想到了导致自己和父亲的情感冲突这么多年的源头。但是很快，他又把这点关于吉米和他母亲的想法抛到了脑后。他不想在这里过多地踌躇，不过他也清楚，这次回去就意味着肯定要面对这些回忆。

广播里响起了B等客舱的登机传唤，柯尔又把注意力转回了面前的笔记本电脑上。他打开了老栅栏牧场的官网，找到员工介绍页面，然后点进了奥莉薇亚的简介，她的照片在屏幕上跳了出来。

一位未施粉黛的女牛仔，眼睛定定地望着你，清澈的绿色双眸让人联想到云杉树林和湿润的苔藓的颜色。她的嘴唇漂亮饱满，容貌间散发着活力，浓密的暖栗色头发打着卷披在肩上。她戴着一顶牛仔帽，身上穿着一件格子衬衫，颈间系着一条红白相间的方巾。她确实很有魅力，美得健康而含蓄。她的个人简介上说她曾在北边的许多地方做过钓鱼向导，比如育空[①]，阿拉斯加，还有其他西北部地区。她在偏僻的伐木场做过伙夫，也在阿尔伯达省北部的牧场工作过，是三年前才来到老栅栏牧场的。

柯尔想挖掘得更深一点，找到了她的个人简介里提到的伐木场的网页链接。网站上的信息看起来都没有什么异常，但是他的姐姐是对的。他在网上找不到任何有关这个奥莉薇亚·韦斯特八年前的过去，也没有注册过社交媒体网站，什么都没有。他听到自己的舱位在开始登机了，于是合上电脑，抓起背包向登机口走去。当他排在登机的队伍后面时，奥莉薇亚的话又浮现在他脑中……

……你不是那个幸存者，知道吗？你根本不知道怎么生存，你只会自我麻痹假装自己还在生活……

她又知道些什么关于幸存者的事，会让她对他有这么大的怒意？虽然他对她一无所知，但是她显然知道些什么关于他的私事，所以才会断定他不够格。好奇心一点一点啃噬得他心里痒痒的。

---

① 育空地区（Yukon Territory）是加拿大三个地区之一，位于加拿大的西北方。

他把护照和登机牌递给空姐。

一个有着神秘过往的女人？对他那个顽固的父亲——那个借由自己的死去的妻子来伤害整个家庭的男人有很大的影响？这听起来像是天方夜谭。

就像他这么多年之后居然要回家了一样不可思议。

老栅栏牧场　周五清晨

夜晚的气温降到了零度以下，码头边野蔷薇的果实和落叶上都结上了一层白霜，在晨光中闪闪发亮。太阳还没有从群山背后露出头，镜面一般平静的湖面上有雾气像纠缠的藤蔓一样升起，有条大胆的鲑鱼猛地一头扎进了无人垂钓的浅滩。

清晨的一声枪响划破了山岗上的宁静，在山谷间回响。奥莉薇亚往自己的毛外套里又缩了缩，独自走在一条半英里长的小路上，挂了霜的草地在她的靴子下面咯吱作响。她沿路丢下了许多为艾斯准备的有气味的东西——一小块布料，一只皮手套，一小撮木屑，一个打成结的塑料袋，一个发夹……各种各样她昨天晚上睡觉的时候放在了被子里的东西，全部都带有她的气味。她还是介怀于柯尔·麦克唐纳的粗鲁，还有他目中无人，放纵而自恋的醉意。什么样的人才会对自己父亲将死的消息无动于衷？

到目前为止她还自私地认为他是不会来的。

小路走到了尽头，奥莉薇亚调了个头又走回自己的小木屋。她重重地踏上门口面对着雾气缭绕的湖面的三级台阶，一只潜鸟在水面上发出颤抖的叫声。

艾斯在门口急切地抓门。

“哦，老家伙，”她刚把门打开一条缝，艾斯就迫不及待地把鼻子伸了出来。“去你的垫子上等着。”

它乖乖照做了，伸出舌头喘着气，用乳白色的眼睛盯着她拿出它的牵引绳。

艾斯蜷缩在门口，绳子和头套都已经穿戴好了。奥利维亚呼唤它，“好啦，乖孩子，你想出去转一转吗？走吧！”

艾斯兴奋地摇起了尾巴。当她为艾斯扣上牵引绳的时候，它凑过来想舔她的脸，她的心快乐的、小小的颤抖了一下。它现在已经八岁了——无论怎么说对于一条德国牧羊犬也不算太老，但是它的前半生太过坎坷，这些经历过的风雨现在已经表现在了身体上。它的牙齿掉得差不多了，腿脚也有些问题，眼睛也慢慢的看不见了。

她是三年前在一条废弃的伐木道上发现它的。那时的她刚出院不久，手腕上的伤口才刚刚结痂，从医院一出来就径直去了酒类专卖店。她打算把车开到某个荒郊野外，大醉一场，然后就此结束自己的一生，再也没有某个好心的恰好是医生的撒马利亚人在关键时刻救她一命。

她当时已经喝下了大半瓶伏特加，绝不该再开车了。但是当时已经快到冬天了，伐木道上空无一人，而她看到路边躺着一团黑乎乎的物体的时候根本不知道自己是开到了什么地方。一开始她还以为那是一具被撞死的野生动物的尸体，但是似乎又有什么不对头的地方让她停下了车。

她震惊地发现那是一只狗，而且还活着——瘦得皮包骨头，不能走路，浑浊的眼球里满是乞求的目光，简直令她心碎。她小心翼翼地碰了碰这个小生命的身体，摸到了皮肤下断裂的骨头。她把这个脏兮兮、臭烘烘，身上还有跳蚤的小家伙带回了自己的车上，把喝了一半的伏特加酒瓶从座位上推下去，用自己的外套在副驾驶座上给它做了一个窝，以便开车的时候能把一只手放在这只可怜的狗身上。

接着她就把车掉了个头，反向驶回城里去找兽医。

艾斯是她生命中一个巨大的转变。它促使她走出低迷，给了她活下去的动力。

兽医说这条狗大概四岁了，不过也很难说，因为它严重的营养不良可能导致判断很不准确。它一生中的大部分时间都是被拴起来的，一截绳子到现在还深深地嵌在它的脖子里，这让她难受到不行，她知道那种被拴起来的感觉是什么样的。从那一刻起，她就决定永远不会让它再失望。

艾斯拯救了她，它给了她无条件的爱，她也倾囊相报。爱开始慢慢让她的心死灰复燃。

她不得不在一间汽车旅馆住下等艾斯痊愈，以便兽医在治疗期间找得到她。在这个小镇上的唯一一家餐馆里，她在餐桌上看到一份报纸上报道了塞巴斯蒂安·乔治——怀特湖杀手——在监狱里上吊自杀的消息。她失神地坐在那里看着这篇报道，一直到服务生过来，担心地问她发生了什么。

这之后的一件事让她更加确信艾斯就是她的幸运星，她的守护神。因为恰好就在同一张报纸上，正刊登着迈伦的招聘启事，找一位在老栅栏牧场工作的钓鱼指导，而这恰好是她最擅长的领域。这份工作是季节性的，提供湖边的一间小木屋住宿，如果想要一个长期的全年工作的话还可以选择冬天留下来照料马匹。那里会是一个绝佳的可以让艾斯自由自在地奔跑的地方。

她又重新开始生活了。这一次，是带着他已经死了，已经在某个监狱的火葬场化为灰烬的消息继续向前走下去。

她把艾斯匆匆塞到车里，一路向南开，找到了迈伦。这个男人没有在意她显然是有着一团乱麻的过去而任用了她。她在老栅栏牧场找到了久违的平静和友情，她终于找到了一个家。

艾斯、牧场和迈伦构成了她生活的全部基础，充实了她的新生活。而现在她就要失去迈伦了，很有可能还会失去这个对她来说家一样的地方，就连艾斯也在渐渐地离开她。她害怕自己失去了这些支柱后会倒塌成地上一摊没有形状的泥水。

她把艾斯放出门，把它带到湖边她早上放下的一个有味道的垫子旁边，打算让它从这里开始追踪。它兴致勃勃地拽着绳子往前走。

那位克林顿镇的兽医说它很有可能在一年内完全失明。虽然它对这种在空气中追寻人类气味的游戏十分熟稔，但是随着视力的下降，奥莉薇亚还是很担心它会不小心冲到悬崖边上，或者是因为看不见而将自己置于各种各样的危险之中。所以她开始训练它做定点追踪——在这种训练里它需要慢下来，把鼻子凑近地面仔细沿着脚步一点一点地闻。这样的追踪很大程度上只是为了消磨时间，为她们在一起的时光找点乐子。除此之外，这项活动还意外地契合了奥莉薇亚一直以来追寻的热情，无论是在游戏里，还是对男人。

她打开一个装着她刚刚穿过的毛衣的拉链袋，把它举到艾斯面前让它嗅了嗅里面的味道。

“就是这个味道，艾斯，去找吧。”

它把鼻子伸进袋子里，记住这个奥莉薇亚叫它去追踪的味道，然后在地上嗅来嗅去，把空气都在鼻腔里循环一遍来搜寻相匹配的味道。当它终于开始闻到她之前放下的东西的丝毫味道时，就立刻绷紧身体，鼻子凑近地面，沿着气味左左右右地在结霜的草丛上前进，确定具体的位置。

她牵着绳子小跑着跟在它后面，呼出的气体在冰冷的空气中凝成了白雾。她们一开始沿着湖边走，然后经过了她事先设下的箱子和梯子的路障。艾斯熟练地从箱子的一角找到了味道，但是奥莉薇亚很快就看到了它的短板——它在梯子的另一头丢掉了气味的源头。一看到它露出这样犹豫的姿态，她就高高举起手中的绳子，指引着它转了一个圈。最后，它终于在下一个梯子的顶端找到了那个味道。

“好孩子，艾斯。你做得很好。”她跟在它后面小跑，气喘吁吁地说。

它慢了下来，突然卧下身子，前爪和鼻尖之前抱着的是一只手套，正是她丢下的第一件东西。

“对啦！继续努力，宝贝！”她把手套捡起来放到挎包里，然后又把手指向了地面。“继续，孩子。找到这个味道。”

他们走到了一片死去的松木树林，因为甲虫病害死去的干枯的松木像骸骨一般怪诞地交叉伸展着，被折断后发出噼啪的声响。两头巨大的灰鹿被他们吓了一跳，迅速地从枯死的灌木丛间跑去了深处的沼泽地。

艾斯每找到一处她放下的物件，她都会报以热烈的鼓励。走到山脊的时候他们大概已经走出了四分之一英里，奥莉薇亚突然看到了结霜的草地上有另一行足迹。

是人类的足迹。

她放慢脚步研究那串足迹。是靴子的脚印，一双很大的脚。

从草倒下的方向来看，有一个人，很有可能是个男人，曾在她放下给艾斯追踪训练的东西的时候和她往同一个方向从这里走过。她估计这个脚印是十二码的，属于一个步子迈得很大的人。足迹还很新。她挪开了视线，沿着这串足迹一直向前看，它几乎和她留下的箱子和梯子的印记是完全平行的。她的脖子后面被自己的头发戳得有点痛。

她告诉自己这只是个巧合。

“走吧，艾斯，我们继续。”她轻轻地说。

但是当它扭过头打算继续追寻气味的时候，那股寒意依旧挥之不去。有什么东西离开了。艾斯循着气味又找到了一件东西，嗅了嗅，然后无视了它。

“哦，慢点儿，孩子。回来，你漏了一个。”她拉住它，弯下腰去捡那个被遗漏的东西。那是一条围巾，但是却不是她的。

上面没有她的味道，难怪艾斯无视了它。

这条围巾是柔软的羊绒织成的，上面的深橙黄色、金色和赭石色融合成了令人赏心悦目的色调，交织出仙人掌和岩石地的图案。接缝处有一个小小的标签上写着璐璐设计手作，亚利桑那州。寒意渐渐渗入了骨髓，她抬起头望着天空。

艾斯喘着气期待地蹲在一旁。她的注意力转回了就在她自己的脚印左边平行的那串足迹，然后看向了他们原本打算走向的那片阴沉沉的云杉树林。

太阳还没有升起来，树林间影影绰绰。她仔细辨别着林间的阴影，想从其中分辨出任何运动的东西的踪影。

什么也没有。

她慢慢地转了个圈，小心地打量着周围的环境。一只老鹰盘旋过她的头顶，她甚至听到了它翅膀扇动起呼呼的风声。

一只鸭子惊慌地嘎嘎叫着，一只脖子上有着漂亮羽毛的松鸡也在一旁叽叽喳喳。有一只乌鸦发出了另一种扇动翅膀的声音，树林外的湖面上一条鱼儿跃出水面，一切都很正常。

她又一次看向那片树林。不同的是这一次她突然感到彻骨的冰冷。一定有什么东西在树林里，在黑暗中冷冷地注视着她。她能从心里感觉到。

她现在确信无比。

“好了，艾斯，”她弯下腰把它身上的背带取下来，然后把项圈上的牵引绳也解开了。“今天就到这里，我们回去吧，好孩子。”

她带着它快步走上另一条小路的时候它看起来有点困惑。这条小路就在旅馆的窗外，周围一棵树都没有。

当他们踏上这条小路的时候，太阳从平线下跃了出来，红黄相融的温暖光线散射到整片土地上。草地上的霜在太阳光下融化，蒸腾起隐隐约约的雾气。湖面从清冷的灰色变成了闪着微光的漂亮的松石绿，奶白色树皮的白杨树上金黄的叶片在风中飒飒作响，然后整座牧场都突然变成了一幅像巧克力一样温暖的秋日画卷。在晨光中她还能看见远处的营地有小船驶离岸边。紧张和不安从她的肩上消失了。

她适才的恐惧一下显得荒谬可笑起来。打起精神之后，奥莉薇亚的思绪也飘到了她出门之前吃的早餐和炉子上正煮着的咖啡上。

当她和艾斯回到他们的小木屋的时候，发现门口的垫子上被人放了东西。她走上楼梯，看了一会儿才分辨出那是什么。

一小篮野生蓝莓。

一个声音不受控制地飘进了她的脑海，像一阵烟雾一般萦绕不息。是他的声音，就像是粗粝的砂石上铺了厚重华美的天鹅绒，才思敏捷，有着致命的诱惑力……

河湾处的那块地里有一些漂亮的野蓝莓，萨拉……用它们一定能做出最棒的感恩节蓝莓派……

她的嘴唇变得很干，双手微微颤抖，周围的世界似乎都扭曲变形了。

一声枪响划破了寂静的山谷。时间又回到了现在，附带着一阵类似晕船的恶心感，虽然清晨的气温还很低，奥莉薇亚也已经出了一身冷汗。她仿佛看到了他山猫一般浅琥珀色的眼睛，像柳兰花蜜一样清澈透明的眸子外覆盖着浓密的睫毛，直勾勾地看着她，还有他的笑容——牙齿洁白完美，一头乌黑的卷发。他说，萨拉……

不。

她把手用力撑在门廊前的栏杆上。

快停下。

别让我再回想起这些了。

你不是一个受害者，不是过去的囚徒。不准再回想起以前的事了。他早就不在了，死了。你现在很安全。萨拉已经和他一起死了，你现在是奥莉薇亚。这里是你的避风港，没人能再打乱你的生活。过去早就翻篇了……

怒火慢慢回到了她的身体中，她提起篮子，打开了门。一进门她先把炉子里的火加到最旺，然后给艾斯喂了早餐，给自己倒了一杯咖啡。她喝了一口滚烫的咖啡，温热的液体顺着喉咙一路烫过五脏六腑，这才让她真正感觉回到了现实世界。

保持冷静，保持专注。

无论是地上的围巾还是门口的蓝莓，都一定会有一个合理的解释的。她会找到它们的主人的。

喝完了手中的咖啡，艾斯也吃完了它的早餐，她抓起那条围巾和那一篮子蓝莓向旅馆走去。

他从运动用品和户外用品商店的货架上拿了一卷绳子，一卷宽胶带，一把断线钳，一个上饵钳，一把平口钳，几包海狸的背毛，一些烘干的山鸡颈羽和松鸡的羽毛，一卷青绿色的勘测胶带，一包亮晶晶的红色小珠子，1/0 号和 2/0 号的环形链钩，还有一卷全息线。他又往篮子里放了一把刀锋像叶子一样微微隆起的野外剥皮刀，只要把这把刀的刀尖插到动物柔软的腹部，然后不需要任何技巧，只要来来回回地一拉，动物的毛皮就会像黄油一样轻松地滑落下来。这把剥皮刀可以补足他露营车后备箱里那把万能刀的功能。如果前天晚上他手上有这把刀的话，一定能让伯肯黑德[①]的人们更紧张一点。

他在来的路上设法在一个猎户的营地里搞到了一把雷明顿点 308 手动狙击步枪和一把 9 毫米口径的温彻斯特 12 型泵动霰弹枪，还有几盒子弹。这个国家的枪械管制很严——没有准许文件就想买到枪是根本不可能的，他对这次的“采购”很是满意。来福枪的重量绝佳，很适合猎杀密集树丛间的野鹿。他会留下霰弹枪，然后把来福枪给她，就像上一次他放她出去狩猎一样。没错，这会很危险。没错，他可能会丢掉自己的性命，但是这才称得上是一场真正的狩猎。一名合格的猎人必须要面对猎杀这些猎物随之而来的风险，因为它们值得。

收银台后面的那个女人很有魅力，在把他买的东西一件件排开和接过他的信用卡的时候举手投足间满是挑逗。她有一搭没一搭地聊着即将到来的坏天气，以及她的兄弟上周末捉住的大雄鹿，尤金微笑着注视着她的双眼，不出意外地看到她在他的目光中微红了脸颊，瞳孔微微扩大，这让他想起了那个图书馆里的女孩。不过他现在只在意一个女人，以前的游戏还没有结束。

从户外用品商店出来后他又去了一个小型超市，在里面买了一点吃的，然后翻了翻放报纸杂志的架子。

---

① Birkenhead，英国西部城市。英格兰默西赛德都会区自治市和海港。

没有关于尸体的报道，他留下的信息还没有传递出来。

他明天会再到克林顿镇关注一下报纸上的报道。

奥莉薇亚走进走廊的时候，女管家提着一个亚麻制的篮子正要上楼。

“阿黛尔?”她对着楼梯喊道，“你有把一篮子蓝莓放在我们门口吗?”

阿黛尔停下来，转身看向奥莉薇亚。“没有，怎么了？一切都还好吗?”

奥莉薇亚迟疑了一下，突然感觉有点不自在。“我……只是想知道是谁放的，篮子上没有卡片。”

“詹森今天从克林顿镇的超市拉来了一些水果和蔬菜，还有一些野蘑菇——可能是他或者内拉放在你门口的吧。”

奥莉薇亚松了一口气。对了，当然很有可能是詹森或者是内拉。她只是虚惊一场，把很简单的事情和一些根本就不可能的东西联系在了一起。

“谢了，我会问问他们的。还有，如果有人来找自己的围巾的话，我今天早上在牧马人以前住的木屋旁边发现了这一条。”她把围巾举起来给阿黛尔看。

女管家点了点头，转身继续上楼了。

奥莉薇亚径直走向了厨房。推开厨房门的一瞬间，一股带有家的感觉的温暖气息向她袭来。煤炉上有什么闻起来很香的东西咕嘟咕嘟冒着热气，不锈钢和铜制的大小不一的锅子挂在厚重的木质料理台上方的西洋杉木横梁上。窗台边的阳光中，香草在陶土花盆里散发着隐约的香气。

这间厨房是迈伦去世的妻子格蕾丝在牧场第一次对游客开放的时候设计的，迈伦从不踏入这里半步。即使已经过了这么多年，他也总是说她的身影还徘徊在这间厨房里。

奥莉薇亚把那一篮子蓝莓放在了木桌上。

“詹森?”她探头看向食品间，一边叫着主厨的名字，一边取下绕在脖子上的围巾。食品间里没有人，但他肯定没有走远，因为炉子上还炖着锅。

她从后门出去走到了围起来的后花园，詹森·陈不在那里，他的小女儿内拉也不见人影。

她重新走回厨房的时候，室内的制冷机突然发出低沉的一声“砰”的声音，制冷机的门半开着，冷空气像烟雾一样冒了出来。

她盯着那扇门，感到一阵寒意。

又是“砰”的一声。

“詹森?”她又喊，极力遏制住自己想要逃走的冲动慢慢向门边靠近。她在里面站得远远的伸手把门推得更开了一点，一半被切开的动物的尸体突然晃下来，敲在了她的肩膀上。

“妈的!”她跳了起来，脉搏像电钻一样突突跳动。

那半只鹿的尸体挂在门上来来回回的晃动，钩子在一个架空的轨道上辗轧发出咯吱咯吱的声响。这半只鹿的后面还有两只被宰杀的火鸡和其他的野生动物。她注视着那半只鹿，它被剥了皮，纵横交错的血管和白色的肌肉都裸露在外。

她的皮肤上浸出了汗水，脑海中出现了一个脖子吊在肉钩上被剥了一半皮的女人。那个女人有着一头红色的头发，阴毛也是红棕色的，胆汁从嘴角流了出来。

“奥莉薇亚?”詹森出现在了这一堆动物死尸后面。“我刚从屠夫那里把这个取来的，明晚的菜单上有鹿肉汤哦，周五晚上会有一群人来吃晚餐。”

她的视线还是牢牢黏在那个挂肉的钩子上，脑袋里的所有血液似乎都耗尽了。她摇晃了一下，整个世界都坍塌到了黑漆漆的回忆里，压抑得她无法呼吸。

她趔趄着后退了两步，差点被自己的脚后跟绊倒。

“奥莉?”他抓住了她的手臂。“你还好吗?”

“我……我没事。”她转过身去不看那些钩子，脉搏快速跳动着。

詹森绕到她的面前，惊愕地抬起眉头说，“你脸色惨白惨白的，”奥莉薇亚用力抓住一个椅子的椅背支撑着自己。“你确定没问题吗?”

她听到大雁的鸣叫——声音透过她打开的门传过来。这声音突然在她脑中炸开了，她能闻到那种味道，她闻到了人血的味道。

不!

大雁正成群结队地南去，已经是秋天了。你是在老栅栏，没事的，该死，一切都没事。

她更用力地抓住了椅背，把头深深埋下去，努力让自己留在现实中。“我……我真的没事，一会儿就好。”

别再想起来了。你不能再一次被过去的回忆压制住……

血液渐渐回到了她的大脑，她感觉到自己的脸颊重新有了温度。她慢慢抬起头，努力挤出一个笑容。“很抱歉这样，我肯定是哪里出问题了，突然感觉有点晕。”

“要我给你倒一杯水吗？或者喝点果汁?”他深邃狭长的眼中满是担心。

“不用了，谢谢。我来只是想谢谢你今天早上在我的门外放的那些蓝莓。”

詹森看向桌子上的那一篮子蓝莓。“这不是我放的。”

她身体里的某一部分似乎都随着这句话而凝固了。

“会不会是内拉放的？”她艰难地从嗓子里挤出一句话。

“我不知道。”他的眉毛在看向她时皱得更深了。“这很重要吗？我可以把她找来问一问——她可能正在外面喂鸡，或者是和布莱尼根待在一起看马儿。”

“噢，不用了，谢谢你。”她试图挤出一个轻松的笑容，不过很难。

“我从克林顿镇回来的时候确实在路上停过一两次，所以这可能是她那个时候去采的。”

“向她转达我的谢意，好吗？现在我只想倒一杯咖啡，然后给灵逸带一只苹果过去，就不打搅你了。”

在詹森的目光注视之下，她提起炉子上的咖啡壶往自己的马克杯里又倒满咖啡，又从桌子上的大碗里抓起一个苹果，然后出门走向了客房不远处的办公室。

艾斯已经先一步躺进了办公室的小窝里，舒服地在照射进来的阳光下打盹。她连上网络查看邮箱，没有新的预订邮件。

除了那些晚一点偶然路过的人，这一季应该不会再有游客了。

她听了语音信箱，然后打开晚餐预订簿，统计着这个周末会有多少人到旅馆里来吃饭。

离开办公室之前她还看了一眼天气预报，让她大吃一惊的是短期预报说很快就会有一场很大的暴风雪来，就天气情况来看，这场雪很有可能在周一中午降临，预计降雪量将会达到两英尺。看来今年的冬天来得比往年都要早，就在这个漫长的周末之后。她得提醒游客们。这里可没有铲雪机——这也就意味着一场大雪会淹没林间的土路，这之间的交通可能会被迫中断几天。

带上 POS 机和营区的预订簿，从沙发上拿起装现金的钱包，她吹了声口哨叫起艾斯，然后离开了办公室。她把艾斯抱上了驾驶室，开着车向马厩驶去。马夫布兰尼根每天都会在那里劈柴，然后把砍好的木柴捆起来堆好供营地使用。

先去马房里看了看灵逸，奥莉薇亚把之前从厨房里带出来的苹果喂给它之后，戴上手套放下卡车的后挡板，开始往卡车的货箱里扔捆好的木柴。不一会儿身上就出了薄薄的一层汗，她用袖子擦了擦额头。这样才对，劳动让她更能感觉到自己活在现实之中。太阳已经升起来了，阳光暖洋洋地照在人身上，无论早上她受到了什么样的惊吓——那都已经结束了。

到了野营区，她注意到有两处营地里都住了新的客人。第一个营地的入口前横停着一辆灰色的福特车，奥莉薇亚把艾斯留在车里，自己下车绕着福特车绕了半圈，从被挡住的小路走向停在岸边的另一辆被挡在了里面的野营车。野营车旁只有一个小型发电机轧轧响着给一个小冰箱供电，四周却不见人影。正当她打算原路返回去抄下那辆福特车的车牌的时候，突然愣住了。她看到了冰箱下面渗出来的血迹。

她的耳中一阵蜂鸣。

阴暗的过往像雨后春笋一般从她的脑海中冒了出来，她的眼前一片漆黑，只看得到细碎的光点在闪烁。她好像突然闻到了他身上的味道，感觉到他就在身后，温热的呼吸吐在她的脖子上，吹进她的耳朵里。

Gamos，萨拉。这就是我们的婚礼……你我注定结合在一起……

奥莉薇亚的身体摇摇欲坠，心脏扑通扑通仿佛要跳出胸膛。

松树像塔一样矗立在车旁，深色的枝桠在头顶上交错盘复，遮蔽了天空。四周的景物似乎都围绕着她开始旋转，越来越快，越来越快，变成了一个只能分得清明暗的万花筒。树影摇摇晃晃，树叶发出的沙沙声包围着她。她的眼前又一次出现了那个被挂在咯吱作响的肉钩上的女人。她还是一头红发，皮肤带着一种毫无生气的紫灰色，在挂钩上轻轻摇摆。

她看到了刀尖反射出的寒光。

在她一点点崩塌的意识边缘，她看到了他挥舞着斧子正在肢解尸体，看到了他把尸块放到冰箱里时，鲜血从冰箱的门缝里慢慢渗出来。

奥莉薇亚用手撑着野餐的桌子，大口吸气，用力过猛到她的胸口发闷。她快步走回自己的卡车，一阵风吹过，周围的树枝不停地晃动，似乎在低声细语。

萨拉……萨——拉……

她到卡车边猛地拉开了车门，爬上车，把艾斯挤到一边，然后摔上了车门。她一言不发的坐了一会儿。双手还在微微颤抖，汗水浸湿了衣服。

奥莉薇亚，你现在的名字是奥莉薇亚·韦斯特。他已经死了，你不能再陷到这种记忆的闪回里了，你不能再回去了。

她伸手摸索着发动了车，一脚踩下油门开着车逃也似的冲了出去，摇摇摆摆的车后扬起一片尘土。她飞速开着车绕过湖边，飞扬的尘土把整辆车都包围了起来。等开到旅馆的时候她的衬衫都湿透了，手也还在颤抖，嘴里也全是酸苦的味道。

又开始了，这种闪回，而且一次比一次更严重，除非她能找到遏制它的方法。

第五章

温哥华　周五傍晚

前门响起一阵急促的敲门声，托莉起身打开了门。门外是穿着牛仔裤和一件皮夹克的马克·雅其马警官。

“嗨，小姑娘，”他扬起一个温暖的笑容。“我是来接你爸爸去他的隆重的退休宴的。”

“他才不想退休。”

马克有点尴尬，清了清嗓子又道，“他当然想退休啦。”他弯下腰，“别告诉你爸爸，我们给他买了他一直想要的赛奇飞钓竿①。他以前总是去店里一遍又一遍的抚摸这支杆子，以后，可以随心所欲钓鱼的天堂就在后面等着他啦。”

“他只有五十六岁，”托莉说，“没有人会在五十六岁就退休，除非是出了什么问题。”

---

① Sage spey rod，飞钓竿用于飞钓，飞钓是利用独特的挥舞技术、线本身的重量及水流状况表现拟饵的活动，吸引鱼儿攻击上钩的一种钓鱼方法。

“你能去告诉他我来了吗?”马克跟着她进到了屋子里。

“爸爸!”她朝着楼上大喊。“马克警官来了。”

她跺着脚走回电视前坐下，但是还是可以从拱形的门廊看到他们。

托莉用手紧紧抱住自己的肚子，情绪在胃里不停翻涌。她很爱她的爸爸，但是她更爱妈妈，她爱她超过整个世界。她会死都是她的错，是她没能把她从树下的雪坑里拉出来。她的眼睛里冒着火焰，回忆如潮水般涌来——妈妈的双腿在空中乱踢着，而她只能徒劳的拉着她的滑雪靴。每一次她想要把妈妈拉出来的时候，就会有越来越多的雪掉到坑里，把她妈妈掩埋得更深。然后，树梢上的一大块雪盖突然掉了下来，把她们两个人都淹没了。就像是昨天才发生的事，妈妈抽搐的小腿的触感还停留在她的指尖，然后突然的，那抽搐就变成了可怕的寂静。托莉尖叫着喊救命，但是不断落下的雪块却将她的声音阻隔的一干二净。

“你准备好晚上的宴会了吗?”马克在她爸爸的背上拍了一掌。

托莉假装在看电视，把视线悄悄移到站在走廊的两人身上。她敢说这一切都不太正常，包括这个热情过头的警官。

“你的手怎么了?”马克问道。

她的父亲举起自己被绷带包扎起来的右手，托莉在这之前都没有注意到他受伤了。“昨晚搬书架的时候不小心弄伤了。”

她皱起眉头，昨晚她像往常一样把自己锁在屋子里听音乐，根本没有听到他爸爸搬过什么书架。

她的父亲瞥向客厅，“托莉，你确定不用把保姆叫过来吗?”

“我都快十二岁了，”她重重地说，偏过头去看着电视，不想和他对视。但是她知道爸爸为什么会这么问——他是在担心学校那件事发生之后她的心理状况。

“我不确定什么时候能回家，孩子。别睡太晚了，好吗?”

她没有回答。

在他们走出门的时候，她听到她的父亲说，“你知道的，我还能自己开车。”

马克发出一阵大笑，“今天还是让我来吧，今晚之后你再自己开。”门砰的一声关上了，她看到他们的头顶从窗台前经过，脚步声渐渐走远。

托莉站起来跑到窗边。

她看着他们上了马克的车，倒车到马路上，然后消失在了视线中，她确定他们走远了之后，立即跑上楼到了父亲的书房，房间没有锁。她推开门，小心翼翼地走向文件柜，心脏噗通直跳。她以前见过她父亲把犯罪现场的照片和剪报用风琴文件袋装起来放在文件柜里。他一直把那个文件袋藏起来不让她看到，但是有一次一张照片掉在了地板上，那是一张妈妈赤裸的尸体的黑白照片。她试着拉了拉文件柜的抽屉，被锁住了。她翻遍了桌子下面的抽屉也没有找到钥匙。

她站在那儿仔细回忆。爸爸变了很多，自从妈妈去世之后，所有事情都变了。爸爸的脾气变得古怪而暴躁，他会把各种各样的东西藏起来，也开始和她变得疏远，这让她十分愤怒，她觉得他开始忘记死去的妈妈，忘记还有她这么一个女儿，忘记他们这个家过去美好的一切。所以被怒火驱使的她也变得鲁莽和冲动。

她启动了他的电脑。窗外忽然传来汽车行驶的声音，她的动作僵住了，不过还好那辆车很快就从他们的门前经过了。

父亲的电脑有密码保护，她试了很多次也没有输对，只好合上电脑，坐回转椅里苦恼地思索。突然灵光一现，她飞快地从转椅上站起来，往书房的里间跑去，这个里间以前是她妈妈的书房。

她小心翼翼地打开门，蹑手蹑脚地走了进去。

房间里很冷，中央空调并没有打开。

她甚至还能隐约地闻到空气中妈妈的香水和护肤品的味道。房间里到处都是书，妈妈的电脑就放在一张矮桌上，桌子上还有一些她生前四处收集的纪念品。窗外的天空雾蒙蒙的，光线透过落地窗撒了进来，散落在窗边的阅读长椅上，和上面垫着的粉绿相间的西洋蔷薇花纹垫子上。

这个房间装修很漂亮，风格柔和又温柔，整体紫灰色的色调尤其符合她妈妈骨子里的浪漫因子，这颜色也让她想起妈妈说话时眼睛里的闪光和她常常挂在嘴角的温暖笑容。

她的母亲是——曾经是——一名出色的小说家，而这个温柔平和的房间就是她产出许多阴森恐怖的小说，神秘故事以及惊悚小说的地方，她的读者常常说这些故事都是从真实的犯罪案件中润色来的，涉及性还有暴力。以前她是不被允许读这些书的，但是她在公共图书馆和网上都能找到，不管怎么说，她已经看过了。

托莉的英语老师曾经说过她遗传了她母亲的写作天赋，还有一些人说她长得和她妈妈很像，在许多方面都和她的母亲都像是一个模子里刻出来的，她也一直告诉别人自己以后也会成为一名作家。抚摸着母亲留下来的东西，她的眼中满是眷恋。她拿起一个放着他们一家三口合照相框，三个小兵，父亲以前就是这么叫他们的。托莉又想起了葬礼上那个牧师说的话，他说妈妈去了一个更好的地方，与主同在。

是什么样的主才会做出这样的事？把你最爱的人从你身边掳走？离开了亲人，那又怎么会是一个更好的地方？

托莉心如刀绞，放下照片，蜷缩在窗台下妈妈以前读书给她听的长椅上，把一个靠枕紧紧地抱在胸前，望向窗外的雨幕。天色低沉，灰蓝色的天空正一点点变暗。湖水另一头的山都变得影影绰绰，雾号在屋外一遍又一遍地长鸣。

把靠枕抱得更紧了一点，她慢慢坠入了睡梦中。梦里噩梦不断，她最终在一声尖叫中醒来，心跳得飞快。外面已经完全黑了，她打了个冷颤，从长椅上爬下来，从椅子下的储物箱里翻出来一条她妈妈手工编制软毛毯。

储物箱里叠好的毛毯上面有一叠用皮筋绑起来的打印出来的原稿。托莉点亮了台灯，把那一沓原稿拿出来。标题页上写着：

誓言

美乐蒂·文德比尔特　著

托莉呼吸一滞。那次意外发生之后，她就再也没有打开过这个长椅下面的储物箱——她以前从来没有见过这沓原稿。她伸手试探性地碰了碰纸上的文字，这些就是妈妈留下来的话，这些比她活得更久的文字，白纸黑墨，远比口头的话语流传更久。托莉的胸中一阵闷痛。妈妈以前告诉她，文字是有魔力的，就像古老的魔咒和密符，如果你知道怎么解开它、破译它，那么必能解读出其中的故事——鲜活的人物和画面会自然而然出现在你的脑海中。

这就是你离开我们的时候正在写的东西吗，妈妈？

一滴眼泪滴落到纸上，洇开一片灰色的印迹。她吓了一跳——她都没有意识到自己在哭。她把橡皮筋取下来，翻过标题页，接下来一页就是致词。

献给我亲爱的托莉，一个为你准备好的那天而写的故事。我一如既往地爱你，比你能想象的还要多……

托莉的心脏在这一刻嘭的爆开了。她几乎是下意识地关上了储物箱，又爬回长椅上坐着，裹紧了肩上的毛毯，坐下来仔细往下看：

序言

当一条路与另一条交汇，就如同所有故事的开头一样，这个故事也有一个开始。时空交错，无论是在沉默中，还是相互挥手致意，只需要一个简单的眼神、一个简单的动作，你就会不可避免地在这种互动中发生改变。有些改变细微到就像一只轻轻落在你的手心的彩虹色的豆娘，有些却会像地震一样颠覆你的整个世界，造成一直延伸到你内心深处的巨大裂缝，改变你的人生轨迹。就在他走进商店的那一刻，萨拉迎来了她生命中地震般的变故。

门口的铃铛叮叮当当响起来，一股冷空气携卷而入。察觉到有什么不寻常的东西进来了，她警觉地抬起了头。

他站在店门口，目光紧锁在她的脸上——那种强烈的目光让她的胃都开始跳动。通常来说她会给客人一个笑容，礼节性地打个招呼，但是这次她却几乎是本能的避开了他的视线，继续低头盯着手中的记账簿。即使如此，她也还是能感受到他落在她身上那种赤裸裸的目光，鲁莽而粗鄙地刺痛着她。他走到柜台旁。

“早上好。”

她不得不抬起头来直视那双淡琥色的眸子，这双眼睛让她想起了山中的狮子，那种野性的肉食动物。

他微微一笑，笑容中充满了魅惑，搅动了她腹中某个温热的地方。他的头发像墨汁一样乌黑，发型凌乱，却不是不修边幅。他长得有点像那个演员卢夫斯·塞维尔[①]。他们俩都一样是一头卷发，存在感极强。这个男人很高，肤色是健康的古铜色，颧骨很高，手指修

① 英国演员，代表作品有《失乐园》《约翰·亚当斯》《莎士比亚重现》《查理二世》。

长，手掌有力。

她帮他挑选了银色的珠子，红色的鱼线，毛发，羽毛和鱼钩。就在她给这些东西结账的时候，他把自己的手覆上了她的手背。

有那么一瞬间她突然庆幸伊森那个下午没有和她一起看店。你能理解这种隐秘的瞬间吗？它们对你并没有多大影响，但在这一刻你却是无法欺骗自己的内心的。这样的时刻往往能点燃你内心的欲望，让整个世界都欢愉起来。它能让你感觉自己是世界上独一无二的存在，让你突然感受到活着的意义。

现在回想起来，应该就是那一刻，他选中了她，决定把她收入囊中，就像是一头狼从羊群中找到了自己的目标。

他从容不迫地戏弄着她。从夏季的尾巴梢一直到泠冽的秋天，他都保持着一周两次到访的频率，而且基本是在伊森不在的午后。她那时特别喜欢想象他徘徊在周围找寻这样的机会的样子。

不过她不知道的是，他那时不仅仅是徘徊着观察，而是在计划着什么。

计划着后来的一切。

后来，就在感恩节前夕，他告诉她硬头鳟是怎样在斯蒂娜河中溯洄搏击，逆流而上的。

她送了他一个自己设计的飞饵，这是她的幸运飞饵，她曾用它钓上来美丽的银鱼，还有那些顽固抵抗的硬头鳟。她现在已经慢慢开始期待他的每一次到来了。

“这个有名字吗?”她把这个幸运飞饵给他的时候他问。“掠夺者。”她赧然一笑。

他的目光变得愈发深沉，让她不禁心跳加速。他的声音也更加低沉磁性，“真是一个好名字。”

他又深深注视着她，她几乎能听到自己重重的心跳声。她感到了一种原始的本能力量，就像是有静电一样，就连手臂上的汗毛都情不自禁向他靠近。他凑近了一点，她忍不住口干舌燥。他告诉她，河岸边上有一丛野蓝莓。

然后她上钩了。

她去河边找了那一丛野蓝莓，然后再也没有回来。

托莉看得脉搏加速。她很快地把这一页拿开放在一旁，开始读下一页。

奥莉薇亚打开鸡舍的门走了进去，受惊的鸡群在她的靴子边四下乱窜。艾斯趴在围栏外面，脑袋搭在爪子上专心致志地看着她把饲料倒进食槽。太阳很快就要落山了，风也逐渐变大。夕阳下的牧场带着一种温暖的色调，但是她却从心底感到一阵寒冷。挥之不去的过去的阴影已经加速渗入了她曾给自己筑起的精神围墙里，并且把以前的裂缝撕扯得更大。现在她必须要再一次面对那曾经困扰她许久的梦魇。

就在她倒完手中的最后一点饲料，起身走出鸡舍的时候，屁股后面挂着的手机突然震动了起来。她把手机从皮套里取出来，没注意到屏幕上的来电显示是谁就接起了电话。“你好，我是奥莉薇亚。”她一边锁上鸡舍的门一边道。

“东边的那块空地现在还可以作为飞机的临时起落坪吗？”一个男人的声音伴随着类似飞机引擎的嘈杂的背景音从手机里传出来。她的脚步顿住了，手还放在鸡舍的门把上。

“你说什么？”

“我问东边那块空地现在是不是还能停飞机？”他在一片嘈杂中大

声吼道。

“你是谁?”

“嘿，一开始可是你先打电话给我的，我是柯尔·麦克唐纳。”

她惊呆了。“你要回来了？什么时候?”

“估计两分钟以后到达，如果你能帮我确认那块空地的地面情况的话。”

东边的空地？远处突然传来一阵小型飞机的轰鸣声，她抬起头看向天空。“你要开飞机来?”

“那边地面情况怎么样?”

该死。“我不知道。我是说……你需要什么样的情况才能降落?”

“以前马厩后面的空地上有一条东西向的土路，从老的谷仓旁边经过。我会先在上空盘旋观察，但是如果你能尽快赶到那里把牲畜都赶开，然后挥手给我一个信号——”

“不会有牲畜的，不会再有了。”但是电话已经挂断了。轰鸣声更大了，用手遮住眼睛抬头看，一个小小的黑点逆着太阳光出现在地平线的尽头。她的心扑通扑通跳起来。

“艾斯！起来了！快点!”她帮它跳上了车前座，然后自己也上车发动了引擎。她开着车在坑坑洼洼的路上疾驰，碎石飞溅起来，车后一路扬起灰尘。她减速小心地越过牧场的栅栏，然后向右急转弯开上了一条通向东边空地的老土路，朝着那片高地驶去。

奥莉薇亚踩下刹车，望向车外金黄色的土地，草儿在微风中轻轻摇摆，她完全不知道这片空地能不能降落飞机，这应该和飞机的类型有关系。在此之前唯一的一架开到过这里来的飞机是用浮囊降落在湖面上的。

远处传来的引擎声越来越近了，她摇下车窗，又把手遮在眼睛上眺望。

一架黄色的单翼螺旋桨飞机出现在了地平线上。她紧张起来，下车去找更开阔的视野。

波顿的退休宴在一家快艇俱乐部举办，就是曾经他、美乐蒂和托莉寄存皮划艇的那家俱乐部。更正一下，他们的皮划艇现在也还存放在那里，三艘都在，一个家庭组合，在那里静静地等待着再也不会到来的夏天。一直到现在都很难相信她已经离开他们六个月了。走进俱乐部的时候，波顿难以自禁地感受到巨大的失落，往事依稀眼前。

俱乐部里挤满了执法人员和后勤员工，他们其中的大部分都是刑侦人员。房间的一面全是落地窗，向外可以看到停靠在船坞的快艇和另一头的港湾。隐蔽在波拉德的油船上透出一圈圈明黄色的光芒。穿过迷雾，就在港湾的另一头，拔地而起的是美乐蒂出意外的那座山。在天气晴朗的时候他甚至能从家里看到那座山，似乎无论他在这片土地的什么地方，那座山都始终存在于他的视线里。

有人请了一对带着爱尔兰口音的小提琴和长笛二重奏乐手，这让他又一次本能地想起了美乐蒂，想起了他们过去的如胶似漆，想起了他们在爱尔兰的蜜月旅行。

觥筹交错，聚会上的人都比平日里要热情健谈得多，但是波顿却感觉自己疏离在人群之外。距离他在领养网站上设下的诱饵得到回应才刚刚过去了四十八个小时，这件事还一直萦绕着他，让他的脑子一团乱麻。如果那就是怀特湖杀手在回复他的话，那么他现在已经知道了找到奥莉薇亚·韦斯特的方法了。

他会有所行动吗？什么时候？他现在藏身何处？离那里还有多远？他看了看自己的表，有点担心托莉。学校里发生的那件事让他瞥见了自己的孩子心中阴暗暴力的一面，让他震惊不已。也许今晚留她一个人在家是个错误，从来没有哪一本指导手册可以教他怎么处理这种该死的事情。

你在哪里，美乐蒂？你在天上看着我们在尘世中迷惘生活吗？来帮帮我和托莉吧……

黄昏逐渐转为黑夜，啤酒、美食铺满了桌子，音乐和谈笑声也愈发高昂，人们炫目的笑脸在他的意识中闪现又消失。所有人都过来祝贺他，他有什么可祝贺的？是祝他被迫提前出局？还是祝他精神失常到没办法正常工作？今天到场的这些人里面有多少是知道他退休的真正原因的？

他们送给他一根手工制作的飞钓竿做礼物。他以前一直很想出去飞钓，这也是他和美乐蒂一直计划的事情——等托莉上大学之后开一辆野营车去州际环游旅行。妈的，他们曾经有一大堆的计划，真是个讽刺的笑话。他的脸上露出一个醉醺醺的笑容。

警察局的副局长汉克·冈萨雷斯站起来用勺子敲了敲自己的玻璃杯，房间顿时安静下来，只有屋外的雾号还对着浓重的雾气哀鸣。雨水拍打在窗户上，海风把外面旗杆上的升降索吹得咯咯作响，船只也被吹得在系泊处打转。

“我很高兴，也很荣幸能在进到迪鄱师[①]的第一天就结识了盖奇·波顿。”

波顿微微扬起了头。这个混蛋又要在这个场合比较他们俩的事业了，在场的谁不知道他们曾经同样是一起训练的新兵蛋子，可是现在他成了 E 分部的总长官，而他还只是一个调查凶杀案的探长。

“我和波顿第二次在工作上打交道的时候，他是怀特湖警察局的

---

① 加拿大皇家骑警队的一个下属分部。

警长，而我正奉命抓捕怀特湖杀手，就是最近媒体声称他重返江湖的那一位。”

人群中爆出一阵大笑，他们居然真的在笑。

血液冲上了波顿的脑袋，他的手紧紧攥着装有啤酒的马克杯，马克·雅其马轻轻握住了他的前臂，他转头看了他一眼。

“干杯，”马克举起酒杯轻声说：“干了这杯吧，别管他说了什么。”

“去他妈的。”波顿嘟嘟囔囔地说。

“就当他是过眼云烟了，好吗？随他去吧。”波顿点点头，但是他身体里的每一个细胞都在叫嚣着反对。

当时他在怀特湖杀手的案子里和冈萨雷斯对着干让他的职业生涯吃了不少苦头，马克是少有的几个知道事情原委的警察之一。

“现在——”冈萨雷斯举起了自己的酒杯。“看看我们，绕了一大圈之后，波顿和我又回到了同一支队伍里。”他笑着说。“这么多年来很高兴认识你，祝你用这支新钓竿钓上最大的虹鳟鱼，波顿。”

有人用空玻璃杯敲起了桌子。“致辞，致辞！”拳头敲击桌面的声音也加了进来。

但是正当波顿终于不情愿地抬起自己的脚准备上台时，房间里的许多人的手机突然同时响起了铃声。他环视四周，发现接起电话的全都是同一个部门的人。

能让综合凶杀案调查小组的所有人都被召回行动的原因只可能有一个：发生了凶杀案。

有人靠过来轻轻拍了拍冈萨雷斯副局长的肩膀，他侧过头去仔细听，然后转过头来看着波顿。

“嘿，”波顿举起双手说，“没关系的，你知道我一直不喜欢演讲或者致辞什么的。”他挤出一个笑容。

有些人开始离场了，另外的人在走之前过来向他道别。祝你好运，很高兴认识你，祝你生活美满。他们和他击掌，和他勾肩搭背，但是他却能从他们的笑容背后读出一些不一样的东西。他们其实觉得他很可怜，他们在庆幸今天退休宴的主角不是自己，他们明显对那通新的电话更感兴趣。

马克走过来站在他旁边。“波顿，兄弟，很抱歉，但是得走了。我们晚些再联系?”

“那通电话说了什么，马克?”

马克沉默了。

“哦，上帝，我他妈还没有完全离职呢。”

马克的脸上闪过一个奇怪的表情，一种预感像闪电一样击中了波顿。他紧紧地抓住了马克的手臂。

“告诉我。”他说。

马克咽了一下口水，眼睛在人群中游移，仿佛是担心谁听到他泄密。“发现了一具女性尸体，三十岁左右，在居里山靠近伯肯黑德的河边发现的。”

居里山是境内连接内陆的必经之路，也是去老栅栏牧场的必经之路。怀特湖杀手似乎有一种特殊的本国情怀——他的狩猎和杀戮都是在这片土地上进行的。

他的耳朵中一阵蜂鸣。

他的绝望一定全部写在了脸上，因为他从马克黑色的双眼中看到了温柔的怜悯。“来吧，我和你一起出去。我会让马蒂娜罗开车送你回家。”

他们一起走出了大门，大雨倾泻而下。“那具尸体被发现的时候是什么样的?”波顿问。

马克的表情变得有点紧张，他又一次沉默了。

“上帝啊，马克，”波顿道，“就在我退休之前给我透露一点点消息，不行吗?”

马克揉了揉皱起的眉头道。“受害人被发现的时候被人开膛破肚，脖子吊在树上，身上有些地方也被剥掉了皮。”

波顿的心脏难以抑制地怦怦怦跳了起来。

“来吧，我们从雨里冲过去——马蒂娜罗把车开过来了。”马克挥手示意她把车开近一点。

“被人从脖子吊在树上？用什么？钩子吗?”

马克弯下腰，马蒂娜罗把警车开过来，摇下了车窗。

“你能把波顿送回家吗?”

“是谁发现的尸体?”波顿还在追问。

马克帮波顿打开了副驾驶室的门。“两个小孩子。”

马克的皮肤上冒出了汗水，混着雨水一起流下。“受害人身上有什么身份证明吗?”

“我目前知道的就这些了。”马克等着波顿上车。

“一定是他，”他说，“这就是他的标志，用钩子挂起尸体，开膛破肚，还有剥皮。”

“塞巴斯蒂安·乔治已经死了，波顿。”

沉默弥漫在两人之间，气氛凝重。雨下得更大了。“要是我们以前抓错了人呢——或者是他还有个同伙?”

“什么都有可能，也可能是一个模仿犯，或者是另一个杀手。”马克向他投来一个居高临下的怜悯的眼神，仿佛是在看一个阿兹海默症患者，或者是还不能理解大人意思的小孩子一样。“回家吧，波顿。

睡一觉，然后和托莉一起出门钓鱼旅行。她现在正需要你，你还有个孩子需要考虑。”

是啊，确实是，我还需要考虑托莉，我现在就正在想她。我只想抓住那个混蛋，这样我就能让她生活在一个更安全的世界里了……

“波顿警长？”马蒂娜罗在驾驶室叫他。“你要上车吗？”

波顿咬了咬牙，坐进了副驾驶室，猛地甩上了门。

“很高兴能送您回家。”马蒂娜罗说着把车开出了停车场。

她很年轻，是那种典型的警察。头发全部拢到后面束成一个紧紧的马尾辫，面容干净，没有过多的妆容。他对她的年龄和她所展现出来的无限的可能性几乎有一种忿恨的厌恶，他讨厌这种年轻所特有的装模作样。

“你还好吗，长官？”

“我很好。你能开快一点吗？在这里左转，这边走更近一点。”他用手握紧了膝盖。

“你确定没问题吗，长官？”

“我只想快点回家。”

马蒂娜罗深深地看了他一眼。

那一定是他，他回来了——波顿确信这一点。那个凶手——肯定是他。他在某个地方藏匿了这么多年，也有可能是因为其他的罪名被关进了监狱，但是现在他回来了。游戏又开始了，波顿能感觉得到。齿轮正一格一格的转动，这次他要亲手终结这一切。

周五晚上　日落时分　老栅栏牧场

柯尔驾驶着他的双座派珀 PA－18 型超性能小飞机在一眼望不到

边的森林上空转了一个弯。这片森林绵延起伏，绝大部分的树木都在松甲虫疫病中死去，只剩下深红色的树干。准确来说，这片松树林的残骸俨然已经成为了木柴的储备场，等到天气再变得湿润一点就会被砍伐烧掉。山谷间流淌着银色的小溪和蜿蜒的河流，一头棕熊被头顶这个发出轰鸣声的钢铁的庞然大物吓了一跳，飞奔回丛林寻找掩护。

柯尔飞到由于上古冰川运动形成的蛇形丘高地上空时，牧场的全貌就蓦地映入眼帘了，他在眼前一片美丽的海蓝色面前屏住了呼吸。老栅栏牧场如水晶般剔透的湖水温柔地拍打在白灰色的浅滩上，湖水分流出去的奶油一般的河面上升腾起雾气，河水翻涌着冲入山间的峡谷。柯尔不禁绷紧了身体——这是一种本能的肌肉记忆。这条河里流淌着恐怖的回忆，正是它改变了一切。

他又驾着飞机沿着这条被枯草覆盖上一层金色的冰川山脊的平缓曲线转了一个弯。湖西侧的树林中有营火燃气几缕烟雾，湖面上星点散布着几只小船，新下的雪在大理石山脉上薄薄地覆盖了一层。他被眼前这恒久不变的美景征服了，他几乎已经忘了这座牧场野性与自然的美是多么的纯净和天然。

他看到了房顶上有一个大烟囱的老旅馆，建在赤杨和山杨林边上的小木屋，还有他曾经笨手笨脚在里面修过引擎、翻新过自己的老古董卡车的旧车库。车库的房顶现在塌了下来，周围的杂草没人打理也越长越高。他的胸中有什么被紧紧攥了一下。

家。

已经过了太长时间了，从各种意义上来说。柯尔感觉就像是出了一趟远门旅行，然后忘记了回家的路。如果要他明确的描述的话，在那次意外发生的那一天之后，从他的父亲拒绝了他之后，这个地方就不能被称为家了。

他的胸口不禁郁结。

过去的十年里他回不列颠哥伦比亚了很多次，他和荷莉在彭博顿还买了一套房子，他们会在环游世界为他的故事寻找灵感的时候把整套房子租出去，只留下一个套间，每次回来都住在里边。但是他们从来没有回过老栅栏牧场，他从未带泰和荷莉回去过。十三年前的那场剧烈的争吵之后，柯尔就觉得没什么必要再和自己的父亲见面了。

他控制飞机开始降落。他没必要在这个地方呆太久，只要看望一下他的父亲，帮他安排好后续的纾缓治疗方案，然后如果有必要的话，他会在简规划好卖掉牧场之前帮牧场处理和决断一些事务。然后他的任务就完成了，他会马上离开这里。

盘旋下降的过程中看到的景象让他有些震惊——这个地方现在一点都没有家畜，你甚至在整个牧场里都找不到一头牛。他看到东边的高地上停着一辆铁锈红色的卡车，一个女人站在车旁，头发在风中飞舞。那是奥莉薇亚，她把手举得高高的给他可以降落的信号。

他把飞机开了过去。

第六章

奥莉薇亚把挡在眼前的头发拨开的时候被眼前的一幕吓了一跳——一架黄色的小型单螺旋桨飞机的机翼正携卷着风以一个奇异的角度向地面撞来。

宽厚的轮胎最终重重地落到了土路上，激起一阵细密的尘土。一路上的灌木丛都被压的东倒西歪，沿路也一片泥泞。飞机急急停住，漫天弥漫的灰尘几乎覆盖了整架飞机，她在一片飞扬的灰尘里努力眨着眼睛往里面看，支架缓缓降下，最终停了下来。

她紧张地盯着舱门。

驾驶舱的门砰的一声打开了。

从里面走出来一个高大的男人。他举起手向她致意，走到了驾驶舱的后面，然后从里面提出一个军用样式的粗呢背包。轻轻关上舱门，他从机翼下面跳下来，把行李甩到了宽厚有力的肩膀上。

他迈着矫健轻快的步伐大步流星向站在车边的奥莉薇亚走来，臂膀的线条优美有力。他身上深棕色的皮夹克带着十六世纪流行的二战飞行员样式的轮状皱领和里衬，看起来应该已经有些年头了。他的牛仔裤有些地方已经磨白褪色，靴子也磨损得很厉害，但是看起来却充满了男子气概。

他的身段让人想起挺拔的军人，散发着居高权重者自然而然的英气与风度。

毫无疑问，这是个浑身上下都散发着雄性激素的男人，极度危险状况的制造者，世界最高的险峰和最偏远的极地的征服者。他翻山越岭，翱翔天空，一往无前。最难得的是尽管他本人的男子气概是如此的明显，他笔下的文字却尽述这世上最为敏感细微的感情，他有一颗美丽的心灵。

艾斯在他走近的时候在车里狂吠起来。

她的心跳开始加速，胃里像是有蛾子的翅膀在微微颤动。她紧张地在裤子上擦了擦手，心里回想着自己之前对他的所有负面情绪，还有他在电话里粗鲁的表现。更近了，在她面前的是一个活生生的人，远比照片里看到的更具冲击力。他几乎是他父亲晒黑的、更立体的翻版，一个像山一样的男人。

“你一定就是奥莉薇亚吧。”他走过来和她握手。“我是柯尔·麦克唐纳。”

他握上她的手的那一刻她几乎是本能地挺直了脊背。他的手掌温暖有力，手心的老茧有一种让人安心的力量。和他的目光接触的时候，她像是被电击了一下。他的眼睛深藏在隆起的眉毛下面，被浓密的睫毛所覆盖，目光中所透露出的炽热几乎灼伤了她。他的颧骨很高，脸颊两侧还留着泛青的胡茬，脑袋上棕色的头发乱蓬蓬的。这个男人身上所有的一切都散发着野性的侵略性和力量，即使他的眼中已经流露出些许一路上长途跋涉的疲惫。

她清了清嗓子。“很高兴见到你，”她在说谎，试图坚定自己的立场，捍卫自己在牧场的一席之地。“这是艾斯。”她指指正把头贴在车窗上伸出舌头示好的大狗。

柯尔没有松开握着她的手。“我父亲怎么样了?”

她从他眼中看到了真切的担心，这让她有些意外，稍微减轻了对他的成见和反感。

“他正饱受折磨，”她轻轻地道。“但是他很能忍，你知道他一向如此……”她顿了顿。“还有，可能你没法。”

他的脸色微变，放开了她的手。“那我只能冒昧地猜测你可以的喽。毕竟你在这里住了三年了，是为了什么?”

她感到身体里的什么东西本能地绷紧了。

“谢谢你出来接我，”他说着向四周看去。“能请你把我捎到旅馆去吗?”他的声线低沉，像是沙砾上铺上了华美的天鹅绒一般。她小腹一紧，这声音太像那个导致她所有悲剧的人了。

她看向一旁的飞机，飞机宽大的轮胎让她更受打击了：从刚才他轻松的降落来看，柯尔·麦克唐纳可以游刃有余地把这架飞机降落在牧场的任何一个角落。“其实你根本不需要我在地面帮你看周围的视野对吗?你打电话给我只是想要一个专职司机。”他轻轻挑起嘴角。她强压下心底的怒火，这是她自己的安全保护机制，筑起一道墙比起处理对这个男人产生的生理反应要容易得多。

“我当然还是要自己走一截的——我不能让这只小狗太接近旅馆，那边有很多水力发电的电线和电话线。另外，我还很担心那些牲畜。”

“我们现在不养家畜了，”她一字一顿地说，“只留下了一群鸡和几匹马。自从今年春天迈伦生病之后牧场就一直在走下坡路。旅馆现在不接待客人了，只有小木屋和野营区在旅游季的时候还在开放。人员也精简到了最少。”

他饶有兴致地扬起眉毛，她又别过头去看一旁的飞机。

“没关系，我会处理好所有事情的。”

“行。”她用力拉开驾驶室的门，把艾斯赶到中间的位置上。“只要你不介意我先去一趟野营区——那边还有客人需要登记入住，今天早上我没遇上他们。”

“我更想直接回旅馆。”

她停下了动作，手还搭在车门上。“都十三年了，你就等不及这半个小时?”这句话到了嘴边，她忍不住脱口而出。她像个跳梁小丑一样接到他的召唤就匆忙赶来，而他却是来把迈伦送进医院，把牧场拆开零售，让她不得不找一个新家的。她是在守护自己最后的底线。

他打量着她，有一种沉默的力量如潮水般从他身上涌出来。他游移着目光，从头到脚地仔细观察她。她在他注视下浑身不自在，这目光让她不自觉想起了自己藏起来的伤疤，她隐蔽的弱点，她过去的耻辱，以及她想要远离人群的愿望。

“奥莉薇亚，”他用低沉而富有磁性的声音轻轻叫她。他的声线像一阵勾人的轻烟萦绕着她，但这正是她最讨厌他的一点。这样致命的吸引力和自己对他的反应让她害怕。他占据了太多的存在感——占据了她太多的注意力。

“我不知道你究竟是谁，”他轻轻地道，“我不知道你对这个牧场真正的目的是什么。又或者是你和我父亲究竟是什么关系，也不知道你为什么对我有这么清楚的了解，还对我印象很差，但是当初是你先打电话给我的，记得吗？是你在电话里说我父亲病危了，事态紧急，然后我才从酒吧直接出门去了机场，在机场大厅的塑料座椅上睡觉，就为了等他们通知我有可以搭乘的航班。我飞到了温哥华，又马不停蹄地开车去彭波顿取我的飞机，最后才开着飞机到这里来。我已经几乎奔波二十四小时没有合过眼了，非常的累。还有，你可能已经注意到我现在很需要洗个澡，但是我会先将就你。”他把自己的背包扔到了她卡车的车厢里，背包和她之前堆在里面的木柴碰撞发出一声轻响。

“快点吧，我们先去把你那些工作处理完。”他绕到副驾驶室打开门坐了上去。

她惊讶得合不拢嘴，打开了另一侧的车门。艾斯凑过来想舔她的脸颊。“你说不知道我和你父亲的关系是什么意思?”

“我姐姐说你可能和他纠缠不清。”

“什么？我和你父亲有染，你就是这么想的?”

“快上车，奥莉薇亚。我现在很累。”

“天啊，”她上车时小声嘀咕着，然后关上车门点燃了发动机。“我会先把你送回旅馆。”

“我更希望你能先从客人那里拿到小费。”

“忘了这件事吧，我更想先让你下车。”她挂上挡一脚踩下油门，排气管喷出一阵烟雾。他们从山丘上直接开下去，草地摩擦着卡车底盘，她在颠簸中紧紧握住方向盘。“如果你这十三年里有回来过的话，你就不会说出这么混账的话来了，因为你会比现在更了解你的父亲一点，他的眼里只有你的母亲。”

“好了，是我忘了，我十三年前死去的母亲让他根本不能接受任何人，甚至包括他自己的孩子。”他闭上双眼，把头向后仰靠在头枕上。“很高兴听到你已经透过他悲痛的外壳看清了他的本质。”

她目瞪口呆地看着他。

“我不欠你什么解释，”她厉声说：“我什么也不欠你的。”她恶狠狠地打了个急转弯，车子像机关枪一样剧烈抖动着越过牧场的栅栏，颠得柯尔不得不坐直起来，他低声咒骂了几句。

柯尔偷偷转头看了一眼她的侧脸。她确实十分易怒，但是眼睛里却透露出平易近人的一面。她长得很漂亮，丰满的嘴唇线条紧致，浓密的秀发披撒在肩膀上。她和老栅栏牧场官网上的照片里一样穿着牛仔风格的磨白的牛仔裤，白色 T 恤外面是一件法兰绒的衬衫，靴子上有马房里工作过的痕迹。他几乎是见到她的第一眼就注意到了她被牛仔裤完美包裹的挺翘臀部和修长、纤细的双腿，又有哪个热血方刚的男人会注意不到这个呢？她的身材健美，毫无赘肉，微微晒黑的皮肤将那双绿色美眸衬托得更加让人难以忘怀。

她眼睛的颜色让他想起了以前荷莉给国家地理杂志拍过的一张贝都因男子的照片。想到荷莉的摄影新闻，想到他自己的工作，还有苏丹和那些恼人的政治，他的心情又低沉了起来。

荷莉的儿子，他曾经的小家庭，已经彻底离开了他。

他感到一整眩晕，想要一醉方休的念头又像海浪一样翻涌而来。

她把卡车转到通向旅馆的主干道上，转弯的时候艾斯顺着座椅滑到了他身边。柯尔伸手抱住这只德国牧羊犬，在他们颠簸过另一个栅栏的时候紧紧搂住了它。“没事的，大家伙，我抱着你呢。”他轻轻搔了搔艾斯的耳朵后面。

奥莉薇亚轻蔑地看了他一眼。

她的后腰别着一把多功能猎刀，一罐猎熊专用喷雾器和一部卫星手机，他看出来这是个很有能力的女人。她的手上没有结婚戒指，身上也没有任何首饰。她在电话里说的话又浮现在他的脑海中。

不管你在哪里沉浸在自己愚蠢的过去里，每个晚上喝得烂醉如泥，都不能让你的家人回来。你不是那个幸存者，知道吗？

他的心中的不满和好奇都快溢出来了。她知道关于他的事情，她知道荷莉和泰，还知道他在哈瓦那的酒吧里“烂醉如泥”。这些事情应该只有可能是他父亲告诉她的，这意味着他们两个关系很亲近，至少到了会交流这么隐秘的信息的地步。他几乎能想象一个自信、有能力，当然了——还这么有吸引力的女人一步步计划着吸引一个年老的灵魂。但是他会被吸引吗？她说得没错，父亲心里几乎是把母亲放在了不容亵渎的神位上。不过话又说回来，柯尔已经很多年没有回家，没有见到过自己的父亲了，什么都有可能发生改变。

他现在太疲惫了，没有精力继续往下深想，只想吃点东西，洗个热水澡，然后美美的睡上一觉，醒来之后再去见他那自从断绝关系之后再也没有见过的父亲。

他把窗子摇下来看着一路起伏的景色，任寒风吹进来拍打在脸上。这一片空旷的土地上只有几棵斑驳的白杨树如幽灵般孤独地伫立着，一阵风吹过，不少金黄色的叶子就从树上飘落。路旁的栅栏年久失修，老旧的牧马人的小屋的房顶也倾斜向了一边，燕子从腐坏的房檐下猛地冲向天空。

她说的没错，这个地方已经败落到了令人难过的地步。从没有人告诉他情况有这么坏，但是为什么他竟会期待一些不一样的呢？

他们离旅馆越来越近了，它看起来也一副需要修缮的样子，百叶窗都得全部重新上漆。奥莉薇亚把车开到大大的门廊前的时候他突然有点紧张，她猛踩了一脚油门，他被惯性冲的向前一倾。

“到了，”她冷漠地说。“看来你刚好在午饭时间回家了。”她没有熄火等着他自己下车，手还握在方向盘上。

他突然注意到她手腕内侧的伤疤。这条伤疤褶皱着一直延伸到袖子里。伤痕意味着非同一般的过往。

她注意到他的视线的时候缩了缩手，转头看向了窗外。

他咽了口唾沫，突然感到有些不自在，车里的紧张气氛变得更加浓重了。他打开自己一侧的车门，下车走到后面车厢去拿自己的行李。

“你要去哪里?”他又把头伸回车里问。“你会回旅馆吃晚饭吗?”

“今晚不会来。我现在要去把卡车停到车库，然后回我自己的小木屋。”她偏过头不看他。

他关上副驾驶室的门，她绝尘而去，只留给他一阵扬起的尘土。

他看着她远去的身影，好奇心快要冲出喉咙了。

柯尔把自己的粗呢背包抛到肩膀上，转身走进了旅馆。一座熊的雕像依然像从前一样守卫着楼梯口，那架旧秋千也还在门廊里，只是换上了新的垫子。回忆一丝一丝地侵蚀着他。他已经三十九岁了，但如今回到这个小时候的家里，依然能感受到来自童年战栗的剧痛。

很奇怪生活为什么要对一个成年人开这样的玩笑。他到目前为止也过了一段幸福的生活，也曾拥有自己美满的家庭，但是生活又把这一切带走了，只剩下那个童年的小男孩一直深深潜藏在他的心里。想到这里他突然觉得精疲力竭。他的整个人生就是失败，好像之前的几十年都一无所获。

他抬脚奔上门廊的楼梯，进了大厅，及时收回了脚步，迎面就见到那副巨大的鹿角，依然挂在大厅里当衣架，他祖父过去从苏马斯沼泽猎杀回来的麋鹿制成的头部标本还挂在向客厅的拱门上，自上而下凝视着门口经过的所有人。客厅的壁炉里木柴噼啪作响，他甚至能闻到空气里地板刚上过蜡的味道。

“柯尔·麦克唐纳！我的老天啊!”

他转过身看向这个萦绕他整个童年的熟悉的声音的来源。“卡里克太太，”他笑着道。“你还在这里，而且看起来一点都没变。”

“我当然还在这里了，而且你现在可以叫我阿黛尔，小伙子。”她也笑着，胸前抱着着一篮子叠好的衣物。“怎么回事？看看你。”她走近了一点，像是想要把篮子放下来给他一个拥抱，但是走到她面前又犹豫了。卡里克太太不是一个会拥抱的人——从来不是。

“我……完全不知道你要回来。你父亲知道了吗？”

“还不知道。他在哪里？”

她看起来有些不安。“他今天有点不舒服，下午很晚才打了个盹儿。我正要去叫他起来吃午饭。”

“那我去叫他起来吧。”

“额……也许你应该在这等着他穿好衣服下来。我敢说他一定更想全副武装地见到你。”

“我想也是。”

她的脸突然变红了。“我不是这个意思，我是说——”

柯尔笑了笑。“他还住在原来的房间吗？”

“是的，还在三楼尽头的那一间。”

他一步两级台阶地跨上楼梯。

托莉翻到了下一页，带着一种偷窥者的隐秘的欲望，心跳加速地继续看妈妈的手稿。

在那个初冬，她有时候会听到低压的云层后面传来咚咚咚的轰鸣声。但其实听说他们正在找她，知道她的家人和朋友都在担心自己，才是对她来说最具毁灭性的。

她也知道警方会派出搜寻犬，还有大批的志愿者和地面搜救小组。她想知道他们会不会找到她扔在河边打翻的一篮子蓝莓，看到他把麻袋套在她头上时地面上扭打的痕迹。很难说他们能不能发现这些，因为她那天中午出门的时候没有告诉任何人，而且那晚还下了一场暴雪，之后的几天也一直没有停，所有的蛛丝马迹都很有可能被这个季节的第一场厚厚的雪毯盖住。

直到后来有一天，外面一点声音都没有了——他们已经不再找她了。这是她所需面对的又一个冰冷的现实，寂静、严寒的冬天降临了，她的希望覆灭了。如果她之前还认为听到他们正在寻找她的声音是最糟糕的话，那她错了，这才是最糟的，他们放弃她了。孤独无助几乎让她窒息。

在这些寂静的日子里，她身体里的光逐渐熄灭了。她对他的虐待变得麻木，也不再像以前那样热衷于从她被锁起来的棚屋的墙上裂缝中窥探外面的动静。从那一堆发出恶臭的熊皮和麻袋来看，她知道自己不是第一个被他关在这里的人，至少还有另外一个人。她曾经见到过那个女人支离破碎的尸体挂在隔壁屋子外面的钩子上，一头红发十分耀眼。他在一场大雪后把冻僵的尸体取下来，然后屋外就响起了斧子劈砍的声音，紧接着还有电锯的声音。她不知道那具尸体是不是就是去年秋天失踪的红发女林业员。

她不知道下一个秋天还会不会有别的女人被抓到这个地方来，也不知道他会不会在抓到别人之后就把她也挂在那个钩子上。

白昼一天天的变短，奥莉薇亚试图从每天的日照长度中分辨出是不是快要到圣诞节了。她有时会想象，伊森在她不在的时候会怎么处理事情，而她的父母和朋友们又会是什么样的反应。他们会走进她的小店，用一种温柔而哀伤的语气提起她吗?

这几个月里，有时她会听到小型的丛林飞机起飞的声音，每次听到的时候她都会在心里尖叫着求救，祈祷着奇迹发生。

后来确实发生了一些事。

她几乎可以肯定自己怀孕了。伊森和她之前努力了一年，她也饱受生育治疗的折磨，但是一直都没有怀孕。就在她被抓起来之前的一个月她没有来例假，也感觉身体有一些变化，还预约了医生想确认，但是最终却被迫错过了这次预约。不过现在她不用医生也可以确定了。她的肚子像气球一样一天天鼓起来，硬邦邦的，乳头颜色变深，乳房也微微胀痛。一系列初现雏形的变化改变了一切，她的身体里现在孕育着她和伊森的一部分。

她不再是孤单一人了。

她的腹部有一颗小心脏在跳动着。一个孩子——他们的孩子，这一定是上帝的旨意让她要继续活下去。她现在甘愿付出自己的一切，无论是向上帝祈求还是和魔鬼交换，她都要活下去。她会杀了那个混球。她会在他强奸她、伤害她的时候克制住自己——因为每次她反抗和尖叫得越厉害，他就越是乐在其中，然后会伤害她更多。她会一直忍到真正机会到来的那一刻。

她的生命绝不会结束在那个肉钩上……

托莉把这一页手稿拿开倒扣在之前读过的一沓上面。窗外风雨飘摇。

她知道，在他注意到自己逐渐隆起的腹部之前剩下的时间不多了。

她需要订一个计划……

托莉全神贯注地看着，完全沉浸在她妈妈笔下的情节中，以至于没有听到门外车子开进来的声音。楼下的大门被打开了，父亲的靴子踢踏踏响着正走上楼来。

她一瞬间僵住了。

“托莉！”父亲的声音在走廊里回响。“你在哪里？”

她迅速跳起来，胡乱地把飘落到地上的手稿一把抓起。

妈妈的书房门被推开了，父亲出现在走廊里。看到托莉手中和散落在地上的手稿时，他的脸上闪现过一系列复杂的表情。

“你——”他大步流星地走进来。

托莉畏畏缩缩往后退了几步靠在长椅上，用身体挡住剩下的手稿。他的脸变得通红，眼睛里像是着了火一样。他看起来不太对劲，脖子上青筋暴起，双手紧紧握成拳头。她突然人生中第一次开始害怕自己的父亲。

“你他妈以为自己在这里干什么!?”他瞪着她，一把夺过她手里的稿子扔到地上。

“我很想她，”她厉声道，“我想和她的东西呆在一起!”

“这又是什么?”他猛的扑向她藏在身后剩下的稿子。

她想把稿子夺回来。“不!”

他挥开她的手，面容扭曲，脸色红得发黑，眼睛中泛着水光。

她缩回去背抵着窗户。“求你了……别打我，爸爸!”

她的话像是突然拔掉了他身体某处的塞子，他的嘴微微张开，表情也平缓下来。他慢慢放下自己的手，沉默地盯了她一会儿，像是在找回焦距。慢慢地，他像是一个泄了气的皮球一样瘫坐在她身旁的长椅上，身子像虾米一样向前弓着，把脸深深埋在手掌里。

“上帝啊……对不起，托莉，求你了，快把那叠手稿给我吧，你没有权利呆在这里，呆在她的书房。”

但是托莉往后缩得更深了，把自己紧紧缩在墙角和窗台之间。她把稿子抱在前面，身子蜷成一个球。“这是我的，”她说，“妈妈专门写了是给我的，就在第一页上写着。‘给我亲爱的托莉，一个为你准备好的那天所写的故事。’我……我……”她念到下一句的时候哽咽了。“我会永远爱你。”

他的脸上有一瞬间露出了震惊的神情，但是很快就被担心和坚决的冷酷所取代了。“她是这么说的，托莉。某一天——但不是现在，那一天还没到。”

“为什么？”她尖叫道。“为什么不是现在？”

他又伸手去拿那些稿子，就在他快要碰到序言页的一角的时候，她猛地把手稿又往后一拽。那张纸被扯开了，参差不齐的裂口像是刀割在两个人的心口上。他们相顾无言，机械地注视着对方。这张隐喻着他们生活的纸就在两个人手中断裂了，他们小小的家庭，也是被两个同样深爱着美乐蒂的人亲手毁了。

她的父亲哽咽了。

“我恨你！”

“托莉，”他用阴郁的声音轻轻地说。“这就是你妈妈一直在写的东西，但是还没写完。她原本是打算写完之后等你长大了再给你读的。”

“但是她现在再也没有办法完成它了，不是吗？”

他们都盯着对方，有雨点被风从漆黑的窗外吹进来，树影在房檐下摇摆。

“这是……给成年人看的，”他说。“里面有很多暴力情节。”

“我看过成年读物，我从图书馆里借回来看过妈妈写的其他书，我也读过有关性的描写。”她一字一句地对他说，但是心里却在发抖。“你觉得呢？我已经十二岁了，我知道学校里有十三四岁的人已经没有初夜了。朱丽娅·博萨斯和哈伦就做过，你知道吗？你不是想知道我为什么扇了她一巴掌，还把她的书给烧了吗？因为我打从心底里恨她，因为哈伦是我的男朋友。就是她那个骚货把他从我身边抢走的，因为她会和他做爱，而我不会。你还认为我不懂性是怎么回事吗？还有死亡——妈妈死的时候我就在她旁边，她就是在我的手里慢慢没了呼吸。我……是我没能把她拉出来。我能感觉到她在那里挣扎……这……都是我的错。”她目光灼灼，眼泪却顺着脸颊流了下来。

他的脸色煞白。窗外风又刮起一阵雨滴拍打在玻璃窗上。

“你必须给我这些稿子，孩子。”他的声音变得有些浑浊，眼中充满了说不清的情绪。

他轻轻地把它们从她手里拿过来，她没有再反抗。她不得不放手，因为她害怕再一次激怒他。刚刚那个可怕的瞬间她真的以为他的巴掌会落到自己身上，她从他脸上瞥见了与她发现茉莉娅和哈伦出轨时候同样的紧张，同样炙热而黑暗的怒火，这种可怕的暴力情绪曾一度让她陷入野兽一样的状况，无法自控。

“谢谢你。”

“我真的、真的恨你，”她嗫嚅着说，眼泪轻轻洗刷着脸庞。“你差点就要打我了。”

他伸开自己的双臂。“过来。”

他用双臂环抱着她的肩膀，想要像小时候那样安慰她。她试图推开他的手，在他怀里不安地扭动着，但是他却把她抱得愈发紧了。他强制性地把她纳入了一个大大的熊抱里，不让她挣脱。他身上熟悉的属于父亲的味道逐渐包裹住她，唤起了年幼时温暖的记忆。没过多久她的身体就放松下来，然后在他怀里轻轻啜泣。

他轻轻抚摸着她的头发，在她哭泣时轻轻摇晃，直到她停止流泪。她就像还是个小孩子的时候一样倚在父亲的怀里。就像她每次需要自己的爸爸的时候一样，他能赶跑她世界里的所有妖魔鬼怪。从前他每次回家的时候她总是会飞奔过去扑进他的怀里，而他会把她高高举起，两个人在大笑声中一圈又一圈地旋转。

她感觉自己的额头一片湿润，然后惊讶地意识到自己曾把无数杀人犯送进过监狱的伟大的警察老爸，那个守护着她一生的男人，正在流泪。他也会受伤，也会疼。

托莉的内心是死一般的寂静。

这也许是最可怕的一种孤立……意识到自己的父亲并不是无坚不摧的，他和她一样饱受失去的痛苦。

而且他还病了。

他的状况现在差得可怕。她听到过他和露易丝阿姨在电话里的对话，但是她不敢去向他求证，不敢让他知道自己偷听他的电话。

“我也很想她，宝贝。天啊，我真的想她。”

她重重咬住自己的嘴唇。

他把她的额发拨开，深深望进她的眼睛。

“我会带你离开这里的，好吗?”他轻轻地说。“就只是我和你，我们俩一起出去过感恩节。我们可以去别人家吃火鸡晚餐，一起制造一些新的节日回忆。如果愿意的话我们可以待久一点，在感恩节之后再回来，你不用担心学校那边的事。让我们再一起共度一段时光，远离城市和这场恼人的大雨。我们明天就出发，一大早就走，可以吗?我今晚把卡车和露营车都准备好。”他清了清嗓子道。“来吧，我给你弄点吃的，然后就上床睡觉。明天我们天一亮就出发，我会把这里收拾干净的。”

“我们要去哪里?”

“一个叫老栅栏牧场的地方。”他把脸埋在她的头发里低声说。

柯尔悄悄把房门推开，走进了父亲的卧室。一进门，他的视线就黏在了床边放着的轮椅上，心中震惊不已。他不知道父亲已经需要坐轮椅了，这种不能自己行走的耻辱一定几乎要了像他父亲这样要强的男人的命，毕竟他曾在森林间游猎、溪流中垂钓，自由驰骋在这片土地上。

他的目光扫过墙边的氧气机和点滴架，最后移到了床上被子里父亲的形状。他在床上像熊一样重重地呼吸，但是看起来却只有以前那个强壮的男人的影子一般单薄。他的脸颊凹陷，脸上布满皱纹。皮肤皱起，面色灰黄，下巴上的胡子也乱蓬蓬的。他的脸上挂着汗珠，在睡梦中看起来脆弱不堪。

柯尔悄悄走到窗边，眺望远处的湖泊和山川，双手深深插在自己的口袋里。他突然觉得疲惫极了。他看到奥莉薇亚穿过草坪走向赤杨林，步伐中带着一丝不易察觉的不便，轻轻的一瘸一拐。

他的父亲在背后翻了个身，他不禁心跳加速，转头他看向进来时虚掩着的门，或许他应该快点走了，趁父亲还没有醒来对他破口大骂。

但是就在他小心翼翼地朝门口走去的时候，一块不堪重负的木地板在他脚下发出了咯吱咯吱的响声。柯尔立即顿住了脚步，但是已经来不及了，他父亲的眼睛已经睁开了。

“谁在那里？是谁！”他的父亲努力眨着眼睛想要聚焦。“柯尔？”

“嗨，爸爸。对，是我。”

这位老人脸上一瞬间闪过无数种表情，从震惊转为喜悦，然后是疑惑，最后定格在了紧绷的愤怒上。他的手紧紧攥住被单，拼命想要坐起来。

“你他妈怎么会在这里？”

“你就当是我路过来看看你怎么样吧。”

他的父亲挣扎着想把自己调整到背靠在床头上的姿势，但是他一扯动身子，就痛得急促地深吸了两口气。他伸手在床头柜上胡乱摸索着，打翻了装药的容器。

柯尔一步冲到床边接住了掉下来的药瓶。他把瓶子递给父亲，想扶他坐起身来。

“把你的手从我身上拿开。”他一把拍开柯尔，自己挣扎着坐了起来。“你是回来检查自己的遗产的吧？你已经和福布斯谈过卖掉牧场的事情了？”他用年老而粗糙变形的手颤抖着打开药瓶，目光又一次变得犀利起来，清亮的灰色眼眸潮湿而充血。

“不是的——”

“是谁干的？谁打电话叫你来的？哈利迪？”

“是奥莉薇亚。”

“妈的。”他撇开了目光，又骂骂咧咧地拧着手上的药瓶。

“要我帮你打开它吗？”柯尔朝药瓶点了点下巴。

“你他妈给我出去，我不需要别人帮忙。”

柯尔的心在肋骨下怦怦直跳，肠胃一阵扭曲。他没有动，静静地站在那里看着他的父亲和那个药瓶作斗争。

“你还站在那里做什么——你想要什么？”他的父亲又问了一遍。“奥莉薇亚到底他妈的说了什么能说动你离开古巴？”

“佛罗里达——我是在佛罗里达群岛。她和我说你快要死了。”

迈伦瞪着他，气氛渐渐凝固，然后突然转过身用拳头狠狠地敲了一下床边墙上的召唤铃。“卡里克！你他妈的在哪，该死的女人。给我上楼来，现在！”他终于砰的一声打开了药瓶的盖子，倒出两片药直接塞进了嘴里，然后用颤抖的手去拿桌子上的水杯。

柯尔把玻璃杯递给了他，他的父亲在与他目光接触的时候定住了动作。他帮父亲服下药片，这个苍老的男人闭上了双眼，深吸一口气，像是在无声地等待药效发作。柯尔看了看瓶子上的标签，巨枪牌止痛片。

迈伦的眼睛还是闭着，额头上凝结出汗珠。“简也在这里吗？你们俩是已经敲定了一笔生意，打算在我尸体还没凉透的时候就把这个地方卖出去吗？”

柯尔深吸了一口气，心中满是罪恶感。“你就不能消停一会儿吗——我从来就不想要这个地方，我一直都不在乎你会怎么处置这里。”

迈伦猛地睁开了眼睛，又怒气冲冲地用拳头狠狠敲了一下床边的召唤铃，然后又是一下。他的眼中满是失望和伤痛。

“快让卡里克夫人上来，”他冲着话筒吼道，“告诉奥莉薇亚我要见她，就现在！她在哪里？”

“我刚看到她往树林那边走了。”

他的父亲眨了眨眼睛，然后慢慢地深呼吸了一口。阿黛尔·卡里克走进了房间。

“谢天谢地，你这个女人终于来了，”他的父亲低声发着牢骚。“请把衣服递给我，然后让我儿子从我的卧室滚出去，让我在这里能有点自己的空间和尊严。”

她犹豫了地看向柯尔，然后忙乱地在房间里走来走去取衣服。

“要帮你准备好晚餐吗，麦克唐纳先生？”

“不用急。先把他弄出去。”

“我需要收拾一间客房出来给柯尔吗？”

“他可以去住随便一间空着的员工小屋，你把钥匙给他就行了。”他看向自己的儿子。“你会喜欢更私人一点的地方的，我敢肯定。”

柯尔朝门外走去，肾上腺素在血液中激荡。在走廊里他还能听到父亲的牢骚，“都他妈过了十三年了，他就这么在我睡着的时候突然出现站在我的床边。浪子居然肯回家来了，没有一点预兆，一点也没有……”

柯尔转身走向楼梯间。

他到底是来这里干什么的？这件事从头到尾就是个错误，从各种角度来说都是自讨没趣。

阿黛尔也走出了房间，轻轻关上身后的房门。她追上了他的脚步，“真是很抱歉，麦克唐纳先生。”

“叫我柯尔就行了，你这么叫我，会让我觉得你是在叫我父亲。没关系的——就这样叫就好。”

“他生病以后一直很痛苦，现在思维不太清楚。他问你能不能在明天十一点到图书室来见他。”

“好的。”他吸了吸鼻子。“一个正式的会面。”

“来吧，我把小木屋的钥匙拿给你，它们都放在楼下的办公室里。”

尤金注意到了空气中天气细微的变化，他已经能从风中尝到第一片雪花的味道了。滴答，滴答，自然的时钟正在转动。他忍不住轻轻哼唱起来——贝多芬歌剧《费德里奥》[①] 的副歌部分——一边哼一边把闪着光的紫色鱼线一圈圈缠到固定在左边的台钳上的钩子上。他的母亲以前很喜欢贝多芬，巴赫，莫扎特，汉尔德，还有瓦格纳，她会用一台老旧的留声机放他们的唱片和歌剧，那台留声机是太阳能和水力发电的，他们那时没有电线，完全是靠自给自足。

① 讲述的是一个名叫利奥诺拉（Leonore）的女性化装成监狱看守，从政治监狱中营救出自己被诬陷的丈夫的故事。

他穿起一颗红色的小珠子，把它继续缠到刚刚正在制作的钩子上，然后又往上加了两颗珠子。每次把珠子缠紧之后，他就会在上面刷上一层透明的指甲油，这瓶指甲油是他从床垫旁边的储物箱里找出来的。他嘴里哼着的曲调变成了莫扎特的《唐璜》，用手把青绿色的勘测胶带一点点撕成碎片。

萨拉会喜欢这个礼物的。

第七章

温哥华　周六清晨

感恩节前两天

黎明破晓，天色从灰暗中苏醒过来，薄雾中飘着淅淅沥沥的小雨。托莉从自己卧室的窗户看着楼下车道上父亲的身影。他正在把露营车升上去，开出停在里面的道奇公羊。他看起来根本不像是生病了，她想知道他究竟是怎么了。回忆一幕幕从她的脑海中划过——他温暖的熊抱，还有他因为妈妈的话开怀大笑的样子。一种奇怪的感情在她的胸膛里蔓延开来，她甚至有那么一瞬间生出了同情。这个男人是如此的想念自己的妻子，她昨天在他的眼中看到了真切的伤痛。而现在，他在这个昏暗、潮湿的清晨里看起来是那么的孤独，和她一样的孤独。她抓在窗沿上的手指因为用力而泛白。

他让她收拾自己的包裹，而现在她的行李已经整装待发了。她估计他至少还要二十分钟才能把野营车在卡车的车厢后面固定好。

她拿起自己的电子书和数据线，悄悄遛进妈妈的书房，快速地打开了她的电脑。

输入密码的提示框又跳了出来，她小声地骂了一句，绞尽脑汁地想着可能的密码。她抱着试试运气的想法把自己的名字输了进去，维克多利亚。

密码正确。

托莉目瞪口呆地看着电脑。

她的名字居然是进入她妈妈隐私世界的密码，她的眼睛被汹涌的情绪刺痛了。爱，一个巨大的缺失在她的胸口生生作痛。突然间，父亲卡车的柴油发动机的声音突然把她惊醒了，他现在已经把露营车准备好了。她的心怦怦作响，她剩下的时间不多了。她匆匆在母亲电脑里的手稿中搜索标题：誓言。

她的爸爸已经把打印出来的手稿锁起来了，但是这里一定还有电子稿。

就是它，找到了。

她把电子书的数据线插到电脑上的时候，手不可遏止的微微颤抖。她点下了“发送”键，屋外汽车引擎的声音突然安静了，她紧张起来。

文件传送完成，托莉心跳加速，弹出了自己的电子书。

楼下的大门被敲响了。

“托莉！你准备好了吗?”

她关上电脑，抓起自己的电子书，只穿着袜子轻手轻脚地跑出书房，回到走廊里弯下腰朝着扶梯下大喊。“我马上就下来，爸爸。”

“我正在把拖车挂到车后面，我们很快就可以出发了。”

托莉的嘴唇很干，手心里却全是汗。她快步跑回自己的房间，关上了门，然后打开自己的电子书。它就在里面——妈妈生前最后的一部作品就静静地躺在她的手中，她终于能把属于妈妈的东西带在自己身边了。托莉合上了双眼，把电子书紧紧抱在胸前，嘴里无声的吐出两个字——谢谢。

柯尔在日出之前就醒了。前一天晚上他洗了澡、刮了胡子，然后就一头扎进了梦乡。今天早上他已经是一个全新的他了——六个月来第一次没有从宿醉中醒来，甚至还感觉有些不习惯。他在能纵览湖面景色的小厨房里给自己煮了一杯咖啡。这间员工木屋麻雀虽小却五脏俱全，壁炉让房间里十分温暖，阿黛尔也来检查过碗柜和壁橱里都有基本的必需品，浴室和厨房里都有丙烷加热的热水，唯一的缺憾是没有通电。不过从房顶上的信号接收器来看网络是可以联通的，如果有灵感的话，他可以在旅馆里给笔记本电脑充电，然后在这里工作。

他披上夹克，拿起马克杯，走到屋外小小的门廊。他啜了一口咖啡，侧耳倾听林中潜鸟的叫声。站在这里他可以从树林间隐隐约约看到其他小木屋的影子。

太阳刚刚从山脊后露出头，第一道金色的光线照射在大理石山的雪线上。一条缎带般的黄色落叶林把山脚下浓密的绿色一分为二，迎面吹来的空气中带着一丝寒意。他能听到冬天正在不远处窃窃私语，迈着步伐从远处的高原一点点接近。

在非洲，古巴，巴基斯坦和阿富汗这些四季分明地方的经历让他对季节变迁有了清晰的认识。他向来很喜欢每年的这个时节，大马哈鱼回溯到母亲河里产卵，红色和银色相间的鱼卵顺着水流闪烁着光芒；树叶都变成了金色，枯叶在脚下发出沙沙的声音，蓝莓树的枝头也挂上了白霜；木头燃烧的气味混合着松树的香气飘散在空中。柯尔抿着咖啡，一系列酸甜的记忆涌上心头。

而现在呢？他正清醒地站在一个十字路口，不得不面对那些他一直以来都在回避的事情——找到一个前进的方向，重新提起自己的笔，写下一个新的故事，找到自己真正感兴趣的东西。

另一间小木屋的门打开的时候他愣住了，艾斯和奥莉薇亚从屋里走出来，迈着轻快而坚定地步伐穿过草地。修长的双腿，贴身的牛仔裤，长袖毛衣外面套了一件厚背心，她的马尾辫在脑后快活地左摇右晃。

“早上好!”他朝那边打了个招呼。

她呆呆地停下来盯着他。

艾斯嬉闹着跑过来，冲上他的门廊。柯尔弯下身子揉了揉这只大狗的毛。

奥莉薇亚从草地的另一头走过来。“你在员工木屋里做什么?”

“很显然我更喜欢私人空间。”

“迈伦让你住这的?”

“他不想让我待在他的房子里。”他抿了一口杯子里的咖啡看着她说。

她仰起头来看他。今天早上她的眼睛是和湖水一样的颜色——因为水下的大理石浅滩而泛着冷光的幽绿色，而脸颊和鼻子都因为冷空气而泛出粉红。她看起来在重新评估他，想要把他看透。

“我很抱歉。”她轻轻地说。

他耸耸肩膀，“我早就知道这不会是件容易的事。”

“那你为什么还要来?”

他吸了吸鼻子。“好问题。不过等我冷静下来想要改变主意的时候人已经在飞机上了。所以，今天早上需要做什么?”

她的肩膀微微僵硬了一下。这里是她的地盘，但是现在他也想要插一手进来。

“我昨天还没有巡查过营地的客人，还得清理垃圾箱，换上新的垃圾袋，大概就是这些事情吧。”

“我和你一起去。”

“什么?”

“我会去给你帮忙的。”

她的眼睛中满是戒备，他几乎能看到她的周围升起了一层保护罩。

“好了，就按我说的来吧。带我四处看看这片土地，还有牧场是怎么运营的。有我在旁边不会很糟糕的。”他把马克杯放在围栏上，反手关上自己的房门，然后一边走下楼梯一边拉上了夹克的拉链。

她争辩道：“我更想一个人去。”

“什么？你不想被这间牧场的继承人打扰？还是感觉我们接手得太快了?”

“你真的和你父亲一样口无遮拦，你知道吗?”她一字一句地说。“难怪你们合不来。”

他感觉到自己的嘴角不受控制地扬了起来。

她与他四目相对——气氛中摇曳着一种微妙的潜在不安因素。她吐了一口气，转过身踏上林间的小道。他随在她身后穿过山杨林，头顶金黄色的叶子打着旋儿像雨一样飘落，他们呼出的气息在冷风中形成一团雾气。

他们走到她停在旅馆旁的卡车边，她帮艾斯跳上了车座。

“它的后腿有问题吗?”柯尔问。

“兽医说它可能有退化性脊髓神经病的前兆，这种病是慢性病，没有治疗方法。我要先进去办公室拿东西。”

奥莉薇亚打开办公室的大门的时候，柯尔爬上车坐在了艾斯身边。她从办公室出来的时候抱着一箱小册子，箱子顶上还放了一本书和一个POS机。她把这些东西放在她和艾斯之间，然后把车钥匙插进了点火器。

“先不说你被赶到员工木屋去住，你昨天和迈伦谈得怎么样？”她问着发动了车子，往后倒车。

他往后仰靠在头枕上。

“我们没谈成。他见到我的第一眼就把我赶出去了，然后定了个正式的会面，就在今天早上十一点，约在图书室。”

她把车开到土路上，很快的转过头瞥了他一眼。他又看向她手腕上的伤疤，想从里面看出她从哪里来，又有着怎样的过往。她在电话里的话又一次在耳边回响。

你根本不知道什么是生存……

“营地的客人现在还是从湖那边的伐木路过来吗？”

“没错。有时候他们会从各种各样的方向过来登记，但是大多数时候还是我每天巡视一两圈，在营地里就给他们登记入住了。小木屋的客人还是必须到旅馆的办公室来一趟的。”

她在营地的入口停下了车，俯身打开他面前放着手套的储物箱。他闻到她身上一股干净清新的肥皂味，这味道让他想起一款不记得是叫雨水还是森林之春的沐浴液。她从储物箱里取出一双手套戴到手上，然后走下了卡车。他跟了下去。

她走到后车厢，抬下来一块很大的立式告示牌，上面黄底黑字的写着注意熊出没。

“需要帮忙吗？”他说。她费力地将告示牌在地上拖了几英尺①。

---

① 英尺，英美等国家使用的长度单位，1英尺＝0.3048米。

伴随着河流奔涌的声音，风把摇摆的松树吹得沙沙作响。

“我能行。”她把告示牌放在分叉路口。这条路的一边通向一个小型的沙滩和野餐区，另一边则通向码头和野营区。柯尔斜倚在卡车上看着她，重新感受着这个曾经对他来说也是重要的一部分的地方。

她确确实实在步态中透露出一丝不便——他想知道是为什么。她的手上没有戒指，看起来也没有任何明显的和男人有关的标识，但她却是他坏脾气的父亲亲密的朋友。

柯尔是一个敏锐的观察者，善于从细小的迹象中挖掘出事情的真相，这也是他多年来在调查报告中引以为豪的技能。有人说他有着异于常人的观察力和记忆力，这也确实让他在工作中受益颇多，他往往能在别人都晕头转向的时候从一片迷雾中直取事件的核心。

而现在他面前是一个想要隐瞒自己过去的女人。他的脑中浮现出了许多疑问。为什么要躲起来？八年前她到底是从哪里来的？她是自杀未遂吗？为什么？又是在什么时候？她和他父亲究竟是什么关系，在牧场里又扮演着什么样的角色？当他的父亲去世，这个地方被出售之后，她又会做什么？

她一边走向卡车一边脱下手套，马尾在风中轻轻摇摆。

“这里秋天还是会有熊出没吗？”他朝警示牌抬了抬下巴问。

“这两年比以前还多。”她打开驾驶室的门坐了上去，他也爬上了副驾驶室。“我们以前有一头一年能产两胎的母猪，现在已经进到它们的肚子里了，一群惯犯。上周还有一只跑进了鸡舍里。”

她发动车子，开向混凝土制的船用斜坡道。

有一个穿着水靴的男人站在斜坡道上补船，他抬起头来朝这边挥手。奥莉薇亚停下卡车，犹豫了一下，然后对克尔道：“他是这里的常客，我要下去打个招呼。”

他看着她走下斜坡，艾斯又摇着尾巴舔了舔他的脸。他第一次注意到这条狗眼睛里的浑浊，他凑近了一点仔细看了看。“嘿，伙计，你快失明了是吗？你想看看她在做什么吗?”

它的尾巴摇得像拨浪鼓。

柯尔帮艾斯跳下卡车，他们跟着奥利维亚走下斜坡，她正站在那里和一位年近七十的满脸皱纹、皮肤黝黑的男人说话。

“鳟鱼咬钩了吗?”柯尔走近他们。

“今天早上一无所获，”这位老先生说着站了起来。“它们现在不在浅滩找吃的了——天气越来越冷，它们都潜到深水去了，我敢说它们现在只吃矢虫，想用别的东西把它们钓上来简直不可能，这些鱼儿狡猾的很。”他咧了下嘴，露出了缺失的门牙。“但是我昨天在水深二十多英尺的地方捕到了两只。”

他伸手牵起船头的绳子，开始把船拖上斜坡，柯尔伸出手去帮他。

把船拉上拖车之后，这个男人在水靴上擦了擦手道。“我打算下周一去森林湖试试，也许在那里能有好运气呢。”他笑了起来，但很快被冷风呛得从胸腔里发出闷闷的咳嗽声。“趁第一场雪来临之前，湖面还没结冰。”

“看起来今年的冬天回来的比往年更早，”奥莉薇亚说。“气象台已经发布了下周一的天气预警，或许你应该考虑在它来临之前回家。这位是巴尼，”她对柯尔道。“他是我们的常客之一。”她微微一笑，左颊浮现出一个酒窝，苔藓一样幽绿色的眼睛温柔而明亮，看得他腹部发紧。他看着这双眼睛，一瞬间陶醉其中。她发现了他的反应，眼睛里的光亮消失了，面容上的光彩也黯淡下来，眼神瞟向了别处。当她再一次开口的时候，声音已经变调了，变得有些沙哑。“巴尼，这位是柯尔·麦克唐纳，迈伦的儿子。”

这位老先生用力摩挲了一下花白的胡子。“额，我还从来没有见过，迈伦的儿子？”

柯尔礼貌的一笑。“很久没被人这么叫过了。”这位老先生还是搔着自己的络腮胡，目不转睛地打量着柯尔。“你的确继承了他的基因。你已经有很长一段时间……十几年了吧，应该是十二年？从我认识迈伦，开始到这里来就没有见过你，这是肯定的。”

柯尔看向奥莉薇亚，她也在认真地看他。

“是有一段时间了。”他说。

“电影拍得确实不错，那部《野性追踪》。”

柯尔十分惊讶。“你看过？”

“哈哈，当然了，哪个住在克林顿镇的有谁没看过呢？迈伦把DVD带到卡里布的旅馆，给看的人免费买单啤酒和鹿肉汉堡，他还带过去好多书的复印版。开门奖，他是这么叫它们的。我们在酒吧里巨大的投影仪上看电影，就像是聚会一样。”他摇了摇头，咧开嘴笑了，露出缺了两颗的牙。

柯尔看着巴尼，感觉像有人攥住了自己的心脏。

“无论如何，真的很高兴见到你，孩子。”巴尼走过来真诚地和柯尔握手，拍了拍他的肩膀，然后又爆出一阵吸烟的人常有的咳嗽。“有时间就过来喝一杯，听到了吗？迈伦在没有被轮椅困住之前就经常来，我们会一起钓鱼，一起喝酒。”他又咳嗽了几声。“这该死的天气越来越冷了，搞得我这里生疼。”他拍了拍胸口道。“我的卡车停在27号，就在水边。还是之前说的那样，如果暴风雪没有来的话，我会一直在这里呆到周一。”他抬起头望向天空，有一朵黑压压的乌云在南边的地平线上压得很低。

走回卡车的路上，柯尔忍不住说，“我不知道。”

她打开卡车的门，弯下腰揉了揉艾斯的肚子，把它抱上了车。“不知道什么？”

“不知道我父亲居然看过那部电影。他从来没有写信或者是打电话提起过这件事。”

她爬上驾驶室，发动了车子。“两部你的书改编的电影他都看过。你有打电话告诉过他电影上映了吗？”

他对上她探究的目光，一言未发。

她耸了耸肩。“他的图书室里有你的每一本书，《野性追踪》的电影海报还一直挂在他办公室里。”

柯尔沉默了，转头看向窗外。他之前以为回来一趟是一件很简单的事情，来看一眼，然后就走，他父亲的怒气和他们之间的隔阂必然会导致这样的结果。但是这种温情？完全是在他意料之外的。

奥莉薇亚往前开了一百多米，停在了一片整洁的林间空地上。空地在两间挂着告示牌的木质户外厕所之间，旁边各有一个垃圾箱，不远处还有一个水龙头。她走下车，贴了一张新的注意熊出没的警告在告示牌上，然后填满了装着指导手册的箱子。她回到车上戴上手套，从第一个垃圾箱开始清理，把装满的垃圾袋扔到卡车的后车厢里。柯尔下车跟在她的身后，在她把最后一个垃圾袋提出来的时候从她手上接过了袋子。

他们的手臂碰到了，眼神在空中交汇。

她的嘴唇就在他面前，低头就能碰到，他几乎能想象她丰满的嘴唇覆在自己嘴上的感觉。她眼睛里致命的诱惑力让他心跳加速。

“我自己能行。”她的声音有些嘶哑。

“既然你都把我带过来了，”他平静地说，“至少可以让我帮帮你。”

她的表情放松了下来，任由他接过了手上沉重的垃圾袋。

她给厕所换了新的厕纸，然后从后车厢拿出一把耙子，动作很快地平整起空地来。柯尔换了新的垃圾袋，艾斯在车上静静看着他们两个。

偷偷看了他一眼，她把耙子丢回车厢，回到驾驶室等他。

他上车拍了拍艾斯，对她露出一个微笑。“接下来去哪？”

她抿了抿嘴，转过头去避开他的视线，然后发动了车子。“巡视一下有没有新的入住者，看看是否有人需要柴火，还要通知那些有几天没有出过门的营地的客人暴风雪就要来了。”

她顺着湖边开到一片更宽阔的空地，四周停满了房车和卡车，雨篷盖着防水布从野餐桌上伸出来，其中一张桌子上还有一瓶漂亮的假花。发电机在一旁轰轰作响，空气中充斥着木柴燃烧的烟味以及培根和咖啡的香气。营地的椅子大多都在湖边风景很好的地方，其他的则在营火边围绕成一圈。角落里的一辆房车车顶上有一个卫星接收器。

“这里真的全是老式帐篷，还有静谧的森林。”他说着走进面前的景致。

“基本上都是最近才购入的，尤其是到了这个时节，晚上几乎是零度以下，这些人会想办法用包括煤油炉在内的各种方法来取暖。这里大多数是退休的老夫妻，或者是某些像巴尼一样沉迷打猎和垂钓的单身汉，在这里一直消磨到秋天的最后一秒。”她快步走上前去拿起记录夹板，对照着自己手中的清单检查汽车登记情况。一对坐在篝火边的夫妇朝这边挥手，他们的贵宾犬想冲过来却被绳子牵住了，徒劳地吠叫着。它只能虚张声势地叫，可怜的小家伙。

那位老先生从嘎吱作响的椅子上站起身，手里捧着旅行水杯缓慢地朝卡车走来。那位老妇人抬手遮在眼睛上方看着她们。

奥莉薇亚把手肘架在车窗上说,“早上好。”

那条贵宾犬又往前冲,徒劳无功地大叫着想让他们离开。

“你也早安。我感觉坏天气就要来了,”老先生说着朝南方的地平面点了点头。“你觉得暴风雪会在周末之前降临吗?”

“天气预报说不会,但是如果有新的消息的话,我会告诉你的。你们依然计划在这里留到周二吗?”

“没错,我们会随时注意着天气的动向的。”

“钓鱼钓得怎么样?”

“鳟鱼现在变得很警觉,我们在第一丝晨光出来的时候就出船——还是什么都钓不到。今天中午我会再出去试一趟。”

“听说它们很喜欢矢虫,”她说。“有注意到熊出没的踪迹吗?”

“它们晚上的时候有经过烧烤的坑旁边——还撞翻了两个椅子。”

“估计是顺着烤肉的味道来的吧。你们需要柴火吗?”

“不用了。”

他们离开这里继续往前行驶。

整片野营区就安详地藏在湖边一片高大的万年青中和柳树丛中,隐约可以瞥见水面。奥莉薇亚又对照着手中的清单核查了三辆登记在册的车子,但是走到下一个营地的时候,她似乎紧张了起来。

一辆灰色的福特卡车停在入口前。她放慢脚步,咬紧了下唇。

“你最一开始是为什么来到老栅栏牧场的?”柯尔随口问道。

“我在寻找转变。”

“从什么转变?”

她微微眯起了双眼,隔着脖子上的方巾他都能看出她加速起伏的脉搏。这条方巾和她昨天戴的那一条颜色不一样。

“从北方的生活。”她拿起自己的写字夹板、装现金的小包和 POS 机。“这份工作招聘的时候写的是钓鱼指导，但是随着牧场的员工被解雇，一些日常事务也交到了我的手上，我之前是在湖上做向导，还负责骑马观光的路线，这条线路去年大部分马被卖了之后就关掉了。理所当然的，与之相关的人员也都走了。”

“工作真多，牧场的事务之类的。应该还是最好把它卖了吧。”

她瞟了他一眼。“对，没错。看起来也没人能胜任这个职位，是时候结束这个地方，还有这一切了。”

他下巴一僵，想到了麦克唐纳家族世代耕耘这片土地的过去。“你很喜欢这个地方吧。”

“这里是我的家，我不想失去它。”

“你在这之前的家在哪？你是在哪里长大的？”

她注视着他，似乎想从他的双眼中看出他的问题里有什么阴谋。“听着，你可以问问你父亲想让这个牧场怎样，或者是想从我这个小小的员工身上得到什么，但是除此之外，我不觉得我会在你掌管的牧场有所作为。”她下车之前犹豫了一下，又道，“我就说一句，柯尔，迈伦一直都不想让我告诉你和简他病得很重。”

“他表现得很明显了。”

“他觉得你们俩都……”她顿了一下。“他不想你和简没完没了地争夺遗产，然后在他还没死的时候就在他的眼皮子底下把这个地方卖掉。他只希望你们在他死后再糟蹋这个地方，这样他就不用眼看着这里败落了。”

柯尔直视着她的目光，一股怒意从腹中升起。虽然他已经签下了文件，简也有所行动了，但是他回到自己的小木屋的时候已经打好了腹稿怎么处理简和那些文件。“所以，那你为什么要违背他的旨意？

为什么你还是打电话给我了?"

她长吐了一口气道,"好吧,我就直说了吧。虽然迈伦坚持反对,但是我有一种强烈的感觉,迈伦需要见见他的孩子们,尤其是你。"

他扬起了眉毛。"这是什么意思?"

"我相信他需要弥补……那些发生在你们之间无论是什么的过去,他得让自己的内心得到救赎。"她咽了一下口水。"能够有机会说抱歉,我觉得这样对他来说可能会更好,可能对你们两个人都好。"

"你不是说我固执吗?"

"你自找的。"

"奥莉薇亚,我们家老头子根本就不打算弥补什么,他根本不想接触任何和我有关的事,他很久以前就是这样的了,自从——"

"自从发生那场意外。我听说过。但是有时候人们无法修补他们之间的关系只是因为他们没办法说出自己内心深处真正需要和渴求的是什么。有时候,就在生活中的某个瞬间,你会感受到你之前犯下的是多么严重的错误,然后无比希望能补救,可是隔阂已经根深蒂固,深到你不知道怎样着手去修复了。"

"不管你怎么说,我没有过,"他看着她轻轻地说,"我们现在是在做什么,牧场心理治疗吗?是不是待会儿我们还要在他死前一起举起双手高歌一曲《到这来》[1]?"

她愤怒地瞪着他,脸气得发红。"好吧,我也去你妈的。"她小声地说。"我已经说完了我该说的,打电话叫你回来也许就是个彻头彻尾的错误。我现在做完手上的事立马就把你送回旅馆,然后你就能想做什么做什么,可以马上肆无忌惮地把这里搬空了。"

---

① Kumbaya,又译为《空巴亚》,是黑人传统圣歌,夏令营中孩子们的必唱曲目。

她下车猛地甩上了车门，气冲冲地朝着那辆停在营房门口的灰色福特车走去。

他下车追在她后面。“奥莉薇亚——”

“别烦我。”

他加快了脚步，跟上前去抓住她的胳膊。

她被拉得转过身来，眼中是满溢的愤怒，他们之间似乎有电流闪过。两旁的树被风吹得一阵摇摆，干枯的松针像雨一样落下来。

“我喜欢他，行了吗。我是喜欢迈伦。他是我最亲爱的朋友，他……”她的眼中情不自禁溢满了泪水。她停下来，转眼看向别处整理自己的情绪。等她再次开口的时候，声音已经恢复了平静。

“是他给了我工作，也是他在我和艾斯最需要的时候给了我们一个可以安身的地方，我欠他的。现在他病重了，我却无能为力，只想帮上一点忙，而打电话给你是我所能做的最后一点点事情了。现在既然我把想说的都说出来了，你就放手去做你想做的事情吧。”她转过身，往前走了两步，然后才又转回来面对着他，像是还有什么放不下的事情一样。“我之前居然会蠢到认为你不是这样的人，你知道吗?”

“不是什么样的人?”

“我还以为你的心胸足够开阔，能够学会主动道歉，和平解决……在他去世之前。”

“你究竟是从哪里得出这种结论的?”

“从你写的书，从你的字里行间，我以为你明白……我以为你对这个世界有着非常深刻的理解，有着对生存意义的追求。”她的眼睛里闪烁着光芒。“但是我错了，你就是一个彻头彻尾的骗子。”

她背过身去，跺着脚走到福特车的车尾，然后消失在了一片密集的灌木丛中。

柯尔瞠目结舌地盯着她的背影。风从松树的树梢间穿过，就好像死神在耳边喃喃低语，轻诉着过去的回忆。他把手指深深地插进头发里。她至少说对了一件事，就是这整件事就是一个错误。

还有，他也有一件事说错了——这个女人并不是那种为了遗产不择手段的女人，她对他父亲的感情看起来很真诚，他那个难相处的铁块一般的父亲似乎也帮过她。而他现在确信这个女人正在隐瞒这什么巨大的秘密，她甚至还因为这个秘密试图自杀过。

他妈的。

他深吸了一口气，一种奇怪的情感充斥在胸膛。但是正当他打算回到卡车上和艾斯一起等着的时候，一声尖叫划破了空气。

奥莉薇亚？

柯尔飞快地冲向了小路，肾上腺素在身体里激荡。他拨开灌木丛，只看到她面色惨白地跌坐在野餐桌旁，有鲜血从太阳穴渗出来。而她的身边站着一个高大的男人，满脸胡须，手里还提着一把大斧子。

第八章

她被一双浅琥珀色的眸子擒住了，那是一双狮子一般饥渴的、满是欲望的眼睛。

他的眼睛。

他身上的味道在她的大脑里萦绕，他邪恶而冰冷的触感像爬虫一样留在皮肤上。她的喉咙里反出了胆汁的苦涩，心跳得怦怦直响。似乎有无尽的黑暗向她侵蚀过来，遮蔽了整个牧场和天空，她什么都看不到，除了他。她像是又一次被扒光了衣服，赤裸着身子，脖子被吊起来。

“奥莉薇亚!”柯尔的声音穿透了黑暗。

她眨眨眼睛，往后退靠着野餐桌，意识渐渐回到面前灰扑扑的现实中。她失控了，必须得强迫自己集中注意力，强迫自己留在现实中。

那个提着斧子的男人在柯尔冲过来跪在她面前的时候往后退了一步。柯尔捧起了她的脸。

“你还好吗?”他的眼睛因为关心和激动而闪闪发亮。他在把所有的注意力放到她身上之前很快地瞥了一眼站在一旁的男人。“发生了什么？”

“我……我刚才从野营车的车尾绕过来，然后他就出现在了后面，手里还提着一把斧子。我被吓到了，就是这样。”

我又陷入了那种该死的记忆闪回里。

柯尔抓着她的胳膊帮她站起来，她跺了跺脚抖掉裤子上的灰尘。

“抱歉，是我反应过激了，”她对那个男人说。“你都快把我的魂吓出来了，我刚才应该是被自己绊倒了。”

她用手摸了摸太阳穴，指尖染上了一抹血色。她脑子有些混乱。“我……肯定是摔下去的时候在桌子上撞到脑袋了。”

柯尔摸了摸桌角。“这里有个钉子的尾巴露在外面，你可能是撞在上面了。来让我看看。”

“不！不用，我没事。”她捡起地上散落的包和书，还有POS机。“抱歉，让我再自我介绍一遍吧。”她用自己听着都变了调的声音对那个男人说。“我是奥莉薇亚，牧场的经理。我看到你是昨天中午来的吧。”

抱歉只是她试图掩饰太平的借口，其实她整个人都在颤抖，心里快要崩溃了。上次这个男人冰箱里渗出的血迹已经差点唤起她这些年来的第一次完全的记忆闪回，她真是愚蠢才会这么快就又回来一次。最糟糕的是他还恰好有着和塞巴斯蒂安如出一辙的眼睛，还有一模一样的身高，以及他的那些……她不禁打了个冷战。

她的情况比她以为的更糟糕。她独自一人走在林间小道上时可怕的经历，门前的一篮子蓝莓，还有厨房里被死鹿吓到的那一次制冷机发生的小插曲——这些事都巧合地碰在一起，把她一次又一次地拉回到过去的记忆之中。在这之前的三年，她都以为自己已经摆脱了这该死的闪回了，可是这一次无疑是现实给她的一记重锤。

那个男人静静打量着她。他的身材出奇的强壮，顶着一头乱蓬蓬的铁灰色的头发，浓密的胡须和络腮胡几乎遮住了他的嘴和大半张脸。他牛仔裤的大腿上溅上了深色的斑点，指甲缝里黑乎乎的，看起来像是干涸的血迹。恐惧又一次笼罩了她，她忍不住清了清喉咙。

“你是昨天入住的吗?”她又问了一遍。

那个男人快速地扫了一眼柯尔，脸色阴沉了下来，两个男人之间的气氛似乎有了什么变化。奥莉薇亚又一次感受到了一种充满压迫感的恶意。她咽了一下口水，知道这种恶意来自于她自己的想象，努力想要把它推开。

他已经死了，消失了。这只是你自己和自己开的玩笑……

柯尔把手在她的背上轻轻搭了一下，她惊了一下，然后感觉到了一阵放松。他的触碰让人莫名的安心。她的眼睛有些酸楚。在她做出这么多的努力想要独立，尽自己最大的可能避免和别人身体上的接触之后，却是由衷地为这一刻有人能够把手撑在她的背后而感到高兴。

“大概是昨天傍晚的时候来的。”那个男人说。他的声音嘶哑而低沉，像是多年的老烟枪，又像是一条老狗吠叫的声音。

“你会在这里住几天?”

“一直住到感恩节后。”

“如果是这样的话你得知道，暴风雪就要来了。大雪很可能下周一晚上就会降临。”

“暴风雪?”

“我们不提供铲雪的服务，所以你可能会被大雪困住。如果我有更新的天气的消息的话会通知旅客们的。”她又清了清自己的嗓子。“这间营房是二十澳元每晚，木柴额外收费五美元，如果你有需要的话告诉我就行，我会每天早上给你送一捆。”

"我自己有木柴。"他把斧子放在餐桌旁的石凳上，然后从牛仔裤的口袋里摸出了钱包。

她从余光瞥见柯尔正在仔细观察那把斧子的刀锋，还有身旁的露营车和小冰箱，又有鲜血顺着冰箱的边缘流下来。她在自己的登记簿上找到昨天的日期，那个男人从钱包里抽出一沓钞票，从里面数出应付的金额。"我会一直付到星期二的钱，这样你就不用再来了。"

正合她意。

"谢谢配合。"她从他的手中接过钱。他的手在她的手背上稍稍停留了一会儿，奥莉薇亚瞪了他一眼，他笑了，胡子之间露出雪白的牙齿。

和他的牙齿一模一样……

她快速点清了钱，拉上装现金的小包的拉链，然后递给他一本导览手册。"这上面有这里的地图，你想知道的都能在这里找到。旅馆可以提供晚餐，但是你得在当天中午之前提前预定。这周日晚上还会有感恩节特别晚餐，火鸡，还有别的美味。"

"我知道了，谢谢。"他接过导览手册，与她目光交接。

"还有，你最好把你的冰箱旁边的血迹擦一擦，"她说。"可能会招来熊的。"

"明白了。"

"好了，祝你玩得开心。"她正打算离开的时候，注意到了他的露营车里有一把弓箭。"打算用弓箭打猎吗?"

"我唯一的选择，"他又露出一抹微笑，眼睛里却没有笑意。"我喜欢真正的捕猎。"

"用弓箭打猎的规定也在里面。"她冲着他手中的导览手册点了点头。"禁止在牧场区域内打猎，牧场的范围也标注在地图上了。护林员每隔几天就会来巡逻，检查捕猎许可证。”

她开始走回自己的卡车。

“你刚捕到了什么东西吗?”奥莉薇亚顺着柯尔的目光看过去，他双手插在口袋里，视线落在冰箱上新鲜的血迹上。

一只隼高声号叫了一声，周围树上的小鸟都四下逃散。

“一头鹿。”那个男人说。

“在大理石山的山脚下抓到的吗?”

“是在峡谷里，我在来的路上抓到的。”

柯尔点点头。“祝你玩得愉快。”他跟上奥莉薇亚，一起绕过了福特车。她在本子上草草记下了这辆不列颠哥伦比亚牌照的福特车的车牌。

回到卡车上，艾斯凑过来轻轻碰了碰奥莉薇亚，在嗅到她眉边的血腥味时显得有些不安。她深深地吸了一口气。“没关系的，好孩子。”她放下卡车上方的遮阳板，然后从装手套的储物箱里拿出纸巾，对着后视镜擦掉脸上的血迹。伤口不是很深，没什么是一点消毒水和一个创口贴不能解决的。但是伤口处还是会起一个大紫包的。

柯尔爬上车坐在她旁边。

“要我帮你看看吗?”

她摇摇头，把手上的纸巾揉成一团塞到了杯架里，然后发动了车子。在开到距离湖边大约有一百码的下一个营房时，她的身体还在微微颤抖。

“他看起来很不友好。”

“刚才那个人？没错，我们有时候是会接待到一些奇怪的客人。”

“你还好吗?”

她点点头。

“你的头上肿了好大一个包。”

她吸了吸鼻子。

“他是真的吓到你了吧，是吗?”

奥莉薇亚感觉到自己的保护屏障又升起来了。“应该是他的斧子吓到我了吧，绕过露营车就看到他像那样提着斧子站在那里。”

她在下一个营房前停下了车。灰色的福特卡车按理来说只是日常出行的选择，但是停在这间营房前的这一辆却有一个长长的车厢，后面还连着一辆露营车。火坑旁有两把折叠椅，一边的野餐桌上还放着两个盘子，一对马克杯，和两副刀叉。小船已经从拖车上解下来放在了水面，系在岸边的一个凸起上。

“所以你一般怎么处理这些棘手的客人？或者比如说一群醉汉？警察赶到这里最少也要一个小时——你去哪里找后援?”

她坐在位子上叹了一口气，苦笑了一声。他的视线落到了她的嘴唇上，她突然感觉像是被他的目光电了一下。

“迄今为止我还没有遇到过真正意义上的麻烦——准确来说，这片营地一直在今年夏天之前都不在我的职责范围之内。”她小心地拂开被吹到伤口上的一缕头发。“我身上一直都带着猎刀和驱熊喷雾，还有无线电和卫星电话。”她没有提到自己卡车后座下面非法藏着的史密斯威森手枪，那是她向北边的一位伐木工买来的。“我还有艾斯。”

他笑了，脸上温暖的神情一闪而过，但是深灰色眼睛弯成的温柔的线条却触动了她内心深处柔软的地方。她还没有见过他的笑容，这一见却惊为天人，让她的脑海一片空白。驾驶室一瞬间显得拥挤起来，两人的呼吸似乎都能吹到对方脸上。她有一点点慌张——和刚才在上一个营地的那种恐慌完全不是一种。

“是啊，”他说。“一条凶猛的德国牧羊犬，就是眼睛有点不好，腿脚也不太方便。”

艾斯无辜地舔了舔他的脸，但是柯尔却看到了她眼睛里一闪而过的忧伤——失去艾斯对她来说是个无法承受的结局。

“抱歉。”他说。

她耸了耸肩。“这是事实。它马上就要看不见了，后腿也迟早会成为一个困扰。或许我现在出门的时候不应该再让它跟着我了。”

“它多大了?”

“还没有老到应该有这些毛病的年纪。但是它的前半生很坎坷。”她打开了车门。“还有一户要登记的。”

柯尔跟在奥莉薇亚后面进入了营地，心想这份工作对一个单身女子来说真的不容易。这不禁激起了他内心的保护欲，随之而来的还有莫名的责任感和占有欲。

“有人在吗?”她敲了敲露营车的门。

车门打开了，一个胡子刮得干干净净的浅金色头发的男人从车里走了出来，微笑着在嘴唇前竖起一根手指。“我老婆还在睡觉。”他悄悄地说，从摇摇晃晃的金属楼梯上轻手轻脚地走下来，灵巧得不像是这个体型应有的样子。他身高大约有六点二英尺。他剃着一个整洁巴尔博胡须[①]，嘴唇下面还有一小撮胡子。他的蓝眼睛闪烁着光芒，皮肤被太阳晒成了古铜色。他看起来很强壮但又有着素食者的——充满了阳刚气息。他把他们带到野餐桌旁，以防吵醒自己的妻子。柯尔推测他可能六十岁左右了。

① 巴尔博胡须的形状一般是嘴巴周围一圈的胡子。

奥莉薇亚对他的出现有点紧张，刚才那位突然回来的斧头男实在是把她吓得不轻。

“我是奥莉薇亚，”她说，“是这间牧场的经理。这位是柯尔，他就是在这里长大的。”

这个男人走过来分别和他们握了手，手掌坚实有力。

“艾格·索伦森。我正打算今天晚些时候去旅馆登记入住呢。我和我的妻子玛丽是昨天晚上到的，她正在里面睡觉。”

奥莉薇亚报了营地的收费标准，问他们夫妇打算在这里住多久。

“我打算先住着看，不确定哪天走，这样可以吗？”他说着瞥向了湖面。“只要还有鱼咬钩，我们就会留在这里。”他露出一个微笑，牙齿洁白发亮。

奥莉薇亚的视线闪烁了一下，垂下了眼睛查看旅客名单。“也许是个好主意吧，”她抄下对方的汽车证道。“天气预报说周一晚上将会有一场暴风雪，但是有可能会比预报的更早来临。它来了的话，道路会暂时封闭。如果天气情况还有什么变化我会通知到所有人的。你想用现金支付还是信用卡？”柯尔注意到她一直没有对上这个男人的视线，双手还在微微颤抖。

这位客人给了奥莉薇亚他的信用卡，她看了一眼卡上的名字，把它插进了 POS 机，然后递回给他输密码。

“你们今天晚上需要木柴吗？”

“好啊。”

柯尔小跑回车上取了一捆木柴，拿回来的时候悄悄观察了一下索伦森的工具。

奥莉薇亚正在向他解释旅馆的晚餐预订流程和感恩节的晚餐内容。

索伦森微笑着把手伸进了口袋。“我夫人和我准备用露营车的烤箱自己烤一只小火鸡，去年我们在莫阿布[1]的时候也是这样的。”

“你们是从华盛顿来的?”柯尔问。他把木柴放在火坑边，在裤子上拍了拍手上的灰。

“你说什么?”

“我看到你放在露营车后面的业余无线电爱好者证了——我也是个有执照的无线电操作员。”

“哦，那个啊，没错。”他的目光游移了一下。“那不是我的，是我太太的。她是无线电爱好者，我支持她去做自己喜欢的事情。”

“好吧，祝你们玩得开心。”奥莉薇亚向他道别。

他们开着车经过剩下的一段环湖路的时候，柯尔注意到只有湖边的很少一部分营房是有人住的，剩下的大部分营地都空无一人，看起来十分荒凉。

“这里在夏天的时候会住满吗?”

她摇了摇头，脸色看起来很苍白。同情心像蘑菇一样在柯尔的心里悄悄滋生出来。他发现自己喜欢这个浑身是刺的女人，奥莉薇亚·韦斯特重新点燃了他的兴趣。他不禁想要了解她更多，了解她是怎样留下那些伤痕的。

柯尔心中一片宁静，凝视着窗外的湖泊和森林，儿时和吉米一起在这里玩耍的回忆闯入了他的脑海。

“你是怎么知道的?”她突然开口问。

“知道什么?”

“他们是从华盛顿来的——索伦森的汽车牌照是不列颠哥伦比亚

---

① 莫阿布（Moab）位于犹他州东部，是美国著名的旅游城镇。

省的。”

“每一张业余无线电执照都有一个独一无二的代码，这串代码的前缀会表示这张执照是在哪里发布的。这就像是一张全世界通用的证件——只要知道了这串代码，你就能知道这串号码代表的究竟是谁。如果他把无线电打开的话，还可以用一个软件追踪到他们在地图上的行动轨迹。通常来说，如果有人是从美国搬到这里来的话，他们应该会领到一个新的加拿大代码才对。”

“我猜可能他老婆是美国人吧。哦，该死——”她一个急刹车停了下来，然后掉头开向了牧场的边界。牧场的围栏有被人新破坏的痕迹，撕开了一条能并排通过两辆车的大口子。地上的汽车轮胎印一直通向幽黑泥泞的森林深处。

“该死的盗猎者。”她摇下车窗检查围栏的损坏情况。“也有可能是无业游民。这是一条早就废弃不用的老路，通向水獭聚集的沼泽和牧场的后方。”

“我知道。”他静静地说。“吉米和我以前就经常去那片沼泽玩，总惹得我们的妈妈生气。”

“我还得再来一趟修这个围栏。”

“我来吧。”他说。

她转头看了他一眼。

他重重地吐出一口气。“既然我都在这里了，就让我来做吧。”

“这是我的工作，我的——”

“这是我父亲的领地，我不喜欢你独自一人做这种事情，这很不安全。这些车辙印看起来很新，很可能有人还在附近，甚至可能带着武器，毕竟这是准猎季节。”

她盯着他，眼睛里的神情有些特别。

他耸了耸肩。“你就把这当做是我的大男子主义吧。”

她什么也没有说，只是沉默地把车开回路上。

他们回到旅馆，柯尔挂起外套，看到客厅的壁炉里已经点燃了柴火。有两个女孩坐在壁炉前的长沙发上看书，她们两个人各自占据沙发的一头，似乎互相并不认识。一个健壮的秃顶男人笔直地站在她们身后，双手插在口袋里，专注地看着挂在墙上的巨大的平板电视里播放的新闻。

“看来我们又有一个新客人了。”奥莉薇亚说着走进来，随手把外套挂在他的夹克旁边，然后走进了客厅。

柯尔抬手看了看自己的表，现在去图书室见他的父亲还太早了，所以他跟上了奥莉薇亚的脚步。

正当她走近那个男人的时候，一条“突发新闻”的标语突然出现在了屏幕上，电视画面切换到了一个坐在CBC[①]新闻直播间的女主持人。那个男人走近电视调大了音量，女主持的声音立即充满了整个房间。

“我们临时中断了节目，为您带来最新的居里山突发新闻的报道。”主持人说：“警告，以下内容可能会引起不适。昨天中午，一具女尸被发现吊在居里山脉伯肯黑德河附近的树林中，地处一片第一民族[②]聚集区，距南边有名的雪溪滑雪度假山庄有大约三十分钟车程。当地的综合凶杀案调查小组接手了这起案件，现已赶往现场协助地方警方和部落警方。”

奥莉薇亚整个人都僵住了。

---

① Canadian Broadcasting Corporation，加拿大广播公司

② First Nation，加拿大最早生活的种族。

坐在沙发上的两个女孩也转过身来看向电视。

“本台记者麦克·斯通已经赶往了现场，我们来看一下他从现场发回的报道。麦克，现在现场的情况如何?”

电视镜头转向了一位身着蓝色风衣的记者，他举着话筒站在一棵金黄色的落叶树前。

“两名来自卡里山的孩子昨天中午出门钓鱼，发现了这令人震惊的一幕。”这位男记者举着话筒，看起来有一些颤抖。柯尔站得离电视近了一点。

“警方已经检查了这具被吊在树上的女尸，但只说这起案件十分可疑，并没有透露其他的细节。但是我和发现尸体的两位孩子其中一位的表兄——卓书亚·菲利普谈过，接下来的信息十分令人震惊。卓书亚，你能告诉我们你的表弟发现尸体的时候的具体情况吗?”

摄像机转向了一位穿着羊毛夹克的年轻男人，他看起来面无血色，黑色的发丝在风中飞扬。“我表弟和他的朋友昨天中午是要出门去看一看那些产卵的银大马哈鱼的，途中正好要穿过一片棉白杨林，而它就挂在树林里。”

“它？你是指那具尸体吗?”记者问道。

这个年轻的男人点了点头。“它……完全看不出来人形了。最一开始我表弟还以为那是一头被某个猎人剥了皮的鹿，但是其实那是一个女人，脖子被吊在一个巨大的铁钩上，眼睛和内脏都被挖了出来。”

奥莉薇亚发出了奇怪的呻吟声。她趔趄了几步，伸手撑住身后的椅子。柯尔的视线在奥莉薇亚和电视机之间徘徊。“凶杀案调查组和法医昨天晚上都已经从温哥华紧急赶来，”那位记者说，“那片区域现在已经被封锁，现场也已经架起了帐篷和弧光灯供调查组人员连夜工作。目前为止，无关人员一律不允许越过我现在所站着的这个位置，警方也没有公布尸体的身份是否被确认。”

奥莉薇亚的膝盖软了下去，控制不住地摔倒在了地上。

柯尔迅速冲到了她身边，站在电视前的那个男人也转过身来，满脸震惊地看着奥莉薇亚。

“快把电视关掉！快点！”柯尔冲着他大叫，扶着奥莉薇亚坐到了一张有靠背的椅子上。“还有赶紧把这些孩子们带走，妈的。”

“托莉，”那个男人叫了其中的一个女孩，声音听起来有些颤抖。“到办公室里去，在那里等我，把你的朋友也带过去。”他抓过遥控器关掉电视，他的女儿战战兢兢地走向办公室，另一个女孩也很快跑进了厨房。

奥莉薇亚看起来全无血色，手脚冰凉，手心里也全是汗，呼吸几乎微不可闻。柯尔试了试她的脉搏，心跳很快，却杂乱无比。

阿黛尔从厨房冲了出来。“上帝啊，发生了什么？内拉说奥莉薇亚昏倒了。”

“把头低下，”他对奥莉薇亚说。“低下去，把头放在你的膝盖之间。阿黛尔，你能给她拿一点甜的东西来喝吗？”

“我能帮上什么吗？”那个男人说。

“你去那间办公室里等着就算是帮上大忙了，”柯尔说。“马上就会有人过去招呼你们的。”

“水来了。”阿黛尔端着一杯橙汁回来了。

“来喝一点，”柯尔说。

奥莉薇亚慢慢抬起头，苍白的脸上全是汗水。“我……我没事。”她抬手摸到了自己头上的伤口，瞳孔微微放大，看起来十分疑惑。她开始有点呼吸困难。

柯尔放下杯子，伸手想要解开她脖子上的丝巾。

“不要!”她立即按住了他的手，眼中满是乞求。“求你了，别。”

“可是你需要一点新鲜空气。”他推开她的手，还是解开了丝巾。柯尔的血液一瞬间凝固了。

一条坑坑洼洼、扭曲不平的伤疤像狗的项圈一样围在她的脖子上。

阿黛尔轻轻惊呼出了声。她瞪着柯尔，眼中全是可怕的情绪。

第九章

阿黛尔弯下腰在柯尔的耳边悄悄说："詹森，我们的厨子，他说昨天奥莉薇亚在厨房也有过类似的恐慌发作。"

"谢谢你。"他瞥了一眼女管家。"能请你让我们单独呆一会儿吗?"

她眯了眯眼睛，视线掠过了奥莉薇亚。"当然。我……如果你需要我的话，我在厨房。"

"看着我，奥莉薇亚，"他轻轻地说。"回过神来。来，再喝点果汁。"

"我不想喝，我都说了我没事。"她的眼中已经失去了光彩，看起来脆弱不堪。这又激起了他胸中的保护欲。

他把手放在她的膝盖上，她整个身体一震，愤怒地瞪着他。

他拨开她伤口边的一缕头发。"和我说说吧。"

"不要，"她从牙缝中挤出一句话。"求你了……别碰我。"

他惊讶地看着她，疑惑一点点爬满心底。她迅速地抓起自己的丝巾，把它重新围到了脖子上。

"求你了，让我一个人待着吧，谢谢。"她说着试图用颤抖的手指把丝巾系好，但是手抖得连结都打不好。

“让我来吧。”

“不用。”

他还是强硬地把她的手拿开，轻柔地帮她系好丝巾，调整到可以完美遮住伤疤的角度。

“好了。”他微微一笑。

她哽咽了，眼中隐隐出现泪光，放在膝盖上的手慢慢握紧了。

“这真是条震惊的新闻，”他先开口。“把内脏都挖出来什么的。他们不应该把这样的消息直接放出来的，小孩子也不应该看到这个。”

她移开了视线，很明显是努力在整理自己的情绪。她清了清嗓子，伸展了一下肩膀，然后才转回来直视他的眼睛。她又回归了对自己的控制。

“谢谢。”她的眼中又重新闪出斗志。“我刚刚只是突然感觉有点晕，可能是身体最近出了点小问题吧。现在我该去接待办公室里的客人了。”她重新站了起来，在椅背上稍稍撑了一会儿。

“我可以去给他们登记。”他说。

“你还和你父亲约了见面。”她直直地盯着他，仿佛是害怕他问起她脖子上的伤疤，怕他把那些她知道一定会萦绕在他脑中的疑问和想法说出口。于是他什么都没有说。

她猛地转过身去，挺直了脊背走向办公室，靴子在木地板上发出踢踏声。柯尔看着她的背影消失在门内，深深地吐了一口气，揉了揉自己的眉心。

难怪这个女人会有这么强的警惕心。从她手腕上的伤疤来看，她很有可能尝试过自杀，而她脖子上的伤痕也昭示着什么可怕的事情——这也许就是她一直以来都在隐藏的事情。她对别人身体上的接近和触碰有本能的抗拒。

柯尔走进厨房，向詹森和他的女儿内拉做了自我介绍，然后询问了有关奥莉薇亚昨天恐慌发作的事情。

“我想是冰箱里的鹿肉把她吓到了，”詹森说。“我当时正在用滑轮把它推进厨房，不小心撞到她了。”

刚才新闻里的话浮现在柯尔的脑海中。

它……完全看不出来人形了。最一开始他们还以为那是一头被某个猎人剥了皮的鹿，但是其实那是一个女人，脖子被吊着……

“她当时确实有说最近身体不太舒服，所以她也有可能是因为其他的原因昏倒了。”詹森突然转向自己的女儿。“我忘记问你了，内拉，奥莉昨天来的时候说她莫名其妙地收到一篮子蓝莓放在她门口的台阶上——是你送过去给她的吗?”

内拉正坐在厨房的大桌子上画画，此时摇了摇头，然后抬起头来小心翼翼地打量着他。

“你看起来很像他。”她突然说。

“像谁?”柯尔问。

“麦克唐纳先生。”

柯尔的嘴角弯起一抹笑容，“我就是麦克唐纳先生啊。”

“我的意思是，你长得很像你爸爸。他的办公室里有他年轻时候的老照片，看起来和你现在一模一样。我敢说你老了以后也会像他现在这样的。”

他嘴边的笑容凝固了。

奥莉薇亚走进办公室，那位客人背对着她，正在研究玻璃柜台下出售的鱼饵。办公室柜台后墙上的角落里有一幅框好的照片，照片里是老栅栏牧场以前的一些客人，其中的大多数都是他们的常客。他们的手上都拎着银色的野生鳟鱼，脸上绽放着灿烂的笑容。进门的这面墙上还有几扇窗户，透过窗户可以看到下面的草坪和远处的湖面。

柜台对面的墙上挂着一个麋鹿头标本，塞满了填充物的头上有一副巨大的鹿角，那对诡异的玻璃眼珠似乎无论何时都在盯着奥莉薇亚工作。如果她有办法的话，肯定早就把这个玩意儿丢掉了。曾经在她被绑架之前，她是不在意这种东西的——这一类动物死尸制成的标本。但是现在她不杀生，会把捕到的动物当时就放掉，只有在捕鱼或者是捕猎作食物的时候才会留下它们。

无处不在的，那段黑暗的回忆——还有他的声音——时刻萦绕在她的脑海中。

……我们所有人都有这种对鲜血的渴望的，萨拉。这种从追逐中产生的原始的颤栗，还有你杀死猎物的时候那种喷薄而出的快感……

她在裤子上擦了擦汗湿的手心。创后应激反应[①]又出现了。它就像是盘踞在她脑袋里不断吐息出噩梦般的回忆的一头巨龙，每一次呼吸都能唤起另一段不堪回首的往事，像多米诺骨牌一般蔓延开来。

……那是一个女人，脖子被吊在一个巨大的铁钩上。她的眼睛已经被挖掉了……

新闻里报道的凶杀案虽然残忍至极，但是和他一点也没有关系，也和她的过去毫不相干。他已经死了，不会回来了。

“早上好。”她用清脆的声音道，那位客人转过身来。

---

① PTSD（post-traumaticstressdisorder），是指个体经历、目睹或遭遇到一个或多个涉及自身或他人的实际死亡，或受到死亡的威胁，或严重的受伤，或躯体完整性受到威胁后，所导致的个体延迟出现和持续存在的精神障碍。PTSD 的发病率报道不一，女性比男性更易发展为 PTSD。

奥莉薇亚努力挤出一个笑容。“很抱歉，刚才让你见笑了。我是奥莉薇亚·韦斯特，有什么可以帮你的吗?”

他回了她一个微笑，深蓝的眼睛却在不动声色地打量着她。这位客人身材魁梧，看起来十分健壮，但是渐秃的头顶却暴露出他可能快六十岁了。他有着宽厚的肩膀和斗大的拳头，大腿和伐木工人一样壮硕。牛仔裤和简单的白 T 恤外面套了一件休闲粗羊毛夹克，浑身上下散发出孔武有力的气息。

“盖奇·波顿，”他说着走上前来和她握手，她注意到他手上戴着金色的结婚戒指，笑起来时眼角有细细的皱纹。他的手掌很沉稳，从握手中也能感觉到臂膀传来的力量。这个人周身散发着一种亲和安稳的氛围，她几乎是立即就喜欢上了他。

“这些飞饵真不错。”他冲柜台点了点头。“是谁绑的?”

“大多数都是我自己设计的。这些飞饵尤其适合这片湖，或者是附近的河流。”

“如果能试一下就好了。我们——我和我女儿——想知道你们还有没有空闲的小木屋能给我们住一个周末。我们一开始确实是先到营区那边去的，但是觉得还是应该来问问你们有没有空的小木屋。”

之前坐在客厅沙发上的那个深色头发的女孩突然从角落里放明信片的架子后面冒了出来，看起来郁郁寡欢地缩着肩膀，沉默地注视着奥利维亚。

波顿挥了挥手。“这是托莉。”

“嘿，托莉。”奥利维亚挤出笑容。“路上一定很累吧。”

那个孩子猛地转过身，推门出去了。门上挂着的迎客铃叮叮当当响了起来，房门在她身后无声地关上了。她跺着脚走下草坪，原本躺在草地上晒太阳的艾斯这时站了起来，摇着尾巴凑近她。托莉弯下腰摸了摸它的头。

“我很抱歉，”波顿静静地说，“她半年前失去了母亲，然后她——”他迟疑了一下继续道，“我们两个都很难接受这个事实。我们还需要一段时间调整，问题是……”他清了清嗓子。“今年的感恩节在家可不好过。我觉得一些郊野的空气，野性的大自然，还有钓鱼，这样一起制造一些新的回忆可能会有所帮助。”柯尔说话时一直目不转睛地看着她，就好像还在对她做评估一样。“虽然现在才做出改变有些晚了，但是我还是得为今后做打算。”

“请节哀顺变。”

他自嘲地笑了。“我不需要同情，只要给我一间小木屋就行了。”

他脸上真切的伤痛，还有身上不加掩饰的悲伤击中了她。奥莉薇亚悄悄瞟了一眼窗外那个黑头发的女孩，托莉已经放弃了艾斯，正在百无聊赖的用脚尖踢着石子。艾斯站在玻璃门外眼巴巴地望着想进来，奥莉薇亚走过去给它开门，它欢快地冲向了自己的小窝。

“托莉有多大了?”

“十一岁，不过她更喜欢说自己是‘快要十二岁了’。”

“这个年纪失去了母亲一定很不好受，恰好刚要进入青春期。”

“是啊，她还是个尤其敏感的孩子，聪明、有创造力，但是内向的不得了。她一般不是那么容易交到朋友，曾经她最亲密的伙伴就是她妈妈。她是在用攻击这个世界的方式来掩饰自己的伤痛，所以我很抱歉她刚才那么做。”他顿了顿，“我妻子和我以前会一起钓鱼，我……”他尴尬的用宽厚的手掌挠了挠头，目光有些闪烁。“对不起，我……这些没必要告诉你的。”

“我们来看看有哪些空着的小木屋吧。”她很快转移了话题，不习惯直面一个看起来这么强壮的男人内心赤裸裸的感情。“我们有两个卧室的房型，还有一间卧室和一个客厅里的简易床的房型。”她走到柜台后给他看收费卡。“所有种类的房型都会有一个烧木柴的炉子和一间小厨房，还有丙烷加热的热水，但是没有电，也没有电话线。我们会提供木柴，就堆在储物仓里。”

“我们要两间卧室的吧，”他仔细看了收费展示卡片后说。“住一整个周末，还有下周一晚上。”

“我不得不提醒你下周一或者周二可能会有降雪，如果雪势太大的话道路可能会被封闭几天。”

他抬起眼睛，和她的视线在空中交汇。好像心有灵犀一般。“没关系，我们就订到下周一晚上，实在不行只有见机行事了。”

奥莉薇亚把他的名字输入电脑，然后开始向他介绍旅馆的晚餐供应制度。

“这里有一份今晚的菜单。”她从玻璃柜下抽出另一张卡片。“只是家常便饭，不过客人们会一起坐在几张桌子边，也是一个认识其他人的好机会。还有这个是牧场的地图，你们的小木屋在这里。”她用记号笔在地图上画了个X的记号。“七叶树小屋。我们还可以提供小船，码头在这里。”她又在地图上标注出码头的位置。“救生衣在沙滩上舢板棚里可以找到，就在眺望台的旁边。”

“谢谢。”他把她给他的纸片全都收了起来。

“还有一件事。这里的手机信号时好时坏，受天气影响还会很不稳定。但是你的小木屋前的草坪上有一片区域是肯定可以收到信号塔的信号的。”

“了解了。”他犹豫了一下又说，“刚才电视上报道的新闻可真是残忍。”

她抬起头来看了他一眼。“是啊，可不是吗。你有信用卡吗？我需要用来预订房间。”

空气有一秒钟的凝滞。他掏出钱包，摸出自己的信用卡。“那就顺便把房费也先付了吧。”

她操作完，把发票递回给他。

“我们可以现在就预约今天的晚餐吗?”

“当然没问题。我会把你加到名单里的。我们的主厨詹森说今晚的菜单上会有鹿肉呢。”

他打开门，冲她点头示意。奥莉薇亚看着他走到草坪上去找自己的女儿，把手臂搭在她的肩膀上，但是她却甩开了。

他们一起走向他们连着露营车的卡车，看起来并肩而行，却又那样疏远。这个女孩的头发又黑又直，长度几乎到了腰部，在阳光的照射下闪耀着蓝黑色的光泽。

奥莉薇亚咽了一下口水，一种奇怪的感觉从皮肤上滑过。

点滴模糊的记忆，像是用指甲在玻璃窗上轻轻敲打一样，嗒，嗒，嗒，正在努力钻入脑海中。

柯尔盯着一幅自己一张被扩印了的户外杂志往期的封面照，它被装裱好挂在图书室最显眼的地方——壁炉上方。他走向书架，奥莉薇亚说的没错：他的父亲有自己每一本书。他拿起一个放在架子上展示的相框，里面是简的全家福。

奥莉薇亚的话又浮现在他脑中。

“……我有一种强烈的感觉，迈伦需要见见他的孩子们，尤其是你……我相信他需要弥补那些发生在你们之间无论是什么的过去，他得让自己的内心得到救赎。”她咽了一下口水。“能够有机会说抱歉，我觉得这样对他来说可能会更好，可能对你们两个人都好……”

如果柯尔只能说出他父亲的一个特质的话，那一定是自尊心，换句话来说，就是那种无论什么都要自己去承担的男子气概，一种深植在血脉中的无法承认自己错误，或者说抱歉的倔强。

……我敢说你老了以后也会像他现在这样的……

从一个孩子嘴里说出来的话，很有可能发生的。他想着放下了相框，走到窗前。

窗外正在走过草坪的是刚才那位在客厅里的客人。那个男人想搂住自己的女儿，但是却被甩开了。他们一起爬上卡车，消失在了树林间。

他的思绪飘向了泰，想到了曾经他搭着继子的肩膀一起走在路上的时光，彼时泰应该比这个女孩还小一点。柯尔的太阳穴传来一阵刺痛，他撑住窗沿，做了几个深呼吸。究竟怎样才能给他第二次机会，让他能和泰一起拿着鱼竿，有说有笑地走向这个湖边。

他有一种冲动，想冲下去告诉那个男人和他的女儿，这个世界上没有什么是会永远不变的，他们只有珍惜在一起的每一分每一秒，把每一刻都当做是珍宝。他们永远不该被自大和自我放纵蒙蔽了双眼，而不再感激和守护那些曾经离他们这么近的事物和人。

屋檐下接着走出来的是奥莉薇亚和步步紧跟着她的艾斯。她费力地拖着一卷线走向卡车，工具带在屁股后面随着步伐一颠一颠的。她栗色的头发被风吹起，在阳光下闪烁着迷人的光泽，金黄的落叶在她身后纷纷扬扬。柯尔看到她把一卷钢丝扔到后车厢时小声地咒骂了一句。

她是要去自己修那处围栏了。他看了看表，想知道在他父亲来之前还有没有时间可以下去帮她。

但是就在他刚抬起手腕的时候，图书室的门就被推开了。他的父亲摇着轮椅进到了房间。

柯尔看到轮椅上的父亲的时候就像是腹部被人狠狠打了一拳。他整个人都被疾病拖垮了，曾经健康的古铜色皮肤变得灰白黯淡，但是在他浓密的眉毛下，那双眼睛依然凌厉而炽热。

“我做了一个决定，”他一进门就生硬地说。他摇着轮椅靠近壁炉，然后转过来看着他。“奥莉薇亚也需要来听一听这个决定，去把她叫来。”

柯尔顿时紧张了起来，但还是努力保持着自己冷漠的态度。“她已经去工作了。”

“我们办公室里有一个双向的无线电，另一个接收器就在她的车上，用四号频道就能联系到她。告诉她我要见她，现在就去。”

“你没事吧?”

“我他妈看起来能有什么事?赶快去把奥莉薇亚找来。”

“你怎么了，托莉?”波顿把卡车停在他们的小木屋前问道。木屋前的门廊上有一块牌子写着“七叶树小屋”。

“我不喜欢她。”

“奥莉薇亚?为什么?”

“你又为什么喜欢她?”她突然瞪着他大声说。“我能看出来你喜欢她，那妈妈呢?”

她用力拉开车门跳了下去，气汹汹地穿过草坪，肩膀耸起来，眉毛也生气地竖着，就像一条固执地逆流而上的小鱼。她重重地踏上木头台阶，又在绕了房子一圈的门廊上用力跺了跺脚。她的体重在过去的几个月里长了不少，皮肤也变差了。

绝望的心情笼罩了波顿。

没有指导手册教他怎么帮助自己突然增重、冒出痘痘的女儿，也没有哪一份清单能让他一步一步对照着来帮她消除心中的怒火和愧疚。他有试过带她去看专家，但是托莉叫那位医生大傻瓜，而且后来说什么都不肯再去了。

上帝啊，他自己都需要一位能帮助自己的专家——他对美乐蒂的思念已经到了无以复加的地步。

他走下卡车，沿着小木屋前的草地慢慢走过去，眺望远处绿松石色的琥珀和白雪皑皑的山峰，这里的空气清爽干净到好像可以喝下去一样。

他也在这里的某个地方吗?

松林间蓦地扬起一阵微风，落叶轻飘飘地掠过草地飞向远方。他突然打了一个冷战。就要有什么事发生了，他能控制住这一切吗？他能保证所有人的安全吗?

或许他自己其实才是一颗定时炸弹？他心中的恐惧更深了。这是一种完全不同的恐惧——来源于他的大脑是否足够正常和清醒，是否能够认清现实，而不再失控。

不，你很好。你做的是正确的，就算是为了托莉。

还有，为了萨拉。

他的思绪再一次转向了萨拉——奥莉薇亚。波顿之前一直担心她会认出自己，但是现在看来似乎是多虑了。他从来没有直接介入过她的案子。当时这个案子的领头人是从萨里郡[①]直接委派下来的，成立了一个联邦专责小组，然后全权接手了这个案子。但是怀特湖毕竟还是在他的管辖范围之内，他又是那里的头，所以还是私下接触到了案

---

① 位于英格兰东南部。

件的许多细节。他见证了萨巴斯蒂安·乔治审问的全过程，针对萨拉的调查大多数也都是在他的眼皮子底下进行的。

从那时起，他的外表也发生了很大的变化。他的体重开始狂掉，几乎可以称得上是瘦削了，他也是从那时开始留起了标志性的八字胡和一头整齐修剪过的黑发。

时间有时会改变一个人很多，但是在有些人身上却好像完全不会留下印记。

他掏出自己的手机，最终在小木屋前的一个小土丘上接收到了几格信号。

他拨出了马克·雅其马的电话，想知道他们有没有更多有关伯肯黑德凶杀案的消息，但是电话却直接被转接到了语音信箱。他把电话装回口袋，走进小木屋。房子里面看起来整洁而舒适，透着浓浓的质朴气息。托莉把自己关在了其中一个卧室里。他点燃铁质的炉子，然后站起来敲了敲她的房门。

“托莉?”

门背后传来模糊的应答声。

“我要出去转转，好吗？看一看这附近都有什么。”

没有回应。

“我回来之前不要乱跑。如果你饿了的话，吃的东西都在野营车里。”

回答他的依旧是一片寂静。

柯尔在办公室的柜台上的一个大盒子里找到了那部双向无线电，旁边还放着一份今天的地方报纸，头版头条就是伯肯黑德谋杀案。报纸的最上方用大写字母清晰地写着奥莉薇亚·韦斯特的名字和牧场的地址。

柯尔大致浏览了一下这篇报道，文章的中间部分有一个引子，指向第六页的一篇评论性文章。柯尔翻到第六页，里面夹着一个透明的塑料拉链袋，里面装着一个色彩鲜艳的青绿色飞饵，上面还有三颗红色的珠子。

柯尔皱了皱眉头，把袋子拿起来仔细看。这不是用来钓鳟鱼的飞饵——太大了，倒更像是用来钓冬天的硬头鳟或者是大型的大马哈鱼的。

他按下无线电的按钮说："奥莉薇亚，这里是柯尔呼叫奥莉薇亚。"在等待的时间里他继续研究着那个飞饵，它看起来不像是一般飞饵会有的设计。

无线电里传来电流的嗞嗞声。

他再次按下通话按钮。"奥莉薇亚？是你吗？"

"这是搞什么？"她急躁的声音从无线电的那头传来。

"我父亲指名说要见你。"

"什么？"

"迈伦，他想见你。"

"现在吗？"

"没错，就现在。再见不到你他都要心脏病发作了。他想让我们两个一起去书房听他宣布什么事情。"就像是幼稚的小学生被叫到老师办公室一样。

他听到她在那头轻声咒骂了一句然后说，"告诉他我十分钟之内赶到。"

他把拉链袋夹回了第六页中间，然后把那一摞写着她的名字的报纸理好，准备带上楼去交给她。

奥莉薇亚把无线电随手扔在座位上，盯着眼前围栏上的巨大缺口发呆，她都已经戴好手套准备开始修补了。虽然她也有些害怕独自来做这件事，但为了战胜自己的恐惧，她还是坚持要一个人来。这也是为了和柯尔划清界限，他已经介入了自己太多的空间了。

现在他又想让她回旅馆去。跳吧，就这样。麦克唐纳家的男人又发令了。

她的脸颊有点发烫。柯尔只到老栅栏牧场来了几个小时，却发现了她这么多从来没有人知道或者见过的事情。他在她背上留下的触感像电流一般流过了她的身体，她咬紧牙齿，羞于承认自己其实并不讨厌，甚至还有点留恋这种被人撑住背后的感觉。

她不想承认他身上确实有着致命的吸引力。她想说服自己可以控制住这种感情，但是内心本能的同情和仁慈却是她无法抑制的。这种感觉让她感觉自己又一次成为了萨拉·贝克，那个被强奸的受害者，一个怪人。

她绕回车后，把铁丝放回后车厢，然后快步走向了河边。她看到黑色土地上的车辙上面有一串新鲜的黑色脚印时愣住了，这串脚印在她和柯尔一起来的时候都还没有。

一阵寒意从她的脚底蔓延至全身。这串脚印的大小和昨天出现在树林边的一模一样。她的视线望向了围栏上的那个缺口，所有的脚印和车辙最终都通向了森林深处。那种被人注视着的感觉又来了，她咽了咽口水。

最终她还是咒骂着拉开车门，把艾斯赶到一边，然后爬上了车。她把手套脱掉，脸深深埋在双手间。她曾一度感觉自己在这个地方是安全的，以为自己终于能像一个正常人一样生活了。

为什么她的世界这么快又翻天覆地了？

奥莉薇亚推开图书室的门，工具带还挂在后腰没有取下来——她没打算在这呆太久，下定决心只想听听迈伦要说什么，然后就回去继续修围栏。她太阳穴上的伤口在创口贴下一跳一跳地痛。

迈伦窝在炉火边的轮椅上，柯尔坐在他对面的单人沙发上，看起来愁眉不展。父亲和儿子，一个站在过去，一个代表着现在，眼前的这种意象突然就击中了她。

“是什么事这么要紧?”她问迈伦。

“你不应该这么做的。我告诉过你不要打电话给他。”迈伦朝他的儿子偏了偏头。

柯尔的下巴收紧了。虽然还坐在椅子上，他的姿势也已经变得充满攻击性，但还是抑制住了自己反驳的冲动。

“这都已经发生了，迈伦。”她冷静地说。“我很抱歉——这确实是我的错。但是我知道事情如果没有收尾，没有机会说出抱歉的话会变成什么样，所以我觉得……”她陷入了自己的情绪中，清了清嗓子继续说。“我做了我力所能及的，你们也应该做出一点努力。毕竟这个牧场还需要继续经营下去。”她转身准备离开。

“等一下，我把你叫来是为了让你们两个人都知道，我要把这家牧场交给奥莉薇亚托管。”

她僵住了，慢慢转回身来。“你说什么?”

迈伦看着柯尔说，“还有，既然你终于在我翘辫子之前终于不远万里地回来了一趟，那么就由你来打电话给简，确保她知道这件事吧。”

迈伦摇着轮椅凑近自己的儿子，眼睛盯着他，搭在轮椅扶手上的手指渐渐抓紧了。“我已经在一个小时之前打电话叫我的财产律师诺顿·皮克特起草了一份新的遗嘱，然后请他写完就尽快带一份来给我签字。老栅栏牧场将会交由奥莉薇亚·韦斯特托管，她想在这里生活多久都可以——直到她离开这间牧场，或者是去世为止，这间牧场和这里的一切都是她的，她可以随意处置这个地方。不管是你和简，还是克莱顿和其他贪得无厌的小人，都别想动这里的一针一线。没错，我知道福布斯一直在打这个地方的主意，我也知道你和简打算把这间牧场卖给他。”

奥莉薇亚盯着他，柯尔一言不发。

壁炉里的柴火烧得正旺，爆出哔剥的响声，图书室里挂着的吊钟滴滴答答的声音似乎也被无限放大了。一扇百叶窗被渐起的微风吹动，有节奏的轻轻摇摆着。

“你说的‘托管’是什么意思?”柯尔终于开口了。

迈伦又一字一句地重复了刚才的话。“就是无论奥莉薇亚想在这里住多久，只要她在这里，这间牧场就由她经营。除非她去世或者是自愿离开。在这之后这里可以归你和简所有，如果你能比她活得更久的话。”

奥莉薇亚身后的房门发出了一声细微的响动，她转过身去看。

阿黛尔面色惨白地站在门口，手里还托着一个装得满满的托盘。“额，对不起，我……那个……我把您刚才要的茶和三明治拿上来了，麦克唐纳先生。”

“放到这儿来吧。”迈伦指着旁边的吧台厉声道。

她手忙脚乱地走过来，把吧台上的一摞报纸挪开，然后放下了托盘。所有人都在等着女管家出去，图书室里的紧张气氛异样的安静，托盘里杯盘碰撞的声音显得愈发刺耳。

“出去的时候把门带上，阿黛尔。”

"好的，麦克唐纳先生。"

她直起身时悄悄往房间里看了一眼，出门前简短地和柯尔对视了一会儿。

门刚一关上，奥莉薇亚就说："你现在思维不清楚，迈伦。你吃了太多的药物，这件事——"

"真是够了，姑娘，我的脑子没问题，我现在比这一年来的任何时候都要清醒。我昨晚已经认真的想了一个晚上，事情就这么定了。你做什么都改变不了的。"

"事情还没成定局，你刚才自己也说了只是让皮克特起草了文件，但是你还没有签字不是吗。"

"签和没签没什么两样了，"他说。"皮克特应该今天晚上就可以把文件送过来，他知道现在时间的紧迫性。"

她冲柯尔投去一个绝望的目光，"说点什么啊，这可是你应得的遗产，你的土地。"

"这他妈才不是他的土地，"迈伦打断了她。"他那么多年前就离开了这个地方，不能就这样在我一只脚已经踏进棺材的时候轻描淡写地回来。"

"这里确实是——"

"奥莉薇亚，"柯尔平静地说。"随他去吧。我们之间的间隙远比这份遗嘱来得更深。这是我和我父亲之间的事，也是二十年前发生的事情的因果。他这是在惩罚我害死了我的母亲和弟弟。"

"我不会让事情就这样的，该死！"她大叫道，双颊激动地染上了红晕。"我不会接受的，我才不想要这间牧场，我不会从你手里夺走它的。"

柯尔嗤之以鼻。"这可是简没有想到的。她可是十分确信你是搔首弄姿或者是用了什么花言巧语，想悄悄影响我们病重的父亲，偷偷打他财产的主意呢。”

她的下巴都惊掉了。“你也是这么觉得的吗?”

“不管怎么说，简肯定是嗅到了什么蛛丝马迹，所以最近才会有这么大的动作。”

“你真是个混蛋。你这是在引诱我激怒你父亲，你本来不是这样的人的。”

他嘴角的轻蔑不见了，在沉默中静静打量着她。

她胸中的怒火几乎喷薄而出。“我他妈才不管你或者你姐姐是怎么想我的，柯尔·麦克唐纳。”她把脸转向迈伦。“至于你……我绝对不会从你或者是你孩子的手中抢走这个牧场，这完全是你的一厢情愿。”

“不管怎样，你觉得什么才是属于他们的？这片土地？还是这个家？他们早就抛弃了这里，只是想用这里再发一笔横财罢了。但是你呢？你没有别的地方可去了。我知道你爱这个地方，我也知道你有能力承担起这个责任。你能让格蕾丝的梦想变成现实，让这个地方变成全年开放的旅游胜地。”

“是啊，”柯尔在一旁静静地说。“全都是为了母亲，永远都是。”

“我的辞呈明天会交到你的桌子上，”奥莉薇亚道。“我不想卷入你们的家庭纠纷，你这是在逼我走。”

迈伦咕哝着说：“那你又要去哪里呢？你没有其他的朋友，除了一个垂死的老头子，一个把自己的家庭搞得支离破碎的易怒的蠢货。”

柯尔的视线猛地看向了自己的父亲，眉毛惊讶地扬起。这似乎是他第一次听到父亲承认自己在这个破碎的家庭中承担的过错。

“这不是我的事，迈伦。你这是在伤害你的儿子，而他这么说都是为了回击你。这只是两个同样顽固的大男子主义者在固守着以前的战线，可是却根本看不明白，这条战线什么也不是。”

迈伦大喘着气，整个人在轮椅上折成了两截，就好像有人在他腹部重重地打了一拳。他的脸都扭曲了，憋成了深紫色，呼哧呼哧地喘着气。他用手用力敲着轮椅的扶手，拼命想要发出声音。

“快把他的药拿来!”柯尔大吼道，一个箭步冲上去拿起迈伦手边的水壶。“就在吧台上，快拿来。”

柯尔把水倒进杯子里。

奥莉薇亚冲向吧台抓起药瓶，不小心把报纸碰到了地上，报纸的标题赤裸裸地出现在她眼前。

“伯肯黑德凶杀案——怀特湖杀手重返江湖?”

她的耳中一阵蜂鸣。

“药，该死的！快啊!”

她很快跑回去把药瓶递给了柯尔。

“应该吃多少?”柯尔急躁地打开了瓶盖问道，眼睛里全是血丝。

但此时她已经无法思考了。她脑中的轰鸣声越来越大，感觉自己已经慢慢离开了现实。他的父亲费力地举起两根手指，柯尔倒出两片药片在手掌上，把它们喂进老父亲的嘴里，然后又把水杯凑到了他的嘴边。

迈伦被水呛得直咳嗽，吞下了药片后又重重地咳了几声。他捏紧了扶手，脑袋偏向一边，紧闭着双眼等药效发作。他的呼吸慢慢平稳下来，脸色也有所好转，柯尔的肩膀这才放松下来。奥莉薇亚呆呆地看着这边，脑子完全不能处理现在的状况。她咽了下口水，机械地走回吧台边，从地上捡起了那份报纸。

她的名字用粗体字印在标题的上方。她的目光移到了指向专栏的引子，然后翻到了第六页。

她似乎感觉到柯尔在远远地看着她。

有什么东西从纸页中滑落，掉在了她的脚边。一个小小的塑料拉链袋。她弯下腰把它捡起来。

袋子里是一个很大的飞饵，用青绿色的勘测用胶带缠起来，上面还有三颗光滑的红色珠子，带有倒刺的钩子上一圈圈全息线正在闪闪发光。

她耳中的轰鸣声变得尖锐刺耳，汗水顺着额头流下。

“这……是从哪里来的?”她出口的声音变成了沙哑的气声。

“这个今天早上被送到办公室的时候就是这样夹在报纸里面的，”柯尔站在他父亲的身后说。他的手小心翼翼地撑在轮椅后面。“是我刚刚把它拿上楼的。”

“我们这里从来没有人来送报纸。”

“我只是猜它是送报纸的人送来的，上面写着你的名字和牧场的地址。”

她盯着那个飞饵。“就是送到办公室里来的吗?”

“就放在柜台上。”

她脑袋里的血液似乎全部被一瞬间抽走了，喉咙深处升起恶心的感觉。

“这不可能。”她轻声呢喃。

“什么不可能? 有什么不对的吗，奥莉薇亚?”

“你看到了是谁把它放在那里的吗?”

“我不知道。无论是谁，反正肯定是在你离开和我下去找无线电之间的这段时间里把它放在那的。”

不可能，不可能是他……他已经死了……

她机械地转过身，手里紧紧攥着报纸和那个袋子，像僵尸一样僵硬地把一只脚伸到另一只脚前面，像一个醉汉想努力地使自己看起来还清醒着。

她打开门，行尸走肉一般的走了出去。

门在她身后无声地合上了。

第十章

“是什么让她这么失魂落魄?”迈伦问道。

“除了你打算把牧场留给她这个消息和我刚刚混蛋一样的表现之外？我猜是因为报纸上那篇有关凶杀案的报道吧。”柯尔对着奥莉薇亚刚才古怪地离开的房门蹙起眉头。刚才电视的紧急新闻也说了这件事，她看到的时候就像是胸口正中了一枪十二口径的铅弹，然后整个人碎成了一地。

“什么凶杀案?”

“两个小孩发现了一具脖子被吊起来的女尸，全身赤裸，像鹿一样被掏空了内脏，肠子挂在肚子外面，眼睛也被挖掉了。”

迈伦看过来，脸上满是担心。“知道是谁做的吗?”

“警方没有透露太多，但是报纸上有一篇专栏推测这起谋杀案是十年前怀特湖杀手案的重演。”

迈伦眯起眼睛，心中升起不好的预感。“还有那个袋子——她手上拿的小袋子里装的是什么?”

“一个钓鱼用的飞饵。肯定是有人把它特意夹到报纸里面留给她的，那份报纸上还写着她的名字。”

"快去，"迈伦催他。"去跟着她。"他摇着轮椅急匆匆地冲向门口，仿佛如果他的腿没有问题的话，他已经等不及要从轮椅上站起来自己跑着去追那个女人了。"不要让她那样一个人待着。"他的视线扫向柯尔。"你看到她手腕上的伤疤了吧?"他指着门口道，"那个女人已经轻生过一次了，就在她来这里不久之前，她第一次来老栅栏牧场的时候那些伤口还很新。这篇新闻肯定和她的过去有什么联系，或者是让她想起了什么事情。"

柯尔略微沉吟，然后快步走到走廊里，弯腰对着楼梯下面喊："奥莉薇亚?"

旅馆的正门砰地一声关上了。柯尔冲下去追她。

他的父亲在楼梯口上面大喊。"别逼得她太紧了——你会吓跑她的，她不喜欢被人强迫。"

妈的妈的妈的。

奥莉薇亚像一阵风一样跑下草坪，手里紧紧攥着报纸和那个飞饵。她现在脑子里唯一的想法就是快点回到自己的小木屋去，然后关上门，把自己和这个世界隔开——逃离这片无边无际的赤杨林中一直追着她的噩梦。她走进那片树林，四周灰白色的树皮和黑色的条纹看起来都昭示着不详，风中飒飒的叶子似乎都在嘲笑她。有枯叶被风吹落，锋利的边缘刮在皮肤上生疼。

她几乎是用尽了所有力气去埋葬过去的那个自己，把那个天真到愚蠢的受害者萨拉·贝克锁在她灵魂的最深处，然后把钥匙远远扔掉。她拼命想要融入自己的新身份，开始新的生活。

可是现在有些诡异的巧合正在试图打开她藏在心里的箱子，迫使她再一次直视过去的深不见底的伤痕。

她的眼里全是怒火，肌肉不自主地收紧了。去他妈的。

只有一个解释了——全都是巧合。肯定是这样的，因为他已经死了。

怀特湖杀手早已化为了一捧骨灰。

地方报的记者只是捉住那一点点相似的地方不放，就凭直觉说这两个案子之间有联系。伯肯黑德凶杀案的凶手其实和萨巴斯蒂安一点关系都没有，也根本不可能有关系。就算那具尸体的某些特征看起来和十年前的那起案件相似，那也不过是有个变态在模仿以前的连环杀人案，想要博人眼球罢了。

今天早上那串和她的足迹平行的脚印？应该就是一个普通的垂钓者或者捕猎者，或者就是一个出来散步的人从那里路过。那条出现在她脚印上的亚利桑那围巾可能也只是某位清晨出门散步的女士不小心落下来，然后被风吹到那里的。至于那篮放在她门前的蓝莓？她还没问内拉这件事，也许那是内拉给她上个星期帮她辅导作业的谢礼呢？

她的想法陷入了愚蠢的怪圈。微风轻轻拂过，落叶像小雨一样落在她和艾斯的身上。她颤抖着深深地吸了一口气，终于走出了这条蜿蜒曲折在林间的小道。正是一年里的这个时候，同样是浓烈的深秋，同样是即将到来的暴雪，同样伴随着野鹅南飞的叫声和山谷里回荡着的枪响，同样是猎鹿的季节，同样是这样凌冽的围绕在身边的冬天的气息——这永远是她逃不开的梦魇。

无论是气味还是图像都有可能触发她的记忆闪回，医生是这样告诉她的。

是时间了……到狩猎的季节了，萨拉……

她把手里的报纸攥得更紧了，努力想要把他的声音从脑海里挥走。

掠夺者……真是个好名字……

所以为什么会有人把一个和当年几乎一模一样的飞饵夹在这份恰好报道了和怀特湖杀手有关的案件的报纸里呢？上面还写了她的名字？她的胸中涌起一阵恐惧，喉咙微微发紧。她不禁加快了脚步。

她的身后突然传来一阵急促脚步声。有人在往这边跑——在追她。

她立即紧张了起来，逃跑的念头占据了整个脑袋。她跑回森林，像无头的苍蝇一样胡乱加速，渐渐离开了小路，跑向树林深处。两侧深处的树枝拍打在她身上，地上隆起的树根绊得她跌跌撞撞，但她只知道往前跑，她急促的喘着气，脑海深处似乎隐隐约约听到有狗愤怒的吠叫声。树枝和细嫩的枝条在脚边一根根折断，身后的脚步声却越来越近了。她已经能听到那个人重重地喘息声就在耳后……

她必须要躲起来，找到一个棕熊的洞穴躲起来。她身上的汗水几乎已经可以像小溪一样流下来，追在身后的声音却越来越响，越来越快。他出手了，抓住了她的胳膊，把她拽得转了个身。她猛地把那只手甩开，心脏扑通扑通的快要跳出胸膛。她扔掉报纸，一把抽出了自己的猎刀，双手紧紧握住刀柄对着前方，正对着那个刚好可以从肋骨下穿过去刺破肝脏的地方。她换成了半蹲的姿态，缓缓摇摆着自己的刀尖，威胁他往后退。汗水滴到了眼睛里，她的心跳声大到盖过了一切声音，只听得到耳朵里血液在汩汩流动。

萨巴斯蒂安的眼睛直勾勾地盯着她，他的嘴角扬起一抹微笑，黑亮微卷的头发被风吹乱。他走近了一步，又近了一步……

……在所有人都知道他们身处其中之前还不能被称为是一场游戏，萨拉，我亲爱的……猎物首先要注意到猎人……

“站住，别动。”她从牙缝里挤出一句话。“你他妈再敢往前一步，我就把你的喉咙撕碎。”

他停下了前进的脚步，慢慢举起了双手。“奥莉薇亚？”他轻轻地呼唤她。“看清楚，是我，柯尔，柯尔·麦克唐纳，迈伦的儿子。你很安全，好吗？没事的。奥莉薇亚？你能听到我说话吗？”

奥莉薇亚。

这是她的名字。

新的名字。

她不是萨拉。

“没事的，”他轻轻地说。“来，过来。”

她的视力又恢复了，眼前闪烁的光点旋转着变成图像，终于回到了现实世界。当她看清面前的柯尔时，所有的情绪都变成了震惊。艾斯在她的脚边低吠，看起来和她一样的困惑。她突然开始剧烈地颤抖，从一个情景被拉到另一个情景的这种变化让她像癫痫一样发抖。

“来，”他说着伸出了手。

“把刀递给我。”

她还是很不安，咽了口口水，往后退了一步，然后自己把刀装回了刀鞘。她用手背擦了擦嘴唇，又后退了一步，撞在了身后坚硬的树干上。她的脑子一片混乱，尽全力抑制着自己逃跑的冲动，努力想要留在当下，但是腹中还是升起一股鲜活的恐惧——就像之前一样，她又一次失去了意识。

“集中注意力。”他的声音低沉而沙哑，风暴一样灰色的眼睛里满是担心。

他凑近了一点。她的心跳得更快了，拔腿就跑的念头越来越强烈，让她几乎无法呼吸。

他伸出手，用坚实宽厚的手掌紧紧握住她的两边肩膀，让她平静了下来，她心里的某处甚至还感觉到了一丝温暖和安全感，有一种被人保护着的感觉。

他的手从她的肩上滑落，把她的手指捉在自己的手心，慢慢把她朝自己拉。他把她环抱在怀里，紧紧抱住她颤抖的身体，紧到她不能抵抗，无法逃开。

他抚摸着她的头发，她的眼睛里汹涌着感情。她被他身上的气味包围了，他坚实的胸膛和身体的热度，以及他有些戳人的胡茬搅动了她内心深处的某些她以为早就已经灭绝了的东西。她努力抑制住心里骚动的渴求，想要装作无所触动。但是他的关心和抚慰却让她胸中翻涌起浓烈的绝望——她渴望被拥抱，渴望被珍惜和爱护，渴望被人接受。

她努力抗拒着这些感觉，因为它们又带来了全新的恐惧。但是她做不到。一块煤炭燃烧起来就没办法再熄灭，尤其是碳心正在剧烈燃烧。

他一直抱着她，直到她的呼吸变得平稳，僵硬的肌肉放松下来。他捧起她的脸，深深地望进她的眼底。他的嘴唇离她是那样的近，她几乎能感受到他脖子上跳动的脉搏。

她看着眼前这个帅气的男人，这个属于野性的大自然的男人让她找回了曾经失去的那些感受，她也搞不清自己到底在怕什么。

"你刚才陷入了记忆闪回或者是别的什么，"他温柔地说。"告诉我发生了什么，奥莉薇亚。"

她避开目光扫视着周围，想找一个可以打破眼下困境，逃离这个问题的办法。她不禁咽了下口水。

"我知道什么是创后应激反应，奥莉薇亚。"他顿了顿，"不必感到羞耻的。他们也是这么告诉士兵的，不要引以为耻，也没必要掩饰。”

羞耻。

他怎么能懂深埋在她的这种羞耻背后的是曾经被塞巴斯蒂安绑架的过往？他怎么会知道她是不齿于自己曾诱惑了他，不齿于自己陷入了他的圈套中，不齿于自己觉得他很帅，很有魅力，人也很好？

她感到十分窘迫。他怎么会知道她自己的丈夫以前觉得她是多么的下流无耻，羞于提起她？在她自己的父亲和母亲口中，在她曾经的社交圈子里，她都成为了“那个人”，一个难以启齿的污点。她变成了人们宁可深深藏在柜子里，也不愿拿出来直面大众的阴暗心理和他们自己的脆弱与恐惧的东西。

他弯下腰，捡起她刚才抽出刀子的时候扔在地上的报纸和鱼饵。

他把它们递回给她，她从他的手里接过报纸和飞饵，嘴唇一阵干燥。

“你想告诉我发生了什么吗?”

她又撇开了目光，闪烁了几下才又对上他的视线。在下定决心的那一刻，她的身上好像又缠绕着带倒刺的铁丝，将人拒之千里。他对她已经触及骨髓，看到的太多也知道的太多，她不能让他再深究下去了。她不能让萨拉·贝克出现在他的视线中，不能让她出现在任何人的视线中。

“我来告诉你会发生什么吧。”她指着旅馆的方向。“你父亲不由分说的就把我扔到你和你姐姐的纷争中。尽管我很关心这位老人家，尽管我也很希望他走得平静，那我也不想要这个样子。我拒绝和他遗产的烂事扯上任何的关系。”

“奥莉薇亚，”他静静地呼唤她的名字，用自己的视线想让她平静下来。但是她讨厌这样，恨他让自己又对那些事情有了渴求，而这些如果不暴露自己的过去，揭开自己的伤疤，把自己剖开又像一个受害者一样摊在人们面前，是不可能得到的。

“我为我刚才说过的话道歉，那全部都是胡言乱语。但是一旦迈伦·麦克唐纳下了决定，你就不可能阻止他的，只能顺着他的决定去做。相信我，这是我一辈子的经验之谈，这一点上听我的没错的。”

相信。

她已经不知道怎么去相信了，无论是谁。

“话说回来，其实不关遗嘱的事，你想告诉我到底发生了什么吗？那则新闻说了什么？这个鱼饵又是怎么回事？”

她抿了抿嘴看向一边，肋骨下的心跳剧烈到像是要跳出胸膛。“没什么。”这话一点都没有说服力，但是她已经没有精力找一个更好的借口了、她现在只想逃出这个让她深陷其中的人的视线范围。“我没事。”

她僵硬地转过身，重新踏上了回到木屋的小路，手里还紧紧抓着那份报纸。艾斯跟在她的脚边。

“别把我当个傻子，奥莉薇亚！”他在她身后大喊，“你这样只是把现在的事情弄得更是一团糟。”

她还是继续往前走。

“你敢就这样把事情一笔勾销了，你以为我是谁？路边一坨不起眼的狗屎？还是某个连自己的家都没办法守好混蛋？你心里是怎么叫我的——一个自恋的蠢货？”

她停下了脚步，还是没有转过身来。

“是那个凶手让你魂不守舍。”他穿过错落的赤杨树走向她。“是刚才的那则新闻触发了你的创后应激反应。我有什么能帮到你的吗？你有什么麻烦吗？”

"没有，"她还是背对着她说，"我没有什么麻烦。"

他已经死了，我会没事的。

"奥莉薇亚。"

秋风瑟瑟。

他等着她的回答。

她舔了舔嘴唇。比起离开老栅栏牧场，她更不愿暴露自己的过去。在媒体大肆报道，所有人都开始议论新的怀特湖杀手现身之前离开这里，她不想让别人像以前一样用异样的目光看着她，就好像她是幸存下来的怪胎。她也不想让伊森和她的家人找到她，所以她不会——也不能——把过去的事情和盘托出，这会把她过去苦心经营的一切毁掉。如果这样就意味着必须把这个男人拒之门外，那也只能这样了。

"我很好。"她抬脚继续自己在狭窄的林间小道上的路程，艾斯亦步亦趋地跟在她身旁。"还有，别再跟在我后面烦我了，"她头也不回地说，"这和你没关系，懂了吗？如果你父亲还是坚持这么做的话，我会保证随时准备好打包走人的。"

他站在原地没动，谢天谢地。

她加快了脚步，落叶在她的靴子下沙沙作响，她被自己脸上忽然的一阵似乎是热泪的湿润震惊了。她已经很多年没有哭过了。她早已心如死灰，眼泪早已干涸，只剩下一具空空的躯壳。但是柯尔触动了她心里的某个开关，放出了潮水般涌动的感情和需求，还有与人接触的渴望。但她已经承受不住这些感情了，这些感情太伤人，她也没有爱的能力了。

柯尔跑回了旅馆。他的父亲正在壁炉边细啜着一杯苏格兰威士忌，旁边的桌子上放着药盒和威士忌酒瓶。

“我得来点比卡里克的茶更刺激的东西。”他说着就着酒吞下了另外两片药片。

柯尔盯着桌子上的那个酒瓶，似乎能看到过去的自己的影子。但是他忍住了，转身去吧台给自己倒了一杯茶，做了一个三明治，然后在壁炉边他父亲对面的椅子上坐下来。

“你得和我说说她的事。”柯尔一嘴就咬掉了半个三明治。

“没什么好说的，儿子。”

他的膝盖条件反射地一跳，就像以前每一次他被父亲激怒时的神经反应一样。他把剩下的半个三明治送进嘴里，咽下去，然后喝了一大口茶。“你要把这间从十八世纪中期开始就属于麦克唐纳家族的牧场留给她，但是却对这个人闭口不谈?”

“你和简早就抛弃了这份遗产，我没有义务和你——”

“噢，放过我吧。这根本就无关我和简，你知道的。我们在谈的是那个女人，还有你和她之间的关系。她是从哪里来的?你知道她的底细吗?”

他的父亲移开视线，盯着壁炉里的火焰。

柯尔一口饮尽杯子里的茶，然后放下了茶杯。他往前倾了倾身子，把手肘撑在膝盖上。“那件血腥的事，那起谋杀案。一个女人，内脏被取出来，眼睛也被挖走了。”

迈伦点点头。

“你觉得奥莉薇亚在来这里不久前，试图自杀过吗?”

他的父亲又喝了一大口威士忌，点点头，眼睛在酒精和药物，或者是某些更隐秘的情感的作用下看起来有些湿润。

“你也看到了她脖子上的伤疤是吗?”

迈伦的目光一瞬间有些闪烁。

“你没见过？就像一圈项链一样绕在她脖子上。”柯尔顿了顿，“看起来像是长期被绳子或者是项圈深深摩擦造成的。”

迈伦凝视过来，他们之间的空气又一瞬间的凝滞。“她一直都围着方巾，”他终于开口了。“或者是穿着高领毛衣，所以我从来没有注意过。”

“她一直在掩饰。我也只是在她晕倒的时候帮她取下方巾呼吸新鲜空气的时候才看到的。”

“妈的。”迈伦轻轻说。他又抿了一口威士忌。

“你还记得有关怀特湖杀手的事情吗？”柯尔问。“我能想起来的只有他是个会把女人抓到北边的性虐待狂，然后把她们监禁一整个冬天，在春天的时候再把她们放出来追捕。这件事在我以前去塞拉利昂采访维和部队的时候引起了很大的轰动。”

迈伦抿紧了嘴唇。“他在捕猎中射杀她们之后，会把受害者像猎到的鹿一样挂起来放干血，挖掉她们的眼睛，然后把尸块放进冰箱，甚至还会吃掉一部分。”

“伯肯黑德案件的受害者也是脖子被吊起来，”柯尔说，“眼睛也都不见了。”

“但是当年他们已经抓到了怀特湖杀手，”迈伦说，“他们逮捕了那个男人，对他进行了审问，最终审判还是个大新闻。后来没过几年他好像就死在了监狱里，这个也被报道过。”

柯尔坐回椅子，深深吸了一口气，筋疲力尽的感觉突然又全部涌上了身体。他轻轻地闭上眼睛，怀抱着奥莉薇亚的感觉又浮现在脑海中——她抵抗自己拥抱的方式，还有后来慢慢地在他的双臂间软下来，好像很需要他的样子。抱着她的感觉很好，这种被需要着的感觉，还有可以保护某个人的感觉让他不觉沉迷。这次他没有让人像荷莉和泰以前那样感到失望。

该死。

或许他才是那个需要拥抱的人，而不是她。

“好吧，不管伯肯黑德的凶手和那个鱼饵之间有什么渊源，”他平静地说，“都肯定触动了奥莉薇亚，引发了她的某种记忆闪回。她刚才举着刀子对着我——以为我是别的什么人。我猜她是有创后应激反应的症状。”

“我知道她有问题，柯尔，但是我从来没见过她陷入你描述的这种记忆闪回，她在这里的这么多年都没见过。”

柯尔又向前坐了一点。“但是你确实在担心她会再一次伤害自己。她有告诉过你她的过去，或者是她从哪里来的吗？”

他父亲深深看了他一眼，目光里有深不可测的情绪。“你喜欢上她了。”他静静地说。

哦，上帝。

“我只是好奇。”

“只是这样？”

“没错，只是这样。我好奇是因为你打算把牧场留给一个神经有问题，会陷入闪回，还拿着刀威胁我的人。你觉得呢？”柯尔站起身来，把杯子和盘子放回了吧台。“她能查到的资料止步于八年前，再往前全都是一片空白，就好像这个人根本就不存在一样。”

“你都查过了？”

“是，我查过。一个陌生女人突然在午夜给佛罗里达的我打电话，开口就说我父亲就快要死了？我当然会着手调查一下她的身份。”他犹豫了一下。“除此之外，简也让我要多注意她。就像我之前所说的，她一直担心奥莉薇亚会耍你。”

迈伦嗤之以鼻。“简到底是从哪里产生这些乱七八糟的想法的。”

“福布斯。”

“那福布斯又是从哪里听来的？他就是个垃圾。”

“福布斯的担心也没错——你不是正打算把遗产留给她吗。我敢说这个消息现在肯定马上就会传到他和简的耳中了，因为如果奥莉薇亚还留在这里，这个地方就不会出售。”

迈伦从牙缝中挤出一句。“她会留下来的。”

“我可不会这么肯定。”

他父亲的目光闪烁了一下，把杯子放下，不想表现出自己微醺的醉意，柯尔对这种状态再了解不过了。他的父亲又望向了炉火，图书室陷入了沉寂，只有百叶窗在风中飒飒作响。再开口的时候，他父亲的声音变得含混不清，听起来像是从很远的地方传来一样。

“奥莉薇亚第一次到这里的时候，我看她打从心底里喜欢大自然，喜欢河流和垂钓，喜欢延绵的山脉，就好像是格蕾丝对这个地方所有的热情的化身。奥莉薇亚是为这里而生的，柯尔。”他对着跳跃的火焰用一反常态的温柔声音说道，“她刚来的时候就像是藤蔓上枯萎的花朵，是这个地方治愈了她。当年她手腕上的伤疤是那样的鲜红刺目，而如今它们已经慢慢淡化了。”

柯尔的腹部一紧。他不习惯父亲的这个样子，他几乎已经是习惯性地反抗父亲的强势了，却不知道怎样面对这般多愁善感的父亲，或者是父亲已经承认自己是导致家庭破裂的因素的事实。这让柯尔无路可退，也只能做出让步，准备和父亲和解。

迈伦抬起头来看着自己的儿子，眼神游离又有些许凝重。“她现在开始露出笑容了。她和那条狗……她们也点亮了这个地方，温暖了我这颗老心脏。她和我成了好朋友，我唯一的朋友。而且我……”他有些支吾，“昨天晚上我就想，如果我这么对她是对的，那对格蕾丝也是宽慰。”

又是他阴魂不散的母亲。

说到底这还是和格蕾丝有关。他父亲无法释怀母亲的逝世，也无法原谅他害死了母亲和吉米的事实。

现在，甚至临走进棺材之前，他也还在捍卫格蕾丝的梦想。

“这样对你也好。”

柯尔惊讶不已。“这是什么意思?”

“把牧场留给奥莉也许能让你有时间看清这个地方是不是你真正想要的。没有我的牧场可能在你眼中能再一次成为一个美丽的地方，一个可以叫做家的地方。”

柯尔的脸上一阵燥热。这个回答让他感到无所适从。

他看着桌子上的药片和酒瓶，意识到这场对话是在药效的作用下进行的，也许根本就没有意义。他的老父亲该睡一会儿了。

“我得走了。”他说着站起来走向门口，一心只想回去打开电脑查一查怀特湖杀手的历史，看看他和伯肯黑德谋杀案的凶手有没有什么联系。

他在门口站住了。“你介意我把飞机停在西边空地上的谷仓里吗?已经开始起风了，我得在暴风雪来临之前把它好好藏起来。”

“你飞到那里的?你还留着那架飞机?”

“对。”

他的父亲捋了捋胡须。“那个谷仓很久没有人去过了，自从……”

柯尔腹部一紧。他默默地等着父亲接下来的话：自从二十三年前那辆坏掉的卡车被放在那里之后。

但是却没有下文了。

“如果需要的话把我的车开去吧。”他挪了挪轮椅，背对着柯尔说。“就是花园里停的那辆黑色的道奇公羊，卡里克会从办公室里把钥匙给你找出来的。反正现在看起来我也用不到它了。”

柯尔看着父亲花白色头发的背影，还有他搭在轮椅扶手上粗糙的手，那双手布满皱纹，静脉夸张地凸起。他的视线移到了父亲头上挂在壁炉上方的那幅照片，上面年轻孔武的麦克唐纳征服了雪山之巅后胜利的留影，而照片下的老麦克唐纳则被年龄拖垮了身体，坐着轮椅正一步步走向死亡。时光是如此的有弹性，纠缠在每一个人身上。

你老了以后肯定和他现在一样……

柯尔不想变成他父亲这个样子，尖酸而别扭。紧紧抓住自己的已经失去的过往和疼痛不放，而不敢去面对和尝试新的可能性。

他留父亲在图书室内独自一人，转头下楼去找女管家要钥匙去了。

阿黛尔猫着腰躲在楼梯下黑漆漆的橱柜里，把电话紧紧贴着耳朵，只留了一条小缝透进一丝光线。

“他要把牧场留给奥莉薇亚，”她小声地说，“整间牧场，妈的。我早就告诉过你我们不能相信那个女人，她打从到这来的那一天起就在打那个老头的财产的主意了。有天晚上我还撞见她在他的办公桌旁边鬼鬼祟祟的，当时他的遗嘱就放在那张桌子的最上面。我知道那份遗嘱里写了什么——我看过了。遗嘱里根本没写要给奥莉薇亚。”

楼梯发出了咯吱一声，她僵住了。有人来了。“没时间和你多说了，”她飞快地小声说，“只要奥莉薇亚离开老栅栏牧场，这个地方就还是会由他的孩子们继承。你得想办法把她赶走。”

灯被“啪”的一声打开了，光线一瞬间照亮了这个阴暗的角落。

“阿黛尔?”

她眨了眨眼睛，猛地抬起头来，撞到了一把扫帚上。剧痛一瞬间袭来，她眼中柯尔·麦克唐纳在门口的身形变成了模糊的黑色剪影。

她的脸烧得发烫，心脏剧烈地跳动着。她悄悄按下了停止通话的按钮，然后快速地把手机滑进了围裙的口袋里。

第十一章

托莉从床上爬起来，探出头从窗沿上方悄悄向下看了一眼，在确认了自己的父亲已经走远了之后，才放下心来蜷缩回床上，打开了自己的电子书，她在阅读的同时也没有忘记竖起耳朵留意着外面的动静，以防父亲突然回来。

你能准确地指出自己的生活开始和某个人产生交集的那一刻吗？你能回溯到那个原本两个毫不相干的生命突然交叉，从此纠缠不清，紧紧相连的那个瞬间吗？

怀特湖地区熊爪谷附近坐落着一个偏远的印第安村落，从内陆蜿蜒曲折而来的斯缇纳河正是流经这里，最终才汇入了阿拉斯加狭长地带下的太平洋。正是在这个异常寒冷的十一月的这一天，正坐在河畔的砾石酒吧中喝酒的警官迎来了他生命中的这一刻。

这位警官是如此的年轻，任谁也看不出他竟会是加拿大皇家骑警分部的总负责人。但他确实是联邦警局中一颗冉冉升起的新星，而怀特湖也不是什么大得可怕的分部，只是北边一个偏僻的社区罢了。对于在亚伯达省已经有过出色政绩的新人来说，这个地方正是试炼管理能力的绝佳场所。

和这条蜿蜒的河流恰恰相反，这位警官对自己的人生有着清晰明确的规划。他不久前刚娶了一名在怀特湖公报就职的罪案记者，在她为了一件刑事案件采访他之前，她此前一直兢兢业业地在自己的新闻报道事业的阶梯上前进，直到她为了一件刑事案件采访他之后，两个人一见钟情。他们一开始都没有公开恋情，但是决定订婚后她就从地方报社辞职了，把自己的天赋转投向杂志的真实案件专栏，手头还在策划着出一本自己的小说。

然后到了那天，河上发生了他命运中的相遇。

托莉的心重重地跳着，脑海的边缘似乎有什么黑暗而不可见的东西在悄悄滋生。

警官把视线投向四周，河面上的小虫子像是腾起的微尘一般，伴着朦胧的阳光上下飞舞。这微弱的阳光并没有带来多少温暖，河边阴影里的石头还是森森散发着寒气，潮湿森林深处的苔藓在肆意生长。金绿色的流水间镶嵌着高大的花旗松，有些甚至已经和巴黎圣母院一个年纪了。它们像无所不知的神一样从高处俯视着他。他把飞饵甩到河中心的一个漩涡边缘，旋转的水流能帮他把鱼钩带到更深一层如镜面般平静地水域中去，硬头鳟就悄悄地游曳在那一层。

他轻轻地拉动鱼线，让飞饵看起来像一个有生命的物体一样轻轻颤动。

可惜没有鱼儿上钩。年轻的警官收起鱼线，挪到了下游更远一点的地方。十一月的寒意从树林间的阴影幽幽散出，他露在露指手套外面的指尖冻得冰凉。

他又一次挥杆，任飞饵顺着水流上下漂浮。但是却突然感觉旁边有什么东西，有一种被人盯着的感觉。他的第一反应是一头棕熊，昨天在河上游他的营地附近就出没过一只，那头棕熊冷漠地瞥了他一眼，然后就消失在了树林中。那不是他第一次被熊跟着了。

他缓缓转过头，河下游五十码[①]的地方有一个男人站在水里，看起来就像是森林幻化成的幽灵一般。他竟然没有听到任何他接近的声音。

那个男人在帽衫和水靴外面套了一件黑色的夹克御寒，警官像是被催眠了一样着迷地看着他抛出鱼钩，水面上慢吞吞地荡开一圈完美的涟漪，两圈撞在一起合成了一圈更大的涟漪，溅起的水花在阳光下闪闪发亮。这是信手拈来、掌控自如的完美。

那个男人落下飞饵。砰！有鱼咬钩了。他的钓杆被坠成了一条弧线，渔线被绷的笔直。咬钩的鱼儿渐渐被拉出了水面，和鱼线奋力抗争的身影晃动成银色的虚影。它跃起来拍打在水面上，想往深水处逃，那个男人把鱼线放开了一段，然后又一次收紧。警官看着他来来回回一直到鱼儿筋疲力尽，这个男人才终于收获了他那只剩虚弱地摆尾力气的战利品。

那个男人俯下身从鱼钩上解下鳟鱼，把它放生回了水中，然后转过头看向警官的方向。

警官先生举起自己的手，示意自己是被他的技巧征服了。

那个男人自信地点了点头，又挪到了更远一点的河下游，再次挥杆。砰，又是一条鱼儿上钩了。

托莉翻到下一页。

这一次，警官走到了离他更近的地方，想要近距离观察他钓起鱼儿的全过程。

---

① 码，英美制长度单位，1 码=0.91440183 米

“这差不多都要有三十磅[1]了吧，”警官在他弯下腰掰开这条鱼的嘴巴，露出里面一排排锋利的牙齿的时候说。

那个男人抬起头看了他一眼，黑色兜帽下露出黄铜色的双眸就像是被阳光照射后反射着水底石子光芒的流水的颜色，他眼中所透露出的强烈的力量感让小警官一下子就愣住了，那是和野生动物眼中一模一样的狡黠光芒。这双眼睛让他突然意识到自己现在是孤身一人在群山之间，森林的最深处，有许多人在这片野性的土壤上失踪，比如差不多一个月之前突然消失的萨拉·贝克。

警官突然感到一阵很难言语的战栗迅速从肌肤上爬过。

眼前的男人伸手从这条鱼湿漉漉的粉红色大嘴里摘下钩子，上面的飞饵是一把巨大的手枪形状，比常规的冬季硬头鳟专用钩上的诱饵都要大，甚至比最近一些新兴设计的飞饵还要大。

男人用力地把鱼头往石头上一摔。

“你要留着它吗？”警官惊讶地问。

这个男人指了指已经被去掉了肥胖的鱼鳍的鱼背。这是一条斯缇纳河生态系统中的洄游性鱼类，根据法律规定，这也是这里唯一可以捕捉的一种硬头鳟，其他的都必须放生。

“这条鱼，”他站起来用异常平静地语调说，“是我的兄弟，我很爱它。但是我必须得杀了它，才有饭吃。”

警官眨眨眼，然后慢慢露出一个笑容。“就像是圣地亚哥一样，《老人与海》里面的那个。”

那个男人兜帽下的眼睛眯了起来。“那本书也是我的最爱之一。”

这确实是个意外的惊喜，他想，在河郊野外遇到一个如此有魄力

---

① 磅，英美制重量单位，1 磅≈0.45359237 公斤

的男人，恰巧也喜欢海明威。

“你用的这是什么？”他冲飞饵点点头，男人把它递给他看。

这个飞饵是用一簇碎布条和青绿色的胶带做成的，用亮晶晶的全息线绑起来，还有三颗红色的小珠子做眼。

“这是勘测胶带？”那个男人点点头。

“怎么有三个眼？”

“多出来的一个用来平衡前面的重量。”

警官又仔细看了看钩子是怎么和鱼线的头绑在一起，又能严密地藏在绿色的碎布条下面的。

“掠食者。”那个男人说。

“这是入侵者的进阶版吧，”小警察说着把飞饵还给他，默默在脑中记下了它的设计。“一个长了三只眼睛的掠食者。”

“拿着吧，”男人说，“送给你了。”

警官的眼中闪着惊讶的光芒，那个男人平静而坚定地神看了他一眼。他有着一双山猫一样的眼睛，深色的边缘是浓密的黑色睫毛，眼神冷静而警惕，却似乎时刻都在算计着什么。警官把注意力转回了手中的飞饵上。制作飞饵是一项复杂的艺术，尤其是硬头鳟专用饵，因此坊间总会有各种私家设计版本在垂钓者之间偷偷摸摸地流传。这些技术可不是会随便传授给一个陌生人的，至少根据警官的经验来说是不会的，所以他的心中冒出了一丝浅浅的疑虑，就好似是在进行着一场浮士德式的交易①，似乎只要他拿了这个飞饵，就不得不效力于某种黑暗势力。

---

① 一个人对一种看似最有价值的物质的盲目崇拜太大，从而使他失去了理解人生中其他有价值东西或精神的理由和机会。类似“我不愿意加入愿意接受我的俱乐部”的心理。

“我还能重新做更多的。”那个男人凑近了看着他说。

“这是你自己设计的吗？”警官问。

“这是个礼物。”男人顿了一下，眼睛里闪过一丝不明的意味。“一个特殊的朋友送的。”

警官先生的皮肤上又冒起了寒意。是这个男人的话造成的？还是日薄西山，天气渐寒使然？

“用这个试试吧。”

警官把这个飞饵绑到鱼线上，走到河上游下竿，没过几秒就有鱼上钩了。鱼线被扯得乱晃，鱼竿前面也被拉成了弧形。他乐此不疲地钓着，直到天光开始淡去，他手臂上的肌肉开始痉挛，皮肤也被汗水打湿，而鱼竿上还有一条超过四十英寸[①]，不肯就范的银色硬头鳟。

他在兴奋和骄傲中抬起头，看那个男人是不是还在一旁看着。

他已经走了。

河面上只留下交错的光影，波光粼粼的水面漾起波纹，还有一阵温柔的微风。

和来的时候一样，这个男人又悄无声息地消失在了森林里。

小警官小心翼翼地把掠食者从鱼嘴上取下来，捧着它浸到水面下，看着它的鳃开始慢慢掀动循环氧气，他感到了一种和这个畅游在江河湖海中的生物之间神秘的联系。然后突然的，这条鱼儿的尾巴用力一拍窜出了他的手心，顺着水流游进了绿色的河深处。

他心满意足地收起钓具。

这一天，萨拉·简·贝克，怀特湖那位与丈夫共同经营运动用品商店的年轻主妇，已经失踪了三个星期了。

① 英寸，英制长度单位，1 英寸＝2.54 厘米

然而直到春天来临时，这位警官才知道他手中的三眼飞饵正是萨拉·贝克亲手制作的。

她把它送给了一个恶魔。

“一切都还好吗，阿黛尔?”柯尔问道。女管家从橱柜里走出来，匆匆把身后的门合上。

“当然，没事，我能为您做什么?”她果断地答道，伸手抚平了围裙和微乱的头发，脸颊微微泛红。

“我听到你在这里说话。”

她微微一笑。“与其说是说话，不如说是抱怨吧。我在找吸尘器的纸袋——不知道是谁用完之后没有放回原处。”

柯尔的目光投向她的口袋，他确定她的手机就放在里面。

你得想办法把她赶走……

他打开柜门想一探究竟的时候正好听到阿黛尔说这句话。他向阿黛尔投去一个揣测的目光，默默起了疑心。

“我能帮您吗?”她又问道。

“我父亲说你能打开办公室里的钥匙柜。我要拿他的道奇车的钥匙。”

“噢……噢，没问题。”她把手伸到围裙口袋里，掏出一串钥匙。“他的卡车钥匙和其他的钥匙一起放在保险箱里，跟我到这边来。”

他们一起走进办公室。他看着阿黛尔打开钥匙柜，然后开口问道，“卡里克先生最近怎么样?”

她用余光瞟了他一眼，伸手从柜子里挑出车钥匙。“他还可以，现在已经从市政工作退下来了。”

“那不错。我敢说他现在一定天天钓鱼打猎吧。”

她迟疑了一下。“他在工作的时候撞到了脑袋，得了重度脑震荡，退休之前就已经很久不工作了。”

“那他现在还好吗?”

“日子过得还不错。”她把道奇车的钥匙递给他道。

“塔克怎么样了？我记得上一次听到他的消息的时候他还在读工商管理学位。”

她笑了，这一次的笑意才真正延伸到了眼底。“哦，他几年前就读完了，现在回家来，在克林顿镇工作。”

“在镇子里工作？我都不知道这附近居然还有和牧场以及伐木无关的工作。”

她锁上钥匙柜，清了清嗓子道：“他现在是做投资顾问和理财管理的。这辆道奇就停在后面的车库里，和沙滩车还有雪地摩托停在一起，麦克唐纳先生有一段时间没开过它了。”

“谢谢你。”他略微踌躇，还是在后面叫住了她急匆匆出门的身影。“阿黛尔?”

她在门口停下，转过来对着他，脸上闪过紧张的神情。

“事情都还没定下来，无论是我父亲的病情，还是这间牧场的未来。”

她的脸上闪过一瞬间的慌乱，但是很快就控制住了自己的神情。“是的。我……”她叹了口气，“我在这儿已经呆了有快四十年了，这里对我来说几乎是一辈子的回忆，我也把所有的一切都给了这里。但是我觉得所有的事物都有它自己的周期。”她露出一个苦笑。“不管怎么说，我本来也是时候退休了，你不这么觉得吗?”

“你们在经济上没有什么问题吧?”

她的表情一瞬间变得神秘莫测。“我马上就能领退休金了，我先生也有退休金，我们能养活自己的。”

“如果牧场还继续开下去呢？你会继续待在这里吗？”

她的瞳孔微微扩大。“我……可是这里会挂牌出售的，不是吗？”

他打量着她。“不是一定会。”

“我只想过它被出售的可能性。卖掉牧场对整个地区来说都好。”

“这话怎么说？”

她咽了一下口水，脸颊变得滚烫。“有什么关于发展的说法——这只是一个提议，一个想法，说要把这里建成高级地产项目和商业区，还能提供就业机会，拉动旅游业……”她看了一眼表，“上帝啊，看看时间，我真的该去工作了。”

她匆匆忙忙跑出门，柯尔看着她离去的背影，脉搏狂跳不止。今晚必须要打电话给简了。

波顿大致摸清了牧场的状况，数清营地里有多少客人和车辆，这才回到了小木屋。他试图找出一点不同寻常的地方，用自己闲置已久的调查嗅觉一展拳脚。他对那个发电机供电的冰箱感到隐隐的不安，那里感觉有些古怪。但是他会藏在视野开阔的地方吗？还是躲在树林里的某个地方？

他晚上会在牧场的各个地方潜行吗？他什么时候才会行动？

波顿同样注意到了营地边界被剪开的围栏，顺着地上的车辙和脚印走进了树林里，一直走到灌木丛和沼泽边，里面空无一人，但是无论是谁留下了那些痕迹，都已经不在这里了。

他究竟在不在这里？

他回想了一下伯肯黑德谋杀案，发现尸体的地点恰好就在到牧场来的必经之路上，隶属第一民族[①]的领地。而且那具尸体的样子听起来和过去怀特湖杀手的手法一模一样。他能感觉到，这两件事情之间一定有什么联系，他已经成功地引蛇出洞了。

他走到之前能收到手机信号的那个小土丘，然后再一次拨出了马克·雅其马的电话。

头顶传来大雁的叫声，波顿抬头看向天空中富有韵律的 V 字，它们将要开始南迁的长途旅行。从萨拉·贝克被抓走的那一天起，已经过了快十二年了。一阵不安向他袭来，似乎有什么东西正在靠近。他现在实在没有信心掌控好局面。

马克接起了电话，波顿一句废话也没有多说，直奔主题。

“你现在是经办伯肯黑德的案子吗?”波顿知道凶杀案调查组会把卡里山脉部落警方和彭波顿的警力调集到一起，联合凶杀案调查组成员会被分配到现场或是城里的总部。

“对，怎么了。波顿，你是从哪里打电话过来的?”

“你被分配到哪里办公了?”

“市里，”他说，“你没事吧?”

“受害者的身份确认了吗？有什么线索吗?”

电话那头顿了顿。“波顿，别追究了。好好陪陪你的孩子，享受钓鱼的时光，案子就交给我们吧。”

他的心中升起一股怒意。风轻轻吹过，湖的那一边有一道灰尘从树梢上扬起——有人在营地的树林中开车经过。他的胸口一紧。

“我都在新闻里看到了，”波顿说，“这和怀特湖杀手是一模一样的作案手法——尸体的姿态和被挖掉的眼睛都如出一辙。当年的尸体

---

① 指印第安人

也是脖子被吊起来，同样也是在印第安人的土地上。”

回答他的是马克长久的沉默。

“天啊，告诉我吧，马克，你一定知道点什么的。”

“我还记得我们大家最后一次一起吃饭的情景——你，我，美乐蒂，还有卡伦。美乐蒂就是那次公布了你的病情对吧?”

波顿闭上眼睛，握着手机的手指渐渐收紧。自从他和马克一起调到堡塔普利来之后他们的关系就很好，曾经他们四个是多么要好的朋友。

“我还能想起来美乐蒂是怎么说的……症状应该已经很明显地存在了一段时间了。很长一段时间，而且没有减轻。行为上的异常不会当时立即就展现出来，但是回想起来它们都是小小的预兆和警示。”马克停顿了一下，似乎在绞尽脑汁地想借口推辞这件案子的事情。“当时你没有一点理由的就坚持塞巴斯蒂安·乔治不是凶手。现在回想起来，这也许——”

“上帝啊，马克——你就是这么想的?我追查怀特湖的案子是因为脑子出了问题?”

“说不定呢。”

他开始耳鸣了。“听着，这他妈和我的病半毛钱关系都没有。”

“塞巴斯蒂安·乔治就是凶手，”马克用那种对着傻子一样的语气说，“而且他现在已经死了。伯肯黑德的这个案子是别的人犯下的，让它去吧，真的。”

波顿暴躁地捋了捋头发。

妈的。

他忍住爆粗口的冲动说。“所以，伯肯黑德的案子现在还没有线索，受害者的身份也没有确定?”

"这些是保密信息，我很抱歉。"

"就告诉我一件事——你只要说是或不是就可以了。她的两边乳房是不是都有咬过的痕迹?"

电话的那头一片寂静。

波顿的心跳加快了。怀特湖凶杀案里的这个细节从来没有在任何媒体上公布过，只有他和几名以前那个案子里直接接触过尸体的调查员知道。甚至连马克都不清楚这一点。

"现场有留下什么讯息吗?"他紧接着抛出下一个问题，"比如说尸体右侧的眼眶里有没有折起来的纸条，上面写着'这不是一场比赛，除非所有人都知道他们参与其中。'或者是'狩猎就是猎人和猎物最好的婚礼'之类的话，也有可能是'没有狩猎比得上狩猎人类。那些追捕有武装的人足够长的时间，并且爱上了他的猎物的人，是不会在乎其他事情的。'"

死一般的寂静。

"所以说确实有纸条了。"

还是没有回答。

他能听到耳朵里血液汩汩流动的轰鸣声。

马克再开口的时候，声音变得干脆利落。"波顿，如果你知道关于这个伯肯黑德案件的事情……"他突然像是被什么给击中了。"你在哪里？你把托莉带到哪里去钓鱼了?"他穷追不舍。

波顿转头看了看身后的小木屋。

保证她的安全。你这么做都是为了她……

"听着，"马克的声音变得尖锐起来，"你能告诉我你在退休晚宴的前一天晚上去了哪里吗?"

上帝。马克是在怀疑他知道的太多，是他和这件案子有关系吗?

“波顿？告诉我。你和托莉现在在哪里！你们必须回来，我需要同你讲——”

他飞快地挂断了电话，心脏怦怦直跳。所以说确实是有一张纸条的，就在尸体的眼眶里。除了调查老案子的成员之外，只有他才知道这件事，因为他看了审问和采访的全过程。他从未告诉过任何人这些隐藏的细节，就连马克也没有说。

他在这里。

一定在这里。

怀特湖杀手回来了。紧张、恐惧和肾上腺素一起慌乱地涌入他的身体。他都做了些什么？他能控制住局面吗？能不能完成十二年前未完成的工作？

他的手机震动起来。是马克，他试图打回来。

汗珠从他的嘴唇上一颗一颗地冒出来。如果马克现在把他带回去，一定会束缚他，浪费掉宝贵的时间，等到再回来的时候一切都太迟了。凶手一定会在波顿说服他们自己没有疯掉之前就动手的。

他快速地打开手机后盖，把电池取了出来。他可不想被定位。没有时间了。如果凶手准备动手的话，那么他很快就会行动了。因为大雪就要来临，他一定会在下周一晚上之前下手的。

身后传来一阵马蹄声，他转过身，飞快地把手机和电池塞进口袋里。

是奥莉薇亚·韦斯特骑着一匹灰色的母马过来了。她的头发在风中飞舞，脸被冻得发红。

“嗨，波顿。”她有些气喘。她很漂亮，骑在这样一匹漂亮的马上更是英姿飒爽。她勒住缰绳，马儿踢踏踏着脚步，她的狗从远处跑过来，舌头长长地伸在外面喘气。

她犹豫了一下，然后翻身下了马，从马鞍两侧的袋子里拿出一张皱巴巴的报纸和一个塑料袋。

“这有可能是你放在办公室的吗?”她举起那张报纸，标题大大的写着伯肯黑德凶杀案，标题的上面还有她的名字和地址。他慢慢把视线转向那个透明自封袋，嘴唇开始变干，燥热和眩晕感一起涌了上来。

他就在这。怀特湖杀手就在这间牧场里。这是他的第一个预告……游戏开始了……

他对上她的视线，她正专注地看着他，眼神中有些不安。他知道这不安的来源是什么。

他把报纸和袋子都从她手中接过来。

“谢谢你，我还在想会把它们忘在哪里了呢。”

奥莉薇亚皱起了眉头，依旧死死地盯着他，像是在等他进一步解释。他的衬衫下悄悄冒出了冷汗，目光瞟到小木屋，托莉正透过窗子看着他们两个。

“我……来的路上买了这份报纸，然后顺手就把你的名字和牧场的地址记在上面了，”他补充道：“是在克林顿镇的加拿大石化加油的时候买的。加油站的工作人员给我指了牧场的方向，告诉我你是牧场的经理。”

她的眉头皱得更深了，似乎在犹豫该不该相信他的话。

他直视着她的眼睛，露出一个微笑。他不想吓到奥莉薇亚。慢慢给别人灌输恐惧是怀特湖杀手才会用的把戏——他就是以别人的恐惧为食的。让他的猎物知道他就如影随形地在身旁，随时准备出手，这就是他的游戏。这一次，波顿不会让他先出手的。

“你是从哪里得到这个飞饵的?”她问道，“这是硬头鳟专用饵，是不能钓起来老栅栏的湖里的鳟鱼的。”

他点点头道。“一个朋友送给我的。它和一根飞钓竿一起是我的退休礼物，我的朋友说它很适合钓秋天洄游的硬头鳟，显然他说的没错。”

“这个设计很有意思，”她说，还是用探究的目光紧盯着他的眼睛，想从里面找出说谎的痕迹。

“是啊，确实很有趣。”

她顿了顿，登上马镫翻身上了马背。她顺了顺它的鬃毛，嘴角扬起一抹笑意。波顿从她的眼中读到了释然。

“谢谢，”她说着扬起了马鞭。

“等等——”

她把马勒住，马儿在路边慢慢踱步。

“我们能预约你的湖上向导服务吗？大约今天下午晚些时候？”

“我们确实有提供过向导服务，但是只在夏天。”

“最多一个小时。”他往小木屋看了一眼，“托莉可能更需要女性的陪伴。”

奥莉薇亚沉吟一番，然后露出一个微笑。“好吧。不过我还有些其他事情要先处理，四点钟可以吗？我和你们在码头那里碰头。”她指向观景台下方的码头，“回来我们刚好可以赶上晚餐，还有时间喝上几杯。”

“听起来不错。”波顿微笑着摸了摸她的马，“再好不过了。”

“提醒托莉多穿点，这个季节太阳下山之后湖面上特别冷。”她的眼中有一丝暖意，然后调转马头小跑着离开了。看着她离开的背影，还有她跟在后面跑的狗，波顿的心脏像是被什么狠狠攥了一下。

她占据了他生活中很大的一部分。虽然他们从未正式见过，但是他却感觉像是认识她很久了。从某种程度上来说，他已经把她当做了家人。

你做得没错。你这是在修正所有的一切，为了她，也为了托莉。你必须保持警惕，因为如果他在这里的话，一定在注视着……而且他很快就会有所行动的……

通往谷仓的路两侧长着高高的枯草，被风一吹发出沙沙的响声。谷仓的外墙爬满了藤蔓，柯尔推开吱吱作响的大门，在进去之前却犹豫了。

他在这里度过了很长一段快乐的童年时光，整天和各种机器作伴，把它们拆开研究内部结构，然后再试着全部装回去。他在这里偷偷地喝过啤酒，再长大一些还藏过伏特加。

这里是他亲吻自己学生时代的第一个女朋友阿米莉亚的地方。这里也是克莱顿·福布斯和塔克·卡里克在一个闷热的午后找来给了他重重一拳，打破了他的鼻子警告他“不要碰福布斯的女孩”的地方。

他走进谷仓，带起的气流轻轻吹动了脚边的蜘蛛网。房顶上突然俯冲下来一只燕子，他往旁边一闪，然后房檐上有一群燕子呼啦一下倾巢而出。惊得他的心怦怦直跳。谷仓里的灰尘在房梁和墙壁上的缝隙中透进来的光线中纷飞，房子里全是以前的麦秆，他闻得到它们发出来的霉味。

一只猫喵喵叫着，轻巧的从锡桶上跳过。柯尔打开谷仓另一侧的大门，以便腾出足够的空间停放他的单翼飞机。

打开照明灯，柯尔才惊讶地发现那辆生锈的旧车依然还停放在谷仓的角落里。它还在那里——这辆旧卡车当时是从河里被打捞上来的，他的母亲和吉米就淹死在里面。他慢慢走过去，腹中忍不住一阵痉挛。

这辆车没有被拖走丢掉，这正是一个赤裸裸的证明，证明他父亲还紧抓着过去的苦涩和痛苦不放，似乎丢掉这辆车就代表着丢掉了有关格蕾丝和吉米的回忆，或者是表示他已经原谅了这一切的罪魁祸首柯尔一样。

过去的事情就像是讨厌的藤蔓一样，始终让他如鲠在喉。往事还历历在目，那一天的空气清澈凌冽，雪下得很厚，他正在结冰的河边炫耀自己心爱的收藏——一辆 1950 年的卡车。突然，他听到谷仓的屋檐下传来吉米的笑声，母亲站在旅馆的厨房里看着他笑。他咽了一下口水。那里有幽灵，他这样会打扰到他们的。

它们曾在那次意外发生之前告诫过他，说他的人生将会在那一天结束。然后果然发生了后面的一切。

他几乎是不受控制地走过去，伸出手触碰那生锈的车身。老旧的金属已经变得坑坑洼洼，油漆也已经起泡剥落。过去的一幕又浮现在眼前。他看到弟弟坐在谷仓里高高的干草堆上看他摆弄扳手，摇晃着两条细细的小腿，膝盖上还有伤痕。屋外的蟋蟀恼人地叫着，这一天异常的闷热。

柯尔的心被攥紧了，一瞬间甚至无法呼吸。

麦秆上的一点闪光吸引了他的注意力。他弯下腰，从地上捡起一颗纽扣。

他的思绪又回到了过去——那天中午他把阿米莉亚带来了谷仓。没有什么能比她的嘴唇更加甜美，也没有什么能比她在他手中的乳房更让人意乱迷情了。他沉浸在性的极乐之中无法自拔，没有听到克莱顿·福布斯带着塔克·卡里克气势汹汹地来找他报“偷了”艾米莉亚的仇。

正是那一天，他，福布斯，还有塔克之间结下了深仇大恨，深到他们之中没有任何一个人愿意和解。不过很显然简还和福布斯有联系。柯尔把纽扣装进口袋里，抛开过去的回忆，不愿沉湎其中。他的心中没有多余的位置留给往事，也不打算在这里扎根。他再一次提醒自己，这一次不会在这里呆很久的。

但是当他卷起袖子，准备从麦秆堆里给飞机清理出一块空地的时候，他突然又没有那么坚定了。他的心中某个地方已经悄悄发生了细微的变化。

即使房外的风越来越喧嚣，当他热火朝天地干起来的时候，谷仓里面也渐渐开始热了起来。他脱掉 T 恤扔在谷堆上，弯下腰用力把挡在面前的一个锡桶搬开。

奥莉薇亚让灵逸撒开了蹄子在草场上飞驰。此时艾斯已经远远落在了后面，她的胸中溢满了兴奋。报纸和鱼饵的疑团终于解开了，这让她无比的轻松。风从发间拂过，突然间重回自由的感觉冲激着她的血管，让她有种流泪的冲动。

虽然盖奇·波顿会拿着她设计给绑架她的人的飞饵，这个飞饵又恰好夹在和萨巴斯蒂安有关的报纸里确实是个古怪的巧合，不过就是个巧合而已。

这只是自己偏执的精神世界里一直挥之不去的疑心，让她再根本没有阴影的地方看到了阴暗的一面。这只不过是生存的惯性罢了，她这样告诉自己，如果你以前有过被猎杀的经历，那么你就注定会比大多数人多一份小心和谨慎。

她经过原本柯尔停放飞机的地方的时候，勒住缰绳让灵逸放慢了脚步。飞机不见了，树林边取而代之的是迈伦的道奇。山风穿过头发吹拂在她的脸上，南边的地平线上有一朵黑压压的云。她骑着灵逸慢慢往前走，绕过为了保护黄色小飞机留下的棉花地，发现前面旧谷仓的门敞开着。

她翻身下马，牵着灵逸的缰绳等艾斯追上来。让艾斯在这片棉花田里四处嗅了嗅之后，她沿着地上的印迹走向了谷仓，空气中的干草味道一瞬间包围了她。

地上的野草刚被压平——新鲜的车辙一直通向谷仓。她小心翼翼地走向门边。

谷仓里很暖和，陈年麦秆的味道浓郁到化不开，柯尔在谷仓里修理他的飞机，上身赤裸着，皮肤上的汗珠闪着光芒。

奥莉薇亚愣住了，身体深处涌起原始的冲动。他健壮的肌肉在古铜色的皮肤下滚动，深色的头发被汗水打湿黏在脸上一道一道的，像是不断被手指拨弄过的样子。牛仔裤的腰低低地横在胯骨上。

她的小腹开始微微发热。她已经十二年没有对男人起过生理反应了，但是这一幕太有冲击力。让她口干舌燥地定在原地。她的脑子已经不能正确地下达指令让身体移动，也无法出声让他注意到自己在这里。

他打开了工具箱，地上整齐地摆放着飞机的部分零件。他的手边有一把螺丝钳，一些她一时间不能辨认出来的工具，还有一副飞机用的小型滑雪板。房檐下吹过一阵风，干枯的树枝敲打在谷仓的房顶上，房顶的缝隙中楼下来的光在他的皮肤上形成了迷人的光斑。

她无法移开视线。这一刻似乎成为了永恒，她感到有些晕眩。

柯尔打开舱门，起身站了一会儿，然后转过来看着谷仓后面，像是发现了什么东西。

他慢慢走向停放在角落里的旧卡车。她看得紧张不已，慢慢往前挪了两步，看到他伸手从屁股后面的口袋里掏出了钱夹，从里面拿出了一张看起来皱皱巴巴的照片。

他像是被人在肚子上打了一拳一般，弓起身子仔细看那张照片。他把照片凑近嘴边，然后轻轻地吻了上去。

奥莉薇亚心跳得怦怦直响，心中隐隐有些不安。她似乎是不小心闯入了一个极度私密的时刻，但是却又留恋于这具身体，对这个勇敢恣意、征服险峰又翱翔天空的男人身上伤疤的形状念念不忘，他真的很有魅力。她必须得离开了，就现在。她轻手轻脚地退回去，但是却不小心绊倒了，撞在老旧的大门上，不禁一声惊呼。

他闻声转了过来。

他的视线与她的交汇，赤裸裸地闪烁着光芒。

第十二章

“为了这么一件小事见我一面真是麻烦你了。”马克·雅其马说着在茱莉娅·贝尔曼医生对面坐下。曾经美乐蒂提到波顿的这位精神医生的时候，他还以为贝尔曼医生会是男的，但是眼前的人显然是一位散发着成熟魅力的女性。

“你们应该知道我是不能透露病人隐私的，警官先生。”贝尔曼医生看了看表。虽然今天是星期六，但是还有病人在办公室等她。

“我这一趟来不仅仅是为了公事，”他说，“盖奇·波顿也是我最好的朋友，我和我妻子在他和美乐蒂还没结婚的时候就认识他们了。美乐蒂的死——对他来说实在是一个沉重的打击，我担心他会不会因为这个产生某种……精神障碍，或者分离性身份识别障碍[①]。”

他形状完美的眉毛皱在了一起，但是她没有回答。

马克向前倾了倾身子。“我只想知道这种症状有没有可能发生在像他这样脑子里长了肿瘤的人身上。”

她用意味不明的眼神看着他道。“人有很多种表达悲伤的方式，

① 多重人格，俗称精神分裂。

有时候他们确实会做出一些常人并不能理解的举动。很抱歉，我必须得离开了，还有病人在等我。”她站起来走向门口。

“我是在担心他女儿的人身安全。”马克坐在座位上没有动。“他收拾好了露营车，把她带到了某个地方。没人知道他们究竟去了哪里。”

她转过身来打量着他，手还握在门把上。

“求你了，”他说，“每一秒都有可能会发生意外。我只想知道，在医学上来说，像波顿那样患有脑瘤的人有没有可能患上严重的精神疾病？或者是与现实脱节？悲伤导致的压力过大有没有可能让他的肿瘤突然扩大或者是病变？”

她的眼中一瞬间闪过了许多复杂的情绪，马克感觉自己成功地触动了她，但是她却说，“抱歉，这个问题你只能另请高明了。”

他站起身来。“贝尔曼医生，我有证据表明波顿除了可能伤害他女儿之外，还很有可能与其他重大案件有关。”

“比如说？”

“凶杀案。”

她的脸色变得刷白，把手从门把上收回来，摸了摸自己在脑后挽成一个髻的金发。

“我相信他自以为在追查一个他坚持是十二年前逃走了的连环杀人犯，还有足够的理由证明波顿可能是自己在模仿这个杀人犯，并且已经犯下了第一起案件。”

她走回自己的桌子前坐下，眯着眼睛道，“继续说下去。”

“有一起最近发生的案件，他对所有只有凶手才有可能了解的细节知道得一清二楚。”

她倒吸了一口冷气，但还是没有松口。“我是真的很抱歉，但是我不能透露病人的信息，这个问题你只能去问其他医学方面的专家了。”她犹豫了一下，打开抽屉，从里面取出一张名片，然后把名片从桌子上滑给他。

“这是我的同事格林斯潘博士，他能解答你的问题。”

“那个女人想干什么？”托莉在她父亲回到小木屋后问。

“她有名字的，托莉。她叫奥莉薇亚。”

“那么，奥莉薇亚来干什么？”她愤怒的瞪着他，双手紧紧交叉在胸前。

“我给我们预订了她的钓鱼指导，就在今天下午。”

“我不想去。”

他感到一阵疲惫涌上心头，他把报纸和塑料拉链袋扔到桌子上，反手脱下外套。她突然想起露易丝阿姨电话里的话，突然感到害怕。

但她还是面带不愠的问道，“她在旅馆的时候为什么晕倒了？”

“她被电视里的新闻吓到了，你也不该看那个的。”他说着在小厨房里填满了茶罐。

“你觉得凶手为什么会把被他杀掉的人像那样从脖子吊起来，然后把她的内脏挖掉？”

他的动作僵住了，背对着她深呼吸了一口，像是在努力保持耐心。她知道自己正在激怒他，但是她还是忍不住。“有时候坏人是想要传递某种信息，或者是满足他的异想天开。那不是个好人。”

他把茶罐的盖子塞上，从水槽上方的碗橱里拿出两个马克杯。

她站起来看报纸上的那个小袋子里装的是什么，刚才她从窗子里看到奥莉薇亚把这个给了她爸爸。

皱巴巴的报纸上第一页就是关于谋杀的事情。小标题上印着“伯肯黑德案件是否是重返江湖的怀特湖连环谋杀案的凶手”。

一直在她脑海里盘旋的黑暗的东西变得更近了一些。她皱着眉头拿起那个透明的袋子，里面是一个鱼饵。

一个渗人的青绿色飞饵，上面有三颗鲜红的珠子。

她的心跳漏了一拍，抬起头来看着自己的父亲。“爸爸，你原来不会在怀特湖做过警察吧?”

他转过头。“怎么了?”

她突然感觉肚子像是被人重击了一拳。看到出父亲脸上强烈的不满。

“你在那里呆过吗?”她又仔细确认了一遍。

“对，当然了。你知道的吧，我就是在怀特湖认识你妈妈的。有什么问题吗?”

“没什么。”她的视线转回了手中的鱼饵。

……然而直到春天来临时，这位警官才知道他手中的三眼飞饵正是萨拉·贝克亲手制作的。她把它送给了一个恶魔……

她的心里涌起一种不祥的预感。

“你是从哪里拿到这个飞饵的?”她问道。

“那是我的退休礼物，我之前把它忘在旅馆的办公室了，奥莉薇亚就是来送这个的。”

她抬起头，对上了父亲的视线。

她在他的目光里看到了恐惧。一种真正黑暗的、一眼望不到边的恐惧。

“搞什么鬼?”柯尔伸手拿起自己的衬衫，脸上是暴怒的神情。“你在这站了多久了?”

奥莉薇亚被他的反应吓了一跳，下意识往门边躲了躲。从敞开的大门透进来的光把他脸上的湿意和眼中一闪而过的阴暗照得一清二楚。他脸上被撞破秘密的窘迫让她的心一阵狂跳。

“怎么搞的？你是为什么要这样一声不吭地走到我背后？”他把照片塞回钱夹，扔回口袋里，然后伸手套进了袖子。他有着轮廓分明的胸肌和形状美好的腹肌，浓密的胸毛打着旋消失在牛仔裤的腰带下面。柯尔·麦克唐纳也许是在古巴和佛罗里达的酒吧流连买醉，但是这显然没有影响到他完美的身材。

“我没有，我只是路过，然后想看看是谁在谷仓里。”他的目光落到了角落里的那辆旧卡车上。“从没人会到这里来。”她轻轻地说。

“天气越来越不好了，”他扣起扣子简略地回答道，“暴风雪来之前我得找个地方停我的飞机，很抱歉没有事先经过你的许可。”

“现在不是——”

“现在就是这样的，”他打断了她，“你他妈管着这个地方。还有这些东西，这所有的一切——”他用力伸开手臂道，“他死了之后都是你的。”他的声音变得粗哑，就像是被人扼住了脖子一般挫败。

“我才不想要，去你妈的。”她喘着气道，“我已经告诉过你了，他会这么决定，我和你一样的吃惊。”

“是这样吗？”

“噢，上帝。迈伦一过世我就绝对会离开这里，这样你和你姐姐就可以想做什么做什么了。不管是卖掉还是分成一小块一小块的来建商业区我都没意见。”

她气冲冲地走出谷仓，一种奇怪的情绪在胸膛里窜来窜去。

“奥莉薇亚！”

她没有停下脚步。她不相信自己，也不相信他。

“停下，等一等。拜托。”

他声音中的某种东西让她鬼使神差地站住了，她转过身去。

他走到阳光下道：“对不起。”

她的视线落到了完美包裹着他的双腿的褪色的牛仔裤上，小腹涌起一股热流。

“谷仓里……有太多过去的回忆了，它们就像是不开心的幽灵一样把我最坏的一面全部激发出来了。”他努力挤出一个笑容，但是阳光下的脸看起来毫无血色，眼角也深深堆起了细纹。他太累了——是那种因为悲痛而起的心灵上的疲惫。她突然有些同情他。

他把手指插进因为汗水和灰尘而变得乱糟糟的黑发中，看起来像是被击垮了一样。他走近了一点。

奥莉薇亚紧张起来，心里敲起了警钟，警告自己后退，走远点，在事情一发不可收拾之前赶快离开。但是随之而来的还有更加黑暗，也更加隐秘和挑逗的生理反应，让她唇干口燥。她有一种强烈的欲望想要走上前去捧起他坚毅的脸庞，抚慰他心中的伤痛。

她把手指深深插在牛仔裤的口袋里。

“我知道那起意外。”她静静地说。

“谁和你说的？我父亲？”他盯着自己的手掌问道。

“大部分是阿黛尔告诉我的。镇上的每一个人都知道那件事情。你开着卡车载着吉米和格蕾丝，车子在冰上失去了控制，掉进了河里。他们说是刹车失灵了。”

他轻轻用鼻子哼了一声，转头看向一边，过了一会儿才转回来看着她的脸，眼中露骨的伤痛让她屏住了呼吸。“刹车确实失灵了。但是他们没有告诉你我当时喝过酒了，对吧？”他长吐了一口气道，“这只有我和我父亲知道。”

她心中惊讶不已。“所以这就是他责怪你的原因?”

他坐在谷仓背风面的一块温暖的石头上，似乎一瞬间被抽走了所有的力气。

“我以前会躲在这个谷仓里豪饮。那天我也是边喝酒边听着歌修理刹车。我换上了新的刹车片，刹车鼓，还有全新的回转轴，制动液也刚刚更换过，但是还是搞砸了。如果那天我没有喝酒的话……如果那天我没有对自己的成果沾沾自喜，还邀请妈妈和吉米和我一起去河边兜风，如果我当时能再清醒一点，看到河面上的冰其实没那么结实……”他的声音越来越小，最后沉寂了下来。

“你告诉你父亲你当时喝酒了吗?”

“他怀疑过。他到这里来，找到了放在这里的酒瓶。”他舔了舔干燥的嘴唇。“但是他从来没有告诉过警察。不管是紧急服务部门冒着大雪赶来的时候，还是他们把卡车从河里捞出来的时候，或者是他们说我母亲和吉米已经没有生命迹象了的时候……他们只是例行检查了卡车，理所应当的发现了失灵的刹车，然后这件事就以交通意外结案了。”

“你刚才在看的就是你母亲和你弟弟的照片吗?”

他把照片取出来递给她。“我随时随地都带着它。”

奥莉薇亚接过照片，上面的吉米看起来和麦克唐纳家的男人像是从一个模子里刻出来的，而格蕾丝还是和她见过的其他照片里一样美丽。但是这张照片上满是磨白的折痕，显然是经常被拿出来摩挲的。她看了看他的表情，这个男人沉浸在悔恨和负罪感之中。

“那是很久以前的事了。”他对上她的视线，静静地说。“很久很久以前。但是当我回到老栅栏牧场，再一次走进这个旧谷仓的时候，往事便历历在目。就好像昨天我还是一个不知天高地厚的孩子，自以为是的做着愚蠢的决定。”他摸了摸眉头道：“你不禁会怀疑，这一切究竟都有什么意义？结婚生子——组建自己的家庭，尽自己所能逃离这个地方，只想找到自我，但是到头来才发现其实什么都无法改变？还是只有这个旧谷仓，还有你和你自己无尽的悔恨。”

奥莉薇亚在他身边被太阳晒得暖洋洋的石头上坐下来。“我听说过你的家里发生的事情，我很抱歉。”

“这也是阿黛尔告诉你的?”

“是你父亲说的。”

他盯着她看了一会儿。“他是怎么说的?”

“他只是说因为苏丹发生的那件事，你和你夫人，还有她的儿子之间的关系不太好。他还说你因为这件事有很深的负罪感，流连在古巴的酒吧里买醉。”

他轻嗤一声。“呵，我懂了，所以这就是那句话的由来——你在电话里对我的那句‘沉浸在自己愚蠢的过去里，你只知道关心自己的事情。’的评价就是这么来的吧。”

她的脸烧得发烫。

“我的继子——我是这么看待他的——他的名字叫泰。”他顿了顿，嘴边挤出一个有些奇怪的笑容。“他是荷莉和前夫生的孩子，现在和吉米当初去世的时候差不多大。有时候生活真的是反复无常。”

“我明白。”

他碰上了她的目光，然后看着她，慢慢伸手把她的手握在了手里，伸出拇指轻轻摩挲着她手腕上的伤疤。奥莉薇亚打从心底里发出一阵战栗。她的眼睛在燃烧，但是心里却是用尽了全力才战胜了羞耻心，忍住自己抽出手的冲动。

他们就这样坐着，互相摩挲着，无声的沉默在一点点酝酿，变得沉重，周围的空气在静默中微微颤抖。头顶上有一只茶隼盘旋而过，发出嘹亮的号叫声。

“吉米，”他终于开口道：“他以前常常会到谷仓来，坐在某个高高的干草垛，或者是破旧的木箱上面看着我修理卡车，七嘴八舌地问我些能把人逼疯的蠢问题，一坐就是好几个小时。”他的嘴角弯起一抹苦笑。“我想我当时心里是很享受这种奉承的——为小吉米想从我这里学到什么东西而沾沾自喜。我放学后会直接到这儿来，假期做完牧场的杂事之后，大部分时间也基本都是泡在这里。”他停下来，看向谷仓里房檐投下的阴影，光与影在那里奇妙的变幻。房檐下的燕子呼啦一声全部从巢里飞出来，她注意到有一只黄色的猫坐在谷堆旁静静地看着他们。

他说的没错，她能感觉到他们，那些幽灵。时间在这里好像停止了，似乎他所有说过的话和过去的记忆都还飘浮在这间谷仓里。她似乎能看到少年的柯尔，光着膀子在一辆老古董车前忙来忙去，金属工具相互碰撞发出清脆的声音。小吉米坐在一旁晃着双腿，嘴里喋喋不休地说着什么。

柯尔的拇指再一次摩挲过她手腕上的疤痕，奥莉薇亚的心跳加快了，血液中不断冲撞着的逃跑的本能又一次浮现出来。

“我以前特别喜欢把东西拆开，然后看自己能不能把它原样装回去。”他说。

“你现在也是这样，只不过剖析的对象变成了人。我看过你在书里解构人的动机，分析是什么促使人们游走在危险的边缘，比如爬山，或者其他可能危及生命的事情。你就是把他们剖析开来看人们为什么会进行极限运动的。”

他瞥了她一眼。“你真的看过我的书？”

这一次她笑了。“想听真话吗？大部分我都是跳着读的，有些只看了看腰封。但是你最新的一本书我最近正在看，那本描写幸存者的。或者说，我是从你父亲的桌子上把它偷偷借来的。”

“这本书放在他桌子上？”

“在抽屉里，我进去找你的电话号码的时候看到的，里面还夹着一张书签。”

“他看过？”

“看样子是的。”

他深深望进她的眼睛，像是要看进她的心里去，把她解构清楚，看一看是什么能量在支撑着她。他的形状完美的嘴唇离她是那样的近，她不禁想象起这宽厚性感的嘴唇贴在自己唇上的感觉。两人之间的空气似乎有了形状，迅速开始膨胀升温。她紧张地咽了一下口水，却完全无法移开自己的视线，只能用说话来掩饰自己的尴尬。

“斯文·威尔治曼，你在有关无人区飞行的飞行员的那一章里提到的那个人，你说他一直带着幸存者的负罪感在飞行，因为他一直觉得自己本该代替自己的妻子死去，所以他才一直追逐着死亡，才有胆量去尝试各种高难度动作。你在书里写你认为他心里的一部分是想要求死的，为了惩罚幸存下来的这个自己。”

她转过去正对着他。“你也是这样的吗？”她朝谷仓偏了偏头道，“你觉得死去的该是自己，不是你母亲或者是吉米吗？这就是你一直在冒不必要的险，并且追逐其他同样这样做的人的原因吗？”

他久久地望着她。树叶在风中沙沙作响，树枝轻轻拍打着谷仓的房檐。他摸了摸下巴上青色的胡茬。

“我本该觉得这是无稽之谈，不过我倒是从来没从这个方面考虑过。”他说。

“有时候解构别人比剖析自己要容易。”她顿了顿，然后道：“我最一开始读你的作品的时候，很羡慕你能那样马力全开自由自在地过自己想要的生活。但是现在我明白了，那根本不是自由，而是另一种意义上的牢笼。”

艾斯跑到他们的脚边嗅来嗅去，柯尔弯下腰摸了摸它的耳朵，它爬到他的靴子上，前爪搭在他膝盖上摆尾乞求进一步的爱抚。

奥莉薇亚突然回过神，意识到自己得在和波顿父女约好的钓鱼指导之前处理完其他的杂务，但是她现在又对柯尔好奇的不得了。“苏丹发生了什么事情?”

他的表情紧张起来，眼神变得深沉。

他沉吟许久后道：“全都是我的错。我应该事先想到那里的局势会有多不稳定的。”他顿了顿道：“事实上，我确实事先查了，但是当时时间太紧，我又被肾上腺素冲昏了头脑。”他看着她的眼睛说：“没错，也许是因为我当时嗑药的缘故，那些药让我的记忆力下降得很厉害，也让我的目光变得狭隘。我那时打算去面对面采访一位叛军领袖，荷莉和泰跟我一起去了，她当时是在为国家地理杂志拍摄纪录片。但是我们都忽视了一件最基本的事情——我们还有另一个身份是父母，在做好一名记者前理应承担起为人父母的责任，我们的儿子应该比揭露这个世界上另一片陌生的土地上正在发生的暴行更重要。”

“这是个两难的决策。”

“不是的。只要你深深挖掘自己的内心，然后问自己，到底是什么促使你把这些故事和图片展现给世人？是那些暴行吗？还是因为揭露这些惊人的不公正可以成为反抗暴行的工具？你这样做又有多少成分是为了满足自己的成就感，因为可以在这样震惊的事件中推波助澜，从而一举成名，成为一个英雄记者，敲定下一部电影的合作计划，然后掩盖过去的罪恶?”他看着她的眼睛道：“这中间又有多少是自我陶醉的成分?”

奥莉薇亚看着他，突然意识到这一刻自己的回答会对他影响很深。

“那天中午，我处理好了采访最后的所有细节，泰和我们一起待在瓦迪哈勒法[①]的一间出租屋里。我们是自由主义者，在圈子里向来引人注目，广受好评，所以我们自己在家里对儿子进行家庭教育以及给我们的儿子一个基本的普及教育。我们太过自以为是，被傲慢冲昏了头脑，甚至觉得自己是……无所不能的，所以注定会出问题的。那天瓦迪哈勒法的街上发生了恐怖袭击，非常突然。我们正准备逃走的时候，泰摔倒了，然后淹没在了混战的人群中。荷莉和我费力地从人群中清出一条路，泰也在街对面奋力想要冲过来和我们汇合。”

他停下了话，眼神飘向了远处，表情已经不像刚才那般。

“泰差点被一把大砍刀砍倒，但上臂还是被砍伤了。我想方设法地挤进人群中抓住他，然后抱着他回去找躲在门口的荷莉。泰的血流得到处都是，我的手上，脸上，还有胳膊上，全都是他的血。”他的声音哽咽了，停下来梳理了一下自己的情绪，然后继续道：“我们都接受过紧急救护训练，把他带到安全的地方后找东西给他包扎，然后去找了医生。这件事让我们久久不能平静。这是离死亡最近的时刻，丧钟几乎就在身边响起。我们之间的关系也是从那时起终结的。”

“为什么?”

“我和荷莉大吵了一架，互相指责。我们也试着继续下去，但是泰与死神擦肩而过始终是个不可修补的裂痕，清清楚楚地证明了我们

---

① 苏丹北部边境城市。

组建成一个家庭从头到尾就是个错误。我和荷莉能从彼此的每一次对视，每一次触碰中读到对对方的责备，随之而来的是深深的自责，尖酸的指责，还有我们作为一对夫妻究竟该扮演怎样的角色，以及这个家又该怎样继续走下去的质问，所以她离开了。暂时休息一下，她是这么说的，让我们都仔细思考一下。结果暂时变成了永远。”

“也许你们都只是需要更多的时间。”奥莉薇亚说。

他轻轻自嘲地笑了。“荷莉已经搬回去和她前夫住了，带着泰回到了他真正的父亲身边。她说，回到了一个安稳的环境中。她已经向前看了，而我只不过是一段不好的回忆，是她自己罪恶的体现，是她不愿想起的一段‘情史’罢了。她无法接受我俩在一起了。我也是。我们回不去了，奥莉。她已经又怀孕了。”他有一瞬间似乎十分挣扎。“噢，妈的，我到底是在骗谁？我根本就是恨她这样。就好像只要怀孕了，有了新的孩子，就是在蔑视我，蔑视我们过去一起的回忆。好像这样她就能把所有事情揭过去一样。”

“也许这是她自己处理的方式，你也该向前看了。”

他抿紧了嘴唇。

她看向一旁，脑子里想着母爱，孩子，婴儿，还有失去。这样的伤痛实在是让人难以承受，几乎喘不过气来。曾经这样的痛苦就这样一刀刀凌迟着她，一直到今天也没有散去。

一想到她的孩子发生了什么，她灵魂的每一处都会疼。但是她也知道把孩子送去领养机构是正确的决定，她不会是一个合适的母亲。直到来到老栅栏牧场，找回久违的平静的感觉之后，她才感觉自己又有了抚养孩子的资格。至少在记忆闪回又回来之前她是这么觉得的。但是她知道这是不可能的——她一辈子都会活在他的追捕游戏中。不管他有没有死，他带来的阴影都已经深深种在了她的心里。至少她可以让自己的孩子免受这种痛苦。

她很想告诉柯尔她懂这种痛苦，告诉他自己也曾失去过一个幸福的家庭。她的女儿——无论她现在在哪里——应该只比泰和当年的吉米大一点点。

“别多想了，柯尔。”她静静地说，“你不会想太纠结于此的。”她顿了顿道：“你不想成为你的父亲吧。”

他微微张开了嘴看着她，然后用鼻子哼了一声。“有趣，为什么有时候你能看到别人这么多，却不能好好看清自己。”他顿了顿，“你自己呢，奥莉？”

奥莉。

这是他第二次像这样叫她。

“你也想逃避吗？”

“你是什么意思？”

“逃避你的过去。之前在那里你差点就杀了我，但是却对此连一句解释的话都没有。”

她猛地站起来，拍了拍裤子上的灰。“我真的该走了，还有好多事情没做，下午去做钓鱼指导之前要把围栏先修好，还有很多旅客预订了旅馆的晚餐，我得去帮詹森打下手。”

她想顺着车辙潇洒地走掉，但是双腿就像灌了铅一样沉重，好像已经不属于她了。他就像在书中解构人们一样把她剖开了，剥去外衣，把她多年来一直试图隐藏的东西赤裸裸地暴露出来。

她突然停下来，转过身来。

“我找到那个把报纸和鱼饵忘在办公室的人了，”她大声道，试图宣布自己的主权，表示自己精神正常。“就是我才登记的那个新客人，那些东西是他的。”

他站起身道：“我和你一起去修围栏。”

“不用。”

“我不会让一位女士独自面对偷猎者和非法入侵者的。”

“听起来很像是从一个专门描写生活在社会边缘人群的人嘴里说出来的话。”

他刚张开嘴想要反驳，但是奥莉薇亚却已经转身，深呼吸后专注地大步走向她的马。艾斯跟在她脚边，她能感到柯尔的目光在背上灼烧——能感受到他的渴求。在他这样无私地分享了自己的故事之后，她总感觉自己欠他一个安慰，但是她不能。这样的坦白已经让他侵入了自己内心脆弱的部分——这个私人的部分如果分享给别人会疼，不能去触碰，也害怕被触碰，更不可能接受拥抱。

所以她没有回头。她不知道如果自己转回去会发生什么，但是她的生命中已经有过这样的先例，证明着这样做的危险。

她翻身骑到灵逸背上，慢慢小跑过桥上的时候，看到远处的山谷里腾起一股灰尘，一辆反射着光芒的黑色 SUV 正全速从土路上驶向旅馆。那是诺顿·皮克特，迈伦的律师，他一定是送来了新的遗嘱。她的心揪了起来，两腿夹击让灵逸快跑了起来。

警官离开办公室之后，贝尔曼医生往前倾了倾身子按响了蜂鸣器，吩咐助理把盖奇·波顿的病例拿进来。

她快速翻阅着文件，再一次确认了他肿瘤的位置和生长情况。她在病历上记录过，波顿在上一次就诊中发了脾气。

她用拇指和中指转着笔，脑子里仔细回想着刚才警官说的话。

我有理由相信盖奇·波顿可能伤害他女儿的人身安全……每一秒都有可能会发生意外……

她拿过听筒，拨出了波顿家里的电话。

电话响了三声，然后转到了语音邮箱。也许就像那个警察说的，他已经离开了镇上。贝尔曼又试着拨打了波顿的手机，但是电话那头提示所拨打的用户不在服务区，然后直接转到了语音信箱。她挂断了电话坐在那里，用拇指和食指转着笔。

她的职业生涯中发生过一次这样的事情。如果那一次她介入了的话，也许就能挽救一个孩子的生命，但是她只是古板地遵循着自己的职业道德规范。最后那个孩子死了。那一刻她曾对自己发过誓，如果今后还有这样关乎孩子性命的事情，她一定会冒险的——她会试着提醒某人。她希望绕过官方。她绝不会再让同样的悲剧再一次发生。而波顿流露出的一些迹象让她有些担心。

她又拨了一次波顿的手机，这一次她给他留了一条消息，告诉他有时间就来进行一次会诊。

然后她伸手拿起了刚才收到的名片，拨出了上面马克·雅其马警官的电话号码。

马克·雅其马透过潮湿的挡风玻璃盯着车前的一块蒂姆·霍顿斯咖啡店的招牌，他们正停在这家店外面的停车场里。马蒂娜罗是警察中为数不多的真正喜欢甜甜圈的一员，她刚刚才吞下了一个，糖霜还挂在嘴角。

“拉菲参加了尸检工作吗?”她问道，又伸手拿起了另一个甜甜圈。这个女人有着常人所不能及的新陈代谢能力。她每周至少会跑四十英里，除此之外还经常去游泳。马克常常会想她是为什么跑步，也许是一停下来就会发胖，所以她不停地跑步，这样就能对陈词滥调嗤之以鼻，还能肆无忌惮地吃甜甜圈了。听起来很像是马蒂娜罗的风格。

作为一个重案组的警员来说，她实在是很年轻。她最一开始进入刑事科是因为家境优越，还有一个刑侦学的博士学位。这让她在为了排名和地位在综合刑事小组一路摸爬滚打的同事中不是很受欢迎。马克注意到她会刻意地停下手头的事去吃甜甜圈，只为了让自己看起来更像是一个蓝领阶级的警察，或是做些类似的事情。

“没错，如果有什么他会打电话的。”马克发动了车子。“那天宴会结束后你把柯尔送回去的时候他怎么样?”他问道，转过头把警车往后倒。

“他有点急躁，看起来像是想往所有帮助他的人身上小便一样。”她把最后一个甜甜圈送进嘴里。“也许我也有点急躁了。我是说，一个人能有几次这样告别一生执着的事业的机会呢？只有一次。更何况那天晚上没人站在那喝完啤酒，礼貌地见证完他的退休。所有人都因为他再也不能接触到的大案子绝尘而去，只留他一个人站在那里。”

“他有逼问你那通电话里的消息吗?”马克看了她一眼，然后把车开出了停车场，汇入了第四大道奔涌的车流中。他瞄了她一眼。

她不露声色。他很熟悉这个表情，标准的警察脸。

“他是有点奇怪。为什么会这样?”

“他有没有提到任何有关手上绷带的事情?”

“他说那是搬书架的时候弄伤的。”

“我想知道他退休宴的前一天晚上去了哪里。”

“天啊，雅其马。你不会是觉得——”

“我他妈根本不知道应该相信什么，”他烦躁地打断了她，“波顿知道尸体乳房上有被咬过的痕迹，还知道受害者右边的眼眶里藏着的纸条。他他妈的甚至知道纸条上写了什么。”

正当她想要开口的时候，马克的电话响了。他按下了接听键。

“这里是雅其马警官。”

“我是贝尔曼医生。听我说，我知道时间很紧迫，你也有可能会根据这个消息而拿到调查许可证。但是我接下来要说的话只是理论上的可能性，完全没有任何的数据支持，同时也和我的任何一位病人都没有关系。”

“我明白了。”他看向马蒂娜罗，无声的比出一个嘴型：贝尔曼。

“是有这种可能性的。压力可能会渐渐破坏免疫系统，最终导致的结果就是身体情况的恶化。这是非常罕见的案例，但是颅内病变的结构和精神疾病之间的关系是已经被科学认定的，所体现出的精神病状况就是其中的一个发病征兆。”

“好的，所以我们都理清楚了，意思就是说脑中特定部位长了肿瘤的人有发展成精神病的可能性对吧。”

“只能说它们之间确实有联系。”

“那么这个精神病患者——假设有这么一个人的话——会有什么样的表现?”

“一般人会叫精神病，但是其实精神病是一系列精神疾病的统称，其中包括了比如说精神分裂症，或者是分离性身份识别障碍症。”

“精神分裂症——这是指你会听到脑子里有一个声音告诉你做什么吗?”

“准确的来说是失去对现实的知觉。但是没错，确实有一部分病人会听到一个声音对他们发号施令。病人一般来说是不会觉得这是不正常，或者是觉得自己病了的。希望这些能对你有所帮助。”

“十分感谢，医生，真的帮了很大的忙。”他挂断了电话，“该死，”他轻轻地说：“波顿有可能病得很重。”

他又一次拨出了波顿的手机，依旧不在服务区。

马克挂上档，重新回到了车流中。“法医判定的死亡时间大约是在波顿的退休晚宴前一天的晚上八点，案发现场离波顿的住所大概有两、三个小时的车程。我们必须得弄清楚波顿那天晚上究竟在哪里。我们现在需要一张他的手机的追踪许可，这样才能知道他现在在哪。”他重重地吐了一口气。

“你们俩很早就认识了吗?”

他点点头道：“刚调到北边的堡塔普利的时候就认识了。他是从怀特湖调来的，一次平级调动，他也从来没向我解释过为什么，但是我知道一定是因为他在怀特湖经办的案子出了问题。当地的政府施加了很大的压力，想把那件案子快速和平地解决掉，但是他又是一个刺头——至少在我的认知里是这样的，就是不肯放开他们抓错了人的念头。尽管有那么多的证据，他还是始终坚持凶手还流落在外。他对这件事太执着了，甚至牺牲掉了许多升职的机会。副税务长的职位对他而言唾手可得，如果不是因为他痴迷于此案子的话。最终这个位子落到了汉克·冈萨雷斯手上，他当时是负责怀特湖凶杀案的人。”

“所以从另一个层面来说，这可能完全是波顿的个人行为，”她说。“那么让游戏继续下去最好的办法是什么？最终让所有人都回到游戏中去，为了向冈萨雷斯证明他这么多年来都是错的，这就是你觉得事情的真相吗？波顿不满自己的退休，悲痛欲绝，然后压力过大导致精神分裂——最终让他杀了人?”

“我们只知道波顿对伯肯黑德案件表现出了非比寻常的兴趣。这是我们目前为止唯一的线索。即使是为了洗清他的嫌疑，我们也得把他找出来。”

第十三章

透过自己的雷明顿点 308 口径步枪的瞄准镜，他看到了船里的三个人。寒夜的冷空气灌进他的耳朵，有一件事是他能肯定的，那就是大雪将会比天气预报报道的更早。

他把准星对准了自己的猎物，他可爱而又轻佻的、受伤的小鹿。他总是百思不得其解，真的，为什么胆子再大的鹿，即使有猎人在附近也不愿意离开领地太远。极力待在家的附近也不躲避危险，这真是一个致命的错误。

太阳已经沉到布满茂密树林的蛇形丘上方，她的头发染上了落日的余晖。她笑了，这笑容一瞬间击中了他的心脏。小船顺着波浪摇摇晃晃地靠向他躲藏的岸边，他能如此清楚地看到她的脸。他不禁血脉贲张。

他把食指悄悄滑进了扳机中摩挲着。轻轻吐出一口气，然后微微按下了扳机。砰。一切都在他的掌控中，扣下扳机，把一颗点 308 口径的子弹送进她的脑袋，杀了她简直易如反掌。他往下移了移准星，正对着她的心脏。控制权在他手上，选择权都在他这边，他又一次开始体会到拥有她的快感了。

回忆如潮水般涌来，她双唇的味道，她发间的气味，还有他把自己深深挺进她双腿间时皮肤的潮湿触感。过去用链子拴着她的感觉，强迫她像一只动物一样四肢着地时绳子在脖子上的样子，还有他狠狠地肏她直到她最终在混乱的痛苦中发出的尖叫声，这一切都只会更加激起他的兽欲。他的下体隐隐有了抬头的迹象。

有一天，她不再尖叫了。

他知道自己还能给她造成疼痛，但是她却沉默了。他认为那是她出于求生欲的反抗，因为她已经意识到自己的尖叫只会愈发让他失去人性。他曾以为那是她试图夺回控制权的表现。

但是后来他发现自己错了。他的嘴角扬起一抹微笑，把瞄准镜移向了船上的那个男人。

一个粗脖子，身体强壮的大块头，胡子剃得精光。他的脑中隐约闪过了什么，但是却抓不住头脑。

他又把准星移向了那个孩子。

乌黑的秀发披在她的肩上，发尾在风中轻轻飞扬。她已经不再是一个小孩子，而是一种介于少女和女人之间的奇妙生物。那一丝难以捉摸的念头又冒了出来，就像慢慢凝结的白霜一样阴冷，让人很不舒服。但是他还是不能准确地描述那种感觉，无法确定那究竟是什么。

他听到一个声音在耳边说：

尤金……过来。别管你父亲……来坐到我的腿上来，给我读书听，我最爱的孩子……

他的心一沉，一种浓郁而黑暗的伤痛袭来。他的头疼了起来，慢慢地放下了瞄准镜。

托莉厚重的羽绒服外面又被套上了一件臃肿的救生衣，她感觉自己就像是滑稽的米其林一样，但是即使这样船上还是很冷，尤其是在靠近岸上树林边这一片寂静的水域。这艘船的船底是平的，底下垫了一条湿湿的地毯。船上有两排长椅，船尾紧挨着发动机和船舵的地方还有一个座位。艾斯卧在她脚边的一条毛巾上，身上穿着一件很可爱的宠物救生衣。她的父亲坐在船首，握着鱼竿专注地看着沉浮的橙色浮标，而她自己则是坐在船中央瑟瑟发抖。

她看向奥莉薇亚的侧脸。当时这个女人快要昏过去的时候，那个男人把她脖子上的方巾取下来，她也看到了奥莉薇亚脖子上触目惊心的疤痕，简直过目难忘——她猜测着有什么东西会造成那样的伤痕。

奥莉薇亚把鱼竿挥出一个优雅的角度，把飞饵甩到了远处的浅滩。她用右手握着鱼竿，同时用左手轻轻地扯动鱼线，剩下的一大卷线轴就扔在脚边。托莉注意到了她手腕内侧的伤疤，不禁心跳加快。她是试图自杀过吗？托莉以前在书里读到过，如果你真的想要寻死的话，沿着手腕竖着切开血管比横着割断死的几率更大。她也曾有过寻死的念头，如果她是个更虔诚一点的教徒，坚信自己死后能够和妈妈重聚的话，她肯定早就已经这么做了。

奥莉薇亚把自己的鱼线抛得更远了一点，溅起的水花在落日的余晖中闪闪发光。

妈妈手稿中的话浮现在了她的脑海中……

警官像是被催眠了一样着迷地看着他抛出鱼钩，水面上慢吞吞地荡开一圈完美的涟漪，两圈撞在一起变成了一圈更大的涟漪，溅起的水花在阳光下闪闪发亮……

想到怀特湖的警察的时候，一直潜伏在她脑海边缘的那种说不清道不明的疑虑又悄悄凑近了一些。还有妈妈手稿里写到过的那个三眼的鱼饵。她偷偷看了一眼父亲，他正专注地和奥莉薇亚说着话，脸上有一种看不懂的表情。

托莉感到一阵胸闷，腹部也微微作痛。她撇开目光，强忍着突如其来的流泪的冲动，把注意力转移到附近的一只潜鸟身上，这只嘴巴长得像剃刀一样的鸟儿站在旁边用红红的眼睛注视着他们。

她父亲取出一个扁扁的小酒壶，把它递给了奥莉薇亚。她本想推辞，但是他说："来一口吧，实在是太冷了，这会让你稍微暖和起来。"

奥莉薇亚犹豫了一下，然后从他手中接过了那个酒壶，仰起头喝了一大口，然后把酒壶还给他。托莉想起了自己美丽的妈妈，心里涌起了一股低落。过去他们全家一起出门野餐的时候，妈妈就会用这个小酒壶装上一壶热可可，再带上曲奇或者是自己烤的香蕉巧克力碎松饼。她心里的低落不断升级，甚至扯出了过往的伤痛，她胸中疼痛的空洞转眼就被怒火填满了。

茱莉娅·博萨斯说她变胖了，嘲笑说没有男孩子会喜欢她的。她确实长胖了——她自己知道。自从妈妈去世后，她就一直在把视野里所有能见到的食物都吃掉，似乎这样就可以填补生命中巨大的空缺。她的皮肤开始变差，也没有人再爱她了。她终于被孤单地抛弃了，独自一人酝酿着处于爆发边缘的怒火。

"你到底去哪了?"她含混地问，甚至没有转头看一眼自己的父亲。

"什么?"

"今天早上，你出去的时候去哪了?"

他又仰头喝了一大口酒，然后盖上了酒壶的盖子。"我去营地周围转了转。"

"为什么?"

“就是看看这里的地形。”

“你为什么要带着两把枪?”

他的眼神闪烁了一下，托莉为自己抓住了他的要害而暗喜。

“我没有——”

“你带了。不然现在插在你靴子里的是什么？还有你的衬衫下面的枪套里面又是什么?”

她的父亲慢慢地咽了一下口水，眼睛里闪出了泪花。奥莉薇亚正在盯着他。

又是正中要害的一拳。她把父亲逼到了死角，现在那个自杀过的女导游不会再喜欢他了。

“要搞到手枪的持枪许可证可不容易，”奥莉薇亚说道，依旧用优美的姿势把鱼线投向另一片水面。

“你说得对，不容易。”

奥莉薇亚快速地瞥了他一眼，没有接话。

“你为什么一直在给马克打电话?”托莉穷追不舍，她控制不住自己。

她的父亲静静地看了她一会儿，然后转移了话题。“给你，拿着这根鱼竿，来这边看着这个浮标。如果它突然沉到了水底，就把鱼竿前面提起来，然后像这样轻轻地收线。”他眯着眼睛用低沉的声音说。

托莉忍了忍道：“我不想钓鱼。”

“快点，拿着这根鱼竿。”

“我不。”

周围安静下来，两个人的视线在空中交火。

“无论如何，我一点也不懂钓鱼究竟有趣在哪里。”她把双手紧紧抱在胸前道。

"这是什么意思?"奥莉薇亚把鱼线缠回卷轴上问道。

"反正你最后都是要把它放回水里的，那么一开始又为什么要费劲把它钓上来? 我就是不懂这个，还不如直接杀了它们比较好。而且我也不知道我们为什么要来这里过什么愚蠢的感恩节旅行。"

一只泛着彩虹色彩的小虫子落到了她的膝盖上。它细长笔直的身子上是蓝黑相间的条纹——这种泛着冷光的蓝色看起来几乎不像是自然界的生物会拥有的色彩。它的翅膀是半透明的纱状，巨大的圆眼睛长在头的前面两侧，小小的身体有规律地一点一点，翅膀轻轻地颤动着。

"哇，看看它，"她父亲说，"一只出现在这个季末的豆娘——这可不太常见。"

有些改变细微到就像一只轻轻落在你的手心的彩虹色的豆娘，有些却会像地震一样颠覆你的整个世界，造成一直延伸到你内心深处的巨大裂缝，改变你的人生轨迹……

托莉伸手把那只豆娘捏死了，然后把黏着污秽的手指伸到水里洗干净。

她能感受到她父亲一瞬间爆出的惊讶。

"我的天啊，托莉，你到底是怎么了?"

奥莉薇亚看着他们俩道："你父亲是对的，"她平静地抛竿，让手中的飞饵在黑漆漆的水面上像一只真正的昆虫那样颤动。"出现在这个时候的豆娘绝对很罕见。"风轻轻吹皱了水面，荡起一个螺旋状的波纹。太阳正渐渐消失在远处的山脊后，把天空印成一片粉紫色和橙色交映成辉的模样。"它们通常会在第一场霜降来临之前就死去，这一只一定很特别——我很惊讶深秋的寒夜没有杀死它，而它才得以像刚才那样遇见你。"

托莉一言不发。

当一条路与另一条交汇，就如同所有故事的开头一样，这个故事也有一个开始……

她的内心深处开始颤抖。就好像妈妈就站在她身边，悄悄在她耳边读她书里的这些句子一样。

“豆娘的幼虫能在深水存活两年，”奥莉薇亚说。“它们的一生都是幼虫的形态，只有等到合适的时机，才会游到水草边，顺着水生植物爬出水面，蜕皮羽化成虫，伸展开小小的、精致的翅膀。那是它最脆弱的时刻，必须要把原本液体一样的身体嘭地伸展成腹部和翅膀，然后才能变成你最终在膝盖上看到的那个样子。等到翅膀晒干，它就能起飞，然后开始第二次与在水中完全不同年份全新的生活了。就像是得到了一个重生的机会吧。”她微微一笑道，“也可以说是我一厢情愿的想法——生命是有选择重新成为一个完全不同的生物的机会的，前方还有新的机会在等着你。”

奥莉薇亚轻轻拽着鱼线，让她的飞饵像一只真正的昆虫那样在水面下翻飞。她似乎看着飞饵出了神，半天才回过神来道：“我还是个小女孩的时候，每当我感觉自己在什么事情上受挫，孤立无援的时候，我妈妈就会把我拉到一边，对我说：‘毛毛虫以为自己的世界将要终结的时候，其实就是成蝶之际。’”她弹了弹鱼竿，转着圈把鱼线晃到了更远的水域，一直深入到岸边的深林在水面上投下的漆黑的阴影中去。

“豆娘和蜻蜓都和蝴蝶一样——它们都标志着一个全新的生命，有些人甚至会把他们视为精神图腾。”奥莉薇亚用湖水一般碧绿的眼睛凝视着托莉，托莉不禁又想到了她的伤疤。她想知道奥莉薇亚自杀失败之后是否获得了第二次新生。她的心里有什么东西悄悄地改变了。

“成年的豆娘不是鳟鱼的主要食物来源，”奥莉薇亚说，“但是豆娘的幼虫却是它们最喜爱的美食。不过那些幼虫”——她又看向了托莉的眼睛——“它们本身也是肉食动物。它们会在水里静静地等着其他水生昆虫经过自己的面前，然后用专为咀嚼而生的下颚一口咬住它们。这就是自然界的食物链啊——”她停下来，看向自己手中鱼竿尖部轻轻弯曲的地方。

“所以我才这么爱钓鱼。”她说着把注意力集中在了鱼竿的顶部。“它能教会你观察和了解昆虫的习性和自然界的生态循环，河流，湖泊，还有季节变换之间的关系。当你真正开始尝试模仿昆虫的形态设计自己的飞饵的时候，你就会知道大自然是怎样回应你的了。你纵然可以把钓上来的鱼杀了吃掉，不过你也只能吃你需要的部分，剩下的，在好好观察之后就应该放生。”她的鱼竿又一次被轻轻地往下扯着，她停下话抬起了钓竿，但是很可惜，刚才只不过是鱼儿轻轻碰了下鱼饵。

“如果你想学的话，我可以教你绑一只豆娘?”

托莉把头撇向一边。她能感受到父亲正在注视着自己。她觉得很恶心，几乎能想象豆娘被湿漉漉的小身体嘭地伸展开，想要获得新生的样子。一种奇怪的挥之不去的情绪在她的身体里发酵。

奥莉薇亚的鱼竿突然被重重地拉弯了。

“噢，咬钩了!”她把鱼竿翘起来，紧紧拉着鱼线。“接着。”她说着把鱼竿塞到了托莉手里。

托莉握着鱼竿的手有些颤抖。

“站起来，”奥莉薇亚掌住船舵道。她打开了发动机，开着船缓缓往更偏僻的水域驶去。

托莉站起身来，在摇晃的船身里有些站不太稳。

“保持鱼竿尖部朝上。双脚打开站稳，膝盖微微弯曲。你很容易就可以保持平衡的。”

紧绷的鱼线发出尖啸声，托莉紧张到了极点。

“它想要逃到深水去。让它逃，但是要保持鱼竿尖部向上，鱼线上也要施加一点压力。”

刚才被扔在船底的线圈开始慢慢穿过与鱼竿上的孔眼消失在水中。她的嘴变得干燥，整个人抑制不住地颤抖。

突然间，鱼线那头的压力消失了。

“把线收回来一点！用你的手拉。这条鱼改变方向朝我们的船游过来了，它看到我们的时候会再逃跑的。准备好了。”

托莉咽了一口唾沫，疯狂地收着鱼线。她的皮肤开始微微发热。

突然间，这条鱼跃出了水面，通体银白的身子在水上扭动了一下，尾巴拍打在水面上，溅起无数水花。托莉喘了一口气。这条鱼啪的一声窜回了水下，鱼线又被绷紧了——她刚才收回来的鱼线又被拖回了水下。肾上腺素在她的身体中激荡，她的眼睛也为此灼烧起来。

“让它逃，托莉，放它逃走!”她的父亲大喊道。

“我正在做，爸爸!”

“做得不错，托莉，”奥莉薇亚道，“只要感觉到鱼线的那一头松懈了，你就开始往回拉，注意力集中一点。”

她点点头，眼睛盯着水面。她感觉到鱼线有一点放松了，于是开始慢慢往回拉。

“如果你是用右手的手指拉着线的话，就要一直拉紧。可以等到鱼线松下来的时候再把它绕回线轴上。”

她照做了，胳膊因为兴奋而微微痉挛。突然间，她在绿色的水面下看到了一抹银色，一瞬间心跳加快。那条鱼看到了小船，又想要往深水逃，托莉任它下潜，一直到鱼线放松的时候才又开始慢慢往回拉，直到再一次看到那抹银色的身影。

“它累了，”奥莉薇亚说，“我觉得你可以开始把它拉上来了。”

托莉摇着线轴，那条鱼被嘴上的钩子拉着，朝着小船精疲力竭地飘过来。

托莉顺着船舷把鱼慢慢提上来的时候，奥莉薇亚伸手拿过了渔网。

“别忘记鱼竿朝上。”奥莉薇亚蹲下身子，轻轻地把渔网兜在它的身子下面。“再往上拉一点……好了。”

托莉跪下来，小心翼翼地从船边探出身子，同时也没忘了把鱼竿朝上，鱼线绷紧。

那条鱼儿用惊恐的眼神看着她，淡粉色的嘴唇一开一合地喘着气。她的胸有些发闷，心跳快得像是要跳出胸膛。

她人生中第一条用飞饵钓上来的鱼。

它真的很漂亮，浑身闪耀着银白色的光辉，身侧还有五彩斑斓的闪光。托莉看到了它闪耀的嘴唇上挂着的小小鱼饵，钩子穿过了它精致的嘴唇。当她看向这条鱼的眼睛的时候，身体的某处感觉到了一种呼应。

“来，”奥莉薇亚把她的手拉进渔网里，让她捧着它的肚子。“像这样拿着它。”

父亲从她的手中接过了鱼竿，托莉把赤裸的双手伸进冰冷的水里，尝试着用手托住这条鳟鱼。

手上的触感很结实，滑腻腻的，闻起来有一股咸腥味。它粉色的嘴唇里是像剃刀一样锋利而细密的牙齿。

“这在捕捞标准之内，”奥莉薇亚说，“你想留着它吗?”

“留着它?”

“做晚餐，”奥利维亚道，“或者是明天的早餐，午餐也可以。没有其他东西的鲜美能比得上老栅栏牧场的鳟鱼了。它们的肉是真正的淡粉橘色，快赶得上三文鱼的颜色了。这些颜色都是吃这个湖里产的小虾才会有的。”

奥莉薇亚说着从她的钓鱼背心口袋里掏出一个皮制工具，然后把它凑近了那条鱼。“我们只需要用这个在它的脑袋后面敲一下，它不会死得很痛苦的。”

托莉有些震惊地看着那个工具。这是她第一次真正意义上杀死自己的食物，也是第一次感受到这种和一个长期潜伏在水下的物种产生奇妙的呼应的战栗感。这个可怜的小家伙被一个人造的昆虫给骗了。她用极其平静的声音说道：“我们能把它放了吗?”

“当然可以。”奥莉薇亚把工具放回钓鱼背心的口袋里，“像这样把钩子取出来。”她把鱼的嘴掰开，小心翼翼地取出鱼钩。“我绑这个飞饵的时候把倒钩都去掉了，这样会比较好取出来，对鱼的伤害也会小一点。”

她又从口袋里掏出了另外一样东西，看起来像是一个大的眼药水瓶。托莉继续在水下捧着这条鱼，她捏了一下滴管的胶头，然后把滴管伸进了它的喉咙里，把一管液体挤了进去。

奥莉薇亚把剩下的液体挤到手心里，仔细看过去，里面全是黑色的小东西。

“这是摇蚊幼虫。”

托莉朝她的手心看了看，有些虫子还是活的，正在不停扭动。

“现在你知道这些鱼吃什么了吧，所以也知道了该用哪种鱼饵。”

她把手里的东西倒掉。“你准备好放走它了吗?”

托莉点了点头。

“像这样托着它，轻轻往下，让它的鳃可以接触到水。”

警官小心翼翼地把掠食者从鱼嘴上取下来，然后捧着它浸到水面下……这条鱼儿的尾巴用力一拍窜出了他的手心，顺着水流游进了绿色的河深处……

就像书里写的一样，她的鱼儿也拍拍尾巴，银色的身影消失在了一片碧绿的深处。

托莉感觉眼眶有些湿润，这让她尴尬不已，不想抬头让别人看到。

“天快黑了，”她父亲轻轻地说，“也许我们该回去了。”

奥莉薇亚收起钓竿，再一次打开了发动机，载着他们快速穿过湖面。湖对岸的远处是旅馆温暖的灯光。

天还没有完全黑透，只是太阳已经沉到了山脊后面，整片土地的光彩都黯淡下来。

风尘仆仆地回到岸上的整个过程里，小船上的乘客们都一言不发。托莉转过头看向西岸的营地，星点的橘色营火从影影绰绰的黑色树影间透过来，她能在空气中闻到木头燃烧的气味。卡里布的夜晚寒意渗人，托莉抬头看向天空。

巨大的天幕上已经出现了第一颗星星。

她的父亲也在抬头看天空。

他们两个人都知道，如果妈妈在这里会说什么。

星星发光，星星发亮，今晚我看见的第一颗星星——大家来许愿吧！

我向这颗星星许愿，想你回到我身边，妈妈。

但是托莉现在知道，无论你许愿许得有多虔诚，有些愿望是永远也不可能实现的。

她没有妈妈了。

这件事永远也不可能重来。

柯尔从浴室里走出来，一边用毛巾擦着洗完澡还在滴水的头发，一边走进了厨房。他把毛巾挂在脖子上，给自己倒了一杯咖啡，然后端着杯子坐到了窗子旁边可以看到整个湖面的小桌子前。

暮色将至，山风吹起湖面上浪端白色的泡沫，但是湖对岸笼罩在阴影中的水面还是镜面般平静。一个垂钓者正慢慢地划着皮划艇往营地的方向靠拢。一艘小船划破湖面归来，上面的三个人看起来像是奥莉薇亚和波顿父女，他们一定是出去钓鱼指导了。

柯尔顿了顿，想起她在谷仓里说过的话，她像读一本书那样解读了他。一抹微笑攀上他的嘴角。她确实读过他了——从他的书里。虽然她已经撞破了他的秘密，却还是对自己的事情守口如瓶。

他坐在桌子边，打开了笔记本电脑。她谜一样的过去真的很吸引他——她又重新唤起了他除了不断寻找下一个酒吧和消遣以外的兴趣。他的缪斯女神开始低声絮语了。

他输入牧场的无线网络密码，打开了搜索引擎，然后在搜索框里键入关键词：伯肯黑德凶杀案。

他端起马克杯轻抿了一口咖啡，静静等着搜索结果跳出来。

之前他在俄亥俄机场草草搜索过奥莉薇亚・韦斯特的信息，但是现在他有了全新的角度。新闻里的那个凶手把她吓得不轻，他要试试看能不能找到更多的东西。

他点开一个链接，读完里面的内容，却没有发现比电视和地方报纸的专栏里更多的信息。文章里说警方依旧没有确定这名五十多岁的受害者的身份，不过又一次提到了这起案件和十几年前那起怀特湖连环杀人案之间千丝万缕的联系。

柯尔又啜了一口咖啡。这一次，他在搜索栏里输入了怀特湖连环杀人案。

屏幕上跳出了一大串链接，其中大部分都是新闻存档的连接，很多很多关于这件事的报道。

他抿着咖啡挨个浏览过这些新闻。八年前，七名女性相继失踪，其中前四位都是性工作者，沿着向北的高速公路一个一个地不见了，只有回想起来才能发现她们失踪的地点按时间排列可以连成一条线。所有的女性都是在感恩节前后失踪的，就在第一场大雪降临之前。第五名受害人是一位年轻的已婚女性，她的车子当时在怀特湖北部的一条偏僻的公路上抛锚了。当时媒体推测她可能是步行出去寻求帮助，最后走失在了山里，然后被随之而来的大雪掩埋了。第六位受害者是一位和钓鱼团走散的垂钓者。而第七位受害者是消失在丛林中的一位林业工作人员。然后是最后一位受害人，唯一的一位幸存者。萨拉·简·贝克，二十五岁，伊森·贝克的妻子，经营着当地的一家运动用品商店。

贝克是在感恩节的前一天失踪的，就在冬天的第一场暴风雪来临前。搜救小组和警犬最后一无所获，所有的搜救行动都被厚厚的大雪和压低的云朵阻断了。

那时人们还没有怀疑这是一起连环事件。怀特湖周围是无边无际的山野，人们在这样的地方很容易走失，而且发生失踪事件的频率不低——猎人，捡蘑菇的游客，钓鱼的人，去山上远足的人，登山者，周围的地形危机四伏，没有人把她的失踪和另外七起失踪联系到一起。

直到下一个春天，在一个雾蒙蒙的清晨，一位卡车司机开车路过基纳伐木路的时候发现了一个头发蓬乱、眼神凶狠的年轻女人，正蹒跚着走在雪中。她当时怀孕了，身上只裹着一张令人作呕的熊皮和一个粗麻袋，登山靴里的脚上没有袜子。她背着一把来福枪，严重的体温过低，身上布满了擦伤和刀伤，嘴里含混不清地念叨着没人听得懂的发音。她的脖子上还紧紧地系着一条边缘磨损的绳子。萨拉·贝克，这个女人奇迹一般地活了下来。

柯尔咽了一口唾沫，慢慢放下了自己的马克杯。

贝克在医院康复期间，被虐待的细节也开始一点点被披露出来。她被关在偏僻的野外的某个小木屋里，在她之前还有其他女人也被关在那里。她曾见过一个被剥了皮的红发女人的尸体被挂在肉钩上，那个虐待她们的人把尸体砍碎，然后把切下来的肉放进了冰箱。

这个红头发的女人就是上一个秋天失踪的林业员。

媒体蜂拥而至，这起事件震惊全国，甚至成为了国际新闻。从萨里的D分区派来的重案调查小组很快就从加拿大皇家骑警手中接过了这个案子，政府部门给联邦警局施加了很大的压力，要求尽快破案。

五个月后——就在萨拉·贝克顺利产下她的孩子之后，经过长时间的追捕——加拿大皇家骑警和部落警察紧急响应小组组成的联合调查部门终于将塞巴斯蒂安·乔治抓捕归案。

至少他说自己叫“萨巴斯蒂安”。事实上这个男人没有正式的身份证，他的出生从来没有被登记在案，也从来没有进入过任何公检系统。在官僚机构的眼中，这个人根本就是不存在的。

法医鉴定小组去到了他的住所，那里展示着人性所能达到的最险恶的底线。七名失踪女性的残肢都在他的住所被陆续找到，另外还有两具尸体被埋在不远处的山林里——一具年近七十岁的男性尸体和一具差不多年纪的女性尸体——这是他的父母，看起来生前十分凄惨地生活在一间土砖房里，就在他最主要的一间住所附近的小树林中。

线索一点点拼凑出了萨巴斯蒂安·乔治的生平。他是加利福尼亚州一位流浪女的儿子。这名流浪女在六十年代的时候遇见了皮特·乔治，一位出生在熊爪山擅长设陷阱捕兽的土著猎人，并与他坠入爱河，从此决定搬过来与他同过隐居山林的生活。他们在熊爪山区的深处，第一民族的领地内建起了完全自给自足的家园，从此生活在森林和河流的边缘。他们生下了塞巴斯蒂安，在完全与世隔绝的状态下将他抚养长大。

没想到最终有一天，他报答他们的养育之恩是虐待和谋杀。

妈的。柯尔把手指深深插进了湿漉漉的头发。这个新闻太过沉重，当时这件事发生的时候他正在塞拉利昂进行任务。后来，乔治被定罪，判刑，三年后被发现在自己的牢房里上吊自杀了。

柯尔点开了凶手的照片。

一个很有特征的男人，个子很高，面容憔悴。他有着一头墨水一样乌黑的卷发，深色的皮肤上是一双琥珀色的眼睛。柯尔打开了另一张照片——这是乔治母亲的照片。

这张照片清晰的展示着她和加利福尼亚的联系。她的面容有着明显的加利福尼亚特征。这张照片是在珍妮·波奇改口叫自己夜莺，并开始流浪生涯之前拍摄的。这个珍妮一去不复返，她的家人早就放弃了找她，都以为她已经死了。

柯尔有点懂萨巴斯蒂安·乔治为什么会是这样的长相了。珍妮·波奇是个美人——深邃的五官和琥珀色的大眼睛，还有一头泛着蓝光的乌黑浓密长发。

他又点开塞巴斯蒂安·乔治父亲的照片。彼得·乔治是一个高大的男人，深色的皮肤上有一双黑色的水一样的眼睛，颧骨很高，微微有些谢顶。

把搜索结果往下翻，柯尔找到了一个有八名受害者照片的网页。他把照片一张张地点开，一直到了最后一位受害人照片的缩略图。那个逃出来的女人。他点开了图片。

一张脸占满了他的整个屏幕。

柯尔屏住了呼吸，血管里的血液似乎都被冰冻了。他缓慢地、麻木地盯着屏幕。

是她。

看起来有些不同，但是绝对是她。不会有错的。

萨拉·贝克就是奥莉薇亚·韦斯特。

柯尔匆忙点开另一个链接——这个页面上是最终定罪塞巴斯蒂安·乔治的诸多证据和DNA样本。但是网页正在加载的时候，他的屏幕突然全黑了。

笔记本电脑没电了。

马蒂娜罗出现在门口时，马克·雅其马刚刚把电话听筒放回桌子上。

"是拉菲打来的，"他抬起头看着她道，"他现在还和验尸官在一起。很显然我们的受害者不久前才接受了关节造型手术——她的左膝是人工制造的。我们在她的置换器材上找到了特殊编码。"

她挥了一下拳头。"终于有点线索了。还有"——她晃动着手中的一张纸——"我们的可疑事件搜查令批下来了，现在可以搜查波顿的住所和追踪他的手机了。"她把搜查令砰地一声拍在了他的桌子上。

马克草草扫了一眼道,“明天一天的任务就是搜查波顿的住所。我们明早一上班就召集整个小组去他家里，还可以现在就着手追踪他的手机。”他站起来，抓起自己的外套,“我饿了，你想吃中餐还是意餐?”

“我想吃土耳其菜。”

“什么?”

“城边上有一家新开的餐馆，是土耳其菜。我已经吃够中国菜和意大利菜了。”

他们斗志满满地走出大楼。猎人已经嗅到猎物的味道，狩猎开始了。

第十四章

托莉在她父亲之前洗了澡，现在正舒服地裹在毛绒绒外套里，从刚才湖面上的寒冷里缓过劲来，餍足地回味着钓到人生中第一条鳟鱼的兴奋。七点钟他们要去旅馆吃晚餐，但是现在还没到时间。

在听到浴室里传来水声之后，她才掀起床垫的一角，拿出藏在下面的电子书。她把电子书揣进怀里，戴上羊毛帽子悄悄出了门。门外暮光熹微，吹来的风也带了一丝寒意。她一直走到码头，水面上一个小小的眺望台上有一张长椅，瞭望台旁的草坪周围有一圈小小的太阳能灯，现在也已经开始微微发亮。这里是个背风处，她可以在这里不被打扰地读一会儿书。

她坐在长椅上，点亮了Kindle，上一次读到的那一页内容出现在屏幕上。有小狼的嚎叫声从山间传来，光线已经很黯淡了。不过没关系，她的电子书是有背光的。

她和他说孩子是他的。

这没能让他停止性侵她，但是确实让他不再像之前那样残暴地伤害她了。她突然意识到他也是有自我的，一个可以利用的弱点——他想要看到“他的”孩子出生。他对自己的弱点感兴趣，所以认为她的

怀孕是有价值的，这也让她有了反抗的筹码。

她甚至有想过他会不会让自己活下来，至少活到孩子出生的时候。这种想法让她看到了求生的希望，重新点燃了自己逃走的决心。

但是在一个漆黑的清晨，当万物都还沉睡在冬日冰冷的寂静中时，这个成年男人走进她安身的小棚屋，告诉她，他的父亲从来不允许自己射杀怀孕的猎物，但是他一直很想尝试一下这种感觉。在野外追逐它，把刀子捅进它的身体，在它的肚子上剖开一个口子，扒开，然后看着幼崽的脚从子宫里伸出来。

她突然就懂了，为什么他会停止伤害他，以及他肯让她肚子里的孩子安然长大的原因……

一只猫头鹰在树枝上轻轻号叫。

托莉抬起头来。

枯叶掉落在草坪上，沙沙作响，湖边的芦苇好像在风中絮语。天色渐渐朦胧，四周的景物在昏暗的暮色中都变成了奇怪的形状。她朝着快要消失的日光偏了偏身子，正要开始继续读下去的时候，河岸上突然出现了一个拿着飞钓竿的男人。她吃惊地吓了一跳。

他在她下方的水边停下来，挥杆抛出长长的鱼线。他蹬着一双涉水长靴，夹克外面还穿了一件钓鱼背心，压低的棒球帽遮住了面容。

似乎察觉到了她的目光，他抬头看向这边。

托莉僵住了。

之前读过的那些句子闯进了她的脑海。

他又一次挥杆，任飞饵顺着水流上下漂浮。但是却突然感觉旁边有什么东西，有一种被人盯着的感觉……他缓缓转过头，河下游五十码的地方有一个男人站在水里，看起来就像是森林幻化成的幽灵一般。他竟然没有听到任何他接近的声音……

“抱歉，我没想到会吓到你，”那个男人说着沿着水边朝观景台走近了一点点。托莉还是看不清他的脸。

“书好看吗?”他朝她手中的电子书点了点头。

“额……还行。”她抬头望了一眼他们的小木屋，这里还在小木屋的视线范围之内。山间传来的狼嚎让她起了一身的鸡皮疙瘩。她从长椅上站起来，但是那个男人背对着她摆弄着自己的鱼线，没有往她这边看。她盯着那个背影看了一会儿，他的垂钓技术比奥莉薇亚还要好，挥杆的动作像芭蕾一样优雅流畅，就连沾了水的鱼线垂下的角度和溅起的钻石一般的水花都是那样的好看。

好奇心盖过了谨慎，托莉走下观景台窄窄的台阶，抓着电子书一点一点靠近了水边。那个男人再一次挥杆，几乎难以察觉地稍稍走远了一点。他退到河岸里面靠近树林的地方，眼睛盯着水面上的飞饵，握着钓竿的手纹丝不动。一只猫头鹰又轻轻号叫了一声。

“我看到你在那只船上了，抓着那条鱼，”他开口道，“我那时候在湖中心远一点的浮筒上。那条船上的应该就是你们吧。”

“那条鱼是我们的指导奥莉薇亚钓到的。我只是负责把它拉上来而已。”

“好吧，不过把它拉上来和让它咬钩一样不简单。”

他翘起自己的鱼竿，有鳟鱼上钩了，鱼竿的顶部弯曲得很厉害。她的心开始扑通直跳，走近了一点看着，自己捉到鱼时兴奋的感觉又一次回到了她的身体里。一条肥硕的鳟鱼跃出水面，落下去的时候在水面上溅起巨大的水花。

“好大一条!”她惊叫道，“力气也不小。”

他一声不吭地操作着手中的鱼竿。他先是任它跑掉，潜到深水区，让它以为自己已经安全了。然后来来回回，最终在它筋疲力尽浮出水面的时候把它拉了上来。

“就是这样?”她难以置信地咕哝道，“你只是把飞饵抛出去，然后，‘砰’，立即就有鱼上钩了?”

“都是这个时间的功劳。”他指了指湖水。“看到水面上聚集的那些飞虫了吗？还有那些为它们而疯狂的蝙蝠，像疯了一样冲过来捕食。”

托莉在薄暮中仔细眨了眨眼睛。她都没有注意到那是一群蝙蝠。太小了，就像是一群掠过的燕子。

“这样的行为——通常也意味着冷空气就要来了。要变天了。”

他把手伸进口袋，掏出了一个银色的小工具，然后用那个东西在这条鳟鱼的头上重重敲了一下。

那条鱼停止了挣扎，托莉惊呆了。“你杀了它。”她喃喃道。

“没错，这就是我的晚餐了。”他把手指插到鱼鳃里，把它提出了水面。“正好是一个人的分量。”

她咽了一口唾沫。

“所以，刚才在船上的是你和你父亲，还有那个指导奥莉薇亚，是吗?”他问。

“对。”

“你们经常到这儿来钓鱼？每次都请这个指导吗？你了解她吗?”他说话的时候专注地看着她，但其实她依然无法看清他藏在棒球帽阴影下的面容，也看不清他的眼睛。

她有些紧张，四周像是突然间就黑了下来。她瞟了一眼自己住的小木屋，现在站的这个位置已经不在小木屋的视线范围内了。

“我在考虑要不要也聘请她。”他为自己刚才一连串的问题作出了解释。

“不是，”托莉说，“这是我们第一次来，也是第一次和奥莉薇亚出来一起钓鱼。我妈妈四月份的时候去世了，我父亲又刚退休，所以他才带我到这儿来。”她不由自主地说，“我还烧了学校里一个同学的书。”

他的身体里似乎有什么加快了。

“很抱歉听到这些，你一定很难过。”

她的眼中一瞬间湿润了。她避开视线，每次只要想起自己的妈妈，愚蠢的眼泪就会抑制不住地跑出来。

“别让我担心你，”他温柔地说，声音平缓而低沉，有一种安抚人心的力量。“我能懂——有时候自己受伤的时候，就会想破坏别的东西。”

她抬起头来看着他。

“这样，不如你明天到营地附近来转转吧，我和我妻子都住在那边，我会用烟熏一下这条鳟鱼的一半——你吃过熏鱼吗？”

她摇了摇头。

“我邀请你来尝试一下。如果你明天能来的话。”他轻轻笑了，牙齿在微弱的光线下泛着光。他弯下腰把鱼放进鱼篓，她刚刚一直都没注意到它在那里。“你父亲是做什么的？退休之前？”他说着盖上了鱼篓的盖子。

“他是个警察。”

他微微扬起了头。“一名骑警？还是别的部门？”

“骑警。我在堡塔普利出生，搬到那里之前他在温哥华的凶杀案部门就职，再之前是在怀特湖的警察局。”

空气中有什么凝滞了。他的目光似乎死死盯着她，有一阵微风吹过。

她突然打了个冷颤。

"托莉!"

她父亲找来了。她吓了一跳，迅速把自己的电子书塞进外套下面。

"你在哪，托莉?!"他的身影出现在观景台旁，然后气喘吁吁的冲下了河堤。"上帝啊，托莉，你吓死我了……你他妈在这下面做什么?"

"我在看一个男人钓鱼。"

"哪有什么男人?"

她转过身。河堤上空无一人，树枝在风中轻轻摇摆，在地上投下摇晃的阴影。他刚才站过的地方只有湖水静静拍打着岸边。她的父亲盯着林间的阴影。

有叮当，叮当，叮当的声音在远处响起，惊起了湖边的一只鸭子。附近的一只潜鸟在旁边用婉转的鸣叫声回应着。一阵风吹过，堤岸上的树叶沙沙作响。

他捉住她的手臂道："来吧，这是晚餐的铃声。我猜他们现在还是沿用以前牛仔的召唤方式。"

他带着她走上河岸，手指紧紧抓着她的胳膊。

"噢，"她甩开了他的手。"你弄疼我了。"

"刚才在下面的那个男人是谁?"他问道，声音有些嘶哑。

"我不知道。只是个钓鱼的人吧，从营地那边过来的。"

他停下了脚步，僵直地站在原地。"你和他说话了吗?"

她没有回答。

"他和你说什么了，托莉?"

"没什么。他之前看到我们去钓鱼了，就问了问我奥莉薇亚的事。”

他的身体绷紧了。她感觉到有一阵奇怪的、黑暗的能量从他周围像海潮一样涌出来。太阳能灯昏暗的光线照亮了他的脸，她看到他额头上挂满了汗珠。事情有些不对劲，她的父亲居然在害怕。

“你没把她的电话号码或者是其他信息告诉他吧?”

“没有。”

“你不准再靠近他一步，听到了没有？也不准再去那个地方了。”

“为什么?”

“别去就是了。”

“我不知道你有什么问题！他看起来是个好人。”

“鱼饵在鱼眼里也很好，托莉，但是看看鱼儿的结局是什么样的吧。我们不认识那边的那个人。这个地方与世隔绝，周围几里都没有人烟，只有无边无际的森林。猎人都带着枪，什么事情都可能发生。”

“你会这么说只因为你是个警察，因为你总是觉得别人都是坏人。我最讨厌这一点了!”

“这是因为我见过太多这样的人了。你不能这么毫无防备，即使是好人也有可能做出穷凶极恶的事情来。”

她想到了妈妈书中那个住在棚屋里的可怜女人。但是那只是个故事，都是虚构出来的情节。虽然她妈妈可能也会直接根据报纸上的标题写故事——这是她的读者经常说的话。她脑海边缘盘踞的那个阴冷黑暗的东西又往里面钻了一点。

“走吧。”波顿抓着她沿着小路走向旅馆，窗户里透出的黄色灯光给黑夜带来了一丝暖意。但是还没走出两步，她的父亲就弯下腰开始喘气，紧紧按着自己的太阳穴。

“爸爸？你怎么了?!”

他张开嘴像是要说话，但是却吐不出一个音节。

托莉使劲摇着他的胳膊。“爸爸，求你了，告诉我怎么了。”

他摆了摆手，努力地从牙缝里挤出来几个字。“我……没事。”从他口中吐出来的字都是气音。“没什么，亲爱的，没……事的。”他慢慢站直，身体摇晃了两下，然后抓住她的肩膀稳住了身形。她高大的父亲用力撑着她才能保持平衡。“我……我很好。只是……有点累了。”

他挤出一个笑容，深呼吸了几下，然后试着继续迈开脚步。但是她揪住他的袖子让他停了下来。

“你生病了吗?”她问道。

他低头看了她好久。猫头鹰呜呜、呜呜的呼号声在他们头顶的树上回响。

“托莉，宝贝。”他弯下腰帮她把滑到她脸前的一缕头发别到耳后。“一切都会好起来的。只是——”

“我听到你和露易丝阿姨在电话里说的话了，”她打断他道：“我听到你说自己还不到退休的年龄，还听到她说有什么东西随时都有可能出问题，她还说我得去西部和他们住到一起。来这个牧场并不是因为我在学校做了那些事，是吗？是因为你病了，所以才想和我最后待一段时间。你要死了吗？你也要离开我了吗?”

他轻骂了一声，抬起头来看着旅馆透出的灯光。如果能到那里去的话，他应该能逃避这场还没有准备好的对话，但是他现在却被她困在了屋外的黑暗中。

“没错，”他最终开口道，“我生病了。”

她的嘴唇开始颤抖。“出了什么问题?”

“我得了某种肿瘤。”

“哪种?”

他拉起她的手，把她带到路旁的一个长椅边。他坐下，然后把她拉近，仔细地凝视着她的眼睛。他的脸在太阳能路灯昏暗惨白的灯光下看起来憔悴不已，瞳孔像是两个黑洞。

“我去年一月份的时候被诊断出一种叫黑素瘤的病。”他用低沉的声音平静地说，听起来有些低落。“这种肿瘤是从你身上小小的一颗痣发展起来的，但是一旦恶化，如果没有及时治疗的话，就会很快转移和扩散到身体的其他部分。”

她死死盯着他道：“那你的扩散了吗?”

小路上传来脚步声，有人来了。托莉的心跳加快了。

“波顿? 是你们吗?”奥莉薇亚的声音从员工木屋那一侧的小路上传来。

托莉紧紧抓住他的手，身体不可抑制地颤抖着。“告诉我。”她压低声音说道，绝望地捏着他的手指。“她来之前快告诉我。”

“他们发现的时候已经扩散到了我的淋巴和其他部位。它已经转移到了我的大脑里，现在我的脑袋里有一个肿瘤。”

“这是什么意思? 他们能把它取出来吗?”

奥莉薇亚沿着小路渐渐走近。

“是的，”她的父亲快速小声地说，“我会没事的，但是现在让我们晚饭后再讨论这件事，好吗?”

“你在说谎。因为如果他们能治好你的话，我为什么还得搬去和露易丝阿姨一起住?”

奥莉薇亚的身形基本已经可以从阴影中辨别出来了。“波顿，托莉，是你们吗?”

“过会儿再说，好吗?”他低声道，“我会把事情原原本本告诉你的。”

托莉猛地甩开了他的手，像一阵风一样向旅馆跑去。

“托莉!”他在她身后大喊。

她握紧了拳头，咬了咬牙，还是坚决地朝旅馆走。

“嗨，托莉。”奥莉薇亚说。

她粗暴地撞到奥莉薇亚身上，一把把她推开。

“托莉!”奥莉薇亚从树林中走出来的时候，波顿正挣扎着站起来。

奥莉薇亚小跑到他面前道：“发生什么了？你没事吧?”

“我没事。只是刚才有点喘不上气来，老毛病了。”

“我刚刚在来的路上，看到托莉边哭边跑。”她说。

他重重地把手捂在嘴上，眼眶涌上了一股热意。他曾经是那么的强壮有力。一名好警察、家里的顶梁柱和保护伞。他曾经觉得自己很幸运，得到了上帝的恩赐。现在的他却像一团乱麻，正在努力地解开疙瘩。内心里，他似乎又成为了五十六年前亚伯特那个瑟瑟发抖的小男孩。好像已经过去了一辈子，他一直都在远离草原的地方努力当好一个警察，顶级的侦探，奔波忙碌着各种各样的谋杀案，领导着分遣队，而最后的结局就是这样吗？结束了。一个人如果看到像一列飞驰而来的火车一样到来的人生终点，会怎样去面对它?

美乐蒂帮他规划过。他们谈论过怎样面对死亡，也有了对策，那就是托莉将会和妈妈一起度过余生。美乐蒂本不该先托莉一步离去的。

奥莉薇亚轻轻握住了他的手臂。

“你想和我说说吗，波顿?”

而这正是他做不到的，向她坦白所有。在很多很多年以前，自从这个女人被人从伐木道上发现的那一刻起，他就一直在关注着她了。那时的她半裸着，精神陷入了狂乱，攻击性极强。这是一个懂得伤痛，也知道创口的女人，她与他的过去如此紧密地交织在一起，又紧紧缠绕着他的现在，还有未来。有一瞬间他向她坦白一切、忏悔自己的冲动是那么强烈。

“我有什么能帮上忙的吗?”

他看向她的眼睛。她有一双美丽的眼睛。即使是在黑暗中，他也能准确分辨出她由内而外的美。

“你今天在船上带托莉做的事情……这已经感激不尽了。谢谢你。”

他眼中的诚恳和沉甸甸的谢意让她愣住了。她在黑暗中对上他的视线。

“从她妈妈去世后，她身上的暴力倾向就一直让我很担心。但是你把她拉到身边，给她讲豆娘的习性，还有她最后居然选择把鱼放生……”他哽咽了，有些尴尬地停下了话头。

“随时都可以，”她轻轻说，“我是认真的，随时都可以来找我。”她挽着他的手臂道。“如果她愿意的话，我明天可以教她怎么绑一个豆娘样子的飞饵。或者她更有兴趣来帮艾斯做追踪训练也可以，我觉得她们会喜欢对方的，”她说着露出一个笑容。

波顿的心咯噔响了一下。这个世界上还有人可以给予托莉爱和关心，他的女儿还没有走投无路。

把女儿带到这里来是个正确的决定，波顿。事情终于可以有个圆满的了结……

灌木丛中传来一根细枝轻轻折断的声音，他们两个人的动作都凝滞了。侧耳仔细听，也许是一只猫从阴影中跑过吧。

柯尔给笔记本电脑插上电源。图书室里的光线很昏暗，只有壁炉里的火光和一盏兽皮灯淡淡散发着光芒。他焦急地等着电脑充上电，以便能继续浏览怀特湖案件的消息，了解更多关于奥莉薇亚的事情。

他把手深深地揣在口袋里，踱步到图书室巨大的落地窗前。看着窗外漆黑的夜色陷入了沉思。

刚才在自己的小木屋的时候，突然传来的就餐铃的叮当声将他一下子拉回了过去，那个吉米还活着的时候。那时他们两个被允许跟在马夫旁边跑来跑去地忙活，然后像两条饥饿的小狼一样灰头土脸地回来。能和真正的牛仔一起吃饭是一件令人雀跃的事情，他那时的梦想就能整天和这些人在一起骑马，喂羊，然后跟父亲和弟弟一起处理牧场七七八八的事情。这段记忆的背后，现在是他深深地怀恋。

他有那么一瞬间甚至在想，如果自己真正把精力放在这上面的话，能不能经营好这间牧场。他的嘴角不禁弯起一抹苦笑。造化弄人。如今他真正开始考虑是否要留下来的时候，这间牧场却已经要属于奥莉薇亚了。

那个曾经叫萨拉·贝克的女人，一个真正意义上的幸存者。

你不是那个幸存者，知道吗？你根本不知道该怎么生存……

没错，他明白她是从哪里来的了，现在也知道她是谁了。

她身上的其他疑点也有了解释。她的伤疤，她被人触碰时的抵触，她陷入记忆闪回的原因，还有为什么伯肯黑德的新闻会触发闪回。他回想起了他父亲说老栅栏牧场是如何治愈她的。他还想知道的是，她的丈夫和家庭究竟发生了什么？她这么努力地想要掩饰自己的过去，只是为了擦除所有受折磨的回忆吗？斩断自己和过去在怀特湖生活的一切社会联系，甚至包括自己的名字，这只是为了忘记惨痛的经历吗？他能懂得这种忘记过去的必要性。因为他也离开了这幢房子，离开了老栅栏牧场，只是为了忘记过去不好的回忆。虽然和她的经历比起来，他离开的理由显得是那么的可笑而微不足道。

天色已经完全暗下来了，林间小路旁的太阳能路灯微弱地散发出光芒。他看向窗外的夜色，浓重得像是要把他吸进去一样。这就是真相——为什么简问起的时候他也同意卖掉牧场的原因了。因为即使已经过去了这么多年，这个地方对他来说还是像有一种魔力，从心底影响着他。所以卖掉它只不过是另一个逃离那段回忆的方式，不过是一种幼稚的方式来表达对父亲的不屑一顾。

但是他身体里有什么地方已经开始不知不觉地改变了。他现在能回忆起来的不只有不好的回忆，还有一些过去的好时光，而这些好时光正是塑造了他性格的核心，是他已经忘记了的自己的本源。现在他回到了老栅栏牧场，再一次站在人生的十字路口时，它们就像是标牌一样指引着他的选择。

没错，这间牧场已经渐渐开始走下坡路了。没错，如果想要重建畜牧和其他产业的话，需要付出巨大的精力和不计其数的投资。但是重建的可能性将会是一个诱人的新篇章。

他现在还有什么要紧的事需要回去吗？如果缪斯女神已经又一次临幸了他，那么他也可以在老栅栏牧场写作。

他的思绪又转回了奥莉薇亚，然后轻轻吸了吸鼻子。如果他想要留下来的话，还需要得到她的允许，毕竟这个地方将会归属于她的名下。为什么他对这件事感觉不到丝毫的困扰呢？因为这是她应得的，这才是那个该死的原因。

还有网页上的照片——那张就在她十二年前失踪前夕拍摄的照

片，也是被用于“寻人启事”上的那张。

她还是一样一头浓密的棕发，面容姣好，嘴唇丰满。还有那双苔绿色的大眼睛。只不过照片上的那个她多了一种年轻女孩子的清新，无辜的脸上带着对生活满满的憧憬和期许。一切都止步于她被抓起来，被折磨，被恐吓，被占有的那一刻。

想到她脖子上那一圈项链一样的伤痕的时候，他起了一身的鸡皮疙瘩。

被找到的时候她的脚都被严重冻伤了，脖子里还深深地嵌着一截边缘磨损的绳子……

最后一位受害人，孤独的幸存者。一个奋力反抗才击倒他逃出来的人。但是为此付出的代价是什么？她在怀特湖的生活吗？还有她的丈夫和家庭？

她是在怎样绝望的状况下才会想要杀死自己。

她刚来的时候就像是藤蔓上枯萎的花朵，是这个地方治愈了她。当年她手腕上的伤疤是那样的鲜红刺目，而如今它们已经慢慢淡化了……

他看了看自己的手表，该去吃晚餐了，笔记本电脑还得过一会儿才能开机。他不打算告诉奥莉薇亚自己的发现，只想等她自己愿意的时候再说出来。现在，他的新目标是取得她的信任，让她在感到舒适和安全的情况下自己与她分享她的过去。

他正要从窗边走开的时候，下面黑漆漆的树林中有什么动静吸引了他的注意力。有两个人从阴影中走到门廊前的光下，是奥莉薇亚和那个叫波顿的家伙。她的手挽在他的臂弯里，头挨得很近，像是在进行什么亲密的谈话。柯尔的身体绷紧了。

柯尔看着楼下，好奇心和占有欲纠结在一起，让他嫉妒得发狂。

但是就在他能够理清眼前的状况之前，窗前一张矮矮的长桌上的电话响了。

柯尔伸手拿起听筒，注意力还牢牢地粘在窗下的两个人身上。他对着话筒不耐烦道，“这里是老栅栏牧场。”

“柯尔？是我，简。你知道我有多辛苦地想要联系到你吗？那里他妈的究竟发生了什么！”

他又抬起手看了看表，伦敦现在可是凌晨。“简？怎么——”

“我听说那件事了。”她的声音陡然拔高了。“为什么你没有马上打电话给我？”

“我本来想打的，但是——”

“我告诉过你要小心那个女人，我说过她对他图谋不轨，一直暗地里影响着他的决定。这种事情很有可能是在犯罪，你知道吗？欺骗老年人和诈骗什么的。现在他是要把整间牧场都留给她？你他妈必须得做点什么。快想想怎么把她赶走。”

柯尔长长地吸了一口气，目光还紧紧锁在窗下的树林里讲话的那两个人身上。“你是怎么知道这件事的，简？”

“克林顿·福布斯打电话告诉我的。他说我们最好在父亲去世之前把这个解决掉，让他修改遗嘱。如果不这样的话，就只能寄希望于在和这个女人长久的法庭拉锯战中获得胜利了。我们可能会一辈子都在打这个官司。”

“他是怎么知道的？”他静静地说，“福布斯怎么会知道父亲修改了遗嘱？”他俯身看着奥莉薇亚和波顿踏上门廊，走进旅馆，消失在了屋檐下面。他现在对奥莉薇亚的感情十分复杂，心中疑云不散，随之而来的还有浓浓的雄性激素激起的保护欲。他又想起了波顿忘在办公室的那份报纸和里面的鱼饵，现在他已经知道奥莉薇亚真正的身份了，那么这件事就像是一个不祥的预兆一样笼罩在身边。

“我不知道他是怎么发现的，也许是某个手下告诉他的吧。”

阿黛尔在楼梯间下古怪的话突然浮现在他的脑海中。

你得找个办法把她赶出去……

他的思绪又掠向她把道奇的钥匙递给他后说的话。

卖掉这间牧场也许对整个地区都有好处……有什么关于发展的说法——这只是一个提议，一个想法，说要建成高级地产项目和商业区，这能提供就业机会，拉动旅游业……

他的心中疑云密布。阿黛尔当时端着托盘站在门口，也许是她偷听到了父亲说要把牧场留给奥莉薇亚的事情。

“这件事本来应该是和福布斯没关系的，简。这不关他的事。”

“这就是和他有关，也和我们有关。如果我们没有继承遗产的话，也就不会有什么买卖的事宜了。建设的投资……前期预付费用，全都会付之一炬。你真的知道我们已经摆开了多大的摊子吗？”

他握着听筒的手指收紧了。“他在用不存在的交易吸引投资？”

“他已经拿到了我们签署的意向书，说明我们有明确出售的意向。拿着这个东西他就可以去银行贷款。天啊，柯尔，你根本就没有认真对待这件事——你知道这是很严肃的吗？你明白我们是在赚什么样的钱吗？”

“如果我现在不想把牧场卖掉了呢，简。”

电话那头是死一般的寂静。

“柯尔？”她破了音，然后清了清嗓子继续道，“你真是把我弄糊涂了。”

“我现在没什么可急的，也不需要去哪里。”

又是一阵沉默。

她再次开口的时候，语气已经和刚才大不相同。“你已经签了那份电子文件，我们俩都签了。我已经找了英国和加拿大的律师对文件进行了公证，事情没有回转的余地了。”

他在心里咒骂了一声。他得去找福布斯谈谈，还要请一位律师帮他解决这一系列棘手的事情。

“听着，如果你现在想反悔的话，我和克莱顿会找你拼命的。我们会在法庭上确认父亲新的遗嘱的法律效力，克莱顿会通过完全合法的手段仔细评估你和那个叫奥莉薇亚的女人，你们两个都会破产的。我向你保证。”

“上帝啊，简，听听你都在说什么。”

“噢，在这件事情上别把我想的那么高尚和大公无私。托蒂和我现在急需用钱。我……说来话长，但是我们需要这笔钱。你都已经确定了不会要这间牧场——你说你绝对不会想要它的一分一毫。”

柯尔想到了阿黛尔和她的丈夫，还有卡里克先生少得可怜的残疾补助金。简正需要这笔钱，克莱顿也用自己的脑袋担保了这岌岌可危的交易，向克林顿财团承诺了增加工作岗位和大力发展旅游业。

有多少人的梦想是寄托于老栅栏牧场的出售，还有其所宣传的前景的?

他想到了奥莉薇亚。

“我得打个电话。拜，简。”他挂断了电话。

柯尔现在已经做好准备，要背水一战了。不管他父亲究竟打算如何处置这个牧场，它都不会是属于福布斯的财产，起码不会在他的眼皮底下被拱手让人。这才是事情的根本。以前的柯尔不在乎这些，但是现在不一样了。这个牧场在农业用地保护局的管辖范围内，从法律上来讲只能用于耕作，在没有政府部门的规划以前是不能被私自作为其他用途的。更何况，他突然很不能接受这个地方被划分得支离破碎，一块一块地卖出去。

也许是他长久以来对福布斯的私人恩怨作祟，又或许是奥莉薇亚的缘故，他也不知道。但是热情又回到了他的身体里，他喜欢这种感觉。

他从插着电源的电脑里翻出克莱顿·福布斯的宅电，拨出号码。电话直接转到了语音信箱。

他留下了一则消息。“你好，福布斯，我是麦克唐纳。我回到老栅栏了。交易取消了，我们得出来谈谈。”

几乎就是在他刚挂掉电话的时候，图书室的电话就响了。是福布斯打来的。

“柯尔！欢迎回来，老兄。我听说——”

“听着，别白费口舌了，交易是不会继续的，至少我不同意。我不管你是怎么说服简的，但是落到我手上的那一部分财产，我是不会出售的。”

“等等，等等，麦克唐纳。别急，听我把话说完。我手上的文件是有法律效力的，已经由我公司的律师团公证过了。而且——”

电话突然没了声音。

“喂？”

没有任何的回应。

柯尔按了按电话听筒的叉簧。

“福布斯？你还在吗？”电话还是没有声音。

柯尔快步走到他父亲办公室里，可是那里的座机一样没有拨号音，一定是地下线路坏掉了。这时恰巧有一阵风吹过，树枝轻轻拍打着图书室的窗户发出规律的响声。暴风雪就要来了，而他们也失去了与外界的联系。他望向窗外的黑暗。

夜空中有一点恐怖的绿色闪光划过了天空，一闪一闪地倒映在黑漆漆的湖面上。那是一班向北的航班。他在窗边静静地站了一会儿，似乎看见有人影从房子的周围掠过。也许只是光与影的又一次恶作剧罢了。

尤金数了数电缆，然后抬头看了一眼墙上，确保自己找到的是正确的接收器的那根线。他已经把电话线剪断了。他伸手拿起屁股后面挂着的断线钳，但是突然有人从厨房的后门走出来，他停下了动作，悄悄退回墙下的阴影中。垃圾桶似乎很不情愿被倒干净一样的哐啷声停下，然后是盖子被盖上的声音。厨房的门又合上了，屋外又重归一片宁静和黑暗。他走回电缆前。感谢夜色中柔和地翻滚向前的蓝绿色烟雾，他甚至不需要手电筒就可以辨别出电缆的颜色。地平线的那头逐渐升起的黑暗，正带着雪花一点一点向这里逼近。急迫的快感像电流一般轻轻流过他的皮肤。

他把手伸向了断线钳……

第十五章

柯尔走进开放式的休息室和客厅区域。艾斯窝在火旁一条因为多年使用而被磨得很薄的波斯毯上，牛皮灯罩和跳动的烛火给房间染上一抹温暖的颜色。在镶嵌着木板的拱顶下架着的沉重的原木横梁，还有厨房入口上挂着的那副褪色的鹿角都为这间充满狩猎气息的旅馆增色不少。

他的父亲坐在壁炉另一头的轮椅上，正凝视着火焰，一口一口喝着手里大大的玻璃杯里的威士忌。沙发上坐着的是波顿的女儿，瘦弱的肩膀紧缩着，看起来像是承受着这个年龄本不该有的沉重。

有两对更年长一些的夫妇坐在吧台旁边轻快地交谈。其中一对是柯尔在营地见过的——就是那只狂吠不止的贵宾犬的主人。波顿走过去和他们搭话。

在质朴的吧台后面，一个看起来不到三十岁的男人正在给客人们倒饮料，而一位看起来和酒保差不多年纪的女人正在铺着亚麻桌布的餐桌旁忙活着摆放葡萄酒杯。房间里的背景音乐是轻柔的爵士蓝调。

柯尔走向自己的父亲。“你感觉怎么样？”

迈伦只是嘟囔了一句，专注地喝着杯子里的威士忌。他的脸比刚才看上去更红了。

柯尔深吸了一口气，心底升起一股担忧。父亲的状况正在逐渐恶化，他得把医生找来，和他一起商讨一下后续的治疗计划。

之前大大的液晶电视上播出的可怕新闻已经被换到了天气预报。他看着气象图上从南方迅速袭来的巨大的风暴团，心里早已从飞行员的角度产生了忧虑。这会是一场大雪，应该会在早上降临。他已经可以听到从石制的老烟囱里持续不断地传来风声的尖啸。

波顿的孩子朝他瞟了一眼，他回她了一个微笑。即使性格恶劣，这也是一个很漂亮的姑娘。这让他不禁想要知道她母亲在哪里——为什么在感恩节前夕她会和父亲独自两人来到这里?

“嗨，”他加深了笑容自我介绍道：“我是柯尔，我就是在这间牧场长大的。”

她眯了眯眼睛，似乎在权衡是否要回应他的话。“我叫托莉·波顿。”

“我今天中午看到你们和奥莉薇亚一起在船上了。你钓到了鱼是吗?”

“是奥莉薇亚钓起来的。她只是让我帮忙把它拉起来而已。”

“很大一条吗?”

“在准猎范围之内，”她说，“但是我把它放掉了。”

电视机的画面闪烁了一下，然后变成了一片漆黑。柯尔站起来把它关掉又打开，但是一点反应都没有。他又检查了机背后面的线路，所有的线都是好好连着的。

“它死了吗?”托莉问道。

“尸体都凉透了，”他回答道，“朝我们赶来的这股冷空气一定是把我们的电视信号和电话一起干扰了。”

这意味着没有网络了。在天气转好，所有线路恢复正常之前，他不能再用笔记本电脑查找更多有关怀特湖杀手的信息，也没法继续调查萨拉·贝克了。而电话线路的中断更是代表着他们和外界已经完全失去了联系，放眼望去只会有肆虐的风雪和无边无际的森林。

似乎是为了印证他的想法似的，烟囱里又一次传来了呼啸的风声。什么地方的百叶窗被吹得梆梆作响。

厨房的门突然被推开了，奥莉薇亚拿着两瓶葡萄酒出现在门后。看到柯尔时她的脚步僵住了，他的心跳也在他两人视线交汇时骤然加快。

她画了一个淡淡的妆，披在肩上打着卷的头发光泽柔亮。一件看起来像是开司米面料的高领毛衣挡住了她脖子上的伤疤，她换了一套新的紧身牛仔裤和牛仔靴。

一阵轻快的笑意点亮了她的双眸，他的小腹发紧，身上窜过一股情绪复杂的电流——尊重，欣赏，同情……还有强烈的保护欲。他想要得到这个女人。这种原始而简单的欲望让他雀跃不已。

但是她不是那种可以急功近利的女人。起码在经历过那些事之后不行。

她把酒瓶拿到桌边。就在她放下瓶子的时候，盖奇·波顿从她身后走过来，轻轻碰了碰她的手肘。她转过身来，向他露出一个灿烂的微笑。

看着眼前的一幕，柯尔不禁胸口发闷，他已经在某种程度上把自己看作是奥莉薇亚的所有人了，她与别的男人这种身体上的亲密接触让他感到十分不满。托莉的视线在自己的父亲和奥莉薇亚之间来回游移，坐在沙发上的身体渐渐绷直了。她的眼神暗了下来。

风声越来越大，呼号着顺着烟囱爬下来，似乎在寻找着进到房子里的路。

“我的妈妈死了。”托莉突然开口道。她的视线依旧紧紧锁在奥莉薇亚和自己的父亲身上。

他快速地看了托莉一眼。

她转过来抬头望向他，她的眼中和脸上混合着的愤怒和绝望一股脑地堵在了他的胸膛。

“今年四月的时候，她跌进一个树井里被闷死了。全都是我的错。是我和她去滑雪，她才会跌进去，而且我还没能把她拉出来。”

哦，上帝。

他在她的身边慢慢坐下来。“我真的很抱歉，托莉。”他顿了顿，继续道：“但是你不应该为了一场意外而责备自己。”

她的拳头紧握，眼中流露出激动的情绪。

柯尔能感觉到她父亲看过来的视线，突然有了一种不现实的感觉，好像时间正在呈螺旋状地反复着向前。他的父亲也是这样思念着吉米吗？还有泰，他再也见不到的孩子？

“我以前也经历过一次意外，”他静静地说，“那时我只有十六岁，开着自己修理的卡车，带着我母亲和弟弟去结冰的河面上兜风。结果冰面碎了，车子沉了下去。我拼了命从驾驶室的窗户里逃出来，但是却没能救出他们两个。我尽力了，天，我真的尽力了。但是……”冰冷的记忆向他袭来，他的声音也越来越小。“这些年来我没有一天不在为此自责，托莉。”他又瞟了她的父亲一眼。“而我最近才意识到一直沉浸在过去的罪恶感里，只会影响你的正常生活。更何况这样也无法让你妈妈回到你身边。”他向前倾了倾身子，把胳膊撑在膝盖上，然后凝视着她深绿色的双眼道。“你得原谅自己，然后继续向前。”

一行泪水顺着她的脸颊流下来。他把手伸进裤子口袋里想掏出自己的手帕，但是却没找到。

“给你。”

他被吓了一跳，抬起头来，看到他的父亲伸手递过来一块干净的手帕。柯尔从沙发上站起来接过手帕。他们的眼神在空中相遇了，过去，和一些没有说出口的话语一起，在两个人之间翻涌不息。

“我很抱歉，儿子。”迈伦用极其平静的声音说道。他的眼睛因为酒醉而微微潮湿。“很抱歉我一直没有释怀。”

柯尔突然感到一阵扭曲的疼痛，还有一丝对父亲的同情。他的胸中悄悄升起了一股暖意，还有爱的感觉。该死，他确实是真切地在乎着自己的父亲。就像需要呼吸才能生存下去一样，他也需要他父亲的原谅。他哽咽了，奥莉薇亚的话又浮现在了脑海中。

我还以为你已经够成熟了，能够学会主动道歉，和平解决，在他去世之前……

他无法对这样的父亲无动于衷。

“我也很抱歉。”比你想象得还要对不起。

迈伦移开了视线，拿起桌子上的酒杯。但是他颤抖的紧紧握住杯子的手却出卖了他此刻伪装的平静。

柯尔把手帕递给托莉，她把泪水擦干，然后揩了揩鼻子。

“好一点了吗?”

她低头看着自己手心里被攥成一团的手帕，眼睛又在自己的父亲和奥莉薇亚之间来回转了转。柯尔跟着她的视线看过去。

波顿和奥莉薇亚挨得很近在她耳朵旁边说话，她微微弯着头，认真地听着。听着听着，她的脸上慢慢露出些许笑意，然后转过头去开心地笑了。

柯尔瞬间就被这个笑迷住了。这还是他第一次见到奥莉薇亚笑得这么灿烂。即使他们之间隔着一整个房间，他也能看到她眼睛里迸发出的光芒和脸颊上两抹健康的红晕。在这一刻她是放松的，自信的，浑身散发出充满活力的快活气息，整个人都像是活了一样。也许她已经找到了某种方法克服了之前的闪回，今晚留下来的是一个全新的奥莉薇亚。

他的血液里突然被注入了一股斗志旺盛的雄性激素，波顿成了他眼中的竞争者。柯尔也懂得是什么在困扰着波顿的女儿。她思念着自己的母亲，看到自己的父亲和一个女人这般亲密只会让她痛不欲生。他也心生不悦。

他转向托莉道。“我离开一会儿可以吗？我要去和奥莉薇亚说几句话。”

她久久地凝视了他一会儿，眼中闪过一瞬间的哀求，最终还是点了点头。

柯尔站起来走向他们，努力压制着自己心中好战的情绪。

奥莉薇亚抬起双眸，看到了他走过来的身影。

“柯尔，”她拉着他的胳膊让他加入他们的谈话。“来，让我向你介绍一下大家，让你分清楚谁是谁。”

今夜的她真的很耀眼。是因为波顿在这里吗？是他的陪伴让她如此有活力吗？今天中午在那条小船上究竟发生了什么？

他的胸口一阵发闷。

“这位是金。”奥莉薇亚指着之前在桌边摆放玻璃杯的金发女郎说道。她举着一托盘调料走过，朝他们微笑着点了点头。

“然后那是她的未婚夫，撒迦利亚，就是吧台后面的那位。他们两个都是才从北方大学毕业，然后这个夏天开始在老栅栏牧场工作的。他们会在这里留到感恩节，这之后就要飞去欧洲了。这位是詹森·陈,你知道的，就是我们厨房的统管。在那边帮金布置桌子的是内拉,詹森的女儿。”

“我们之前见过，”他说。这就是之前电视上播出那则可怕的新闻的时候和托莉一起坐在沙发上看的孩子。

“内拉的父母离婚了，这个感恩节恰好轮到詹森照顾她。吧台前面坐着和撒迦利亚聊天的是布莱尼根，他是我们的马夫，可以说也是老栅栏牧场剩下的最后一个牧马人。今天晚上营地所有的客人都在，还有两个住在小木屋的客人也来了。你见过这对养了一只贵宾犬的夫妇了——他们是从基洛纳来的。和他们在一起的那对更老一些的夫妻是俄罗斯人。站在他们旁边的高个男人是来自百里屋[1]的林务员。”

柯尔打量了一下那位沉默寡言的林务员，他似乎也在默默注视着他们。

“然后，这位当然就是盖奇·波顿啦，你刚刚在沙发上和她说话的那个女孩是他的女儿。”奥莉薇亚转向波顿道,“这位是柯尔·麦克唐纳，迈伦的儿子。”

“我们之前打过照面。”柯尔礼貌地握了握他的手。

波顿对上了他的视线。这个男人有着一双清澈的蓝眼睛，像钢铁一般坚实的手掌让柯尔不觉联想到了了军人——或者是盟军的准军事专家，又或者是执法官员。他有着这那一类人所独有的机警。波顿就是他所一直描写的那种充满了男性魅力的人。他的手上戴着一枚结婚戒指。

柯尔放开他的手的时候心里突然生出一股强烈的敌意，随之而来

① 100 Mile House，坐落于加拿大不列颠哥伦比亚中心的卡里布南面的小镇和自治州，又叫 Bridge Creek House。

的还有隐隐的不自在。

波顿似乎也在暗中评价着他，就像是在权衡自己的敌人一样。

“我给你要点喝的吧?”波顿笑着道，可是笑意并没有真正进到眼底。他在其实是属于柯尔的领地上做出一副主人的姿态，而且他也确实是对奥莉薇亚有什么企图的。他们之间的气氛愈发紧张了起来，空气似乎都凝固了。

波顿做出了自己的反击，他说道：“麻烦你了，我要威士忌加冰块，双份的。”

波顿走向吧台，柯尔的目光一直紧盯着他的背影。

“我之前和你说的把报纸和飞饵忘在办公室的就是波顿。”奥莉薇亚解释道。

柯尔转过脸来看着她。她的眼睛还是一样清澈的湖绿色。他的视线移向了她的嘴唇，光泽水润，看起来十分柔软。她站得是那样的近，以至于他能闻到她身上清新的沐浴露的香气，还有一些别的什么香味。她浅粉色的高领毛衣看起来就像棉花糖一样柔软，领子一直遮到了下巴，把她的伤疤全部盖住了。

当对上他的视线的时候，她的瞳孔微微扩大了，柯尔的心中一阵突如其来的欲望，还有一股意乱迷情。她对他来说有着致命的吸引力。他能从她眼中读到赞许，这点燃了他心中一直以来蠢蠢欲动的肉欲和渴望。

但是心中的警钟敲响了。慢下来。三思而后行。给她施加太多的压力真的好吗？虽然他能从她的眼中看出兴趣，但同样也能感觉到她一举一动中满满的紧张。他已经亲眼见过了她被人触碰时严重的抗拒和厌恶，还有眼底闪烁的恐惧。而且现在他知道原因了，因为她曾经遭受过太过可怕的性虐待。

妈的，这个真相太过沉重了，他从未想过回家会发现这样的事情。

“挺奇怪的，”他静静地说，“波顿的那个飞饵，看起来更像是用来钓硬头鳟或者是三文鱼的。”

她的眼中几乎微不可察地闪过了一丝踌躇，握住酒杯的手收紧了。柯尔不想再逼得她太紧，因为那个鱼饵之前已经让她崩溃过一次了。但是为什么？他心中的好奇心几乎盖过了小心翼翼地谨慎。

“很显然，那是他收到的退休礼物，”她说，“同时收到的还有一根飞钓竿和其他的飞饵。这些东西都是他临走前才收到的，我想这就是他会带着它们到这儿来的原因。”

他盯着她的眼睛道：“他们是从哪儿来的?”

“温哥华。”

“你以前见过他吗?”

她皱起了眉毛，“没有，怎么了?”

他耸了耸肩，转头看向在吧台帮他点单的波顿。“他上手得挺快。”

“你对他有成见。”她说。

“我只是对他一直在你身边奉承有成见。”

她吃惊得微微张开了嘴，然后嘴角慢慢卷起一个了然的笑。“如果我不了解你的话，柯尔·麦克唐纳，我都快觉得你现在的举动很像一个守财奴了。”

“也许我就是。”

她的眼中闪过了一丝诧异。

“也许不只是我一个人不满他对你的热情，还有他坐在那边的孩子。”

她的笑容凝固在了嘴角。她静静看了他一会儿，然后慢慢把视线转向了托莉，咽了一下口水。

“他的妻子四月份的时候刚刚去世了，”柯尔说，“我猜这几个月应该足够他治愈心伤，然后在尚且深切的思念着母亲的孩子面前勾搭另一个女人了。”

她眼中的诧异被怒火取代了。“根本不是你想的那样。你说的没错，托莉正在煎熬中，但是波顿今天只是请我帮她走出——”

“你现在这样和波顿卿卿我我，根本不是在帮她。”

“上帝啊，你真的和你父亲很像，你知道吗?”她转身想走。

“可能是因为我知道失去一个孩子是什么感受吧。”他在她身后静静地说。

她顿住了，慢慢转过身盯着他。他继续开口说了下去。

“可能是因为我只是想告诉他们抓住现在所拥有的，因为这一切不会永远存在。”

她犹豫了，稍稍有些迟疑，看向了吧台旁的波顿。

“他有告诉过你他退休之前是做什么的吗?”柯尔问道。

“没有，我也没问过。我从来就不喜欢拷问自己的客人。我知道的只是今天中午，他需要有人来帮帮他的女儿，一位女性。托莉在学校里的时候表现出了暴力倾向——这是她表达自己对妈妈的去世的悲痛的方式。他只是请我花些时间陪陪她。”

他的眉毛紧紧皱在了一起。

她突然变得怒不可遏。

“听着，我今天很高兴能帮助到一对同样孤独和受伤的父女，即使只是让他们有那么一会儿能开心一点。这让我感觉很好，知道吗?这就是事情的全部。我不知道你究竟对他有什么敌意，但是我没必要听你的抱怨。”

她转头就想走，但是又补充了一句。“悲痛并不是那么简单，柯尔，我想你知道这一点。而你今天对于我尽心帮助一个人走出困境的举动的评价简直狭隘至极。现在如果不介意的话，我要——”

他突然无法控制住自己的冲动，伸出手捉住她的胳膊。她愣住了，脸上的表情有些紧张，眼底闪过了某种冰冷的情绪。

“当心些，奥莉，我不相信他。”他顿了顿道，“我不相信巧合。”

“这是什么意思?”

就在他回答之前，阿黛尔走了过来。她没有穿围裙，手里还拿着一个小包。

“如果这里没什么事了的话，”她对奥莉薇亚说，“我就要先回家了。我在厨房的收音机里听到说可能明天一大早就会有降雪。如果天气变坏的话，我可能明天晚上就只得住在旅馆了。”

“这样吧，”奥莉薇亚说，“不如你明天早上离开克林顿镇之前先打个电话过来，如果明天晚上的雪有下大的迹象的话，我们可能就不会再叫多余的人手来准备感恩节的晚餐了，或者有可能取消晚餐也说不定。如果暴风雪持续不停，你可能就不得不被困在这里一段时间了。”

“明天可能打不进电话来，”柯尔说，“地下的线路可能受了天气影响，就和电视的信号接收器一样不管用了。”

阿黛尔和奥莉薇亚的视线都投向了黑屏的电视机。

烟囱中又是一阵尖啸的风声。阿黛尔走向吧台旁边的墙上挂着的电话机，取下了听筒。

“你说的没错，”她走回来说道，“没有拨号音。”

“好吧，看来你最好明天还是不要出门了，”奥莉薇亚对阿黛尔说，“就待在家里吧，待在一个暖和又安全的地方。我会处理好这里的事情的。”

女管家犹豫着。

“我是认真的。”奥莉薇亚微笑着道，“我们没问题的。”

“那好吧。我明天会从克林顿镇给通讯公司打电话，”阿黛尔说，“让他们查一查这一片区域的情况，确保这不是老栅栏牧场的特殊问题。”

“谢谢你。”

“好了，晚安各位。”她朝柯尔点了点头。

“代我向卡里克先生和塔克问好，”他说，然后忍不住问了一句：“你最近会见到塔克吗？”

她看起来有些不安道：“他经常会回家来，所以，可能会的。”

“你之前提到过他在金融领域工作，具体是为谁工作？要知道，克林顿镇只是个不大的小镇。”

“一家开发公司。”

“也许是福布斯的公司？”

她的脸突然红了，眼神慌乱地转向奥莉薇亚。“额，好吧，他是在克林顿·福布斯的不动产公司做事情，还在帮他准备市长竞选的一部分事务。”

“福布斯打算竞选市长？”

她点了点头，挤出一个勉强的笑容。“就像你说的，这就只是个小镇而已，除了牧场工作以外没有太多的机会了，必须得抓住身边的每一个机遇。”她转向奥莉薇亚道：“詹森说他五分钟之内就可以准备好上菜了。好了，晚安，奥莉薇亚，还有柯尔。”她快速点了点头，没有再看她的眼睛。

柯尔看着阿黛尔走进门廊，从挂衣钩上取下自己的外套，又很快的回头看了一眼身后，与她短暂的对视了一眼。他打开门，一阵寒风吹进来扇动了她的衬衫，然后她的身影就消失在了黑暗中。寒气沿着地板一路侵袭过来，壁炉里的火苗被吹得抖动了一下。然后门就被风猛地带上了。

奥莉薇亚突然转向他。“你问这个做什么？”

“你知道塔克·卡里克在为福布斯工作吗？”

“不知道。”

“但是你知道福布斯想要这间牧场。”

“克林顿镇的每个人都心知肚明。”她皱起了眉头。“你经常像这样观察房间吗？就好像是无时无刻不在分析着什么似的？你就一定要怀疑别人的动机吗？”她的语气染上了怒意。

“只是改不掉的旧习惯罢了，奥莉薇亚。”他看着她的眼睛静静地说。

“听起来像是你为自己不喜欢任何人而找的借口。”

波顿端着柯尔要的酒回来了。

“如果你不介意的话，”她冷漠地说，“我现在要去厨房看看詹森有没有准备好晚餐了。”

奥莉薇亚径直走进了厨房，后背挺得笔直。柯尔又注意到了她微微有些跛的脚。

……身上只裹着一张令人作呕的熊皮和一个粗麻袋，光着脚穿着一双登山靴。她背着一把来复枪，严重的体温过低，身上布满了擦伤和刀伤，嘴里含混不清的念叨着没人听得懂的发音。她的脖子上还紧紧的系着一条边缘磨损的绳子。萨拉·贝克，这个女人奇迹一般地活了下来……

柯尔心不在焉地啜着波顿递来的威士忌，看着厨房的门在她身后来回晃动了几下，然后合上了。

做得好，柯尔。这一击恰到好处，正是让真相浮出水面，建立起让她信任的好机会。

波顿也在看着奥莉薇亚消失在门后。两个男人对视了一眼，有种黑暗而恶意的东西在两个人之间蔓延开来。

第十六章

迈伦像一只老迈病重的乌鸦一样盘坐在餐桌的一头，用叉子拨弄着自己的晚饭。他的双眼因为长期的药物和饮酒而深深凹陷，蒙上了一层不健康的浑浊。他似乎陷入了一种奇怪的情绪之中，眼神不安地在奥莉薇亚和柯尔，那个孩子，还有波顿之间瞟来瞟去。他今天晚上喝酒喝得更凶了，有什么东西已经彻底改变了他。听着窗外呼啸的风声，感受着暴风雪越来越近的脚步，奥莉薇亚似乎听到了一个神秘的、无形的钟在嘀嗒，嘀嗒走动着。

柯尔坐在他父亲的右手边，波顿则坐到了奥莉薇亚身边的椅子上。托莉坐在奥莉薇亚的对面，用手忿忿地扯着亚麻白色餐巾的一角，浑身都透着怨气。

奥莉薇亚的心中升起一股愧疚。她瞟了一眼柯尔，发现他也正举着一杯勃根地葡萄酒，从浓密的睫毛下静静凝视着她。虽然食物还是和往常一样美味，但是与隔壁几桌的欢声笑语不同，他们这一桌的气氛有些死气沉沉。

“今天的大厨不错。”柯尔用餐巾擦了擦嘴，然后把它放在了盘子旁边。

“前菜的鳟鱼是从湖里钓上来的，”奥莉薇亚试着活跃气氛。“野味是从隔壁的牧场里打来的，烤蔬菜是厨房后面的花园里自己种的。”

“你母亲以前开垦的一片蔬菜园，”迈伦含糊地对柯尔道，然后伸手拿起了今晚的第三杯红酒。“就是我们买了第一批小鸡回来的时候，她亲手翻了土，从蓄水池里挑水来灌溉，然后在后面的围栏下种下了豌豆，很快就爬满了围栏。”

柯尔举着玻璃杯的手停在了半空中，转过头看向自己的父亲。

“那片菜园现在是詹森·陈在打理。”奥莉薇亚插话进来，想要缓解两人之间紧张的气氛。

金把桌子上前菜的盘子收走，然后开始上主菜了。撒迦利亚又从吧台后面端出两只酒杯放到了桌子上，一杯白酒，一杯红酒。音乐正好，其他桌子上的气氛也愈发酣畅，一直不停地有笑声传过来。寒风将百叶窗吹得咯吱作响，烟囱里冲下来的风将壁炉里的火焰吹得又晃了晃。

奥莉薇亚抬起头，对上了托莉的视线。她一直死死地盯着她的一举一动。

“感觉怎么样，托莉？”奥莉薇亚问道，“你喜欢鳟鱼吗？”

“还可以。”她又偷偷瞥了父亲一眼，然后才低下头把注意力放回盘子里堆起来的食物上。奥莉薇亚转头又对上了柯尔的目光，两人之间似乎有什么难以言说的东西在悄悄发酵。

她不禁吞咽了一下口水。

“波顿，”柯尔突然开口道，拿过红酒瓶给他把杯子加满。“奥莉薇亚说你最近退休了。”

波顿微微绷直了身体。“是的。”

“你以前是干什么的？”他说着给奥莉薇亚也加了一点酒。她用炽热的目光疑惑地看着他，轻轻摇了摇头。

“顾问。”波顿说。

托莉的刀子突然掉到了地板上，把所有人都吓了一跳。她只是张着嘴，目瞪口呆地盯着自己的父亲看。

“把它捡起来，托莉。”波顿严厉地说。

“不，不用，没关系的，”奥莉薇亚赶紧开口道，“就让它在那儿吧。金，很抱歉，”她对着吧台后面的金大声说，“能请你再拿一把餐刀过来吗？”

金小跑着进了厨房。

“顾问？”柯尔切着盘子里的食物，把它们分成一块块刚好能一口吃进去的大小。奥莉薇亚沉下了脸，但是他装作没有看到。

“社会保障体系方面的。”

托莉突然推开了凳子，猛地站起身来。

“我要回小木屋去睡觉了，太累了。”她说着拔腿朝门廊走去。

“托莉，”他大吼道，“回来坐下。有点礼貌。”

“凭什么！我为什么要假装？你又在装什么？我不想在这里多呆一秒了。”

奥莉薇亚也匆忙站起来。“托莉，过来，在火边坐着烤烤火吧？金会给你拿甜点来的。”

她的怒火转移到了奥莉薇亚身上。“我又为什么要听你的？你又不是我妈妈。还有，你一直以来到底是怎么忍受脖子上那个丑陋的疤痕的？就是你一直想遮住的那个？”

这一桌子的人突然间都变得鸦雀无声，只听得到木柴噼啪燃烧的声音。就连另外一桌聊得欢畅的人都停了下来。寒风拍打着整间房子。

柯尔站起来正要插话，奥莉薇亚却静静地开口了。“这是一次捉螃蟹的时候发生的意外留下的。我以前在荷兰港做季工，结果在他们把捕螃蟹的网拉起来的时候被缠住了。”她挤出一个笑容。“我很幸运才能活下来。”

托莉盯着她，脸上的表情挣扎不已。她很想说奥莉薇亚很酷，但是又不得不捍卫自己的母亲。她的嘴唇颤抖着，垂在身体两侧的手紧紧握成了拳头，最终还是转过身走到门廊，抓起自己的外套，猛地拉开了大门，然后走进了一片夜色之中。旅馆的大门在她身后重重地关上了。

波顿犹豫了一下，还是站起身来，把手中的餐巾重重地甩在了桌子上。“我向大家道歉。她自从失去了妈妈之后就一直很难过。”

奥莉薇亚道，“如果有任何我们能帮得上忙的——”

“没事的。”

“我敢说你们两个人都很难过。”柯尔道。

波顿看着他的眼睛，心中升起一股怒火。但是他最终还是选择了沉默，绕过他径直走向了门口。他的靴子在木地板上敲击出响亮的声音。

“你他妈今天一直这样是想干什么？”奥莉薇亚厉声说。

“你知道为什么。他对你过度的热情已经伤害到他的女儿了，今天就是最好的证明。”

“现在你变成牧场的精神病学家了？随意决断别人的悲伤应该是什么感受？”她气冲冲地走开，愤怒地用双手摔上了厨房的门。

一排准备完毕的蓝莓点心整齐的摆放在厨房的流理台上，雪白的雪糕上点缀着深紫色的蓝莓酱，就像是奥莉薇亚直接把它摔在了墙上似的。蓝莓酱，鲜血，还有即将到来的暴风雪。

他凑近了一点，我忍不住口干舌燥。他还告诉我河岸边上有野蓝莓。

我上钩了。

我去河边找了那一丛野蓝莓。

我再也没有回来。

她吞咽了一口口水，把注意力放在周围的细节上，努力让自己留在当下。

内拉正在忙着打开洗碗机，詹森举着一杯红酒坐在窗台边。厨房里很暖和，金紧跟在奥莉薇亚后面走进来，托起四碟甜品放在手臂上，努力保持着平衡，然后又退回了门外。

收音机里轻轻地放着舒缓的音乐。

她又仔细看了看那些"鲜血淋漓"的冰淇淋，清了清嗓子开口道："詹森，今天的晚餐太棒了。"

"等着明天的大餐吧。"他咧开嘴笑着说。

她看了一眼窗外，夜空中可以看到一个绿色的亮点，这说明天空还没有被乌云遮蔽。"如果明天暴风雪降临的话，我们很可能不得不取消感恩节晚餐了。"

"我们随机应变吧。"他伸手拿起自己的红酒抿了一口，"如果晚餐被叫停的话，我准备好的东西都可以放进冰箱里。你可以一冬天都好好享受土耳其锅饼。"

"需要我帮忙收拾吗?"

"不用了，我能搞定。"

"你一定很兴奋吧，"她对内拉说，"已经打包好了?"她的妈妈会把她带去墨西哥过一周，而詹森在这个周末完成了在这里的夏季工作之后就要去新西兰为旅行团烹饪了，很难说他是否会再回来。奥莉薇亚想知道他们明年的这个时候还会不会留在这个牧场。

“差不多了，”内拉回答道，“还得买一瓶防晒油。”

“我们会想念老栅栏的。”詹森看着她的眼睛，似乎想看出她心里的想法。厨房里温暖的氛围一瞬间有些变动。

“我明白，”她轻轻地说，“我也会的。额，我是说在最后一个客人都离开之后。”她停下了向外的脚步。“哦对了，内拉，谢谢你的蓝莓。”

“什么蓝莓?”

“你知道的吧……就是你放在我门外的那一篮。”

“我没在你那里放过蓝莓。”她笑着说，“不过现在我倒是希望我放过。还记得我们以前会去摘很多蓝莓，做完甜点还会剩下不少。它们漫山遍野的长在森林里，在感恩节前成熟，刚好可以做蓝莓甜点。”

“噢。好吧……还是谢谢你。”奥莉薇亚后退了几步，转过身，然后笨拙地推开了厨房的门。

这件事肯定有一个很简单的解释的，但是她却突然开始胡思乱想。柯尔的话缠绕在她的脑海中。

当心点，奥莉……我不相信巧合……

这句提醒现在看起来很不吉利。她想去问问他这是什么意思，毕竟当时他没机会解释更多。

门口的走廊前笼罩了一片阴影。尤金伸手搭在把手上，惊讶地发现门没锁。他的猎物还是这样的无所畏惧。他的心中隐隐有些不安——她是没有收到他留下的鱼饵吗？还有那份报纸？为什么感觉她还是没有丝毫的戒备？不过没关系，过了今天晚上，恐惧将会占据她的全部身心。

树枝被山风吹得折弯了腰，发出可怕的呻吟声。他走进屋子里面，四下打量着黑漆漆的房间。他想起今天中午她和一对父女在船上的情形，心中又划过一丝疑虑。事情有些不对劲。那个孩子对自己母亲的感情带来了很多不安定因素，而如果他没有认出来那个父亲其实是以前怀特湖的警察的话，可能还会花更多时间来理清头绪。

现在谁才是游戏的主导者，谁又是猎人？

他的血压升高了。

他找到了她的卧室，走进门时微微张开了嘴，深吸了一口属于她的味道。熟悉的味道，再一次品尝到了属于她的感觉。他走到她的床边，屋外的树枝被风吹得咯吱咯吱响。他突然停下了动作，屏息仔细辨别着外面的动静。没有人。

他的手伸向了她的床罩。

金把一碟蓝莓冰淇淋放在柯尔面前的桌子上，然后把另一碟放在了他的父亲前面。

“你是发什么疯？”金走开后，迈伦咕哝着对柯尔说。

“我不相信波顿。”柯尔拿起勺子插进了冰淇淋中。

“他看起来不像是携款潜逃的样子。”

“有什么地方不对劲。”他抬起头道，“关于他对待奥莉薇亚的方式。”

这句话终于引起了他父亲的注意——他浓密的眉毛拉了下来。

“不对劲，比如说呢？”

“波顿就是那个把写着她的名字的报纸落在办公室的人，报纸里面夹着的飞饵把她吓得不轻。那是一个超大号的硬头鳟专用饵，用它在这里根本钓不到鱼。”

“那又如何?”他嘴上这样说，醉醺醺的眼睛里却闪过了一丝提起兴趣的光芒。

“所有的巧合都很奇怪，就是这样。一具脖子被吊在树上的女尸被发现的新闻爆出来，而波顿恰好就在这个时候来到了老栅栏。要知道这则新闻也把奥莉薇亚吓坏了，而她的脖子上，刚好也有这么一条伤痕。在这之后他又把写着她的名字的报纸忘在了办公室，报纸上写的又恰巧是这件事。”他不能再说下去了，不然就会暴露奥莉薇亚曾是怀特湖连环杀人案的受害者的事情。这应该由她自己说出口。

“我听起来没那么严重。”

“你看到刚才他说自己在安保系统工作的时候他女儿的反应了吗?她惊得目瞪口呆，刀子都吓掉了。后来她又说什么假装，我觉得他是在说谎。”

“也有可能这没什么特别的意思，”迈伦在胡子底下喃喃道：“只是巧合罢了。”

“这里面一定有问题，”柯尔道，“我不相信这个世界上有巧合。”

“那你觉得他的目的是什么？用你灵敏的记者嗅觉和阴谋论来分析一下?”

柯尔扬起了眉毛。“我不知道。”他的声音十分平静。

他的父亲用青筋凸起的手晃了晃酒杯，有几滴红酒从杯子里溅出来，在白色的亚麻桌布上洇开了血一样的痕迹。“你查到她的过去了，是吧，”他的声音愈发含混不清了。“你还有什么事情没告诉我。”

柯尔没有回答。他端起自己的酒杯，轻轻抿了一口酒。

他的父亲久久的凝视着他。“事情有变——发生了什么？你有没有打算告诉我?”

“还没有。”

他的父亲喝了一大口酒，然后深吸了一口气。

“这必须是她自己说出来的，”柯尔说，“我不能告诉你。”

“但是你已经说服了她，不是吗？你想看着她，看她能不能自己一个人经营好这间牧场。”

柯尔看着自己父亲潮湿的眼睛，还有他坑坑洼洼的脸上真挚的表情，心里有某种感情掠过心头——差一点就要影响到他了。他想起福布斯，简，还有自己签下的文件，愧疚像蛇一样盘踞在心底。还有十三年前他和父亲的那一场剧烈的争吵。就是那时，迈伦又一次指责他害死了自己的母亲和弟弟，还因此毁了牧场和整个家。

突然间，似乎所有的一切都远离了，都变成了微不足道的事情。他当时应该更坚强一点，看清楚自己的父亲其实只是在自己的悲伤中无法自拔，无法说服自己原谅柯尔的罪孽，也没办法继续把这个家撑下去了。如今回想起来，柯尔对过去的一切突然都有了不同的理解。

就在这一刻，他下了一个新的决定。牧场的地下电话线坏了，他打算明天早上开车去镇上，当面找到克莱顿·福布斯，然后和他摊牌自己的底线。他会为这间牧场和这个家最后的所有，抗争到底。

“牧场会没事的，”他轻轻地说，“我会尽我所能帮助她。”

他的父亲紧紧盯着他看了好一会儿，然后突然伸手转过了自己的轮椅，朝着走廊驶去。“我要睡觉了。”他头也不回地说。

柯尔站起身来道：“我把你送上楼。”

“想都别想。撒迦利亚！”这个老男人大声叫道，“撒迦利亚——快过来把我从这儿弄走。”

柯尔看着撒迦利亚推着他父亲的轮椅穿过走廊，然后走进了电梯。受伤，同情，还有爱混合在一起，变成了一种他所不熟悉的鸡尾酒一般的感觉，像潮汐一样在他的心底来回翻涌。

“这是怎么了?”

他闻声转过来，是奥莉薇亚。她又一次在他毫无防备的时刻闯了进来。他调整了一下情绪。

“他就是这种怪人。”

“你应该对他宽容一些，这种脾气都是长期的药物治疗导致的。”

“你不必再为他找借口了。”

她的目光如炬。

“给我倒一杯吧，”她说，“我想喝一杯，然后问你点事情。”

托莉在寒风中越走越快，把自己的父亲远远抛在了身后。她的心脏在胸膛下怦怦直跳，皮肤微微发热。她从未如此迫切地需要她的妈妈。

身旁的灌木丛中突然传来一声树枝折断的声音，有什么体型不小的东西在树丛中。她害怕地僵在了原地。夜空中挂着一抹幽灵似的极光，风把树叶吹得沙沙作响。她的父亲正穿过远处的草坪远远地跑过来。

那个声音又响了起来，听起来像是一只大型动物在干枯的树枝和落叶间快速穿梭。有可能是一头熊，或者是一只鹿。

她的父亲终于跑到了她身边，一只手紧紧握住她的肩膀。“谁在那儿?”他大声问道，眼睛紧紧盯着树丛间的阴影，另一只手已经摸向了腰间的枪套。

一阵风吹过，树叶在风中飒飒，但是灌木丛中没有更多的响动了。

“走吧。”他轻声说道，目光还是紧锁着树丛。

“为什么?”他们走回小木屋的路上，她忍不住出声问道，“为什么你要说谎? 你说自己在安保公司工作，隐瞒了自己是个警察的事情。”他们走到了小木屋的门廊前。他转过身半蹲在她面前，双手握住她的肩膀，眼睛依旧时刻注意着她身后的黑暗，留意着任何发出声响的东西。

“有时候是不太方便说你是个警察的。如果告诉别人你在司法系统工作，那么所有人的态度都会不一样。我不想提起自己的工作，也不想谈论你母亲，还有一切……可能会触碰到伤口的事情。”他深吸了一口气，呼吸有些颤抖，眼睛在黑暗中闪烁着湿润的光芒。“有时候不对陌生人一遍又一遍地提起这些会更好。就让这些事成为我们的秘密。”

她愤怒地盯着他，嘴唇颤抖不已。“那你为什么对她那么好? 对奥莉薇亚。妈妈怎么办?”

眺望台下方，湖水轻轻拍打着码头。

“噢，托莉……事情不是你想的那样，绝对不是。”他抚摸着她背后的头发道，“有一天你会明白的。这一天很快就会到来的，我向你保证。”

“你还没告诉我如果他们能做手术治好你的话，为什么我还有可能得搬去和露易丝阿姨一起住。”

“我知道，我会去做手术的。我从未想过瞒着你任何事，也不想让你担心，只是觉得感恩节就应该毫无负担地出来玩，原本打算在这之后再和你解释的。因为我觉得，首先还需要一些时间来填补我们之间的空缺。至于露易丝阿姨……”他迟疑了一下道：“手术后可能会需要几个月的恢复时间，让我的大脑和行动机能恢复到正常的状态。可能还需要请理疗技师……这种手术可能有各种后果。所以，我想在恢复期间把你送去西部和露易丝还有她的家人待在一起，让你在那里上一段时间的学。”

“我不想去。”

“你真的还想回温哥华以前的那个旧学校吗？我觉得在那件意外发生之后，或者是和茱莉娅·博萨斯大吵一架之后，再和同学们相处可能不大容易。你确定想回去那里上学吗?”

她盯着自己的脚尖道：“大概不想。”

他清了清嗓子道：“那么，在我恢复到以前的状态期间，我也可以和你一起去西边，然后和你一起住在那里。露和本有一幢在湖边的很大，很大的房子，他们可以腾出一间小木屋来给我们两个住的。你可以在那里一直上到毕业。”

“你也要搬过去吗?”

他笑了，雪白的牙齿在黑暗中闪着光芒。“没错。我能为你做的其实很少，托莉。总有一天你会知道的。”

一个全新的开始。就像是豆娘一样——他们又获得了重新来过的机会。这个机会承载着一个脆弱而又渺茫的承诺。她真的不想再回到以前的学校，或者是他们的老房子了。那些地方有太多让她痛苦不堪的回忆。

他拢住她的肩膀。一种熟悉而温暖的感觉笼罩下来，她安全可靠的父亲又回来了。“看，看那上面。”他伸手指着天空。

巨大的天幕上是不计其数的星星，闪烁着温柔的蓝色或绿色的光芒，边缘还微微泛着一点桃色，在寂静的黑色中更加显眼了。真是天神的幕帘。

“我觉得她就在那里看着我们呢。”

她的脸上有泪水悄悄滑落。在这一刻，她相信天上是有天堂的，那里必定万物井井有条，有理有据。只是她在这里看不到罢了。

奥莉薇亚坐在火边等着柯尔给她把酒倒来，揉了揉紧张得有些痉挛的膝盖。

柯尔提着一瓶威士忌和两个装着冰块的玻璃杯走过来，把杯子放在火边的矮桌上，然后倒了一杯递给她。

她接过酒杯的时候，两个人的手指碰到了一起。一股暖意顺着手指席卷至手臂，她突然感到一阵强烈的欲望古怪地和紧张混在一起。这个男人确实让她无法忽视。

“真高兴你还肯和我说话。”他在她身边的沙发上紧挨着坐下，露出一个微笑，但是眼底全是疲惫。火光在他线条分明的脸庞投下几分阴影，这让他看起来又严肃了几分。他看起来有些急躁，可能还有一些微醺，但脸上的坚毅和安全感还是不减丝毫。

“我得等到所有的客人都走完，”她说，“我还有些问题想问你。”

他看着火焰，用宽实的手掌握住酒杯道：“问吧。”

她本想逼问他为何对波顿有如此大的敌意，却又不想透露为什么那份报纸和鱼饵会对自己影响那么大。

“迈伦怎么了？”她最终还是临阵退缩了，换了个话题问他。“你又把他气走了？”

他形状好看的嘴角挑了起来，沉默片刻，像是在权衡什么事情。他仰起头一口饮尽杯子里的酒，然后伸手又给自己斟满了杯子。

“我和他说了我对波顿的怀疑，还有他对你的殷勤。”

她感觉自己脸上热得发烫，心跳得嘭嘭直响。“就是这个让他这么生气？”

他哼了一声道：“他没有生气。只是问我，能不能指望着我辅佐你。”

她抿了口杯中的酒。“那你的回答呢?”

他凝视着她，沉默了几秒。“我说可以。”

他的眼神是那样的深沉，似乎要将她吞没其中。她不禁咽了下口水，努力把刚才突然起身的一丝念头压了下去。

“你喜欢他吗——波顿?”

“我觉得他——人很好。我相信他是尽全力在对托莉好，即使方式有些不对。但是我能感受到他的真情实意。”

我对他的感觉，和对你的感觉不一样。

“但是你现在看起来很不安，”他提示道，“你现在不停地问问题。”

她撇开了目光。托莉在船上的话浮现在了脑海中。

为什么带着两把枪……你现在塞在靴子里的是什么……

奥莉薇亚自己有一把信号枪，但那是违法的。在这一片区域，手枪都属于违法枪支，必须要特殊的“持有许可”才可以携带。

“发生了什么……奇怪的事情吗，奥莉?除了把你吓坏了的那件报纸和鱼饵的事以外。”

她心跳加快，感觉被困住了。该死。她多想把一切全部道出，但是又不能。她不禁想要站起来逃跑，但是他用坚实的手掌按住了她的膝盖，让她无法挣扎。

“听着，我们都对你有着悲惨的遭遇这一点心知肚明，但具体的我却不想再逼你太紧，除非你自己愿意告诉我。我现在只想好好试探一下波顿，看他和你的过去有没有什么联系。”

慌张的感觉像飞蛾的翅膀一般搔着她的小腹。她的思绪又转到了那些蓝莓，那条围巾，那串脚印，那种被人盯着、跟着的感觉，还有伯肯黑德的案子的可怕的巧合，被媒体说是所谓的“怀特湖杀人案的再现”。如果她只是把这些事分开来看，那么可以将它们视为单纯的巧合。但是如果把它们都联系在一起，她就没有那么肯定了。她心里诉说的欲望越来越强烈，但是却不能说。

无论被人安慰的感觉有多么的强烈，或是真正有人在背后撑腰的前景有多么诱人，她都不可能让自己再一次成为萨拉·贝克。

奥莉薇亚饮了一大口酒，然后用力地握紧了杯子，以此来掩饰双手的颤抖。

“所以，只要当心他一点就行了，好吗?”

她的目光又落回了他身上，看到了他眼中深切的担心。

“还有，记住，如果你需要的话，我随时都在这里。”

她咽了咽口水，皮肤开始发烫。她觉得自己就像站在一个十字路口，走在剃刀的边缘，忍不住想要向他倾诉一切，依靠着他，然后用各种方式依偎在他身边。但是她不能。

吧台旁的桌子上传来阵阵欢声笑语。她看向房间的那头，最后的一批客人也打算离开了。

他们朝这边挥挥手，大声道了别。房门在他们背后合上，然后整个房间就蓦地陷入了沉寂，只有火焰的哔剥声和屋外呼啸的风声。

“还有另外一件事我想让你知道。”他伸手把她的手握在了自己手里。奥莉薇亚浑身的肌肉一下就绷紧了，内心挣扎着，想要立即抽出手的欲望和想让他握得更紧，甚至与她十指相扣的渴求一样强烈。她的嘴唇变得干燥起来，脑子里一阵轰鸣。

“我同意我父亲的决定，我也打算把这间牧场交由你代理，由你来经营。”

“柯尔，我告诉过你了，我不想——”

他毛衣下的拇指缓缓游移到了她的手腕上，轻轻摩挲着她的伤疤。他们目光相遇了。她紧张起来，几乎就想要抽出手来，但是又没有。她的整个世界都似乎被挤压变形，坍塌下来，只有隐隐约约的意识，好像感觉到金和撒迦利亚正在把桌子上最后的几只盘子收走。

"这是正确的决定。"他轻声道。

"为什么?"她出口的声音已经变得沙哑。

"因为我打算留下来，帮你。这是你自己说的，牧场的事务不算简单，而重新开始养殖牲畜的产业可以重新盘活资金链。如果你肯把这里建设为建设全年的旅游胜地的话，我可以协助你处理生意方面的事务。"

她静静地看了他一会儿。"那是我酒醉后胡言乱语。你真的很像你父亲。"

他的眼神变暗了，身上所散发出的气场也大不相同。沉默之中，她能感觉到他周身围绕着的黑暗的电光。他深深地吸了一口气，像是想要把她拆吃入腹，细细品味一般，又像是在作出什么决定。他的目光飘向一旁，但是握住她的手还是没有放开，用粗硬的拇指轻轻抚着她的手掌。她几乎喘不过气来，然后还是忍不住，反手把自己的手掌覆在他的手上，与他十指交扣。他收紧了手指，向她投去炽热的眼神。她从她的眼里看到了赤裸裸的欲望，还有热烈的渴求。

她自己又何尝不是?

慢慢地，他的手指顺着手臂一路向上，一直游走到了她的颈边。他把手搭在她的脖子后面，手指缓缓插入了她的头发，然后把她拉近了一点，自己也慢慢向她靠过去。他的嘴轻轻擦过她温暖的唇瓣。

她的身体里突然电光火石地一闪。

她一把推开了他，猛地站起身来，心跳快得像是要蹦出胸膛。她低头对上他灰色的双眸，某种难以言说的东西在两人之间膨胀，这是她一直不愿触碰的。这距离太近，太私密——不仅仅是指身体上的距离。无论他所期待的是一个怎样的地步，她都不能任由自己放纵。

“奥莉薇亚?”他的声音有些沙哑。

“我们现在可以把起居室锁起来了，所有的客人都走了，”她打断他道，“除非你想在这儿再喝一杯，那么记得走的时候把门锁上。”她打了个响指，原本在火边昏昏欲睡的艾斯不情愿地抬起了头。

“我把你送回去。”他站起来跟在她身后。

“不用了，我自己能行。”她的身子抖得像风中的枯叶。

他握住了她的手臂，她猛然绷直了身体。“你自己能行，奥莉，当然能行。但是我不会让你一个人走回去的。”

“柯尔——”她的声音顿住了，眼神像是着了火，身体里勇气的渴望压都压不住。她的乳头变得坚硬，尖叫着想要被触碰。小腹一跳一跳的，涌起一股热流。快要承受不住了。她……她不知道该怎样处理眼前的状况。

“没关系的，”他说着举起自己的双手。“没有压力。没有义务。只是陪你穿过那片黑漆漆的树林，陪你回家而已。”他微笑着道，“我明白的。”

“我已经自己一个人这么走了很多年了，你知道的。”

“但是现在你不必了。”

第十七章

他们走到了门廊前。

他的靴子踏在木制的台阶上，脚步声在黑夜中格外响亮。

“你进去吧。”柯尔在黑暗中露出一个笑容，双手深深插进了口袋里，但是却丝毫没有去意，看起来像是在等着她邀请自己进去坐坐。

奥莉薇亚紧张起来，握住把手拧开了门。

他微微偏了偏头道：“你不锁门?”

“在这里没什么好担心的。”但她其实并没有自己所说的那样无所畏惧。艾斯从她推开的门缝中挤了进去。

柯尔踏上台阶，手扶在栏杆上，眺望着远处的湖面和森林，以及后面绵延的山脉剪影。夜空中有一条散发着淡淡幽光的光带挂在天幕上，这是宇宙秩序的美。

“它们就像是有魔力一般，”他静静地说，“我常常会幻想，它们应该是会发出声音的，可能是噼啪爆裂的声音，也有可能是滋滋的电流声，抑或是低声絮语，但是它们却从来都是这般悄然。”

此刻吹过耳旁的风声却不是寂静的，甚至有些喧嚣。夜风追逐着干枯的枝叶，把岸边的旗杆上的绳索吹得吱吱作响，吹起了湖面一层层洁白的浪花，拍打在码头上，让小小的码头发出呻吟声。

奥莉薇亚情不自禁地靠近了他，似乎被他的身体内部源源不断的散发着的引力拉了过去。她和他并肩站着，肩膀几乎要碰到了他的手臂。她在夜晚的寒气中打了个冷颤，把自己夹克的拉链往上拉了拉，竖起了衣领。南边的地平线上出现了一团黑云，正逐步向他们的方向侵袭过来。

他也悄悄地往奥莉薇亚的方向靠了靠，两个人的手臂边缘已经挨在了一起。他用小指轻轻碰了碰奥莉薇亚同样放在栏杆上的手。她不禁心如擂鼓。

“我很怀念这样。”他说。

她咽了下口水。上帝啊，她也怀念这样。这样的触碰，还有与另一个人类的肢体联系。她已经把这一切拒之门外太久了——被拥抱、被爱的需求，还有真正接受自己模样的可能。而现在，他的触碰在她的内心深处开了一道巨大的裂口，似乎还有隐隐扩大的趋势，绞得她生疼。

“你一定在其他地方也见过极光。”她的声音有些嘶哑。

“它们可不是普通的光。”他轻轻地说。

她的小腹轻轻窜过一股暖意。他试探性地碰了碰她的小指，然后用自己的小指勾住了她的。奥莉薇亚突然有些窒息。

她整个人都僵住了，以此来抵抗心中挥之不去的欲望。她视野里的一切似乎都开始旋转，坍塌到只剩此刻，似乎这一片萦绕的星光下只剩下了他们两人，还有彼此的手指相互触碰的感觉。她身体的每一个细胞似乎都被他身上一个隐形磁极所吸引，叫嚣着向他靠拢过去。好似极光在电爆中围绕着他们旋转。

她静静闭上了双眼，努力想要整顿自己的理智，但是思绪却依旧无法抑制地冲向了欲望的肉欲。

“它们还代表着家的感觉，你懂的，就是真正的家，你生长的地方。这些光对我来说，就象征着这个地方。不是所有人心里都有这样的一个地方的。有时候，你都意识不到自己在想念着它，直到你再次回到那里。”他沉思片刻，然后道：“一想到这水面波光粼粼的景致，还有千年相似的大理石山脉，在这百年中也同样印在了我祖祖辈辈的眼中——你就不禁会想，是否真的有一种情愫，能给在人们的DNA中留下某种印记，造成了实质性的持久渴望，渴望回归某处，成为完人。”他说完久久地沉默了。

“真希望以前我把泰和荷莉带回来过，带他们见见我父亲。我犯下了不少错，错已至深，无法弥补。”

她深吸了一口气，有点害怕开口。因为他已经对自己如此坦白，但她还不想敞开自己隐私世界的大门。

“但是你可以重新来过，”她小心地组织着语言。“你可以抛开这些错误继续生活。”

他突然转过头来看着她道。“就像是第二次机会?”

她舔了舔干燥的嘴唇，用怪异的目光盯着他。

“和我说说你的家庭吧，奥莉薇亚。”

“我和他们已经没有关系了。”

他盯了她一会儿，然后嘴边扬起一个微笑。“所以，你也是五十步笑百步是吗？教训我要和我的家人好好相处。”

“正中要害，”她轻轻地说，“你说的没错，我没有立场告诉你怎样对待你的父亲。但是就像波顿对她女儿的态度惹怒了你一样，你和你父亲之间的关系也让我不舒服。你们两个人都倔得像头牛，谁也不肯先退半步。等你知道了一句简单的‘对不起’会对生活中的一切产生怎样翻天覆地的影响的时候，你也会不自觉的想要介入别人的生活中，劝他们在还有机会的时候修正错误，告诫他们挽回自己的家庭。”

“这就是发生在你的父亲，还有你的家庭身上的事吗?”

她抬头看着这片如梦如幻的天空道。“我真的不想谈及他们。”

在他——在他们所有人理解这一点之前，花费了多少时间呢？阿黛尔最近也已经见过她脖子上的伤疤了，她可是镇上出了名的长舌妇。阿黛尔，她的儿子为福布斯工作，现在和所有人都扯上了关系。内拉也看到了。现在，除非怀特湖杀手的新闻完全没人关注，不然迟早会有人把她和那件事情联系起来。要调出怀特湖新闻的存档并不是一件难事，她的身份能够隐瞒至今，其实也只是因为从没有人从这个角度探寻过她的过去。直到发生了这件异乎寻常的谋杀案，直到她失去了自我，在众人面前失态。直到柯尔将她可怕的伤疤暴露在外。

“听着，我给在佛罗里达的你打电话，和你介入波顿和托莉之间的原因是一样的。而现在，既然我的目的已经达成，你已经回到了牧场照顾你的父亲，那么我也应该筹备新的计划了。”

“比如说?”

“继续向前，找一个新的地方落脚。”

“我都说了——我想让你留下来。这是你的地方。”

她对上了他的视线道：“为什么？是什么让你改变了注意，不想让这间牧场好好运作下去了？你踌躇满志地到这里来，就是为了眼睁睁看它被卖掉吗?”

他笑了，声音越来越低沉，字尾都吞进了喉咙里。这让她的小腹一阵收紧。

“就像你如此贴心地指出来的一样，奥莉薇亚，我和我父亲很像，同样的固执。而我现在只是固执的不想让福布斯把他的爪牙伸到这个地方来，把这里建成豪华的房地产项目。我是说，看看这四周，还有这一片景致……”他的声音越来越小，然后深吸了一口气道：“想要听实话吗？这些景色已经悄悄走进了我心里。”

“所以，你是认真的，你也想让这里的生意再有起色，是吗？”

“我想试一试给自己第二次机会。我想把手指插进这片土地，感受大地，感受我的根脉。”他声音中的情绪越来越浓郁，突然停下了话，然后理了理自己的情绪。“这么多年来，我一直都迷失了自己，奥莉。现在我想试着停下来，看看安定一段时间会怎样。我想知道如果每天都能清醒的在同一个地方醒来，会不会重新找回自己。”

“你终于不想生活在死亡边缘了？”

他久久地沉默了。

“我现在站在一个十字路口，不急着往前，也没有让我不得不回去的人和事，也小有存款。”他顿了顿继续道：“或许这都是为了我父亲，为了赎罪，为了原谅过去。或许是出于对福布斯本能的厌恶。”他低头看着她。“又或者是为了你。”

她咽了一下口水，似乎有些明白了他话中的潜台词。这让她的心小小地震动了一下，有些疑惑，却也有些害怕。

她清了清嗓子道：“那你姐姐呢？”

“如果你按照我父亲新改的遗嘱那样留下来，那么应该就没问题。但是如果你走了的话，简就会得到她的那一份遗产。我希望你别走，也希望你能让我留下来，帮助你。”他微微一笑道：“看到了吗？我需要你的同意才能留下来呢。”

他转过来正对着她，手指慢慢爬上了她的手臂。树上的枯叶絮语不断，湖水温柔的轻轻打着码头。

奥莉薇亚想要反抗，张口告诉他不要碰自己，但是却做不到。因为她渴求的欲望与抵触的情绪同样浓烈。她的整个人就像是被分成了两半，在身体里激烈地抗争。

他一只手捧着她的半边脸，另一只手轻轻搭上了她的后背，慢慢地、坚定地把她向自己拉近。他的怀抱温暖而有力，眼神像一汪深不见底的水。但是她也感受到了他触碰中的迟疑——似乎在问这是否也是她想要的，不慌不忙地将自己的打算展现在她的眼前。

极光渐渐消失了，留下色调温柔的余晖照映在他的脸庞上。他沉默地拥抱着她，两个人之间的空气在寂静中慢慢膨胀，伴随着承诺和危险的意味"嘭"地一声爆开了。这一刻，奥莉薇亚甚至做起了早已被忘却的梦。她要做的就只是屈服，然后沉浸在此刻，尽情享受面前这个男人的给予。

但是除了欲望之外，她还感受到有一股恐惧像蛇一样悄悄爬进了她温热的小腹中。

他用手环住她的脖子，然后低下了头，试探性地用自己的嘴唇碰了碰她的。

她的脑海中爆开一阵热浪，沿着神经一路尖啸着向下，激起了记忆深处那些被忘记的肌肉记忆。这种感觉甜美而无法抗拒，但是腹中轻轻搅动着的蛇一样的感觉依旧带来了不安，唤起了她黑暗的回忆——在她从那件事之中慢慢恢复之后，还有他们的孩子被送走之后，无数次伊森试图和她亲热的感觉。

但是，彼时她的身体虽然已经痊愈，心灵却依旧承受着深深的伤痛，为那个伊森并不想要的孩子的离开而悲痛不已，那个他所唾弃的孩子。

伊森的欲望也消磨殆尽了。

他机械性的性交在她的心上撕开了一个大口子，揭开了她被人强暴的鲜血淋漓的记忆。她无论怎样努力，都无法压抑住自己躲开他触碰的欲望。而他也不愿多碰她一下。因为即使是在她努力想要避免自己陷入记忆闪回的情况下，她也能从他的眼中看到他对自己裸体的无法掩饰的厌恶，还有一个人能对另一个人，一个男人对自己的妻子所反应出的最强烈的恐惧，还有对他自己、对这段婚姻深深的猜疑。

她从他的眼中还可以看到浓浓的猜忌和怀疑——如果她当初没有鼓励那个凶手的话，是不是一切都不会发生？

自从塞巴斯蒂安·乔治走进他们的店里，选择了她为自己的猎物的那一天起，他们的婚姻就走向了尽头。

因为萨巴斯蒂安·乔治的存在，他们再也无法从彼此的眼中看到对方。因为阴魂不散的塞巴斯蒂安·乔治，他们再也不能粉饰平和的生活。所以他们分开了。

奥莉薇亚从那时起就再也没有和男人交往过。

柯尔更用力地抱紧了她，嘴唇紧紧摩擦着她的唇瓣。她的心底膨胀起让人盲目的欲望，让她抛开了所有的想法，所有的回忆，一心一意地张嘴迎合他的吻。他的舌头滑进了她的嘴里，细细品味着她，吞食着她，而她也逐渐靠向了他的吻，倚在他坚实的身体上。他们的舌头疯狂地搅动在一起，填补了她巨大的空虚和欲望。

他短短的胡茬戳痛了她的脸颊，更点燃起了她心中的激情。他把她转过身去，引着她慢慢走回小木屋，她能够感受到他的勃起滚烫的抵在自己的骨盆上。

他把她推进了虚掩的房间，然后用靴子踢上了房门，还不忘用自己的舌头和她的相互纠缠。

屋子里面很暖和，壁炉里的余灰还像呼吸一般发出淡淡的橙光，给整间屋子染上了一层古铜色的光辉。他拥着她一点点挪到沙发边，她的膝盖在碰到沙发边缘的时候不由自主地弯了下去，被他扑倒在了沙发上。他的体温覆盖着她的体温。

尤金躲在长椅后看着他们相拥而入，然后关上了房门。他咬紧牙关，狠狠地握住拳头，心跳得怦怦直响，下体也不由自主站了起来，硬得发痛。事情变复杂了，但是仅此而已，这不会改变任何结果。女人，不就是这样的水性杨花？作为一名出色的猎人，他早就预见到雌性物种的这种必然的劣根性了。

只是他会先杀掉这个男人。

托莉看着外面的黄色灯光消失在门缝下，知道自己的父亲已经上床睡觉了，于是伸手从床垫下摸出了自己的电子书。黑暗中幽幽亮着的绿色灯光像幽灵一样诡异。风把房顶上的树枝吹得吱吱作响，吹落了树上的松果，敲打在房檐上。

她打开了电子书的电源，舒服地蜷缩在棉被里，妈妈写下的文字映在眼前。

南归的大雁的叫声惊醒了她。她手脚并用地爬到墙边，从一条细细的窄缝中窥视外面成了一条线的天空。然后她就看见了他，站在依旧覆有陈雪的空旷之处，大腿宽厚而结实。

四周的树上滴滴答答的滴着水，时不时发出轻轻的爆裂声。是冰雪渐渐融化的声音。他呼出一团白气，转头看向她所在的小棚屋。

她慌忙退回墙角，小心翼翼地避开锁链，以免发出响声，或者是让她脖子上的绳子陷得更深。她把自己蜷成一团，像甲壳动物般护佑着自己腹中的孩子，假装在睡觉。

房门被吱吱呀呀地推开了。她感觉到有一道光线照射进来。

“是时候了。”他说。

她的心噗通直跳，慢慢抬起头来，对着这道照进她的小屋的白光眨了眨眼睛。

“起来。”

“是什么的时候了?”她出口的声音嘶哑难听，太久没说过话了。她被自己的声音吓到了。这到底是谁？她究竟变成了什么样?

他没有回答她。

他在房间的正中蹲下来，俯身盯着她。他的气味瞬间侵入了她的鼻孔，她的思绪渐渐昏沉，顺着门口飘出了小棚屋。但是这次他没有脱掉自己的衣服，而是掏出一双靴子放在了小屋中央。她眨了眨眼睛。那是她的靴子。自从那天中午他把她抓来之后，她就再也没有穿过这双靴子。

他依旧俯着身，像只大型动物一般向她靠近了一点。他把她身上的粗麻布掀开，露出下面一双赤裸的腿，然后轻轻抚摸着她的双脚。她屏住了呼吸，下巴僵硬，浑身的肌肉都绷紧了。但是他接下来的动作却是解开了拴住她的锁链，铁链在冰冷的地板上叮叮当当碰撞作响。他更靠近了一点，呼吸变得沉重起来，从腰间取出一把刀。她的额头上滴下了汗珠，心跳加速地看着这把刀。刀锋反射着银色的光芒，沿着刀柄一直向下泛着冷光。她懂了。这就是他所说的“是时候了。”她把身体蜷得更紧了，随时准备着要踢出一脚，为自己的生命而战，为她肚子里的孩子而战。他举起了手中的刀……然后挑断了一直以来把她拴在墙上的绳子。被割断的绳索掉在了地板上，她死死地盯着那半截绳子，身体开始无法控制的颤抖。

他起身离开，房门在身后砰地一声关上了。

屋子里又重归了寂静，只有外面传来些许嘈杂的声响。树上滴滴答答的水声，还有某条刚刚解冻，欢快地汩汩流动的小溪。

她静静地等着外面一声熟悉的门阀落上的声音。

但是没有。

她紧张起来，心里渐渐升起了疑惑。

他忘了把门锁上?

有什么事情不一样了。

是时候了。

她在原地等着，不知道过了多久，直到突然惊觉外面再也听不到他的声音。他还会回来吗?她该逃跑吗?又能跑到哪里呢?他会不会正悄悄躲在外面等着她兴冲冲的跑出去?她膝行至自己的靴子旁，伸手碰了碰它们，还不忘警惕着门口，以防他突然冲进来。

但是他没有。

她的心跳得怦怦直响，用僵硬的手指搬动自己浮肿的脚套进冰冷的靴子里，骨头都发出咯吱咯吱的声音。她颤抖地摸索着，笨手笨脚的系上了鞋带，手心里全是汗。

她小心翼翼地试着站起来，脚心却传来一阵钻心的疼痛。她伸手扶着墙，整个人颤抖成了筛子。她透过钉了木板的窗子看出去，外面全是树，一望无际的树。视线再抬高些，能从缝隙间瞥见湛蓝天空的一角。

自由?

她的恐惧中渗出了一丝疯狂的凶猛。

她的血液中激荡起新鲜的肾上腺素，跛着脚一瘸一拐地走向自己的墙角，捡起一个粗麻布袋，把它裹在自己赤裸、肿胀的腰上，然后用地上找到的一截绳子牢牢固定住。她想起了伊森，他们的家，回到家，还有她肚子里的孩子，希望。她的身体开始颤抖，眼泪不自觉地流下了脸颊。

希望是一种非常有力量的东西，又一次点燃了她。

她环抱着自己赤裸的肩膀，在原地静静地站了很长时间，不确定下一步应该如何是好。

然后，她小心翼翼地，把房门推开了一条小小的缝隙，就像是一只突然见到日光的鼹鼠一样眯了眯眼睛。

一只来福枪斜靠在棚屋的墙边，就在门口的不远处，触手可及。

他在哪里？

他想干什么？

他在玩什么把戏？

柯尔深深地吻着她，反手把自己的外套脱掉，任由它掉落在脚边的地板上，然后伸手解开她的扣子。

奥莉薇亚陷入了一阵红黑相间的万花筒一般旋转着的眩晕中，胸口涌起一股火热。她的手拂过他的手腕，游移在他的腹肌上，感受着他如钢铁般坚硬的肌肉。她在他的气味中沉醉了。他的味道填满了她的全部身心，将她抛入深深的愉悦的深渊中。

他的手悄悄从她卷起的毛衣边缘滑了进去，炽热粗糙的手掌温柔的抚摸着她的小腹，然后又往上游走了一些，轻轻解开了前搭扣的内衣，她的双乳被从中释放出来。他的双手握了个满盈，忍不住从喉咙深处发出一声呻吟，拇指缓缓摩擦着她挺立的乳头，还有乳头旁浅浅的伤疤——那是塞巴斯蒂安·乔治在她身上留下的齿痕。

就像是有一根冰锥突然刺入了她的脊椎。

她僵住了。

这是法院鉴定时确认和萨巴斯蒂安的齿痕相匹配的一处印记，正如他在她身上留下的众多痕迹一般，是法院最终给他定罪的证据之一。她的肺部被一种黑暗的窒息感蓦地攫住了，回忆如潮水般涌来。她一把抓住了柯尔的手，制止了他更进一步的动作。

她无法呼吸，眼前的景物都消失了。幽闭恐惧症突然压迫地袭来，让她一阵心悸。

她紧紧攥住他的手腕，奋力抵抗着眼前不断闪过的画面和回忆。汗珠从额头上滴落，她的身体开始颤抖。不要。

不要！

她绝不会让萨巴斯蒂安再回到自己的生活中。她会让这些逼真的过去的场景全都去见鬼。她会重新拿回自己的控制权，夺回自己的生活。成为一个完整的人，一个完整的女人。然后占有眼前的这个男人，还给自己自由。因为如果现在她做不到的话，那么以后就再也不可能做到了。在这之前，她一直都只是一个不完整的人类。

而奥莉薇亚最为隐秘的愿望，最为真切的梦，就是重回一个完整的个体。她走到今天这一步已经费尽了心思，但是都没有真正达成自己的愿望。她似乎有些明白了，只有经历过这一刻，她才会获得真正意义上的自由。

“奥莉?”他轻声说，温热的气息喷在她的耳边。

她松开了他的手腕，然后在他身下艰难地扭动起身，然后拉开了自己的牛仔裤的拉链，粗暴的把它卷到腿下。牛仔裤褪到一半的时候被挡住了，于是她伸腿踢掉一只碍事的靴子，让裤子可以完全褪下。她用颤抖的手近乎粗暴地把他推倒在沙发上，然后伸腿跨坐在了他身上。她大喘着气，几乎看不清眼前的东西，汗水浸透了她的身体，她的呼吸也变得急促。别去想，别去想，别让他再控制你……

她几乎无法呼吸。他紧紧抓住了她的手腕。

“奥莉薇亚，”他的声音变得暗哑，语气中全是赤裸的欲望。他的表情有些许疑惑，眼底夹杂着几分关心。“你在做什么？”

泪水顺着她的脸颊滑落。她一把挥开他的手，用力张开双腿，扭动着自己的臀部，探寻他的火热的欲望。她终于感觉到了它。她紧闭着双眼，跪在他腰侧双腿分得更开了，然后一寸寸沉下自己的身体，她屏住了呼吸，如此真切地感受到他深埋在自己体内的欲望。

她大喘着气，摇摆着自己的腰肢，在他的身上起起伏伏，她的手在他的胸口滑动，沉醉于他线条分明的结实胸肌。

她转过头，浑身的肌肉突然放松，然后不可抑制地痉挛起来。释放的感觉让她无法控制的嚎啕大哭，气喘吁吁，直到精疲力竭。

她整个人都瘫倒在了柯尔赤裸的胸膛上，任泪水打湿脸庞。刚才飞快的心跳还没有完全平静下来，被汗水浸湿的皮肤光滑无比。她不停地颤抖。

他伸出手把她圈在了怀里，紧紧抱住她。

然后，慢慢地，奥莉薇亚的意识才渐渐回到身体中。她僵住了。

他的下体还深埋在她体内，但是他却没有动作。

现实的感觉一点点恢复了，随之而来的还有一股紧张的冷意。她抬起了头，直直的看向他的眼睛。他捧起她的脸，借着窗外隐隐的波光仔细看她。树枝在他的脸上投下一片阴影。

但是他看起来仍旧没有让自己释放的打算。

她咽了下口水，突然意识到他的衣服几乎都还好好的穿在身上，而她只着一件毛衣和袜子，牛仔裤只有一只裤腿还挂在腿弯。

即使她在这样昏暗的光线下不能看清他脸上的表情，她也可以感觉得出来。担心。疑惑。

火热的窘迫将她整个包围了。

羞耻。

“奥莉。”他低声道。

她几乎是绝望地摆动起了自己的臀部，试图用内部的挤压唤回他的激情。

“求你了……”她绝望地缩紧肌肉，但是还是无法阻止他的去势。她的眼中溢满了泪水，顺着脸颊奔涌而下。

他牢牢按住了她的臀部。“奥莉薇亚，停下。”

她的身体抖得像风中的落叶。

他不想要她。他没有释放。他在她体内软了下去……她让他没兴趣了。

就像她也让伊森对自己失去了兴趣一样，被自己的丈夫嫌弃，对着她的时候再也硬不起来。

她从柯尔的身体上爬下来，分开两人纠缠的四肢，单脚跳着把只穿着袜子的脚伸进另一条裤腿里，升起了自己冷漠的防护墙。冰冷，坚实，充满了安全感。

他坐起身，拉住她的手道，“奥莉，过来。我们到卧室去。”

她做不到。

她已经没有了一分钟以前那种不顾一切的勇气。此刻的她屈辱万分，已经不能再把自己剥光，把所有的伤疤暴露在这个男人面前。她不能向他透露自己就是萨拉·贝克。

她一定是疯了，丧失了理智，被什么奇怪的东西冲昏了头脑。她怎么会因为一时冲动的欲望，就让八年来辛苦隐藏的一切付之一炬？

她往后退了一步，拉上了裤链，头发还乱糟糟的垂在眼前。“这就是个错误。麻烦你离开。”

她马上就要爆炸了。她正颤抖着与身体的每一个器官作斗争，用尽了全身的力气保持冷静。萨拉和奥莉薇亚，过去和现在，他们之间的界限已经如此脆弱，就像是一块密密麻麻散布着细小的裂痕的玻璃，而她的内心正嚣叫着想把它击碎，再也忍不了哪怕是十亿分之一秒。她不能让他看到这一幕。

“听我说，奥莉薇亚，我知道——”

“求你了，快点他妈的给我滚出去。马上!”

第十八章

“不是的，”柯尔深深地望着她，说道：“这不是个错误。你是在和自己过不去，告诉我发生了什么。”

“你他妈还不知道发生了什么？你都对我硬不起来。现在，就算是帮我一个忙，别再侮辱我了。快走吧。”她把外套扔给他，衣服落在了他的大腿上。

“不是这样的。”

“哦，那是怎么样的？”

柯尔站起身来，拉上了裤链。“在这里你不用继续掩饰，不要压抑，也不要这样对我。”他想握住她的手，但是她猛地一步向后躲，砰地一声撞在了桌子上。疼痛顿时让她红了眼眶。

该死。这就是个错误。错到不能再错了。

“听我说。我很想和你亲热，全身心地占有你，慢慢地，在你的床上。我想和你整夜厮磨，而不是这样战斗一般匆匆了事。”他指着长沙发道：“你不是想让我回到那里吧。你刚才在琢磨着别的，不过是把我当成你一个泄欲工具。但这不是我想要你的方式。”

她咽了一下口水，眼中闪烁着泪光。表情阴郁，一副恐惧的样子。

他举起了双手道。“好吧，我会走的。我……我只是不想就这样留你独自一人，只是这样。我想——无论什么你都可以和我说，我会帮你的。”

她一言未发，只是盯着他，双唇抿成一条薄薄的线。他低咒了一声，抓起自己的外套，走到她的身边，然后轻轻吻了下她的脸颊。她像石头一样僵在原地，双手紧抓着身后的桌子。

柯尔走出门，融入了一片夜色之中，然后反手轻轻带上了房门。屋外凉意袭人，他穿上了外套。

身后传来一声小小的门阀落上的声音，他怔了一怔。

我在这里没什么好害怕的……

现在她确实没什么好怕的了。

她害怕的只是他，还有他所流露出的情感。

但是当柯尔走下楼梯，沿着林间的土路走回自己的小木屋时，他才突然意识到，她害怕的其实不是他，而是她自己还有她内心的渴望。

托莉翻到下一页。

来福枪的扳机护圈上用绳子系着一个束口袋。她用目光不住扫视着四周的空地，然后弯下腰警惕地捡起了枪。束口袋里有一个装着几十发弹药的小盒子。

她心中的疑问越来越浓了。她紧紧盯着树林中的动静，试探性地往前迈了一步。什么都没有发生。她的心跳得怦怦直响，手里拿着来福枪，猫腰走到空地的正中间，许久没有到过户外的感官在冬日的冷风中变得灵敏无比。

他在她身后的某处突然拉栓上膛，清脆的咔嗒一声回响在树林间。她僵住了。然后他开枪了。砰地一声惊起了树上的鸟儿。她尖叫着冲进前面的树林，在树叶稀疏，正冒出嫩芽的柳枝间连滚带爬地跑着，顾不得枝条在赤裸的腿上抽打出一道道红印。

她能听到他在背后追逐的声音。恐惧驱使她一直跑，一直跑，跑进了森林深处，直到跑得喘不过气来，肺部疼的要命。她觉得就要窒息了，身子一歪跌进了旁边积雪稍稍有些融化的烂泥坑里，坑边尖锐的冰柱刺破了她裸露的小腿。

她不敢动，气喘吁吁地张着嘴，头发凌乱地飘荡在眼前。

他也在静静等着，伺机而动吗？还是说她已经甩掉了他？他的游戏规则究竟是什么？

黄昏时分，森林深处。她小心翼翼地检查着来福枪，有子弹，而且不止一发。

“没有狩猎能比得上狩猎一个全副武装的人更刺激的了。”他曾这么对她说过。

她摇摇晃晃地蹲下，然后，慢慢地，悄无声息地，让自己的靴子在肮脏的布满雪的土地上留下尽可能少的脚印。她向着旁边铺着厚厚的松针的地上一步一步地挪近。在那边，她才能留下更少的踪迹，以更小的声音前行。

他找到她时已是天色破晓，她正畏畏缩缩地蜷在一棵雪松的巨大板状根之间。

他用山猫一般的眼睛在枝叶的阴影中逡巡着，然后准确地一眼看到了她。他缓缓举起手中的枪管，然后一枪打在了她的右手边。她手脚并用地跳了起来，仓皇的逃窜出去，身上的麻布袋被树枝挂掉了，给他留下一个赤裸着半边屁股的背影，然后匆忙地躲进一丛矮矮的灌木丛中。她听到他的脚步声一点点的接近。

她这就要被抓住了。

“你到底想要什么!”她大叫着，泪水混着脸上的尘土滴落到地上，小腿上横横道道的伤口也渗出了血迹。

“跑啊!”

“你去死吧!!”

“快跑!”他手中的9毫米口径手枪又响了，一颗子弹正射入了她脚边的泥土里，溅起无数细碎的石子，打得她皮肤生疼。她大声尖叫起来……

奥莉薇亚冲进浴室，把门反锁起来，然后脱掉了衣服。她看着墙上镜子里的自己，伤痕累累。咬痕，弹孔，割伤，全都是塞巴斯蒂安·乔治留下的痕迹，是他宣告自己占有主权的标签。这样的身体让她又怎么能忘记他。

她慢慢地抬起手，碰了碰乳房上鲜明的齿痕，然后又摸到了脖子上一圈绳子留下的深深的伤疤。视线下移，镜子里的她腿上也遍布伤痕，还有被严重冻伤的脚趾——有两只已经完全没有了，还有两只由于关节坏死，而被截肢。她又瞟到了自己手腕上自杀留下的疤痕。

她的腹中突然翻涌起一阵羞耻和恶心的感觉。她自己都厌恶这具身体，又怎么敢奢求别人的爱？怎么敢期待这样的身体能唤起别人的兴趣？

她最深切的需要不过是自由，重新成为一个普通的、真正的女人。但是现在看来，自由意味着把自己完全暴露在别人面前，再一次把自己扒个精光，使她的精神再次受困。因为这样做就代表自己要将作为萨拉·贝克的过往全部摊开来放在柯尔面前，任由他对这具身体评头论足。

柯尔的心中已经埋下了一颗疑惑的定时炸弹，而且如果他再挖掘的深一点的话，线索已经呼之欲出了。他没有逼她说出自己的过去已经是很绅士的做法了。

但是她却还没有足够的勇气把自己暴露在别人面前，她不敢奢求他在看过这样的自己之后还会觉得她很有魅力。等他看到自己满身的伤痕之后，想要他依旧不问出尖锐的问题，简直就是痴人说梦。

无论如何，这又是为了什么呢？满足一时的欲望？她是有多么需要别人身体上的肯定？他天生就是个不安定的人。也许没错，他现在是站在一个十字路口，但是一旦他找回自己的方向了呢？那又会如何？

这样真的值得吗？把自己再一次暴露在媒体面前，不得不回去面对她的家人，还有镇上的人？再次忍受那些眼光，那些质疑，那些好奇的询问？一次又一次。因为她知道，这会再一次让自己陷入记忆闪回中，还会让那些她曾为之想要放弃自己的生命来逃避的过去再次浮出水面。

不安的感觉如鲠在喉，幽闭恐惧症又来了，她感觉胆汁已经在喉咙的地方翻涌欲出。她冲到马桶边，胃部一阵紧缩，一口吐了出来。她撑在马桶边不住喘气，额头上全是汗珠，直到胃里翻腾的感觉停下来。

然后她站起来，一把扯开浴帘，放出滚烫的热水。

老栅栏牧场曾一度是她安全的港湾，她的避难所，也是她对未来的寄托。但是这些天来，她的希望已经随风而去，寒霜落下覆盖大地，也改变了所有事情。凶杀案，新闻，迈伦和他的遗嘱，还有柯尔。她多希望自己从未拿起那个该死的话筒拨出他的号码。

但是她打了那通电话。

事已至此，她也只能接受这个事实。她的避难所没有了。

因为即使柯尔不过问她身上的疤痕，阿黛尔也已经看到了。内拉和詹森现在也知道了她的伤疤和闪回的毛病。媒体上只会有越来越多关于伯肯黑德凶杀案的新闻，越来越多和怀特湖杀手联系起来的线索。总会有某个记者，或者是克林顿镇的某个人，好奇地回去查看旧案子，看到他的最后一位受害者。然后联系到她身上。

伊森会找到她。还有她的家人……她不能接受这样的结局。此地不宜久留。

她爬进浴缸。双眼已经哭干，她死死地抱住双膝，任由水流拍打在自己的头上、背上，把她的皮肤烫成粉红色。浴室里渐渐氤氲起了雾气。水热了又凉。

托莉看得心跳加速，快速地翻到了下一页。

冷冽的空气中结出片片雪花，旋转着飘落到大地上。

为了留下尽量少的踪迹，她光着屁股，手里握着武器，只披着一件兽皮，像原始人一样在地上匍匐前进，精神已经有些恍惚。他让她逃走了。而现在，她正在地上爬行，同时不忘张着嘴，闪动着鼻翼探寻微风中他的气味，竖起耳朵注意着他的脚步声。

她听到了。

花栗鼠啾啾啾给远处的同伴发出警报信号的声音。

他一定就在附近。

某个地方。

她停下了动作，以极其缓慢的动作转过身，嘴唇干燥，心如擂鼓。

然后她就看到了它。一坨热烘烘的熊粪，黑绿色泛着油光，看起来是那种经过一个漫长而饥饿的冬天后恶臭的排泄物。她把视线投向树林深处，然后找到了她看到的东西——巨大的铁杉树下有熊的踪迹，还有更多的粪便。她用膝盖和手掌爬到铁杉木交叉错乱的树枝下，不出意外地在树干上看到了新鲜的爪痕。令人胆战心惊的痕迹。

它果然在这里——这棵巨大的树已经从根部开始腐烂出了一个大洞。

她试着把手伸进去，四下摸索一番。这是一个兽穴，里面垫着厚厚的松针和细枝，还有柔软的苔藓。没有熊在里面。

她小心翼翼地爬了进去，注意不要挤压到自己肚子里的孩子。树洞里的空间足够她蜷缩成一团了。她在自己身上盖了一层黑色的干苔藓，又撒了一些洞里面之前那头熊收集进来的落叶。

如果这头熊回来的话，她有自信能够解决掉它。对上什么都比对上他要好。

她抱紧肩膀，蜷起脊背，紧紧护住肚子里的孩子。慢慢地，她终于停止了颤抖。

树洞外的雪越下越大，似乎要掩盖去天地间的一切，也盖住了她通向兽穴的足迹。

柯尔走进了自己的小木屋。房间里黑漆漆的，阴冷难耐。他本想生起火，却又只是点燃了一盏小小的煤油灯，然后给自己倒了一杯酒。他从露营工具里翻出一顶毛线帽戴到头上，然后用力拉低了帽檐，裹着毛绒夹克端着酒杯坐到了走廊前。湖面另一头的天空上，极光正渐渐消失，影影绰绰倒映在被晚风吹皱的湖面上。

南边的天空则看起来阴沉沉的，黑压压的一团云正向这里席卷而来，吞噬了沿途的所有星光。

他怎么能亲吻她，真是个混蛋。

他明白发生了什么。她想要他，没错，但是她还没有准备好。她尚且为过去的可怕回忆而感到羞耻。他轻啜了一口酒，想知道一个经历过她那样的过去的女人是不是永远也不可能准备好迎接下一个人。也许她生命中的那些伤痛留给她的是永远的残缺——精神上的，身体上的，还有情感上的。这对爱上她的人来说又意味着什么呢?

他爱上她了。意识到这一点时柯尔震惊不已。他完完全全被她吸引了，想从每一个方面了解她，而不仅仅是为了这间牧场。

这也是他悬崖勒马的原因——为什么他想要把她带去柔软的床上，对她温柔以待。只可惜现在他被赶出了门外。而世界上绝不会有时光倒流的机会。

他抿了一口酒，静静衡量着更深层次的问题。适才喝下去的白兰地在胸腔里悄悄开成了一朵带着暖意的花。

这对他来说意味着什么？爱上一个可能永远都不会和自己确定关系的女人?

山间传来一声充满野性的狼嚎。这声音让他不禁汗毛倒竖。夜风已然改变了方向，变得愈发刺骨。

他向她的小木屋的方向看去。她房间的灯还亮着，隐约透过灰白色树影散发着微光。他轻轻吸了吸鼻子。也许他终于找到了这么多年来苦苦追寻的幸存者——那个从所有磨难中幸存下来，能够帮助他，可以在某种隐秘的层面上可以理解他为什么同样会幸存下来的人。也许就算只是为了她，他也可以留下来，默默地帮她扫平前面的道路，与她一同在这间牧场营造属于他俩共同的东西。也许他可以用这种方式来弥补母亲和弟弟不曾有过的这些年的生活。

孤独一生也许只是过于决绝的代价吧。

他轻骂出声，又抿了一口酒。这不过都是酒醉后的瞎想吧。她说的没错，他和自己的父亲就是一个模子刻出来的。

他也同父亲一样紧抓着十二年前的那桩意外不放手。或者说，是那件事缠住了他。他们都深陷其中，甚至连简也没能逃脱。

奥莉薇亚一把抓过厚绒布的浴袍，系紧了带子。披在肩后的头发还滴着水珠，她走到衣柜前拖出了自己的包。拉开抽屉，她开始往包里一件件地扔衣服，还有别的东西。动作急躁不堪。

她拉上包包的拉链，站起来环视房间。艾斯在壁炉前很快的进入了梦乡，显而易见，这也是她一直以来喜欢它的一点。它就是她的理智。她走过去，蹲下身子，然后把脸深深埋进了它颈后温暖的毛里，鼻子里满是它爆米花一样的狗狗味。它从喉咙里发出一声满足的咕哝声，冲她摇了摇尾巴。她挠了挠它的肚子，疲惫一瞬间席卷上来。

她已经收好了自己所拥有的不多的东西，装好了卡车，也提醒过了留下来的客人暴风雪会提前到来。现在只需要和迈伦道别，然后趁雪下大之前驶上伐木路就可以了。电话线还能正常使用的时候，她已经打电话给牧场安排过灵逸的转运事宜，无论她是打算去哪里。

她扑灭了煤油灯，只留下了床头的一盏，然后又把视线投回了自己的床罩。

她的心跳一瞬间漏了一拍。

洁白的床单上躺着一枚野玫瑰果。

图钉下印着一个鲜红的唇印，还潦草的写着几个字：

是时候结束这场狩猎了，萨拉

跑，跑啊……

奥莉薇亚猛地俯下身，一把把床罩扯了下来，死死地盯着它。她的床上似乎留下了他的味道，此刻窜进了她的鼻子。他来过。她可以闻得出来。他来过这个她睡觉的私密的地方。她摇摇晃晃地后退了几步，撞上了身后的衣柜，过去的回忆又像噩梦一样缠绕上来。

她从喉咙里挤出了一声根本不像是自己声音的尖叫。

她像是又回到了森林中，拖着冰冷麻木的双腿在雪地里逃跑。

他就追在她身后，沉重的呼吸声如影随形。她能听到他的脚步声——踏在布满松针和苔藓的地上轻快的踢踏声。她跌倒了，没有力气再跑下去了。她不知道自己在熊穴里躲了多久，但是等她终于从里面出来的时候，他就等在外面。

她仰面倒在了厚厚的松针上。他居高临下地用黑洞洞的枪口指着她。她知道，该来的总会来的，他就要扣下扳机了。然后还会剖开她的肚子，把她的孩子取出来。在他眼里，她不过是一只一直不被父亲允许猎杀的怀孕的雌兔罢了。

她举起手中的来福枪，颤抖着瞄准了他，然后把食指伸进了扳机，没有一丝犹豫地按了下去。后坐力震得她肩膀一退。

子弹擦着他的脸射入了旁边的树干中，溅起一阵木屑。他站住了，放下了枪口，趔趄了几步到路边。

然后像一根木头一样直直地倒了下去。

她的心几乎要跳出喉咙，僵硬地等在原地，但是他倒在那里，一动不动。她慢慢地用膝盖跪着爬起来，他还是没有动静。她唯一能想到的可能性就是子弹的碎片正巧击中了他的脑袋。她不知道他是死了，还是活着，抑或是正在死去，只能拔腿就跑，一直奔到了一条被赤杨和柳树环绕的小溪旁。穿过层层叠叠的枝叶，越过河床上厚厚的烂泥和积雪，她一路向西南方跑去。如果她没记错的话，如果她根据太阳判断的方位是正确的话，家就在前方。

一声尖叫划破了夜空。

柯尔猛地站起身来，转过身把酒杯啪的一声摔到了栏杆上。

奥莉薇亚！

他用最快的速度冲向小路，跑进了那片轻轻摇摆着的小树林里，落叶随着风飘落在他身上。

屋子里现在漆黑一片。他一个箭步跨上了她门前的平台，几乎是扑到了门口。但是正当他的指尖触到门板的一瞬间，一只手臂突然从他背后伸出来，一把勒住了他的脖子，用力地将他往后拖。一柄锋利的刀尖压住了他的喉咙。

“站着别动，你个杂种。你以为你能吓到我吗？混蛋……”

“奥莉薇亚，”他平静地喊出身后人的名字，胸膛下的心脏却是跳得异乎寻常的快。“没事的，是我。你冷静一点，先把刀子放下。”

她没有动，喉咙深处发出粗重的喘息声。她现在无法思考，也无法停下自己的动作，更不清楚自己的身体下意识做出了什么样的举动。

他慢慢的举起手，用极度缓慢地动作轻轻握住了她拿着刀的手，然后把刀尖从自己的喉咙前缓缓移开。她手上的力气因为疯狂的情绪而很大。“放轻松，”他说，“慢慢来。”

他转过身去。

她的双手僵直地垂在身体两侧，右手还紧紧攥着那把刀子。她的嘴微微张着，像是喘不上气来，眼神狂热，还在滴水的头发乱糟糟的垂在肩上。

她浴室里的水龙头还大开着，下半身不着片缕。柯尔感觉自己的脖子上渗出了温热的液体，忍不住用手指擦了擦，结果摸到的却是自己黏稠的血液。她刚才划破了他的脖子。

她盯着他指尖的鲜血，然后目光移到了他的脸上，脸上似乎有些疑惑。

“和我说说，奥莉薇亚，”他轻声道。“发生什么了？”

她似乎有些恍惚，不知道自己在做什么，摇摇晃晃的样子，看起来快要晕倒了。

“你看，”他说着举起了自己的手。“我现在要碰你了，好吗？我会把你带回屋子里去，可以吗？你愿意让我碰你吗？”

他慢慢地靠近她，双手搭在她的肩上，护送她回到了小木屋，然后反手关上了房门。他从她手中接过刀子，把它放进了碗橱里安全的地方。

她卧室的灯没有开，只有橙色的火光给黑暗的房间提供了微弱的光线。她卧室的门突然发出了“咯吱”一声哀鸣。

他立即紧张了起来。

“艾斯在哪里，奥莉？”

“我……在房间里面。”

他快步走过去打开了卧室的门。

“别！”她突然大叫道。“那里……那是我的隐私。我的房间。”

他顿住了，手还握在门把上。

她身上的浴袍还半敞着，昏黄的灯光下，他看到了她裸露的乳房上深深的伤疤，还有脖子上崎岖不平的一圈痕迹和布满了整条腿的大大小小的伤痕。他的目光慢慢往下移，最终落在了她的脚上。

噢，上帝啊。

缺失的脚趾，还有残缺不全的脚趾。这就能解释为什么她看起来有些腿脚不灵便了。

萨巴斯蒂安所对她施下的暴行如今完完整整地展现在了他眼前。

他胸膛一紧，心里升起了强烈的同情心。从这一刻起，他感觉自己可以为这个女人做任何事情来保护她，这个难以置信的坚强的女人，富有魅力，品行善良，有着一颗雅量之心，但是却被另一个男人给羞辱了，让她甚至无法接受他的爱。

她察觉到了他的注视，还有他眼中对她身体明显的震惊，面色发白的系紧了浴袍的带子。她脸上羞耻和尴尬的神情让他心里一痛。

“房间里面有什么？”他温柔地问道。

“什么也没有。反正别进去，我没事。”

同样的话他之前也听到过。“得让艾斯出来。我就过去把门打开，然后让它出来，好吗？我想确认它没事情。”

她的眼睛盯向那扇房门，之前的惊恐神情又回到了脸上。有那么一瞬间，柯尔甚至有种她会马上站起来逃跑的错觉。

他小心翼翼地把门推开了一条缝，艾斯从房间里扭动着出来，径直跑向了奥莉薇亚。

她在它身旁蹲下，整个人在它身上蜷成一团，然后把头深深埋进了它暖烘烘的毛里。它转过头来舔了舔她的脸。

柯尔的眼中满是怜惜，火热的肾上腺素在血液中激荡。他快步闪进了卧室，然后震惊地呆在了原地。

白色的床单上用口红潦草地写着几个大字：

是时候结束这场狩猎了，萨拉

跑，跑啊……

潦草的字迹旁放着一枝撕去了花瓣的玫瑰，只留下了光秃秃的花托。

柯尔快速扫视了一下房间里其他的东西。她的窗户紧闭着，地上扔着一个旅行包，抽屉里的东西都被拿空了。浴室里还有氤氲的水汽，地板也还是湿的，显示出主人不久前才在这里洗过澡。

他走出她的房间，轻轻关上房门，然后直接走过去打开了茶罐。

“奥莉?”他叫了她一声，然后走回来搭着她的肩膀。她满脸惨白地抬起头来，眼神里失去了往日的光彩。

“过来坐到火边来吧。”他拉过一张大大的软椅道。

“柯尔，我——”

“过来吧，”他又说了一遍，拉着她站起来。“你得和我谈谈，奥莉。”

她的肩膀难以抑制地剧烈颤抖起来。他挨着她坐下，用手臂紧紧圈住了她，就这样静静地抱着她。

等她终于平静下来之后，他才开口道：“其实那不是什么捉螃蟹的时候发生的意外，是吗?”

第十九章

托莉拿着背光的电子书蜷在被子下面。即使外面的客厅还一直烧着壁炉，小木屋里的寒气也愈发侵人了，屋檐下不时有冷风漏进来。但是她不愿放下电子书睡觉，而是继续点开了母亲手稿的下一个章节。

卡车司机打开了前雾灯。山上雾气缭绕，薄雾笼罩着陡峭的伐木路和路边深绿色的针叶松，河岸边还有初春尚未消融的积雪。

雾气中突然出现了一个什么东西的形状。他眨了眨眼睛，就在卡车的右前方。

上帝啊。那是一个女人？赤裸着双腿，身上披着兽皮，头发纠结在一起，手里还提着一把来福枪。他猛地一脚踩下了刹车，沉重的伐木车尖啸着滑向了路边诡影重重的迷雾中。他急忙轻踩踏板，努力想要避免拖车侧翻，货物洒落一地。或者是撞上那个不知道是什么的生物。

他最终在离她只有几英寸的地方险险停了下来，眉间不禁浸出了汗珠。那个女人转过身来，抬起头看向驾驶室，幽灵一般诡白的眼白上空洞的瞳孔让他的心漏跳了一拍。她的身上布满了灰尘混合着血液的痕迹，脖子上还系着一截绳子，赤裸着双腿。

他用颤抖的双手胡乱打开了车门，跳下车到了伐木路上。她猛地抬起手中的来福枪，枪口正对着他的心脏。他连忙举起双手。

“嗨，放松，我没有恶意。”

她从瞄准镜中瞄准了他，没有动。

他一瞬间冒出了冷汗。

“拜托，我不是坏人。需要我帮忙吗?”

她像是一头凶猛的野兽一般死死的盯着他，似乎在权衡是逃走，还是杀了眼前的这个人，感觉像是过了一个世纪。雾气在她赤裸的腿边缭绕。她穿了一双靴子，但是却没有穿袜子。

这一幕突然击中了他。他想起了去年失踪的那个女人，还有彼时那张贴得到处都是的寻人启事。

“萨拉?”他试探地叫她的名字。“萨拉·贝克?”

她惊讶得张开了嘴，微微放下了枪口，整个人似乎在空气中漂浮了几秒，然后轰然倒塌在了砂砾中。

他快步走到她身边。脉搏微弱，皮肤冰凉，身上还散发出一股恶臭。是她没错，怀特湖那个失踪的女人——肯定是她。他在很多地方都见过寻人启事，应该是五、六个月前，就在冬天来临之际。

他强撑着病痛的背把她拖到自己的卡车上。她裹在一张恶臭的熊皮里，恶心的气味让他几欲作呕。他在驾驶室里把她身上的熊皮扒掉，然后被熊皮下千疮百孔的身体震惊了。她怀孕了，双乳和四肢上的伤口都重度溃烂。他从急救箱翻出一张救生毯来把她裹了进去，然后又脱下外套盖在她身上，还给她戴上了一顶羊毛帽子。

帮她把湿透了的皮靴脱掉的时候，她迷迷糊糊的发出了一声痛苦的呻吟。他的胸口有些发闷。她的脚趾头都被重度冻伤了，乌黑发紫，想必有几只是保不住了。

她的脚踝被擦伤了，鲜血淋漓，脓液从深可见骨的伤口里不断渗出来。

他小心翼翼地用一条备用的工作服裤子擦了擦她的脚。

然后，他用颤抖的双手拿起了无线电对讲机，拨出了接线台的号码。

“快打 911，”他和接线员说。“我觉得我找到她了——我找到萨拉·贝克了。她需要急救，我现在打算开车把她直接送到怀特湖医院去——可以让医护人员在半路和我交接。”

托莉咽了一下口水。有冷风从门缝里窜进来，窗外的树枝嗒嗒嗒地拍打着窗户，像是想要破窗而入。

柯尔把奥莉薇亚裹在身上的毯子往肩膀上拉了拉，然后给她倒了一杯茶。她用手紧紧地捧着这个滚烫的马克杯，身上却还是黏糊糊的冰冷。她的呼吸很浅，瞳孔微微扩大，显然还处于刚才的震惊之中。

他快步走过去拢了拢火，又往里新添了一些木柴。

“我给你拿双袜子。”他走回了卧室中。

她抽屉里的衣服已经一件不剩了。他最终是从她其中一个收好的包里面找出一双袜子。很显然，她已经打算离开这里了。这都是他的错。他本不该像那样亲吻她，懊悔和自责一瞬间涌上了心头。

回到客厅，他先是跪下来，打算在给她穿上袜子之前帮她搓一搓脚，促进血液循环。她躲闪着想藏起自己缺失的脚趾头。“求你了，”她用很小的声音道，“别碰我的脚。”

但他还是坚持捉住了她的双脚，轻轻地按摩让它们温暖起来，甚至连断趾也没有忘记。他看着她的眼睛道。“你需要暖和起来。我帮你按摩一下，能促进血液循环。”

她的视线落到了他手中自己残缺的脚趾上。柯尔明白她此刻的窘迫和羞耻。

他给她穿上了袜子。

“你的衬衫上有血迹，”她说，“我弄伤你了，很抱歉。”

“只是破了点皮，没关系的。”

她盯着那抹血迹没有说话。

“喝口茶吧，我放了糖，喝点热的能让你放松一点。免得你的肾上腺素急剧上升。”

她轻轻抿着杯子里的茶，视线一刻也不离开柯尔的眼。

看到她眼中明显的脆弱，柯尔的心颤了一下。这个女人在他面前把自己扒得一干二净，无论是身体还是心灵，都完完全全摊开了摆在他面前。她身体上的秘密暴露了，这几乎要了她的命。

“没有必要羞耻，奥莉，”他轻轻地说，然后从她手中拿走了马克杯，放在了她身旁的桌子上。“你在我面前不必躲藏。你是我所有幸见过的女人中最坚强，最美丽的一位，从各种意义上来说都是。”

从今天他闯入这间房子之后，她的脸上第一次出现了动容。

柯尔搬过来一把椅子，坐到了她的身边，然后弯下腰挠了挠艾斯的脖子。“你不需要打包行囊，也不需要为了这件事离开这里。也别因为我躲开。”

她咽了下口水，眼睛撇向一旁。“你知道我是谁了，是吗?”

他没有回答。

她慢慢转过头来，看着他的眼睛。

“我只知道你的床单上写着一个歪歪扭扭的不是‘奥莉薇亚’的

名字。”他还是想让她自己说出口，毫无保留的。柯尔的内心有种莫名的直觉，让她自己说出来对她更好。

“那不是我，”她喃喃道。“我不是萨拉·贝克。”

“我知道。”

“我已经不是那个人了。”

“基本上，”他静静地说，“不过你把她最坚强的一部分留下来了。你把萨拉·贝克作为幸存者的特质带到了老栅栏。而你也教会了我一些东西——你说得没错，我根本不知道什么才是大难不死。”他微微一笑。

她盯着他道，“是我对电视上那个新闻的反应给了你线索，是吗？然后你就去查了怀特湖的旧案，找到了萨拉·贝克，也知道了她就是我。”

“我是查了。”

“妈的。”她轻声道。她转过身，久久地看着玻璃背后铁炉里的火苗。窗外的风越来越大了。

他一言不发，只是坐在那，坐在她身边，让她自己迈出这一步。此刻，这个世界上没有其他任何一处比这里是他更想去的，也是更需要他的地方。

“我有了全新的生活。我……我不想让任何人知道。”她开始颤抖——这是肾上腺素过度分泌后的颤抖。“他来过这里，进过我的小木屋，我的卧室，我的床上。他怎么可能在这里，他怎么可能会回来？”

“他没有回来，奥莉薇亚。塞巴斯蒂安·乔治已经死了。这是别的东西——别人。”

她的眼睛看了过来，脸上是一种绝望的神情。“谁会这么做？为什么？”

她紧紧攥住下巴下面的毛毯，伸手去拿自己的马克杯。她轻啜了几口，喝进去的却还没有溅出来的多。她真的抖得很厉害。“那些野玫瑰果……”她顿了顿道：“它们是秋天的标志。就像是成熟的野生蓝莓，大雁南归的叫声，还有大雪即将来临的气味一样。是时候结束狩猎了……”她破了音，不得不停下来收拾好自己的情绪，然后继续道：“这些话是他告诉我的。这个地方怎么可能会有人知道——知道这些野玫瑰果和蓝莓对我代表着什么？”她的眼神没有焦点的看着远处，似乎看到了过去。

“他把我关了一整个冬天，只有看着钉着木板的窗子里透进来的日光时间越来越长，听着外面树上和房檐上融化的滴滴答答的水声，闻着棚屋四周的森林里新鲜的泥土味道，才知道春天的到来。他把我关在没有光的小屋子里，这让我的嗅觉变得更加敏锐。我能闻到他来的气味。我知道他的味道——死也不会忘记。我在卧室里的床单上闻到他的味道了。”

“这只不过是移情罢了，奥莉。他绝不可能出现在这里。他已经死了。这肯定是别人做的。”

她把手中的马克杯猛地顿在了椅子旁的小桌子上。“谁！去他妈的，是谁？为什么要这样?!”

“我不知道为什么，也不知道是谁，但是我只知道一件事：我查了怀特湖的旧案，看到了那张最后一位受害者的照片，然后立即就认出来是你了。如果我能认出来，那么别人肯定也可以。我猜是某个人认出了你，然后想用这件事吓你。这是唯一的可能性了。”

“那，那玫瑰枝呢？”

“一定是有某篇报道中提到了。”

她的眼中有一丝怀疑。“为什么要吓我——我做错了什么？”

他用手抓了抓头发道："也许是我父亲的错，他重写了遗嘱什么的。如果你接手了这间牧场，那么显而易见，这里就不会被出售，也就不会有什么大规模的开发建设。有些人可能只是想把你吓跑，让你自己收拾包袱走人，这样一来老栅栏就会顺理成章的落到我和简的手上，而建设工程也可以顺利地进行下去了。"

我签署的文件也会确保这间牧场的交易顺利进行……

柯尔的心中纠结起了浓浓的罪恶感，紧随其后的还有想要挽回现状的迫切心情。明天起来的第一件事就是要去找福布斯。

他张开腿撑着自己的膝盖。"据我从我姐姐那里了解的，老栅栏牧场这块土地的建设计划已经吸引了大额的投资，有人为这笔钱做了高风险的担保，现在急需卖掉这里来周转资金。你不能让他们如愿以偿，奥莉。你不能被他们吓跑。"

"谁会知道你父亲遗嘱的变动？我是说，他是前几天才决定要修改的。"

"阿黛尔听到了。她那个时候到图书室来了，记得吗？她也看到了你脖子上的伤痕，还有你晚餐前听到电视新闻后的激烈反应——她儿子为福布斯的发展项目处理投资事宜。如果阿黛尔把她知道的事情告诉了塔克，那么福布斯自然也会知道遗嘱的变动，还有你的事情。"

他的脑中突然升起了一个更为可怕的预感。简知道了遗嘱有变，她和托德同样在这笔交易上压了很大的赌注。他的姐姐是一个善于为自己谋取利益的人，一向如此。她应对母亲的死亡，以及这个怀恨在心的父亲和牧场的生活的方式就是最大限度地获取物质利益。他不会排除简雇人来做了这些事情的可能性，甚至还愈发怀疑起来。怎么想这种可能性都不小。

"听着，我会解决这件事情的。我明天一早起来就去找福布斯，和他明确其中的法律条款，确保这个地方不会被卖掉。我会通知他需要及时止损，为可能造成的损失做出准备。然后我会找出是谁做了这些。肯定是有人在我们吃晚餐的时候闯入了你的屋子。说起来，阿黛尔也逃不了嫌疑——”

“她不会的。”

“我觉得她也难独善其身。她的丈夫残疾了，而她在牧场的工作因为我父亲的病危也不知道还能不能继续下去。她觉得自己把一辈子都奉献给了老栅栏，所以理所应当也应该分得一杯羹。更何况她儿子的脑袋已经悬在了这次的投资项目上。绝境之中的人可能会做出非常疯狂地举动，而你又让他们有了轻易下手的机会——你都没有锁门的习惯。”

“我从来都不锁门，因为不想自己吓自己。自从萨巴斯蒂安·乔治在牢房里上吊自杀的新闻传出来之后，我就向自己承诺了要从以前的阴影中解放出来。在这里我感觉很安全，这是我表明自己立场的方式，也是我的回击。”她轻轻地用鼻子哼了一声，自嘲道。

“看看我现在的样子——”她打开双手，搓了搓手心里干涸的血迹，是柯尔的血。她手腕上的疤痕在火光中染上了一层淡淡的古铜色。“我不过是一个生活一团糟的创伤后应激障碍患者，都能被自己的影子吓一跳，失去了很多正常的生活时光。”她缓缓抬起头。“我差点就杀了你。我……我把你当成了他。我……本来已经很多年没有过闪回了。虽然治疗专家说过如果受到压力或是创伤的刺激的话，有复发的可能性。”她重重揉了揉太阳穴，似乎头疼不已。

“但是我真的以为它们已经结束了。直到有一天早上，我突然有一种被人跟着的感觉，我给艾斯摆放训练的东西的时候留下的脚印旁出现了另一串脚印，还有人在我必经的路上留下了一条围巾。”她朝门后挂着的一条看起来很柔软的围巾点了点下巴。柯尔顺着她的目光看过去。

“那天我回到小木屋的时候，门口放着一篮子野生蓝莓。和萨巴斯蒂安引诱我去河边的那种如出一辙。随后电视上就传来了伯肯黑德凶杀案的消息。闪回就是从那时候开始的。”

她咽了下口水。

“紧接着又出现了那份报纸和鱼饵。掠夺者，那是我亲手设计的飞饵，亲手交到塞巴斯蒂安手中的……”她的声音越来越小，脸上的表情因为陷入了黑暗的回忆中而微微扭曲。

柯尔胸口一紧。“还有别人知道那个飞饵吗?”

“只有从萨里调来的犯罪调查小组的成员可能会知道，还有犯罪侧写师——一位从渥太华请来的顾问。他们在那些天一直在盘问我，不停地问我他是怎么进到商店里来的，怎样跟踪我的。说了什么，做了什么。我和他们说了掠夺者，还有他收到鱼饵后作为交换告诉了我河岸边有一丛野生蓝莓。”

她摇了摇头道：“蓝莓，他用简简单单的蓝莓就让我上钩了。只是因为我想要给伊森做一个派。”

她陷入了长长的沉默。炉子里的木柴发出哔剥的爆裂声。“只因为是如此深爱着伊森，而他在那之后却再也不能爱我，再也接受不了我的这具身体。”她用手紧紧捂住了嘴。“他甚至都做不到好好看我一眼。”

柯尔的心一阵抽痛——这是她感到羞耻的来源之一。她自己的丈夫的反应让她觉得自己丑陋不堪，也让她觉得自己需要为那次意外负一定的责任。

“盖奇·波顿和掠夺者又有什么关系?”他温柔地说：“他怎么会

有那个飞饵?”

“我和你说过了——那是他在来这里之前收到的退休礼物。”

柯尔咬了咬牙。“而他只是碰巧把它忘在了你的办公室，顺便外面还夹着一份恰好写着和怀特湖案件有关的新闻的报纸里?”

“这可能只是巧合。我的意思是，可能有人复制了我的设计，然后刚好把它卖给了他认识的人。”

他点点头，但是还是暗暗决定要和波顿谈谈——这个男人身上还有太多的疑点。正如他父亲所言，波顿可能完全是无辜的，因为这整件事的情节看起来更像是福布斯谋划出来用奥莉薇亚的过去吓跑她的阴谋——用她真正的身份被暴露的可能性来威胁她——然后把她赶出这个小镇。恶心的混蛋。

但是等他从克林顿镇回来之后，还是要去探探波顿的口风。

他伸手帮她撩起了一缕垂到眼前的头发别在耳后。她的头发已经干了，柔软地打着旋。

“我一定会刨根问底的，奥莉。”他轻轻地说，“我会查出来是谁做的。而你唯一需要做的事就是留下来，不能让他们得逞。你得把那些打包好的包裹再收回去。”

“这里已经有人知道我是谁，我不能留在这个地方了。如果真的像你所说的，福布斯知道了，那么肯定整个镇子都知道了。我会搬到一个能够埋葬萨拉·贝克的过去的地方去。”

“那你将会一生奔波，”他说。“他——塞巴斯蒂安——即使是一个死人，也会永远对你产生影响。”

“这就是一个逃避了一辈子的男人给出来的忠告?”

“我已经不再逃避了。”

她看着他的眼睛。

“真的。我说要留下来是认真的，在这里扎根。记住这一点：你很美，也很坚强。你现在这个样子就刚刚好，多一分太多，少一分太少。”

她的眼中瞬间溢满了泪水，抬手用浴袍的袖子擦了擦摇摇欲坠的眼泪。

他站起身来道：“你把备用的寝具放在哪了？还是说你已经全部打包好了？”

“在那边的那个柜子里。”她朝远处的一堵墙抬了抬下巴。

他走过去打开柜门，取出了一套干净的床单被套。

“你在做什么？”

“帮你重新铺床。”他微微一笑道，“然后你就能好好睡一觉了。”

恐惧又回到了她的眼中。她瞟了一眼卧室的门，张开嘴想要反对，但是他却伸出了两根手指放在她的唇瓣上，弯下腰，然后温柔地吻了吻她的额头。

“别担心，”他埋在她的发间小声地说，“我会陪你到明天早上的。”

奥莉薇亚惊醒了，却发现自己正躺在一个男人结实的臂弯中。她眨了眨眼睛适应黑暗，屏住了呼吸，过了很久才完全反应过来自己在哪里，以及之前发生了什么。她正躺在自己的床上，铺着干净的被单，而身边和衣而睡，环抱着她的人是柯尔。

他的脸埋在她的颈窝里，鼻子埋在她的发间，蹭到了她的伤疤，呼吸出温热的气息。他手臂的肌肉是那样的强壮，她还能感觉到他坚定地、令人安心的心跳。

她慢慢地深呼吸，仔细感受此刻胜过了一切的被拥抱的感觉。被爱着，被人接受，不必再为自己身体上可笑的残缺而受人谩骂。

你现在这样就刚刚好……

托莉的视线有些模糊。她已经能听到另一个房间传来了父亲有节奏的呼噜声，可是还是无法放下手中的电子书。

在十五个小时的僵持之后，一个自称萨巴斯蒂安·乔治的男人在熊爪谷深处的一处偏远的田地里被逮捕了。乔治没有社保号码——这意味着他在社会体系中完全是隐形的。这个男人有一双奇怪的琥珀色双眸，逮捕他的探员见过这双眼睛，就在他在斯缇纳河岸边收到那个名为掠夺者的飞饵的时候。

怀特湖凶杀案的审问室里，乔治正隔着一张桌子坐在两名凶杀案探员的对面。

警官先生在双向玻璃背后看着。其中一名探员把那个男人在斯缇纳河边给他的飞饵放到了桌子上。萨拉·贝克已经指认，这正是乔治来到她店里的时候，她亲自设计并交给他的那枚飞饵。

“你认识这枚飞饵吗？”探员问乔治说。

这个嫌疑犯摇了摇头，两眼一片空洞。

“你在斯缇纳河边给了一个钓鱼的人一枚飞饵，是这枚吗？”

乔治还是保持沉默。

警官向前倾了倾身子，打开了耳朵里塞有耳麦的麦克风，和负责讯问的探员取得了联系。

“问问他屋子里那些书的事。”

审问室里的探员皱了皱眉——警官先生本不该插手这件案子的。这是很显然的，因为这件案子已经由凶杀案调查组全权接手了。

不过探员还是勉强照做了。他前倾了身子道：“说说你的那些书吧。我们在你的屋子里发现了大量的文学巨著。”

塞巴斯蒂安·乔治静静地盯着对面的探员，双眼依旧空洞无神，丝毫没有警官那日在河岸边见到他时那种野性而狡黠的光芒。

“你一定很喜欢读书。”探员提起话头。

“不识字。”乔治道。

“但是你会写字。”探员说。

“不会写字。”乔治说。

但是他们已经从乔治住所旁的坟墓中挖掘出的人类头骨中发现了藏在右眼眶中的手写纸条。

“他在说谎，”警官按亮了麦克风道。“继续逼问他！”

正在进行审问的探员转过头来给了双向玻璃后的他一个警告的眼神。询问就此中断了。

而乔治对于他自称是文盲所提出的不同意见——尽管他所住的小木屋的书架上塞满了明显翻得卷边的文学作品，涉猎之广囊括了海明威，梭罗，阿尔杰农·布莱克伍德，甚至还有老威廉·葛德文关于自由意志论的专著——终究是没有被列为调查重点。

陪审团从头到尾就不知道他有这么多的书。

所有人都认为，这样微小的不同寻常的地方并不足以推翻其他所有有力的证据——DNA，指纹，还有牙印模。乔治自己承认了所有的谋杀指控，而奥莉薇亚也已经在一组罪犯指认中明确地指出了他。更何况他还出现在了萨拉在怀特湖开的运动用品商店外的摄像头中。

所以当警官指出这个超出自己的职责范围内的遗漏的时候，得到的答复不过是：塞巴斯蒂安·乔治是一个对谎言信手拈来的反社会罪犯，这只是他迷惑所有人的手段罢了。这件案子已经成为了政治事件，加拿大骑警现在最要紧的任务就是尽快给他定罪，在下一届联邦大选到来之前，对各类违法犯罪盖棺定案。所以就这桩案件，法庭上的证据越简要越好。

案子办得干净利落些，同样也会为这件案子的犯罪调查小组的负责人，他在怀特湖警局的同事汉克·冈萨雷斯在履历上添上浓墨重彩的一笔。他正面临着晋升的紧要关头。

托莉从电子书上抬起头来，一股寒意爬上了她的脊背。冈萨雷斯是她父亲在苏里的上司的名字，他现在已经是助理行政长官了。她母亲的故事中究竟有多少成分是从新闻标题中摘取出来的真实事件？她的心跳得飞快，继续读了下去……

但是警官还在坚持不懈地就这个问题骚扰着冈萨雷斯。不出意外的，他再一次被告诫不要逾越自己的职责。这一次的指令是直接从渥太华的长官处下达的。这彻底激怒了警官，也让他更加确信了加拿大骑警抓错了人。

然而接下来他收到的却是一纸文书。一封把他调往堡塔普利一个偏远的分队的调令，剥去了他所有的管理权。原因很简单，因为他明显越级的行为。

即使是这样，即使已经有了那么多具有压倒性的铁证和合理的解释，警官还是坚信他在河边见到的那个男人依然逍遥法外……

温哥华　周六清晨　感恩节前一天

一缕晨光撕破铅灰色天空，如约而至的还有季风性的降雨。这是由南向北来自太平洋的风暴的前兆，低压的天空中正静静酝酿着一场大雪。马克端着一杯咖啡站在波顿的家庭办公室门前，艰难地和自己心里的罪恶感作斗争。这是他好兄弟的住所，美乐蒂的家。但是波顿不是完全没问题的，他很有可能患有心理疾病。而且他还是伯肯黑德凶杀案中目前为止唯一一个引起他们注意的人。他有着充分的作案动机和时机，他们必须要找到他。

“你得看看这个。”法务技术部的人在波顿的电脑前叫他。

马蒂娜罗和马克一起走过去，在技术部人员的身后看着屏幕。

“看起来波顿一直在用一个伪造的账户在亲子重聚网上钓鱼。他用了这个标签，‘奥莉薇亚’似乎是扮演了一个在寻找自己被送去了领养机构的孩子的母亲的角色。”

“见鬼……”技术人员又从电脑的系统浏览记录中调出了另一个页面，马克弯下腰凑近了电脑。“拷贝下来。”他的声音有些变调了。“全都存档，还有波顿去世的妻子的电脑里的资料也要全部拷贝下来。”

他掏出了自己的手机，快速拨出了号码。

“杰瑞，你追踪到波顿的手机信号了吗?”

“情况不容乐观。他要么是不在服务区，要么就是彻底关机了。”

马克挂掉了电话，看向了马蒂娜罗。但是在他开口之前，她的手机先响了。

她接起电话，点了点头，然后对马克道，“他们通过人造膝盖的编号确认了受害者的身份，是一位来自美国华盛顿州的女性。她的名字叫玛丽·索伦森，五十三岁，正在和她的丈夫艾格·索伦森开车进行洲际旅行，这是他们提前退休计划的一部分。他们的孩子已经有一周没有他们的消息了——玛丽用艾格·索伦森的手机从亚利桑那州给他们发来最后一张照片之后就再无音讯。不过他们也没有察觉到异常，因为他们的父母经常会不打电话就出去旅行几周，所以他们并没有报案失踪人口。”

“所以到底他妈的为什么玛丽·索伦森会变成一具被人掏空了内脏，剥了皮，挂在博肯黑的河边的树林里摇晃的尸体？艾格·索伦森现在又在哪?”

“他们的露营车和拖车又在哪里?”

“我们得和边防所谈谈。”

第二十章

周六早晨　感恩节前一天

托莉很早就醒了，睡眼惺忪地跪坐在床上。窗外天刚蒙蒙亮，云朵压得很低，风中夹杂着片片晶莹的雪花。她又窝回温暖的被窝里，然后打开了电子书。她看着书的时候，窗外树枝拍打玻璃的声音越来越频繁了，而她脑海中疑惑也像一头黑色的怪兽一般越来越大，心脏怦怦直跳。

“和我说说在棚屋里的第一天是什么样的吧？”记者用刻意保持平静的声音问道，以免引起萨拉·贝克的焦虑情绪。这位记者很幸运地被允许采访怀特湖杀手的最后一位受害者——这位孤独的幸存者将会协助警方一起将塞巴斯蒂安·乔治送进监狱中度过余生。这位记者是目前少数几位萨拉还愿意交流的人之一。她现在和她的丈夫伊森，还有自己的父母都有交流上的障碍。这位记者很希望自己的这次采访能够对萨拉·贝克产生一些治疗上的帮助，她喜欢这个女人，也十分敬佩和尊重她。在这样的情感影响之下，萨拉所经历的伤痛似乎慢慢变成了她自己的伤痛。看到她身上的伤，听她讲述自己的经历，把她的故事一字一句地写出来，似乎就是在重新一点点体验她过去可怕的经历。

这位记者原来曾为报社工作，而现在却是靠自己约稿描写真实的犯罪事件谋生。她还在试着写一本小说，计划会将这些采访所得的资料都用进书里。

但在进行到萨拉的这一章节时，她却突然有一瞬间感觉自己无法完成这本书了，至少是没有办法出版它来赚取稿费了。因为这本书包含了太多的个人隐私。

“那个冬天刚开始的时候，”萨拉茫然地望着窗外道，“我有时候能听到云彩后面传来斧头一样的声音……然后又归于寂静，归于黑暗。我当时还以为听到他们正在找我是最糟糕的，但其实不是。最糟糕的是当所有声音都消失，当你知道他们已经放弃了你的时候。”她顿了顿继续道：“最终是肚子里的孩子让我有了活下去的希望。我愿意为了伊森的孩子付出一切，拼尽全力也要回到他身边。”

萨拉又沉默了下来，望向窗外的目光愈发没有了焦点。

记者突然感觉有些不自在，内心有什么在激烈的交战。“你想让我把她带进来吗？”她问，“你想看看她吗？”

“不用。”

“她只是一个天真无邪的漂亮的小姑娘，萨拉，她才刚出生一天。”

萨拉抿紧了嘴唇，搭在床罩上的手握紧了。她专注地盯着医院的窗户外面一只飞快振动着翅膀的小小的蜂鸟。树上已经挂满了浓密的树叶，外面已经是炎热的七月了。

记者坐在椅子上的身子往前倾了倾。“拜托，就看她一眼吧，她很需要你。她虽然是在暴力中孕育出来的，但是小小的身体里却没有一滴坏的血液。她是无辜的。”

萨拉的眼中噙满了泪水，拳头紧紧攥着床单。她也在和自己作斗争。

记者站起身来叫了护士。也许她犯了一个最不应该的错误——像这样把自己代入了采访对象。但是她无法控制住自己，这里面已经投入了太多的感情了。

护士把育儿箱推进了病房。萨拉差不多才生下她没有一天，剖腹产的伤口都还没有消肿，病号服上渗出一片一片的体液。但是她却当这个孩子已经死了一样，自从羊水穿刺检查显示这不是伊森的孩子之后就一直这样。当时卡车司机把已经有五个月身孕的她带到医院来之后，医生担心她的羊水有感染的危险，也想确认她肚子里的孩子肺部的发育状况，以免她有早产的迹象才给她做了这个检查。检察官和警察也想知道检查的结果。最终在结果出来，知道了塞巴斯蒂安·乔治那个怪物才是孩子的父亲之后，她整个人就一蹶不振了。被绑架前的辅助受孕治疗，使得怀孕在绑架期间成为了现实。

警察和律师却对检查结果很是满意。这个孩子的DNA毫无疑问可以直接给塞巴斯蒂安·乔治定下强奸罪。

但是伊森却被这个消息击垮了。

萨拉分娩的那一天，伊森甚至都没有来医院。其实记者从窗子看到过他徘徊在橡树下，踌躇了半晌，但最终还是没有进来。萨拉的母亲和她那虔诚的牧师父亲同样没有现身。这让记者愤懑不已。

真正信奉上帝的人怎么会在这样的时刻将自己的女儿置之不顾？既然他都没有办法在一个年轻女人——这个女人还是他的至亲骨肉——最需要的时候站在她背后，他又有什么立场主持整个镇子的祷告，教导别的灵魂如何分辨好坏？

记者冲护士点点头，对方悄悄地离开了病房，而她上前去把育儿箱推到了病床边。她在育儿箱旁坐下，静静地看着躺在里面的婴儿，然后胸口升起了一阵闷痛，乳房也微微胀痛。她知道萨拉和伊森是否留下这个孩子是个很艰难的决定。她身体的每一寸都清楚这种渴求一个孩子的感觉。

萨拉慢慢地转过了头，咽了一下口水，然后视线就黏在了育儿箱里那个小小的生命上。沉默片刻，她慢慢地伸出了手，颤抖着，轻轻碰了碰这个小宝贝柔软的黑发，玫瑰花瓣一般的嘴唇，还有浓密的睫毛。就像他的一样。

这个孩子小小的手指蜷起，轻轻握住了萨拉的食指。她哽咽了，脸上挂满了泪水。

记者没有说话，因为她也同样在努力忍住不哭。她只想用温暖的手臂和火热的胸膛拥住她们两个，把她们融化在怀里。把她们和外界的伤害隔离开。

“她真漂亮。”萨拉喃喃道。

“这是你的女儿。”

她的嘴唇微微颤抖。

“你想抱抱她吗?”

她点了点头。

记者把尚在襁褓中的孩子小心地放进了她的臂弯。萨拉静静地盯着这个孩子的眼睛看了一会儿，然后突然道：“你能帮我个忙吗？我想喂喂她。”

记者把萨拉的病号服褪到了肩膀下，然后帮着把母亲的乳头塞进了她小小的玫瑰花蕾一般的嘴里。萨拉乳房上的伤口上还缠着绷带，当孩子开始用力吸吮的时候，她明显是痛苦不堪的。她后仰着靠在了枕头上，双眼紧闭，泪水却慢慢濡湿了睫毛。

“上帝啊，”她嗫嚅着说：“亲爱的上帝啊，求你帮帮我吧。求你帮帮我的孩子……”

但是上帝在很久以前就已经抛弃了萨拉·贝克。

所有的希望都弃她而去。记者知道，自从伊森说自己做不到继续拥抱她、爱她的那一天起，希望便已在她心里彻底死去了。她已经坚持了这么远，坚持着回到了他面前，但是当他拒绝了她的那一刻开始，她却再也坚持不下去了。

甚至到这一天为止，记者都还相信即使全世界都抛弃了这个孩子，萨拉也不会留她独自一人。她还相信伊森总有一天会对这个孩子敞开心扉，而她父亲也会做出榜样，告诉别人如何去原谅，去接受……去迎接这个无辜的孩子。但是萨拉最终却做出了把这个婴儿送去领养机构的决定，甚至没有给她取名字。

“我只是想做出对她最好的决定。我是这辈子都不可能逃出他的阴影之下了，但是我想让她能离开这一切。而我唯一能为她做的，就是给她一个全新的开始，让她从最初就不知道这些过往。”

“在你被囚禁的时间里，有没有哪怕一次想到过这个孩子会是塞巴斯蒂安的这种可能性？”

“绝对没有，”萨拉轻声道，“我从未有过这种想法。”她顿了顿道：“我从没想过我——我们——能活下来。”

托莉放下了她的电子书，走下床，悄悄把门推开了一条缝。她的父亲还在鼾声震天地睡着。她蹑手蹑脚地走到那个被他随手把那份皱巴巴的报纸塞了进去的架子旁，然后轻轻把它摊开在了桌子上，看着上面那个似乎别有一番含义的标题。“伯肯黑德谋杀案——怀特湖杀手重现江湖？详情见第六页。”

她翻到了报纸的第六页。她父亲在睡梦中咕哝了一声，她迅速转过头去看向他半开着的房门，但是他只是含混地发出了几个音节，翻了个身，然后又响起了沉重的呼吸声。窗外透进来的晨光已经亮到足够她看清报纸上的字了。她用手指指着逐行看下去，一个个看着这个被人称作是怀特湖杀手的受害者名单。

萨拉·贝克。

和她母亲小说里的那个名字一模一样。

奥莉薇亚是被浓郁的新泡咖啡的香气和木柴添进炉子里的声音从熟睡中唤醒的，是那种醒来之后还要一两分钟才能缓过神来的深度睡眠。她在床上躺了一会儿，回味着被柯尔拥在怀里的安心感觉。他一整夜都陪在这里，睡过的那半边床还有些温热。她逐渐完全清醒了过来，心中升起种种的不自在。

她爬下床，抓过旁边的一件浴袍套在昨天晚上睡觉前穿上的睡衣外面。在一片晨光中，她突然有些迟疑了。这个早晨和以往不同，他已经知道她是谁了。

他对她的一切都一清二楚。

赤裸的暴露在别人面前的感觉，还有脆弱的感觉一瞬间又回到了她的身体里。奥莉薇亚走进浴室洗了把脸，拿过毛巾擦干，然后抬头看着镜子里的自己。她的心里像是有猫在挠一样。

在躲躲藏藏了这么久之后，她不知道自己现在还能不能做到这样——做怀特湖杀手的最后一名受害者，以萨拉·贝克的身份面对整个世界。她突然恶狠狠地咒骂了一句，因为看见了洗衣篮里面被写了字的床单。

他并不是唯一一个知道她身份的人。无论这个偷偷溜进她的房间留下了这行字的人是谁，他也是知情者之一。

她不得不面对他。她必须要走进客厅，然后直视他的眼睛。

一步一步来……

柯尔穿着她小的可笑的围裙，背对着她站在厨房里。艾斯毫无防备地卧在他脚边，兴冲冲的等着他不时扔下来的面包屑。柯尔已经给炉子里添过柴火了，她小小的家里暖烘烘的，充斥着新鲜冲泡的咖啡的香气。窗外晨光熹微，天空还有些灰蒙蒙的。窗户上结了几片小小的冰花。

奥莉薇亚在原地站了片刻，陶醉在这样的场景中。她从未设想过这间小木屋里还会有一个男人，也不曾妄想过身边会再睡一个男人。昨夜的记忆涌了上来——他在她身下的感觉，进入她的感觉，还有他结实的肌肉的触感，和赤裸的肌肤上毛发纠结的样子。她的脸红了，心里那种隐秘的不自在的感觉被放大了，胸口微微发闷。

他转过身来。

“嘿，贪睡虫。”他的眼睛笑成了两道弯弯的弧线，嘴角上扬的弧度也令人神往。他穿了一件能恰到好处勾勒出胸肌形状的 T 恤，眉前垂了一缕黑发，伸手去拿马克杯，然后把它们用托盘端过来的时候健美的肱二头肌在色调完美的皮肤下滚动。他看上去比之前还要诱人了，也更加放松。他灰色的双眸舒展开了，淡淡散发着光芒，看起来像是活了过来。不过他也更有存在感了，不知怎么的，似乎占满了这间小小的房子，侵蚀着她的空间。

“我本来还想让你再多睡一会儿呢。外面差不多快要下雪了，但是我希望能在它彻底下大之前去一趟镇子里，”他对她说。她的收音机被打开了，柔和的音乐飘荡在房间里，两个人隔着她小小的厨房无声地对望着。

矛盾在奥莉薇亚的心中交织着，她下意识地看向那个让自己丑态尽出的沙发。她知道他也在想那件事。她的心跳怦怦直响，皮肤不受控制的发热了。接下来呢？应该说什么？

她感觉自己现在就像是平衡在一个摇摇欲坠的支点上，任何一句话，或者一个小动作都有可能让她的生活向一边倾倒向一个完全不同的方向。想要藏回自己安全区的冲动又涌了上来。

他似乎看穿了她的优柔寡断。“你还好吗？”

她紧了紧胸前的浴袍，然后清了清嗓子道：“我很好。谢谢你……做的一切。”

他凝视着她的眼睛，她的心跳突然加快了。

“我要先去旅馆看看我父亲的情况，然后检查一下电话线路有没有恢复正常。如果电话还能用的话，我可能就不用开车去克林顿了。但是如果线路还是故障，我就会立即动身，以免大雪封路。”

仅此而已，就这么轻描淡写的。她刚刚才在心里经历了一场海啸，几乎动摇了她整个生活和对自己身份认定的基础，而他看起来却是这样轻松。

奥莉薇亚走到门口，呼唤了一声艾斯，然后放它跑出门外。她站在客厅的窗前伸了个懒腰，看着它四处嗅着跑向湖边。

“奥莉？”柯尔走到她身后，然后伸出手臂环住了她。他的下巴搁在她肩膀上，温热的呼吸吹在她的脸颊上。她浑身肌肉一紧，心脏像是要从胸膛里蹦出来。

她想要把他推开，站在这里，正在那个发生了一切的沙发边上，她没有办法应对昨晚发生的事情。他睡在了自己的床上，得到了他的同情，这样的感受突然比性爱还要来的亲密。她努力想要抵抗突然涌上来的幽闭恐惧症，但是它来得太迅速，太过势不可挡，黑漆漆的整个包裹住了她，让她无法呼吸。她一阵心悸，脑子被一股像墨汁一般浓郁的黑暗和紧张擒住了，就像每次闪回发作之前一样。

她猛地一下挣开了，然后转过身来正对着他。

“你真的没事吧?”

她用颤抖的手抓了一把睡觉起来乱糟糟的头发，瞟了一眼旁边，然后才重新对上他的眼睛。“我也希望我没事，我也希望自己是个正常人。天知道我有多努力想要变普通。但是结果呢？我真的不知道自己现在怎么样。”她顿了顿，然后道：“也不知道自己究竟是谁。不知道自己能是谁。”

他握住了她的手，但是她猛地后退了一步，撞到了窗台上。另一阵剧痛袭来。

她用力扶住身后的窗台道：“我……我很抱歉，柯尔。但是我不能对你这样，起码现在不能。”

“这样?”他说着勾下了头。

她的脸蓦地红了，她甚至不知道“这样”指的是什么。“我们，”她试探性的开口。

他凝视着她的双眼，眼底像是静静酝酿着一场风暴，看起来深不可测。然后一个微笑慢慢爬上了他的嘴角，华丽而立体的五官皱在了一起，眼底全是笑意。“来点咖啡吗?”

她松了一口气，点了点头。

他走向吧台，取过一个煮过的马克杯。“要加点什么吗?”

“只用加一点奶油。”

他从她的冰箱里找出了一盒咖啡奶油，倒了一点在咖啡里，然后把马克杯放在了她身边的窗台上。她没有围方巾，也没有穿立领的衣服，在粗粝的晨光中感觉自己就像是没穿衣服一样无处遁形。但是他也在尽量不看她脖子上的伤疤。

她把杯子拿回去给他的时候，他说："我的一个朋友，加文·布莱克，就是因为创伤后应激障碍症而结束了战地记者的职业生涯。有一次，就在我们和泰有了那次和死神近距离接触的经历之后，他告诉我说，你每天都只能活一次，然后就只有等着第二天的机会。"他顿了顿继续道："我以前从来没有把这句话当回事，直到那晚你一个电话把我从酒吧里叫出来。因为我之前都不是每天活一次的——甚至都没有接近这个数字。过去的我把生活弄丢了，但是我觉得我现在把它找回来了。其实并不简单，认真的生活要求你把所有的伤痛都暴露出来，仔细感受它们。我现在也不想急匆匆地往前赶了，奥莉。只要一天一次就好。而现在，唯一迫在眉睫的是，也是我今天打算要迈出的一步，就是去和福布斯谈谈，讲清楚我——我们现在脚下这片土地的归属。我要去确保他的建设项目不会进行下去。"他顿了顿。"你觉得这样可以吗?"

她点点头。

"那么这就是我们今天的任务了——今天的一小步。"他微微一笑，伸手拿过挂在门边的夹克。"你应该好好过个周末，就窝在屋子里，待在暖和的地方，放松一下。"

"为什么？你觉得我应该担心那——"

"不，"他坚定地说，"我不认为外面有任何的危险。我坚信是福布斯和他的同僚在为了他们的工程装神弄鬼，但是他们却没有真正意义上的伤害到任何人的安全。更何况，你给自己放一天假也无伤大雅。"

"下这么大的雪，我得确认客人都走了。"

"好吧，但是你一开车巡视完，就回来，然后好好的待在小木屋里好吗？或者是去旅馆陪陪迈伦也行。等我回来——答应我好吗？”

她用鼻子轻轻哼了一声，但是却抑制不住地露出一个笑容。“我还没说这样的命令是不是冒犯了我呢，也没说有人在我后面小心提防着会觉得很高兴。”

“这就是朋友的意义——他们会为彼此注意着身后。”

她的笑容消失了。

他把手伸进夹克里，然后走进了门外清冷的空气中。

她透过窗户看着他穿过草坪，突然想起了那天他驾着一架小型黄色飞机出现在南边的地平线上的场景。然后一切就改变了。

每天都只活一次……

唯一的阻碍就是她不知道自己还有没有时间。她的秘密很快就会传遍整个镇子。她端着咖啡走进厨房，给自己烤了几片吐司。

她把百吉饼放进吐司机，然后调大了收音机的音量。每小时固定的新闻节目熟悉的前奏从里面飘扬出来。

你足够坚强了，你现在这个样子就刚刚好……

柯尔这几句话就像是一个礼物。这些话本来应该来自她的家庭，她的丈夫，还有她周围的朋友，但是他们从来都没有说过。一句也没有。

除了那个记者，美乐蒂・文德比尔特，只有她肯陪她一起坐这么多天，愿意听她倾诉。美乐蒂肯聆听她——真正意义上地听进去。她对她展现出了无差别的同情，这让她忍不住对她倾吐心声，将事情的经过和盘托出。和美乐蒂在一起，她才不会感觉自己是一个畸形的，或者是可怕的人类。美乐蒂给她指明了前行的路。

为此，奥莉薇亚一直都感激不已。她等着面包机里的百吉饼按起来，抿了一口马克杯里的咖啡，想象着美乐蒂现在会在哪里。

你随时都可以联系我。抬起头来看着我。不管是通过领养机构，还是打我名片上的号码……

美乐蒂给过奥莉薇亚一张名片。

永远别怕打电话，即使只是想知道她最近过得怎么样……

奥莉薇亚没有留下那张名片。她没有留下有关过去的任何东西。但是此刻，当她凝视着窗外的景色，看着艾斯沿着岸边挂了霜的灌木丛嗅来嗅去时，就突然很想知道自己的宝贝女儿身在何方。她有多高了，又长成了什么模样。

她的胸口一阵生疼，随后接踵而来的是尖锐而急促地孤独感，以及悔恨。

百吉饼跳了起来，她摇摇头从适才的情绪中摆脱出来。她往百吉饼上涂上了厚厚一层芝士，听着收音机里有关即将到来的暴风雪的新闻，暗自提醒自己，是她自己选择离开她的女儿的。

新闻里听起来暴风雪要来得比预期更加猛烈，也会更早的降临这一片区域。内陆高原的南方地区已经被厚厚的风雪覆盖了。奥莉薇亚瞥了一眼墙上的钟，她得尽快动身前去通知还没有离开的露营者，让他们有足够的时间在大雪封路之前离开。今晚的万圣节晚餐计划显然是不能如期实现了。

新闻突然插播了一起谋杀案的报道。

“综合凶杀案调查组的发言人伊拉·雷明顿警官出面说警方在今天早上十点安排了一场新闻发布会。CBC 方面了解到警方将会在发布会上释出伯肯黑德河谋杀案中遇害的受害者身份信息，还会进一步向公众公开案件的调查进展情况。据 CBC 的一位线人提供的线索，受害者最近接受过人工膝盖关节置换手术，而警方正是通过尸体上人造关节的编号找到了她的主治医师，最终确认了受害者的身份的。雷明顿发言说警方不会对伯肯黑德案件和十二年前那起怀特湖连环杀人案之间的相似性作出进一步评论。当年从怀特湖杀手手中存活下来的最后一名受害者名为萨拉·贝克，伊森·贝克的妻子，正是她指认了塞巴斯蒂安·乔治是袭击她的人。贝克随后对乔治进行了不利指控，而后者三年前在自己的牢房里自杀了。职业犯罪分析师加菲尔德·巴恩斯博士说，伯肯黑德案件很有可能是模仿犯犯下的罪行，此人想与罪犯使用同样的——”

奥莉薇亚站起来“啪”的一声关掉了收音机。她伸出去的手有些颤抖，嘴唇干燥，脑子里还不停有血液激荡的声音。砰，砰，砰，砰……有铁锹敲击土壤的声音不停传来。她透过棚屋墙上的裂缝往外窥视，是他，挥舞着铁锹挖着地上黑色的土壤。她能闻到泥土的气味，森林里潮气的味道，还有她所在的小棚屋的侧壁若有若无地传来的腐烂的气息。

他转过来看向她的棚屋。他浅琥珀色的眸子对上了她从洞里窥探的眼睛。她的胃里一阵翻涌。

奥莉薇亚用力抓住柜台边缘支撑住自己，脑子里天旋地转，努力想要留在当下的时间里。

滴答，滴答，滴答……是水珠从房檐上滴下的声音。春天就要来了。

是狩猎的时候了，萨拉……永远别猎杀怀孕的母兔，萨拉……

她转过身，不小心碰翻了吧台上装着咖啡的马克杯。杯子咣当一声掉在了地上，滚烫的咖啡洒在了腿上。这烫伤很疼，但什么也比不上她记忆中的痛。

奥莉薇亚弯下腰，双手撑在膝上，像一只警惕的动物一样低下头，浅浅的急促喘气。血液冲上了她的脑袋。她慢慢转过身，然后站直了身体。她浑身都被汗湿了，甚至能闻到自己身上因为恐惧而散发出来的刺激的味道。她咽了一下口水，握住手边椅子的靠背来稳住身形。

她到底他妈的该怎么做才能控制自己不要陷入闪回？它们一次比一次逼得更近了。她现在是真的害怕自己有一天会疯掉，最后在精神病院里度过余生。她的心里燃起了熊熊怒火。绝不要这样。

她绝不会退让一步，绝不会屈从，也绝不会允许自己成为过去的囚徒。她已经差点杀死自己一次了——如果不是有个医护人员发现了她，并且介入了她的康复疗程，她可能早就死了。而现在她想要活下去。老栅栏牧场里有人想要对她使什么阴谋诡计，把她重新扔回过去活生生的噩梦中去，但她绝不会让他们得逞。她不会带着这些回忆活下去。

她大步走回自己的卧室，然后把剩下的属于自己的东西一股脑扫进了包里。她快速地换好了牛仔裤和毛衣，然后把洗漱台上的化妆品倒进了另一个包里。她站在房间里的一角环视了一下整个屋子。

集中注意力。

你可以做到的。

继续前行。

离开这间牧场。

迈伦快要死了——无论如何她都不会继续呆在这里的。在大雪把她困在这里之前，她还有一个机会能从小小的窗户里爬出去。不然就得被困在老栅栏牧场好多天，甚至几个星期。

去哪里呢？

哪里都行。向东。从这里开车往东边走，落基山脉的那一边就是阿尔伯达省。那一片坐落着无数农场和大大小小的湖泊河流，以及一望无际的原野。在那里不会有人知道她是谁。

她穿上衣服，套上外套，收好包裹，然后开始吃力地把自己的行李拖到卡车上。她用防水布把车厢后面的东西盖好，然后在脑子里检查了一下要带的东西。现在唯一需要做的就是去马厩找到布莱尼根，告诉他自己会打电话告诉他把灵逸转运到自己最终落脚的地方去，并且为他在这段过渡期照顾灵逸付出一定的费用。现在她要在暴风雪来临之前最后带着灵逸在营地溜一圈，刚好还可以一箭双雕的查看一下是否所有的客人都已经离开了。在做完这件事之后，她就会去向迈伦道别，然后踏上自己全新的旅程。

奥莉薇亚在原地站了一会儿。柯尔。她把双手沉沉插进了头发里。她得给他留下一张字条，解释一下。

她匆忙穿过树林回到了小木屋，翻出了一支笔和一张纸片，然后在上面写：

谢谢你做的一切。谢谢你说我现在这样子就很好。你让我重新找回了一部分自己，而我今后无论去了哪里，都永远不会再丢掉这一部分自己的。我全心全意地希望你和老栅栏牧场都能过的更好。我走了以后替我照顾这里……

奥莉薇亚顿了顿，被胸膛里突然翻涌起的强烈的情绪攥住了。她整理了一下情绪继续往下写。

我猜迈伦可能不会自己这样要求你，但是他让我向他承诺过一些事情。蛇形丘的最高点有一块地方，草长得很高，从那里可以看见整片森林和湖泊，还有漂亮的苍穹。我答应过迈伦会把他的骨灰撒在那里，就在他为你母亲和吉米立起的石碑旁。我会在那里怀念他。请你替我把他的骨灰撒在那里吧，这也是为了他……

情绪越来越重。该死。她停了下来，揉了揉眉毛，在不小心碰到之前在野餐桌上磕破的眉角时疼得缩了一下。

很抱歉我们没能在人生的另一处遇见，柯尔。我常常会想，如果我们的人生是以另一种方式交叉在一起的话，事情可能都会不同。再一次感谢你。照顾好你自己。致以我全部的爱。奥莉薇亚。

她看着自己草草写下的纸条。

致以我全部的爱。

她确实很有可能爱上像他这样的男人。也许她已经有点爱上了。她怀着歉疚的心情把纸条的一角压在了厨房吧台上的仙人掌花盆下，以防它在开门的时候被风吹跑。

步入屋外的寒冷中，她走向湖岸边。

“艾斯！”小小的雪花一片片地飘落。她等着它从灌木丛中跳出来，但是却没有。

她吹了声口哨，然后又呼唤了一声。

风已经停了，四下是死一般的寂静和冰冷，草地上悄悄挂满了白霜。还有一天就到感恩节了——那个永远的星期一。今天是她被绑架的周年纪念，她原本已经充满了肾上腺素和压迫感的血液中又多了几分不安和焦虑。她一定要离开这里。

艾斯可能还在灌木丛的某个地方玩得不亦乐乎。让它在她把灵逸牵出来去营地区跑一圈的时候自己玩一会儿也好，毕竟它的腿应该需要更多的休息。她最近让它运动的太多了。

她沿着小路走向马棚，小小的冰花吹打在她脸上。有关柯尔的想法又钻进了她的脑海中。被他双臂环绕着的感觉，他肌肤的触感，还有他眸中的眼神。她喜欢上他了。这喜欢来得太猛烈，太让人措手不及。她长舒了一口气，推开了马圈的门。

只要她离开，那么事情对他和简来说都会变得简单得多。她能给他的只能是这么多了。她还为迈伦把他带回了家，因为她相信自己确实可以让事情有哪怕只是那么一点点不同。天遂人愿，柯尔现在很有可能会留下来，甚至很有可能实现迈伦的愿望。虽然这只是很小的一点，虽然这一切来得太迟，但是她确实为他们做到了。

托莉读得浑身发抖，却不仅仅是因为天气的寒冷。一种黑暗的感觉在她的胸膛下郁结起来。真的有萨拉·贝克这个人。报纸上提到了这个人，她妈妈的手稿里也写到了她。一名来自怀特湖的记下了萨拉的故事的女记者，还有一位调派到了堡塔普利的坚信警方抓错了人的警官。堡塔普利正是托莉出生的地方……

记者把平底锅里的炒蛋盛到两个盘子里，里面已经装了烤好的吐司和培根。她把两个盘子端到桌边，她的丈夫正在桌子旁边看报纸。

她把一个盘子放在他面前。他抬起头来给了她一个微笑。穿着制服的他看起来英气逼人，帅气的笑容似乎可以点亮她的整个人生。她深爱着他。

她在他身旁坐下，把盘子顿在了自己面前，然后伸手拿过了茶壶，给两个人都倒了茶。窗户敞开着，夏日的微风轻轻吹拂进来，屋外浓绿色的树叶飒飒不停。

“你的项目进行得怎么样了？她还愿意说话吗？”

“她的主治医师也认为这是很好的疏导方式。”她静静地坐着，看着眼前盘子里的食物道。

“不饿吗？”

“她要把孩子送去领养机构了。”

他往嘴里送了满满一勺东西，嚼了嚼道：“我知道。这是这种状况下的最佳选择了吧。”

"我们可以领养她。"

他停下了咀嚼，直直地盯着她。

她向前倾了倾身子道。"我们谈过领养的问题不是吗？你也同意了的……自从那次检查之后。反正我们永远都不可能有自己的孩子，那么为什么不能是这个孩子？"

"这是——"

"我们能给她她应得的生活。我们知道她的身世，还有她的所有背景。等到她长大到可以理解这一切的时候，等她拥有了我们所能给她的最好的开始之后，才是我们帮助她走出这一切的最佳时机。"

"你不是认真的吧。"他轻轻地说。

"千真万确。"

"人言可畏啊……这件案子——"

她覆上了他的手背道："从程序上来说你和这件案子并没有关系。而且你很快就要调到别的地方了，我们正好可以把这当做是一个全新的开始的契机。我们三个都可以重新开始。我们可以通过中介私下悄悄地领养她，没必要让其他人知道这件事。"

他微微张开了嘴，但是她却从他的眼中看见了仔细考虑和接受的神色，这让她欣喜不已。

"我可以随时带着这个孩子走，"她语速很快地说道，"我可以先去堡塔普利把我们的家打理好，然后你就可以带着调令来和我们会合了。我们可以和别人说她是在那里出生的。"

他盯着她的眼睛，内心挣扎着。他摇了摇头，然后捧住了她的脸道："我不认为——"

"求你了，"她在他耳边低声哀求道，"这个孩子需要得到她本该得到的爱，萨拉也需要这样。没有别人可以做到这些了。我们一直都很想要一个孩子——”

“你和萨拉谈过这件事了吗?”

她咽了咽口水。

记者现在全身心都放在这个孩子身上，她小小的手指抓住她的指头的感觉，她柔软黑亮的头发，玫瑰花蕾一样的嘴唇，还有带着一股奶香的气味……每次想到这个孩子她就一阵揪心，几乎整个灵魂都在疼痛，迫切的想要给这个无依无靠的小婴儿一个萨拉·贝克所不能给她的生活。

“我觉得她的眼睛长大以后会一直是绿色的，”她轻轻地说，“就像萨拉的眼睛一样。她会长得很漂亮的，和她妈妈一样。”

警官把眼睛瞥到了一旁。

“我知道你在想什么，但是她绝不会长成他的模样。”

警官无法拒绝。等他真正处理好调任工作前往堡塔普利的时候，他的妻子把他们新领养的小姑娘放进他坚实有力的臂弯的时候，他完全被这柔软的感情给打败了。整个世界似乎瞬间都不一样了，变得广阔无垠，铺展至天地之间。而他手中的这一个小小的襁褓，似乎就是纯真和脆弱的最佳代名词。她正切中了他的要害，这就是他加入体制，成为一名加拿大皇家骑警的初衷。

守卫和保护。让无辜的人不再受伤害，把坏人都绳之以法。

就在这一天，警官对着他的宝贝女儿发了一个誓。他对着臂弯里这个纯真的、脆弱的小生命默默许下了诺言：“我一定会抓到他，”他轻声道，“我一定会抓到河边的那个男人，即使是搭上一辈子的时间。然后我一定要亲手宰了这家伙……”

托莉掀开被子跑进了浴室。她的胃里一阵恶心，但是却吐不出来，只能干呕，烧得喉咙火辣辣的痛。她颤抖着用冷水洗了一把脸，然后按下了马桶的冲水按钮。

她光着脚站在浴室冰冷的地板上，定定地看着镜子里的自己。她从自己的眼睛里看到了恐惧。她母亲手稿的题词又萦绕在脑海中。

献给我亲爱的托莉，一个为你准备好的那天而写的故事……

她浑身不可抑制地颤抖了起来，恐惧和疑惑充斥了大脑，让她感到另一阵晕眩和恶心。

她冲回房间，胡乱套上了自己的衣服和外套，戴上了帽子，然后揣着电子书悄悄走进了客厅。她把手搭在门把上，直到听到父亲的呼噜声又从隔壁房间传来，然后才拧开门。外面还是一片寒冷，静静地掩在灰色的阴影中。雪花轻轻地飘落，她快步跑下台阶，穿过草坪，然后越跑越快，越跑越快，直到呼吸开始在胸膛下燃烧。

第二十一章

波顿放上水壶，蹲下去打开了炉门，往里边又添了些木柴，接着拿火钳通了通柴好让火再燃烧的旺盛一些。终于炉子烧旺了起来，屋子也暖和了，小小的门窗浮上了一层薄薄的哈气。

“托莉?”他边喊边站起身来，打算泡一点茶。

没有回应。

他定住了，好像突然才感觉到整个房间的空洞。一阵惶恐略过全身。

“托莉，你在哪里?”他呼唤着推开了她的房门，但是房间里空无一人，她的外套和靴子也不见了踪影。

“托莉!”她同样也不在浴室里。

他心中的恐慌愈发浓重了。

她不见了。外面这么冷，还在下雪，她为什么要走呢?她能去哪里?他告诫自己要集中注意力。只要脑子里还没有再次响起奇奇怪怪的声音，自己的身体就还正常。他睡得太沉了——就像是吃了安眠药一样。他明白自己的健康状况每况愈下，疾病正在慢慢蚕食着自己的身体。她也许是去旅馆吃早餐，或者是找她的小伙伴去了。

然后他就看见了摊开在桌子另一头的报纸。打开的那一页正是报纸推测的有关伯肯黑德案件和怀特湖杀手之间的联系。他无比确信自己前一天晚上把这份报纸塞到了书架上。他猛地一把拉开了房门，视线越过岸边的草坪，在水面和河堤上逡巡。凝着白霜的空气中夹杂着雪花，云朵低垂，天色灰暗。远处的树梢上笼罩着朦胧的薄雾。

"托莉!"

营地。昨天傍晚和她搭话的那个男人——她可能是去了那里！他摸了摸身上的枪，系紧了鞋带，然后抓起外套冲出了房门。门外寒风刺骨。

种种声音开始在他的身后响起，在雪中旋转笑闹。

你做了什么？你是怎么想的，居然把她带到这里来？他捉住了她！他得到了她！是你亲手把她送到他的手上……是他引你上钩的……

他在雪地上来回地转着，双手紧紧地捂住耳朵。"托莉！你在哪儿?"

他开始跑了起来，被路上的石子绊得向前一个趔趄，努力才保持住了平衡。他不能在这里跌倒。他必须发动自己的卡车，设法开到野营区去。

柯尔沿着克林顿大街的主干道行驶着，不住寻找着福布斯发展公司的办公楼。车快到镇子时，他设法给福布斯通了个电话，福布斯说他即使是星期天也会待在办公室，就连感恩节的前一天也是如此——在这个理应是全家团聚在一起烹饪大餐的日子里。虽然镇子的海拔比牧场要低不少，雪也已经下到这里了。街头装饰着蓝色橙色相间的旗帜，宣传着福布斯竞选市长的标语——选择我，就是选择了职业，工业，发展和旅游业。

他在宝波拉和梅恩街道的交汇处找到了那栋办公楼，然后把车开到坐落在它旁边的一个充满了流金岁月回忆的老博物馆门前，就近在街边停车位把车停了下来。福布斯发展公司的橱窗里是设计师漂亮的有关主要发展项目的设计图样。柯尔把他父亲的道奇车停到街边，不出车门，在寒风中紧了紧自己的夹克，然后径直走向了这些橱窗。等他看清橱窗里的设计图时，一阵剧烈的震惊从他的胸膛升起。设计图上正是老栅栏牧场，上面岸边现在是野营区的地方变成了高端的精品酒店和私立整容医院。医院的主楼周围林立着独立的病患“别墅”，旁边的一栋房子上标注着香薰按摩，另一栋则是高级美食餐厅，再远一点的地方甚至还有健身房。一声口哨从他的唇边流转出来。这可真是个宏大的蓝图。

设计图下方的文字更加详细地介绍了私人医院的定位。上面说这家医院将会吸引来自世界各地在寻找最精心的“招待”，想要享受“纯净的卡里布空气”的“客人”。无论他们是驾驶飞机还是开车前来，都能在私人的病患别墅里得到更好的恢复。配套设施还会有一系列的骑马往返观景线路，游泳池，观鸟台，引导徒步，到了冬季还会提供雪橇和雪鞋服务，想要滑雪漫游全境的客人在这里也能够如愿以偿。看到这里，柯尔胸闷欲裂。

他走到下一个橱窗前，里面展示的蓝图上，是他家牧场的剩余部分，也被分割的支离破碎，有的是湖边的平地，有的是能眺望到湖边景色的山坡，其中哪怕是最小的一块地的标价都超过了一百万。

简让他在那条虚线上签下了自己名字的东西，究竟为了他妈的什么？就是为了这个？如果他父亲看到这堆烂东西一定会气到心脏病发作。福布斯已经在用根本不属于他的土地来赚钱了吗？

他推开了福布斯发展公司的玻璃大门。大厅里的内饰是一种豪华的蓝色调。在看清接待台后面站着的女人的样子后，他又迎来了进门之后的第二次震惊。

“阿米莉亚?”他惊呼出声。

她抬起头，先是露出了一个职业性的微笑，然后就瞪大了双眼，惊讶的站不稳脚步。

“柯尔？我的天，我……你最近怎么样？你怎么回来了?”她的脸颊微微泛红。“上帝啊，真是令人难以置信。我看过你所有的书，还看过你拍的电影。”

她说这话的时候，福布斯从她桌子后的门里面走了出来，然后惊讶地站住了。“上帝啊，居然是真的麦克唐纳。”他的眼中有一抹精光一闪而过，但随后就被和善的微笑给掩盖过去了，取而代之的是白得发光的牙齿。他绕过前台走过来。

“最近怎么样，兄弟?”他伸出右手紧紧握住了柯尔的手，然后用左手拍了拍他的胳膊。“真高兴见到你。”

“克莱顿，”柯尔说着瞟了一眼阿米莉亚——这个他和克莱顿·福布斯曾为之在谷仓里打了一架的女人，也是柯尔的初吻对象。阿米莉亚和福布斯两个人之间的小动作没有逃过柯尔的眼睛，他们的互动还是如昨日重现，这也让柯尔知道了，这两个人之间还是有什么非比寻常的关系的。他的视线落到了福布斯手上的结婚戒指上，同时也注意到了阿米莉亚并没有戴戒指。他想知道为什么她会在这里，周日还在为福布斯单独加班。

“到办公室里来坐坐吧。”福布斯道，然后拉着他的胳膊把他带进了门。他穿着上面有细细的暗纹的岩灰色丝质西装，里面是一件冰蓝色的西服衬衫，戴着红色的领带，脚上是一双顶级的私人订制箭头皮鞋。

他办公室左侧的墙边有一个长长的架子，上面有一台很大的平板电视。电视调到了新闻频道，设置了静音模式，正在播报着正在临近的风暴气象卫星图，下方滚动的字幕上是官方的极端天气预警。办公室的桌子后有一幅看起来很名贵的画，画上是一派祥和的牧场风景和后面连绵起伏的金色山脉。

福布斯指了指桌子前的一张皮椅道："请坐吧。"他关上了门，然后绕过沉重华丽的木桌坐到了另一侧。

柯尔没有坐下。他的目光落到了桌子上的一个相框上，里面放着一张一个金发女子和两个孩子的相片。"你结婚了？"

福布斯舔了舔嘴唇，目光几乎微不可察的向门后阿米莉亚坐着的位置闪了闪。这更加确信了柯尔的想法——阿米莉亚最终没有成为他的新娘，而仅仅只是成了一个情妇。他不知道对福布斯来说哪一个才是更贴心的红颜知己，但是很纳闷为什么阿米莉亚会死心塌地跟着他。

"是啊，"福布斯道，"不过也乐在其中。你怎么样？"

"我没结过婚。"

"唔，有关你昨晚打电话来——"福布斯最先提起了这个话题。

"我不想说废话做铺垫了。我今天来就是想亲自告诉你，不会有什么交易了。"

福布斯的笑容还挂在脸上，但是脸色却微微变白了，眼睛也眯了起来。柯尔知道为什么——从他办公楼前的展示橱窗和满大街的竞选标语来看，福布斯已经把老栅栏牧场的出售大肆宣传出去了。有一瞬间柯尔甚至有那么一点罪恶感，毕竟是他自己签下的那份文件。但是他又想到奥莉薇亚和自己的父亲，还有这块土地本身，以及麦克唐纳家族世代在这片土地上奋斗的历史。

“听着，我手上有你和简两个人签过名的具有法律效力的文件——你们两个人保证会在继承老栅栏牧场后和我进行诚恳的出售谈判合作的意向公函。这份文件具有法律效力，我已经拿着它做了银行贷款。”

“很抱歉，但是我反悔了。”

他大笑了几声，然后铁青着脸说：“你不能这么做。”

“你现在正在做的事，才是不能做的——土地还没到手，就提前把它上面预兴建的发展项目卖了出去?”

“但是……”

“即使我们同意了把它卖给你，老栅栏牧场也属于农地储备，从法律上来说只能被用于耕种，而不能规划为商业开发区。那里的后面一半区域都是极易受破坏的湿地生态系统。我不明白你怎么就能启动这个项目——”

“我得到了环境部部长的许可，对这片区域的重新规划不会受阻，把老栅栏从农地储备的名单里摘除也是迟早的事。重新规划的其他一切必要的审批部门文件自然也会像这个一样顺利解决。”

柯尔盯着他，腹中涌起一团阴暗。“如果这个提议没有先经过评估、申报和公众听证会等必要程序，怎么会有部长给出这种承诺?”

福布斯攥起拳头，撑在桌子上俯身向前，几乎要戴不住伪装耐心的面具了。“这也和你的利益息息相关，麦克唐纳。别插手。你只要坐享其成就行了，就像简说的那样，你以前压根不想理会这个破败的牧场。”

柯尔深吸了一口气道：“你最好开始损失控制吧，”他静静地说，“因为你的发展项目绝对不允许发生在我的眼皮子底下。”

“就算闹到法庭上我也会和你抗争到底的，我会让你彻底破产，记住我的话。”

柯尔露出了一个干涩的微笑。“不过法庭上见的这一天估计你还得等上好长一段时间呢。毕竟根据现在的情况来看，牧场会被交付给我父亲的经理。”

“如果她离开了就不是了。如果她走了，牧场就会重新落到你和简手上。”

“这么说你确实知道遗嘱的变动了?”

福布斯的眼睛眯了起来。

“谁告诉你的?”

“这事还没尘埃落定。如果——”

“是阿黛尔·卡里克吗？还是塔克?”

福布斯的眉毛压得更低了，目光变得坚定起来，脖子上的肌肉紧张地随着脉搏一跳一跳的。

柯尔前倾着身子，手掌压在福布斯面前的桌子上。“这就是我今天来要说的另外一件事。如果你想用这种噱头来把奥莉薇亚吓跑，如果你和你的人再敢踏上那片土地一步，或者靠近奥莉薇亚一步的话，老伙计，你就死定了。我会见证你被蜂拥而至的诉讼书所埋葬。”

福布斯抬起了头，眼神有些茫然。“什么噱头?”

柯尔的表情一变。“跟踪，还有留下……一些东西。”

“你他妈到底在说什么?”他看起来是真的不知道这件事。

柯尔左手边墙上的电视里的新闻转到了伯肯黑德谋杀案，屏幕顶端的滚动字幕说迫于公众压力，听证会过程将会进行现场直播。一位女警官走上了立着众多话筒的演讲台，一名中年女性的照片出现在了屏幕左侧。他们已经确认了受害者身份，照片下方的名字是玛丽·索伦森。柯尔原本全部放在福布斯身上的注意力马上被吸引了过去。这个女人身上有种熟悉的感觉。下面的字幕写着这张照片是她的丈夫在亚利桑那为她拍摄，然后用手机发送给她的孩子的。这也是她生前最后留下的影像。

柯尔皱起了眉头，脑海中有什么模糊的东西呼之欲出。玛丽·索伦森看起来十分普通，长着一张方脸，眼睛很漂亮，皮肤晒成了健康的棕褐色。夹杂着灰白的棕发勾勒出她脸的轮廓。她穿着一件黑色的圆领背心，脖子上还围着一条金黄与青铜色调相间的围巾——

"我不知道你到底在玩什么把戏，但是给我听着——如果你父亲把这间牧场留给，即使是托管，给奥莉薇亚·韦斯特的话，简和我也会通过法律途径让她退出。到那个时候我倒要看看，你还能不能单方终止这场交易。"

柯尔突然感觉到了一股巨大的压力，把注意力又转回福布斯。如果不是克莱顿在奥莉薇亚背后捣鬼的话，那么就意味着另有其人。此刻暴风雪即将来临，而她正孤零零的一个人在牧场里，要单独面临这一切。

"我能说的都说了。现在唯一能劝你的就是在我向媒体表明自己绝没有出售牧场的意向之前做好损失控制。这肯定会让你的投资者们重新思考你们之间合作。如果我告诉媒体你承诺给政府不少亩地作为回扣，用作批准重新规划极易受环境影响的生态保护区域的话，记者们都会摩拳擦掌大干一场的。"

福布斯的脸色变得刷白。"谁告诉你的?"

他从鼻子哼了一声道："这个，我的朋友，是我一个不错的猜想。谢谢你让我确认了这一点。奉劝你在进监狱之前赶紧抽身。"他转过身向门口大步走去。

“这算是威胁吗，麦克唐纳?”

“只是一个承诺。”他摸着了门把手。

“你对我的什么狗屁宿怨——就是因为这个吗?”福布斯在他身后大叫道，“你想把我打倒，就是因为谷仓里的那一天，因为那辆卡车。你迈不过那道坎，是不是? 你逃到古巴去，每天把自己的脑袋弄得像个没用的废人一样，结果这就是你最终得出的结论吗?”

柯尔定住了，手还搭在门把上。他转过身来。

福布斯的脸已经变得扭曲，颧骨上的皮肤绷得紧紧的，肩膀也僵直着。他看起来像是一条盘起来随时要发动攻击的致命毒蛇，目光死死的盯着柯尔。

“什么卡车?”柯尔无比平静地问道，声音极其低沉和冰冷。

福布斯被他紧迫的目光看得向后退了退。“听着，不管是我和塔克做过了什么，那都已经是深葬在过去的老皇历了。就揭过这一篇吧。”

柯尔猛地冲过房间，从桌子后面一把抓起了克莱顿·福布斯的衣领和领带，把这个男人的半个身子都扯过了桌子。

“是什么卡车?”他咆哮道，“你和塔克到底做了什么?”

福布斯的眼神在房间里扫视了一圈，脸色青紫，“现在你什么也不能证明——”

“那天你和塔克·卡里克是不是对我的卡车动了手脚?! 你们是不是碰了刹车? 是为了阿米莉亚吗?”

“放开我。不然我要叫警察了。”他的手指在桌子上摸索着电话。

“噢，我倒是想让警察来听听这个。听听你和塔克·卡里克在打架输了之后是怎么在我的刹车上做手脚，就在我开车带着我母亲和年幼的弟弟去河边兜风，然后在转弯处时直接冲进了河里之前!”

“你也要告诉他们你当时喝了酒吗?”

柯尔气得发抖。

自学生时代，塔克就一直都是福布斯的跟屁虫。在牧场，他一直生活在柯尔的阴影之下，他是最有嫌疑会告诉福布斯他父亲的新遗嘱内容，还有奥莉薇亚将会接手牧场的事情的人了。

“他现在还是你的走狗吗？就是他一直在骚扰奥莉对不对？把她吓出牧场，这样他就能得到他认为他和他妈妈应得的一部分土地了？这就是你承诺给他的东西吗?”

电视里，那名站在演讲台上的警官右侧又出现了一张相片，上面是一个男人，一个剃着板寸的浅金色头发的男人。柯尔的全部思绪都放在福布斯身上，没空去思考这个男人是谁，但是他脑海深处的什么隐蔽的东西已经被轻轻拨动了。

“塔克现在在哪里?”他从牙缝中挤出一句话。

福布斯突然大笑起来。“你打算做什么？跟踪他？杀了他？把他剁成肉酱？然后把我埋起来？也许你是该这么做，嗯哼？为了这么多年来你一直承受的骂名，还为了你沉在冰冷的河底的小吉米和你妈妈。”

愤怒蒙蔽了他的双眼。几乎让他失控。

他用尽了全身的力气才忍住了挥拳的冲动。因为这正是福布斯想要的——他想让柯尔失去理智，对他施暴。他想让他越过法律的底线，而柯尔还不知道这是不是个谎言，是不是只是他给自己下的一个套。他盯着福布斯的眼睛看了许久，然后缓缓松开了手指。福布斯一屁股坐回桌子后面，把领带摆正，脸上满是暴怒。

“你已经是个死人了，”柯尔轻轻地说道。然后又加了一句，“至少对我而言是这样。”

他走出办公室，关上了身后的房门。

“柯尔?”阿米莉亚说着站起身来。他扫了她一眼，然后推开玻璃门走进了外面冰冷的空气中。他的整个世界所赖以构建的框架都彻底颠倒了。

有可能吗?也许他并不用为那次卡车的意外负全责?他母亲和弟弟的死也不全是因为他?还是说这只是福布斯试图混淆视听，让他失去理智的谎话?

雪下大了。漫天飞舞着鹅毛般大大的雪片。他父亲黑色的道奇车上也已经积了一层雪。他想到了奥莉薇亚，心中又升起一阵焦虑。他必须得回去，回到她身边，回到父亲身边。因为当他爬上车，点燃发动机的时候，另一个想法又钻进了他的脑海中。如果真的是塔克在装神弄鬼呢?如果真的是他在为福布斯做一些不干净的差事呢?他最坏还能怎样?杀人吗?

有许多人为了远比这个微不足道的事情死去，更何况是涉资数额巨大，甚至高达几十亿的医疗旅游建设项目，还有牵连其中的一些官员的仕途。

奥莉薇亚骑着灵逸驰骋在雪中，在回自己小屋的路上，顺道去湖的西岸巡视了一圈。营地已经空无一人，小木屋也都收拾干净了。冬天已经来了。它把白色的大手覆盖在干枯的草坪上，遮住了红色的野果和金黄色的树叶。有那么一阵子，风忽然停了，万物都被冰封，世界陷入了一片孤寂。

薄雾从黑漆漆的水面上升起，灵逸的马蹄声在冻僵的土地上咚咚作响，鼻子里呼出的气体在冷风中瞬间凝成了白霜。奥莉薇亚全神贯注的盯着前方，非常冷静。她已经挺过了秋天的重创，对这个全新到来的冬季有着清醒的方向。没有什么能使她动摇。

她接下来要做的是把灵逸牵回马厩。她已经和布莱尼根打过招呼了，灵逸会受到很好的照料。在大雪封上那条通向外界的伐木路之前，她还有足够的时间向迈伦辞别。她两个小时就能到克林顿镇，在那里加满油之后可以一直向东南方开到落基山脉。风暴是朝着北方去的，如果她足够幸运的话，东边还会是干燥的地段。这样在日暮时分就能抵达阿尔伯达了。

她注意到地上薄薄的雪层上有什么东西的印记。是一行小小的足印，旁边还有一行更大一些的。她勒住了灵逸，皮肤上爬过一丝诡异的感觉。那串大一点的足迹和间隔似乎和她之前有一次给艾斯做嗅觉训练时，被人跟踪所留下的印记是一样的。和通过砍断的护栏进入湿地的足迹大小也一般无二。她抬起头来看了看，四下却空无一人。但是从脚印上落上的雪花来看，这串足迹还很新。

她调转马头，顺着足迹一直追寻到了水边。那串大一些的足迹忽然转向进了树林里，但是小的那串还是一直向前，通向了湖西岸一个孤零零的码头。奥莉薇亚拨开岸边密密麻麻交缠着的常绿植物，然后就看到了一个黑影蜷缩在从岸边孤独的伸出去的狭长的码头的尽头。她眯起眼睛，在薄雾和不时飘落的雪花间辨认着那个物体。

托莉?

奥莉薇亚的目光迅速扫过码头和水面，还有岸边密集的树林。没有其他人的影子。也许那串大一些的脚印就是托莉父亲留下的。她翻身下马，把灵逸拴好，只身走向了码头，骨子里升起一种不祥的预感。

“托莉？是你吗?”

那个女孩转了过来。

奥莉薇亚感觉腹部一阵翻涌。这个孩子的脸在此刻的光线下显得格外惨白，眼眶凹陷。她刚刚一定哭过。

“怎么了？你爸爸在哪儿？”

“在睡觉。”

奥莉薇亚小心翼翼地在托莉身边坐下。她只穿着一条牛仔裤坐在潮湿的雪上，双腿悬在码头边缘外，靴子几乎要碰到水面了。

“发生了什么？”

她用指尖摆弄着外套上伸出来的一根绳子。雪花越来越大了，形状也越来越漂亮，在码头上渐渐积了起来，落在托莉乌黑的头发上，落在她的外套上。

“来，和我回房子去吧。我们可以骑着灵逸回去，你想试试吗？”

没有回应。

“托莉，和我说说吧。”

一阵寒风吹过，卷着雪花旋转着掠过水面。这是雪越下越大的征兆。奥莉薇亚出去的路很快就会被堵住了。

“拜托，就让我带你回屋子里，给你倒点热乎乎的东西喝吧。我会找到你爸爸的。他刚才和你在一起吗？”

“他不是我爸爸。”

“你说什么？”

托莉的嘴唇颤抖着。“我觉得这一切都是谎言。他们一直都在骗我……”她终于忍不住了，感情一瞬间宣泄出来，即刻填满了她绿色的眼睛。

“谁一直在说谎？”

托莉把手伸进外套，从里面掏出自己套着粉色保护套的电子书。

“我最近在读我妈妈生前正在创作的最后一本书。她是个从新闻标题中取材的作家，以真实事件为题材来写一些恐怖小说或者是推理小说。都是阴暗的题材。她从来不让我读她的书，但是我可以自己从图书馆借来看。这本就是她出意外之前正在写的一本。她是为我写的这本书，前言里都说了，‘给我亲爱的托莉，一个你长大后做好了心理准备可以读的故事。’我……”她的声音戛然而止，死死地咬着自己的嘴唇，力道大到嘴唇都渗出了血迹。奥莉薇亚震惊不已。

“我没有明白，托莉。”

她吸了吸鼻子，然后用力擦了一下眼睛道：“我觉得……我认为……这个故事……在那间医院里面。就在怀特湖……”

“怀特湖？你妈妈把故事背景设定在怀特湖？”

她点了点头。

“书里讲的是什么？”

“故事里的那一章……说那不是她的孩子。那是一个可怕的男人的孩子，一个连环杀人凶手的。里面还说受害者的丈夫不想见到这个孩子……然后……她就把孩子直接送走了，送去了领养机构。因为她自己也不想见到这个小孩。她很困扰，这个记者就把还在育儿箱还是什么东西里面的婴儿带到了她妈妈的床边……然后她，那位母亲，就把她抱起来，给她喂了奶，向上帝祈求救救她们。然后那个记者就回去找了自己的丈夫。她丈夫是个警察，她说她想要领养那个孩子。我觉得这不仅仅是虚构的。我爸爸就在那里做过警察。”

奥莉薇亚浑身冰冷。回忆如藤蔓般疯狂的缠绕上来。那日她躺在医院的病床上，美乐蒂把她的孩子带了进来。臂弯中躺着那个婴儿的感觉恍如昨日。

“你父亲做过警察？在哪里？”

“怀特湖。他在那里做过警官，和书里写的一模一样。我妈妈在专职写小说之前也是一名记者。书里所有的情节——都有可能写的就是他们。而且……我真的很害怕，因为他们告诉我，我就是在堡塔普利出生的。”

奥莉薇亚快要喘不上气来了。雪势越来越大，雾气也愈发浓重，时间在一分一秒的流逝。

“什么……”她艰难地清了清嗓子道。“她的名字是什么？你妈妈，她的全名是什么？”

托莉对她紧张的样子有些吃惊，抬起头来直视着她的眼睛道，“美乐蒂。美乐蒂·文德比尔特。她工作的时候用的是中间的名字。”

奥莉薇亚感觉到胆汁从胃里直窜到了喉咙。汗水也顿时渗出了皮肤，寒风中刺痛着她。雪花打湿了她的面颊。她的思想陷入一片混沌，整个人像是被扔进了一个旋涡，四周都在不停地旋转、旋转，时间在这里折叠，进进出出。

“那个……那个故事里的受害者有名字吗？”

“萨拉·贝克，和我父亲拿回来的报纸上的那个女人是一个名字。”托莉看到了奥莉薇亚的眼睛，睁得大大的，满是受伤的神情。“萨拉的孩子……记者和警官最后领养了她，然后带着她一起去了堡塔普利。但是这一定只是个小说，对吗？我妈妈只是打了个草稿，她写东西一向要先打草稿的。她从真实的新闻标题里获取灵感，然后再把它们用到自己的小说里——她所有的书评里都是这么说的。她以事实为基础，然后把自己的故事编制进去。她一直都是这样的，对吧？她只是用怀特湖的事情做背景给自己提供灵感。”

“给我看看。”

托莉微微往后缩了一下，然后战战兢兢地递出了自己的电子书。

奥莉薇亚用颤抖的手把落在封套上的雪花拂去，然后打开了电子书。她按下了电源键，用身体笼住屏幕，然后开始读了起来。

如同所有对话一般，故事的开始就好似一条道路与另一条交汇之时。无论是沉默、还是挥手致意、再或一个简单的眼神，或短暂的一次触碰，你就会不可避免的在这种互动中发生改变。有些交互细微到就像一只彩虹色的豆娘轻轻落在了你的手心上，有些却会像地震一样颠覆你的整个世界，造成一直延伸到你内心深处的巨大裂缝，改变你的人生轨迹。这种改变的到来，对萨拉而言，就在他头一次走进商店的那一刻。

门口的铃铛叮叮当当响起来，一股冷空气携卷而入。察觉到有些不寻常，萨拉抬起了头张望。

他站在店门口，目光穿过整个小店，紧锁在她的脸上——那种炽热的目光让她的胃都开始跳动。通常来说她会给客人一个笑容，礼节性的打个招呼，但是这次她却几乎是本能的避开了他的目光，继续低头盯着手中的记账簿。即使如此，她也还是能感受到他落在她身上那种赤裸裸的目光，鲁莽而粗鄙……

这是她的话，是她告诉美乐蒂·文德比尔特的故事。

奥莉薇亚的眼神射到了托莉身上。她盯着她，脑海中思绪万千。托莉也回望着她，眼睛和她一样，苔藓一般漂亮的绿眼睛，而乌黑亮丽的头发和塞巴斯蒂安的如出一辙……

“你是美乐蒂的女儿?”

托莉点点头，眼中有些困惑。

“他们只有你一个孩子?”

她再次点了点头。

“美乐蒂嫁给了一名警察?”

托莉咽了下口水，眼神蒙上了恐惧。她的声音开始发抖。“我父亲是……以前是警察。”

“不是安全部门的顾问吗?”

“那是他说谎了。”

奥莉薇亚的声音变得沙哑艰涩。“你的生日是哪一天，托莉? 你多大了?”

“我明年七月十七号就十二岁了。”

就在十二年前的这一天，感恩节的前一天，萨拉·贝克被怀特湖杀手抓走了。他们的孩子出生在第二年的夏天，七月份一个闷热的晚上。

那一天正是七月十七号……

他躲在树后仔细地观察着。那个女人和孩子的对话在冷风中像水晶一样清晰，透过稀薄的空气，在静静的雪地上清楚地传过来。孩子是他的。之前他在船上观察她们时候，这个女孩和自己母亲有七八分相像的容貌就引起了他的注意。现在只要一闭上眼睛，他的脑海中就能浮现出那张母亲年轻时候的旧照片，照片里的她有着一头长长的黑发。

那个警察养大了他的孩子。现在又带着她回到了这里，回到了她母亲的怀抱中。

一种恶心的油腻感从他的腹中穿肠而过。自己是被那个警察引诱到这里来的吗? 网上的寻子信息难道只是一个阴谋? 警察是在用萨拉·贝克做诱饵吗? 为什么?

来抓他?

警察计划这个游戏有多久了? 是从他领养了那个孩子之后就开始的吗?

妈的。当做诱饵的必须是对猎物来说很重要的东西……

肾上腺素在他的血液中激荡，激动与战栗的感觉一起袭来。终于等到了一场真正的狩猎，这个挑战作为收尾来说再合适不过了。现在所有的人都已经出场，就像是被一股超自然的力量所操控一般，所有的路都最终汇集到了这里。

所以那个警察现在在哪里？在暗中观察着吗？

听到灌木丛中有踩着枯叶的脚步声，他突然警觉了起来。落叶在雪中咋咋作响，还有轻轻的枪栓响动。他能感觉到有人埋伏在那里。他慢慢咽了一下口水。现在必须得离开了。雪越下越大，风暴正将他们一步步包围。他必须尽快行动，这样大雪才能掩盖住自己的踪迹，然后趁大雪封路之前离开这里。

他走出藏身的阴影，沿着长长的码头走向盘坐在尽头的那两个身影。

是时候了。

该回家了。

柯尔开车回老栅栏牧场的路上，脑海中一直萦绕着一种也许自己并不用为当年刹车的事件负责的念头。他驶过克林顿与老栅栏牧场之间的一半路程时，伐木道上的积雪已经有一二英尺厚了，雨刮器费劲地来来回回试图把挡风玻璃渐渐积起来的雪花扫到一边。他也甚至开始感觉到轮胎在时不时地打着滑。

他的思绪又绕回了刚才和福布斯在他办公室里的谈话，然后又回到了多年前和塔克还有福布斯在谷仓打的那一架。

塔克和福布斯一路开车从克林顿镇跑来挑衅他，就因为他和阿米莉亚的恋情。柯尔和福布斯之间的恩怨从那年夏天开始就一直很深，一直延续到了冬天。他们有过不下两次肢体上的冲突，最后的一次就发生在圣诞节之后，那一次已经可以称得上是暴力了。福布斯跳到他身上，塔克在背后给他加油打气。那一次柯尔打断了福布斯的一根骨头。那时塔克和他的父母一起住在牧场的房子里，他完全有机会进到谷仓里对刹车动手脚。柯尔用手重重的捶了一下方向盘，嘴里低声骂了几句。

他当时就觉得自己不可能把刹车弄坏。一直以来他都是被迫怀疑着自己，最终连自己也相信了是自己害死了自己的母亲和弟弟。只是命运开了一个可怕的玩笑，让他活了下来，却带走了他们两个人。

没错，他是喝了一点酒，但是当时他一点感觉也没有。如果他当时觉得自己喝多了的话，是绝对不会开车载妈妈和吉米出去兜风的。虽然……即使这可以解释刹车失灵的事，也不能成为他的借口。但是这却让他有了问如果的机会。如果当时的刹车是好的呢？

只是现在什么也证明不了……

这么多年了，而这最终只是一个报复？就为了一个女孩？所有的悲伤，失去亲人的痛，挥之不去的罪恶感，还有最终他们家庭的破碎——他的父亲把自己关在了一个辛酸的壳里，柯尔和简最终长成了现在这样的人，牧场的事业也一落千丈。

愤怒让柯尔握在方向盘上的手握成了僵硬的拳头。而在他开着车经过一个下坡的急转弯时，轮胎突然打滑，车子急速滑向了路边。他的心陡然提了起来，连忙朝着打滑的方向轻转方向盘，脚下连续轻踏刹车，努力控制着方向。最终车子在沟渠的边缘险险地停了下来。

别走神。

他现在的担心是塔克不仅仅是负责着克莱顿问题重重的投资项目，还很有可能和奥莉薇亚受到恐吓的事情脱不开干系。除了他还会有谁呢？如果柯尔是个赌徒的话，他也会把钱押在他身上的。因为即使最终事情败露了，他也会是福布斯的替罪羊。

这个男人——这些男人——都很危险。

车上的收音机里从一阵西部音乐的曲调转到了新闻节目的前奏，随后出来的是天气预警。第一波暴雪已经席卷至高原地区，傍晚之前的降雪量可能达到数英尺。柯尔的轮胎又打滑了一下。如果他走得再晚一点，很有可能现在就被困在克林顿镇了。

新闻转播到了伯肯黑德谋杀案的报道。

“在今天早晨的新闻发布会上，警方发布了受害者的身份。玛丽·索伦森，现年五十三岁，家住美国华盛顿州的布莱恩市（位于美加边境）。”柯尔伸手调大了音量，脑海中浮现出在福布斯办公室里的电视上看到过的玛丽·索伦森的模样。

“现在插播一条突发新闻。CBC方面最新了解到玛丽的丈夫，艾格·索伦森，在五天前独自一人驾着他们的露营车和拖车经由和平拱门，持芳邻卡从美国入境到加拿大。露营车是拖挂在一辆灰色的福特F-150长车厢皮卡后面的。警方已经公布了这辆车的华盛顿牌照，如果有任何人发现了这辆车，或者是索伦森，请立即通知警方。”

新闻主播念出牌照号码的时候，柯尔的脑子转的飞快。

索伦森。这个名字听起来莫名的耳熟。那个女人的照片看起来也有什么地方很熟悉。冒险者牌露营车……他的心跳骤然停了。他小心翼翼地驶过另一条弯道，身体开始发烫。那天奥莉薇亚登记入住的那个人叫什么名字来着？他就开着一辆拖挂着冒险者牌露营车的福特F-150，车厢也是长长的。但是他的那辆皮卡是不列颠哥伦比亚牌照，柯尔可以清楚的回忆起那天的每一个细节——这是他这么多年的记者生涯中最能引以为豪的事情，在极端紧张的情况下也能立即观察当下的环境。然后有一个细节突然击中了他。

那个挂在后面的业余无线电牌照——那是华盛顿州颁发的。

大雪像厚重的窗帘一般倾泻而下，他不得不放慢了速度，小心地在崎岖不平的伐木路上又转过一个弯道。他的心脏突然跳得像打鼓一样。

那条围巾。

那就是他为什么觉得熟悉的东西了！照片里玛丽·索伦森脖子上的那条围巾看起来就是他昨晚在奥莉薇亚的小木屋里见过的那条。当时她说那是被扔在了一串她觉得是在跟踪她的足迹上面的。一条属于一个被残忍杀害了的女人的围巾，这个女人被残害的方式还和怀特湖连环杀人案中的受害者一模一样。

那份写着她名字的报纸突然也显得绝不是一起巧合，或者仅仅是被无缘无故地放在那里了。报纸里的飞饵，门前的蓝莓，还有她床单上潦草的字迹。这一切都不是平白无故发生的。

他伸手从口袋里摸出了手机，拨出了 911。他现在还能回想起那个业余无线电牌照的编码。如果警方知道了这个信息，继续查下去，就可以知道这个无线电爱好者执照是不是索伦森在华盛顿布莱恩登记的了。

但是手机屏幕上一格信号也没有，他开过了克林顿镇到老栅栏的一半路程，已经出了克林顿镇的信号塔的范围了。他咒骂了一句。掉头回去要浪费太长时间，更何况雪势越来越大，他也没有办法走回头路。他又踩了一脚油门。必须要尽快赶回奥莉薇亚身边。

他沿着危险的伐木道高速行驶着，雪越下越大，路旁死去的松木矗立在迷雾中看起来就像是一具具丑陋发黑的骸骨。

“你父亲为什么要把你带来老栅栏牧场？在感恩节的时候？”奥莉薇亚问道。她的声音变得低沉而急促，因为她想到了最近发生的那起谋杀案，还有波顿留在她办公室的那份报纸，以及里面的飞饵。越来越蹊跷，越来越痛苦的强烈感情涌上了她的心头。真是一场闹剧，她的孩子，她的宝贝女儿，现在就在她的眼前。这么多年了，此刻的情景就像是脆弱的玻璃一样，感觉一碰就会碎掉。

“为什么他要带你去钓鱼，托莉?”

“他快要死了，”托莉静静地说。雪花洋洋洒洒落在她的头发上，脸庞上，睫毛上，然后融化成晶莹的水珠。“他脑袋里长了一个肿瘤，黑素瘤。他……他说我们要到这里来结束一些事情。他说他们能给他做手术治好他的病……但是我现在不会再相信了。”

码头上突然传来的一声咯吱声让她们两人都抬起了头。

灰蒙蒙的雪和迷雾中有一个黑色的轮廓正在慢慢向她们靠近。

他的脸在棒球帽下模糊不清，夹克的领子高高竖起挡住了脖子，双手深深插在口袋里，庞大的身形完全挡住了狭窄的码头上她们离开的路线。奥莉薇亚突然感到一阵莫名的不安，幽闭恐惧症一瞬间席卷而来。

但是在看清那个男人的长相之后，她就放松了神经。是艾格·索伦森，营地的那个住客。

她站起身来，略显狼狈地把被雪花打湿的头发拨到耳后。“我还以为你已经走了，”她冲着他大声道：“我刚才去巡视的时候营地里一个人也没有了。”

“奥莉薇亚，嗨，”这个男人说着走近了。“我一直在找你。你有一条德国牧羊犬，对吗?”

她的肚子里像是突然被人塞了一块寒冰。“没错，怎么了?”

“它是不是不见了?”

“我……怎么了?”

“我妻子和我见到一条德国牧羊犬追着什么东西，沿着小道一直跑到沼泽地去了。我们听到一阵吠叫，然后就传来一声哀鸣。”

艾斯。

艾斯去哪里了？

第二十二章

“你最后一次见到它具体是在什么地方?”奥莉薇亚问他，肾上腺素在体内冲激。她把艾斯留在了小木屋外面，让它在岸边的柳树林中自己嗅一嗅气味。一般来说艾斯不会跑远，而是会在门口露台的小窝里乖乖等着。

“我妻子和我去那一片沼泽地散步了——离开之前的最后一次远足。我们已经全部打包收拾好了。”他的手在口袋里插的更深了，抬起头看了看天空。“现在雪真的开始下大了。”

“我的狗究竟在哪儿?!”她再次问道。

“就在沼泽地旁边的小路上。我们在那边听到了激烈的吠叫声，然后就看到了一只看起来像是德牧的动物追着什么东西过去了，接着就传来一阵哀鸣。我觉得他可能是去了湖东边的什么地方。当时我们往里面走了一点，但是没有见到它的踪影。我们现在必须得离开了，只是我想先找到你，让你知道这件事。”

该死。艾斯的视力不好。她一直都担心发生这样的事情。

“你能带我去那里吗?”

“我们现在急着要走，不然雪太大了——”

“求你了。”

他看起来十分矛盾。

“托莉，”她用手臂圈住这个孩子的肩膀，语速很快的问道：“你父亲现在在哪里?”

“在小木屋里。他一个人在屋子里睡觉。”

“好吧，现在你和我一起去旅馆，然后我去找艾斯，你和迈伦待在一起，好吗?”

“我也想帮忙，”她说着挽住了奥莉薇亚的胳膊，绿色的大眼睛里全是绝望。这双和她一模一样的眼睛，她的女儿。奥莉薇亚深深地望进托莉的眼里，嗓子发紧。

“不，我想让你和迈伦待在一起。有艾格帮我就够了。”她看着眼前这个高大的男人，他压低的棒球帽遮住了眉眼，帽檐上落满了雪花。“你带我去艾斯不见的地方吧，”她说。“晚几分钟开车走也没关系，不会影响的。”

他又抬头看了看天空，然后瞟了一眼已经开始积雪的露天平台。

“拜托你了，”她哀求道。“只用给我指一下路就好了，我马上就回来，要先把托莉送到旅馆去。”

“好吧，可以。我把车停在树林那边了。我们所有东西都收好打算离开了，我要先去和我妻子说一声。”他凝视着托莉道，“我会去沼泽的小路那边等你。”

迈伦把一张纸拿近了一点，手里的笔费力地在上面落下。他想要给柯尔写一封信，向他道别，也为自己这么多年来一直给他的压力说抱歉。他想说自己其实很爱他，告诉他自己已经原谅了他。但是一阵剧痛突然袭来，他整个人痛苦地蜷在了一起。虽然冰冷的雪花和寒风不停地从大开的窗子外面卷进来，他的眉间还是渗出了一颗颗汗珠。

他颤抖着丢掉了笔，伸手抓起一把药片。他知道自己大限将至，所以必须在现在就做完这些事。不然等到被送进医院之后，他就只能变成一个用机器维持着生命的废人，再也不能亲口对自己的儿子说出原谅。如果他先吃下这些药，那么可以争取到一段不再颤抖的时间，足够自己给儿子写一封信了。他打开窗子是为了让格蕾丝进来。他能从寒风中清楚地感受到她的存在，能感觉到她正张开双臂呼唤着自己。

“迈伦!”

他心中一震，抬起眼来，原来是奥莉薇亚。她和波顿的女儿两个人浑身湿透地站在图书室门口。

“迈伦——发生什么了?”她大步冲到他身边。

“你没事吧?”她伸手扶住他，“你想吃药吗?”

他点点头。

她打开药瓶，倒出两片药片放在手心，把它们喂进了他的嘴里，然后把一杯水递到了他的唇边。他费力地把药片吞下去。“还要……两片……拜托了。”

她犹豫了，与他对视了良久，然后又倒出了两片药片，帮他吞了下去。

“托莉，”她有些严厉地道。“你能去把窗户关上吗?”她蹲下身子，双手搭在他的膝盖上。他一直疼爱着的美丽的奥莉薇亚啊。他想伸手摸摸她的脸颊，但是疼痛却让他抬不起手来。

“我需要你，迈伦。我现在需要你帮我个忙。你能帮我吗?”

她神情中的一些东西让他的神志又回来了一些。他的视线滑向站在窗边的那个小女孩，她的身子正在不停地颤抖，面色惨白。有什么地方不对劲。太不对劲了。

他点点头，感觉到止痛片慢慢起了作用。也许这一次没那么严重，也许他还能多撑一会儿。

“听我说——我得在雪积起来之前把艾斯找回来。我觉得它可能是跑到了沼泽那一片的堤岸下面上不来了。我想让你帮我照看一下托莉，只要陪着她就行了。”

她瞥了一眼那个孩子，然后又把目光转回了迈伦，显然是在担心药到底能起到什么作用。

“她有些东西我想让你看看，迈伦。很重要的东西。拜托了，如果你有空的话就读一下吧。只用陪着她就好，别让她一个人待着——也别让任何人进到房子里来，知道了吗?”她犹豫了一下道。“就算是她父亲也别让他进来。”

“发生什么事了，奥莉薇亚？波顿怎么了?”

“她的状况很不好。拜托你了，我真的得走了。记得把门锁好，保证她的安全。你也待在原地等我回来，听到了吗？我们晚点再谈。”

她走了之后，整幢房子里只剩下了他和一个沉默地盯着他的黑发女孩。只有他们两个人。

“你还好吗?”他问道。

她没有回答。

“你给我带来了什么要给我看的东西?”

“他不是我父亲。”

“谁不是？波顿?”

“我的亲生父亲是怀特湖杀手。”

迈伦惊得下巴都要掉下来了，半晌才缓过神来问道：“你怎么会这么说?”

她从怀里掏出一个粉色的东西。

“那是什么?”

“电子书。”

奥莉薇亚骑着灵逸飞奔至沼泽旁边的小道，但是那里却空无一人。

“艾斯!”她在纷纷扬扬的大雪中大声喊道，身下的母马被她勒住，不安地来回踏步。

周围一点声音也没有。她看到一行脚印沿着小道一直通向深处，这点痕迹很快就会被大雪掩盖得无影无踪。

“艾斯!”她大喊着，追着那行脚印进到了沼泽深处。她吹了一声口哨，然后又大声呼唤着它的名字。“艾斯！你在哪儿，好孩子?”她目不转睛地盯着那串脚印，在狭窄蜿蜒的小道上越走越深。穿过挂满了苔藓的树干，脚下的泥土已经变得有些泥泞了。一只水獭搭坝堵住了这条溪流。这里到处都是陷阱，一个不小心就有可能陷入沼泽之中。

“在这边!”她突然听到了它的声音。“它在这个方向!”

她停下了脚步，努力辨认着声音是从哪个方向传来的。林间薄雾缭绕，雪花夹杂在寒风中飞舞。灵逸轻轻打了个响鼻，在她的身下有些焦躁不安。

“这边!”艾斯的声音又一次传来。“我找到它了！就在这边！在堤岸下面！它没有动静了。”

她立刻慌了，最坏的预感从心中升起。奥莉薇亚双腿用力一夹灵逸的马肚向前小跑了起来，低着头避过被雪压低的树枝。前方的小道变宽了一些，她在可能失去艾斯的恐惧驱使下加快了速度，快到有些不受控制。失去艾斯的一闪念真像闪电一样的击中了她。

突然有什么东西勒住了她的脖子。

一根绳子。

奥莉薇亚整个人被从马上向后掀翻下来，艰难地喘着气。

她重重地摔到了地上，背后剧烈的疼痛让她几乎不能呼吸，也无法移动。她的脑子一阵剧痛，眼前金星直冒。她开始渐渐地失去意识，眼前一团漆黑地旋转着。灵逸速度很快地冲到了前面的树林里。

奥莉薇亚过了一会儿才回过气来，这才感觉到自己的肋骨可能断了。

她努力想要弄明白刚才发生了什么，挣扎着用手撑着侧过身体，想先趴在地上，然后再手脚并用地把自己撑起来。灵逸消失在了前面的小道，她的周围一片死寂。

她先单膝跪起，抓着旁边的一根树枝想要把自己拉起来。突然，有什么东西用力砸在了她的脑袋一侧，砸开了花，力量大到要把自己的耳朵砸掉下来。巨大的冲击波在她的鼻腔中回响，在她的大脑中回荡。一股苦涩的胆汁只涌入她的嗓子。她完全懵了，只感觉到热热的黏黏的液体汩汩流出，顺着脖子淌了下来，痛的她几乎对外界失去了感知。晕乎乎的，她把手轻轻覆在了耳朵上。耳朵的一部分已经从头颅上撕裂了下来。她的膝盖一阵酸软，身体不受控制地前倾，跌倒在地上，倒在了从自己耳朵里流出的鲜血染红的雪地里。她努力伸出手，试着在地上爬行，一点一点地把自己的身体向前拖。

但是有人一把抓住了她的头发，把她拽得跪了起来。她痛的大声尖叫，许多头发被从头皮上扯了下来。又是一击打过了她的脸。她的鼻骨发出了碎裂的声音。她忍不住一阵呕，吐出了一大口血沫。攻击她的人把她向后一把甩开，她后背着地重重摔在了地上。

一个巨大的阴影笼罩在她上方。她的视线有些模糊。

是他。

艾格。

她无力地伸出手，努力想要叫出救命。

但是他蹲下身，把戴着手套的手粗暴地按在了她的嘴上。她被自己的血呛到了，鲜血沿着鼻腔流向了喉咙。她疯狂地摇着自己的头，胡乱挥舞着手臂，努力想要呼吸一口。他慢慢把脸凑近，温热的呼吸就喷在她的脸上。她不动了。她盯着他的眼睛，直直地和这双眼睛对视着。它们不再是蓝色的了，而是变成了一种像山猫一样的浅琥珀色，这是属于猎食者的颜色，属于肉食动物的颜色。

“你想我了吗，萨拉?”他冲着她血迹斑斑的残耳轻轻问道，然后举起手朝她受伤一侧的脑袋又是猛地一击。她的眼前一片漆黑。

柯尔开到挂着褪色的巨大麋鹿角的牧场拱门下，纷纷扬扬的大雪遮住了视线，看不到通向住所的路。差不多再过二十分钟，这条路就可能让普通的车辆无法通行。

他快要开到住所的时候，有一匹马突然从雾中冲了出来，飞速从马路中间横穿了过去。柯尔猛踩了一脚刹车，心脏差点从嗓子里面蹦出来。他快速地摇下了车窗向外看去。那是奥莉薇亚的马吗？马鞍在，但却不见骑马的人。马儿飞驰过山丘，然后消失在一片雪幕中。

柯尔重新发动了车子，加速转向了通向住所的小道。他看到奥莉薇亚的卡车停在通向她小木屋的赤杨林中，一块蓝色的油布遮住了后车厢。他停下车，急匆匆地打开车门，然后跑向了她的卡车。他掀起了油布的一角，车厢里是她收拾好的包裹和行李。

她要走了。

那么那匹马又是怎么回事？

他沿着林间小路一路跑到她的小木屋。她的门没有锁，小木屋里都空了。

柜子里也全都空了。

他转过身来，看到了压在仙人掌花盆下的纸条。他抓起了纸条。

……谢谢你做的一切。谢谢你说我现在这样子就很好。你让我重新找回了一部分自己，而我今后无论去了哪里，都永远不会再丢掉这一部分的自己。我全心全意地希望你在老栅栏牧场能过得很好。我走了以后替我照顾这里……

他骂了一句。她要离开这里了。但是她的卡车还在，她的马没有载着她刚刚从他眼前跑过去。一定是有什么事情发生了。

他快步跑回自己的道奇公羊，直接把车开过了铺满积雪的草坪，然后把车急刹在住所门前的一个停车位里。他急急忙忙打开车门，两步并作一步地冲上门廊前台阶，伸手想要推开大门。

门被锁上了。

柯尔从旁边的窗子向里面张望。

屋子里面漆黑一片。

他用拳头砰砰地捶打着大门。“有人吗！快开门！我是柯尔！”门内没有回应，只有秋天割回来的干草在他身后的露台上被风吹的沙沙作响。

他再一次拍打起大门，一下比一下重，一下比一下响。他心中的不安渐渐被另一种恐惧所吞噬了。他的父亲没事吧？

“是我，柯尔！快开门！”

门后突然传来门闩被打开的声音。他定住了。门在他面前缓缓的打开了一条缝。他从门缝中小心翼翼地看进去，里面是波顿黑头发的孩子仔细瞅着他。她看起来……有些不对劲。

“托莉？那个……迈伦还好吗？还有谁在里面？”他推开门，绕过孩子走了进去，然后往楼梯上走去。“爸爸！”

“我在这里，孩子。图书室里面。”

托莉在他身后也小跑上了楼梯，紧跟着他进了图书室。

“我刚才只看到了奥莉薇亚的马！她去哪儿了？”他看清了自己父亲的脸色，突然僵在了原地。“奥莉薇亚在哪儿？”

“她骑着马出去找艾斯了。去了沼泽那边。”

“什么？”

“艾斯跑到沼泽那边的堤岸下面上不来了，”托莉说，“营地里的那个男人看到它朝那个方向跑了，然后过来告诉了我们。他带着奥莉薇亚去找它了。”

柯尔猛地弯下腰，双手紧紧抓住了她的肩膀。她身上的外套都湿透了，头发也滴滴答答滴着水。“哪个男人？！”

“艾格，”托莉回答道，“就是和他妻子一起来的那个。”

恐慌像一把巨大的斧子迎头劈下。肾上腺素瞬间充满了他的身体。

奥莉薇亚渐渐恢复了意识，剧烈地咳出一阵血沫，在她脸边聚起了黏黏糊糊的一摊。她的脸被按在了一个软软的，可能是床垫的东西上，身体上下颠簸，黑暗中眼前不时闪过一丝光线。她意识到自己被绑起来扔在了一辆正在行进的野营车后面——双手背着绑在了身后，脚踝上也绑着结实的绳子。她的头痛得不行，在她脸一侧的床垫被她自己的血液染得湿热。

她的脑中一阵阵眩晕，努力想要回想起来发生了什么。她依稀记得自己似乎是遭到了伏击。他在小路上系了一根绳子。她试图回想起他拽着自己的头发拖过雪地走向野营车时说的话，这车一定是他从那个缺口开到沼泽区来的。

在网上找自己的孩子的那个人不是你，是不是？是那个警察把我带到了你身边。真是伟大呀，你说呢？自然界一切都有规律。你觉得她怎么样——我们两个一起创造出来的那个漂亮的孩子……

她胃中涌上一阵恶心，忍不住又呕出了更多的血。他变色龙一样的嘴脸让她恶心至极。她之前一直没有注意到，但是现在却看到了——他变老了，面容比以前憔悴了。他把自己的一头黑发漂成了浅金色，还剪成了短短的平头。他蓄起了唇边的一圈巴尔博胡须，还有下巴上的小山羊胡，蓝色的隐形眼镜遮住了原本浅琥珀色的眸子。他腼腆的微笑欺骗了他们所有人。

但是就是他，她现在可以确定了。他的气味，还有这双十几年来一直在噩梦中注视着她的眼睛。但是怎么可能？一个已经死在了自己牢房里的人怎么会出现在这里？当时她在指认的一排人中一眼就认出了他，毫无疑问那就是他——那个折磨了她一整个冬天的男人。她腹中的孩子身上还带着他的DNA。

噢，上帝，这一切怎么会再次重演？这不可能。

被抓起来的那个人是他，但又不是他。

她一瞬间被击晕了。

他所谓的妻子。

她的视线投向了野营车的内部。这就是属于那个死去的女人的吗？他是盗用了她被杀害的丈夫的身份吗？还有那张信用卡——那一定也是艾格·索伦森的。真正的艾格·索伦森去了哪里？

一个真正的掠夺者会懂得把自己融入周围的环境中，萨拉。他知道怎样伪装，知道怎么设下诱饵。自然法则就是这样设计的万物。即使是猎物也知道要把自己藏起来，不是吗，萨拉？

野营车突然颠簸起来，剧烈地上下晃动。她被紧紧地绑在了床上，只能感觉到卡车的轮胎在打滑。车子左右摇晃起来。发动机疯狂的转动，把他们沿着崎岖不平的石子路带上了山丘。他一定是从沼泽地的尽头向北开出去之后开上了那条伐木路，现在要带着她驶向北方，远离城市和人烟。暴风雪就要来了，就和上一次一样，所有的踪迹都会被掩盖的无影无踪。

这就是他计划好的周年庆？就发生在十几年后同样的这一天。

一切都重演了。回到了原点。

眼泪夺眶而出，刺痛着她的眼睛。痛苦像海潮一般涌来，令她窒息。过去的十几年来她一直在逃亡，她还以为自己终于找到了一个安全的所在。

她以为这一切都已经结束了，但这其实只是连续不断的折磨的其中一部分，现在后续正要上演。

托莉就是她的孩子。而盖奇·波顿就是那个领养了她的宝贝的警察。为什么要抚养一个杀人凶手的孩子？美乐蒂曾经说过她和她的丈夫一直努力想要怀孕，但是却从来不知道她的丈夫是一名警察。原来美乐蒂一直瞒着她，她感觉自己被背叛了。她一会儿清醒，一会儿就晕了过去，已经无法用完整的逻辑去思考问题了。

她仔细回想了一下把她一路引导到沼泽地去的事情。他是用艾斯引她上钩的。她的眼中燃起了怒火，肾上腺素急速分泌出来。他杀了她的艾斯吗？他还要从她生命中夺取她最珍贵的东西？奥莉薇亚极度恐惧，忍着剧烈的疼痛扭动着自己的身体，努力想用被反绑在身后的双手去够自己的皮带，但是却突然想起他在把自己捆起来之前拿走了她的卫星电话放到了自己的口袋里，顺便还抽走了她的刀子。

奥莉薇亚伴随着卡车剧烈地颠簸，意识一会儿清醒，一会儿模糊，还伴随着一阵阵的恶心。

他会把她再囚禁一个冬天吗？他会在春天的时候再把她放出来，展开又一场春季狩猎吗？

她不再有能量可以再一次地同他抗争一回了……

柯尔从枪盒中取出了一把散弹猎枪和几盒子弹，脑袋飞速转动着。他快步冲出前门，绕过了房子前往侧面停放着雪地摩托的车库——他之前到这里来找他父亲的道奇车的时候在这里看见过它们。正当他快走到车库的时候，厨房后门旁边的外墙上断掉的电缆引起了他的注意。他停下了脚步，视线凌厉地沿着电缆扫视到房顶上，电缆的那头连接的正是信号接收器。一种不祥的预感在他的身体中战栗，这显然是人为的。电话线也是这样被人故意切断的吗？

电话线和电视信号几乎是同一时间发生故障的，就在那天他们吃晚餐之前。而也差不多正好是那个时候，有人潜入了奥莉薇亚的小木屋，在她的床单上留下了潦草的字迹。

整间牧场都在风暴来临的节骨眼上被人刻意割断了与外界的一切联系方式。

他把枪背在背上，伸手推开了车库的大门，一眼就看到了最里面的架子上好几个简便罐装的燃料。

他匆忙给其中的一辆雪地摩托加满了油，点燃了发动机，它轰鸣着动了起来。他双腿跨在车上，松开了截流闸，给引擎中注入新的生命力。他骑着摩托，从一辆拖拉机的一旁挤了过去，轮胎在水泥地上摩擦着轰隆作响，车子在碰到金属架子时，火花四溅。车子噌的一声，猛地从门里冲进了外面的雪地。他加大油门，瞬间提高了车速，眨眼工夫就冲入了暴雪之中，飞奔向水獭沼泽开去。

雪地摩托离他幼时经常和吉米一起玩耍的沼泽小路越来越近时，往昔又缠绕过来，将他包裹进去。他驾着摩托一跃而上了这条狭窄的小道，沿着蜿蜒不平，杂草遍布的地面上下颠簸。这里的雪已经积得很厚，无论奥莉薇亚在这里留下过什么踪迹，现在也一定都被掩埋起来了。忽然一个看起来像是蹄印或是脚印的凹陷印记印入了他的眼帘。他慢慢减缓速度，熄火，屏住呼吸等一个声音——任何可以为他指明方向的声音。

四下一片寂静。

他再次发动了引擎，驶入了树木更为茂密的沼泽深处，追随着看似马蹄的印记。他又一次熄火，仔细地听着。这一次他听到了一个声音。他心若擂鼓，把呼吸放慢，静静等着。那个声音又出现了，一声吠叫——是从西边传来的，就在浓密的植被间一个深深的狭缝中。

他翻身下了摩托车，奋力扒开横七竖八的灌木丛，来到了一道深深的峭壁边，趴下去朝下面张望。

是艾斯。

“嘿，小家伙！坚持住，我会来救你的！”

那条狗在狭缝中朝他叫了几声。

他反过身子开始向下攀爬，抓着旁边的树枝作为支撑，不断有小石头从他的脚下滑落跌进了雪地里。他在艾斯旁边跳下，艾斯激动地把他全身上下舔了一通。柯尔理了理它的毛，然后仔细查看了它的四肢和爪子，看起来都没有受伤。然后他看到了旁边的雪地里摆着一根骨头，上面还连着一些生肉。它是被人用食物引诱到这里来的。

为了捉住奥莉薇亚？

“她在哪里，好孩子？你能帮我找到她吗？你能带我去找她的踪迹吗?”柯尔抬头看了看头顶上方的积雪，思考着怎么把艾斯给带上去。他把背上的枪取下来，把外套脱掉，又把抢背了回去。

他用外套兜住艾斯的肚子，把袖子系紧，做成了一个套子。

“好了，你准备好了吗？大家伙？你要做的就是别乱动，然后我会把你一点点地拖上去。”

柯尔伸手抓住上面的枝条，把自己慢慢从陡峭的岩壁下往上拉，脚下努力地扒着凸出来的小石头来保持平衡，另一只手则小心翼翼地托住艾斯一点点往上提。

他攀着斜坡的边缘往上爬，肌肉因为用力而有了灼烧的感觉，汗水混合着雪水滴进了他的眼睛里。他把艾斯用力提上来。这只大狗在临时制成的套子里不安地乱动。刚一落地，被放出来就冲过来舔了舔柯尔的脸颊。这个家伙被吓坏了，喘着粗气。

“好了，奥莉薇亚在哪里，好孩子？去找她吧！”他说着穿回了外套，又一次把枪背回身后。“找到奥莉薇亚！”

艾斯在空气中嗅了嗅，鼻子扬得很高，鼻孔在搜索着气味的时候不停开合着。它猛地一偏头，仿佛是被一个鼻环拉扯过去一样。它在灌木丛中拱了几下，然后鼻子里发出了一声低吠。它找到她的踪迹了。

柯尔低下头把乱木丛生的枝叶拨开，时不时需要跪下来手脚并用地攀过虬结的树根穿过厚厚的枯叶。艾斯追随着风中飘来的气味向前跑着，周围没有她留下的痕迹，但是气味并不需要通过具体的痕迹来传递。无论是否有路，艾斯只是凭着气味向前奔跑着，柯尔随后。只见细小的枝叶一会儿钩进了柯尔的头发，一会儿在他的脸上划出细长的红痕，头顶上还不时有冰冷的积雪被震落，直直掉进他的衣领里。

“快，孩子！继续！”他的呼吸已经有些困难，赤裸的双手都冻僵了。

他们从灌木丛中穿了出来，到了一条小路上。艾斯不动了，发出一种奇怪的呜咽声，在雪地里卧下了身体。

柯尔一步步从浓密的树丛中钻出来看到了一切，恐惧瞬间充满了他的周身。

血——很大的一摊——坦露在雪上，周围还有一些雪坑，凌乱的被折断的树枝和拖拽的痕迹。他胸膛下的心脏跳得怦怦直响，焦虑不安的心情让他失去了理智。他在雪中顺着深深的足印和拖拽的痕迹疯跑到了小路的尽头，沿途有更多的血迹，沿途还有一缕一缕的头发。奥莉薇亚的头发，甚至发根都清晰可辨。

他跑到小径的尽头，一下子就踏上了一条宽阔的道路。正是人迹罕至，但是恰恰通向他们之前看到的围栏上被弄了个那个缺口的那条路。无论是谁抓走了奥莉薇亚，都肯定是策划了一段时间的。袭击她的人一定事先侦察过这一片区域，剪断了护栏，然后把车子从缺口开进来，停在这里静静地等着她被诱骗到这片沼泽地来。用的就是她生命中最珍贵的事物——艾斯。

拖拽的痕迹在这里就消失了，取而代之的是雪地上才留下不久的脏兮兮的车辙。

她被带走了。

去了哪里？

他知道这条已经废弃的道路就在沼泽地后面。从这里出发既可以沿着伐木路向南回到克林顿，也可以向北走上一条更加荒无人烟的土路，直通向北部的内陆高速。

他呼唤着艾斯跟上自己的脚步，跑回去骑上了雪地摩托。他把艾斯抱上座位，把它紧紧地夹在自己的双腿和胳膊之间。“坐好了，伙计。我待会儿还需要你帮忙呢。”

如果他找到了奥莉的话，她也会需要和她的狗待在一起。

柯尔拧了拧加速器，雪地摩托轰鸣着冲向了他刚才看到车辙的那个地方。他追着车辙一直开到了伐木路上，然后停了下来。

带走奥莉薇亚的那辆车转而向北驶去的。只迟疑了一刻，他便对此确认不疑。他虽然可以在荒芜的野外和牧场的土地上一直追着这行车辙，但是他的雪地摩托肯定会比四轮的卡车更快的耗尽燃油。这之后呢？他的身上没有任何的通信设备，无法寻得援助。这样会跟丢奥莉薇亚的。

只剩下一个选择了。他又拧了拧油门，沿着湖边向住所飞速开去。

温哥华　周日中午

“你得看看这个。”法院的电脑技术人员在波顿的电脑前呼唤马克·雅其马探员过来看看。

“波顿不只是化名在寻亲网站上撒网而已，他所冒用的还是个真实存在的女人的名字。”技术员向后让了让，让雅其马能看清电脑屏幕闪一个迷人的深色头发女子，她有着一双漂亮的绿眼睛。

“奥莉薇亚·韦斯特，”技术员道：“她是老栅栏牧场的一名钓鱼顾问。根据波顿最后一次伪装成奥莉薇亚发出的消息来看，他回复了网上一个显然是在寻找自己的母亲的孩子，说自己——奥莉薇亚·韦斯特——曾经不得不把七月十七日出生在怀特湖的女儿送去了领养机构。他把韦斯特在老栅栏牧场的地址留在了后面，这张照片就是从牧场的网站上找到的。”

马克·雅其马盯着那张照片，身体里的血液一点点变得冰冷。

“怀特湖。”他喃喃道。

技术员抬起头来看了看他。

“是她。这张照片。奥莉薇亚就是萨拉·贝克，塞巴斯蒂安·乔治的最后一名受害者，那个把他送进监狱的女人。波顿当时对她和那起案子简直像是着了魔。”他低咒了一句。“波顿肯定知道她改名换姓去了那里工作，他一直都知道。该死。他一直都在暗地里调查她，还用她的名字注册了假的账号，假装在找自己和塞巴斯蒂安·乔治生下的孩子。”

马蒂娜罗坐到她身边，越过技术员的肩膀凝视着屏幕上的照片。

“妈的，”她轻轻地说，然后转过头看向雅其马。“波顿到底在计划些什么？”

“我不知道，”雅其马道。另一位警官也凑到了电脑旁。

“警官，”那位警员开口道，“我们追踪到了艾格·索伦森最近的两次信用卡交易记录，最后一次消费是三天前在克林顿镇的一家运动用品和伐木补给用品商店里消费的，购买了密封胶带，一把剥皮刀，还有一个可能是用于制作飞饵的工具。在这之前的上一笔消费显示是在老栅栏牧场野营区，大约离克林顿向北有一小时的车程。我们还追踪到这张卡在亚利桑那，内华达，俄勒冈和华盛顿都消费过食物和饮料，还有购买彩色隐形眼镜和染发剂的记录。这张卡还被用于购买过几次根据艾格·索伦森出示的处方开出的安眠药。”

雅其马把头转向了马蒂娜罗道，“马上去联系克林顿分局，就说我们需要马上把一个人带走。顺便再申请一架直升机。”

“内陆地区现在正遭受严峻的暴风雪。”她说。

"无论如何都先打电话吧，我们随时待命，准备出发。"

柯尔把雪地摩托停在住所门前，大步跨上了台阶，艾斯紧紧跟在他脚后。但是当他正要去推门的时候，他看到了雪雾中一个模糊的身影向着旅馆的方向跌跌撞撞地走了过来。他倚在露台的栏杆上，举起了之前一直背在背上的枪，瞄准了那个靠近的身影。

"站住别动！再靠近一步我就开枪了！"

那个人举起了双手。"是我——波顿。盖奇·波顿。我……我需要你的帮助。"他向前绊倒在了雪地里，手脚并用地在雪地里爬出几尺，然后又挣扎着站了起来。

柯尔心中松了口气，慢慢放下了枪口。

波顿被风吹得像喝醉了酒一样摇摇晃晃走到了露台，面色苍白，双颊被冷风吹得起了皮。

"发生什么了?"柯尔问道。

波顿揉了揉太阳穴，脸像是受到了极大的痛苦一般扭曲了起来。"都是……我的错。我……是我把他引到这儿来的。怀特湖杀手。他现在就在牧场的某个角落。我不知道他在哪，但是他抓走了托莉。"

"怀特湖杀手是什么意思?"柯尔的脑中是一团乱麻，理不清头绪。警察们之前在找的明明是索伦森，或者是一个假扮成索伦森的男人。"塞巴斯蒂安·乔治已经死了。"

"我一直坚信他们抓错了人。我——"说着，伸手从下面抓住了露台的扶手，一用力把自己撑了上来。"萨拉·贝克被抓走的时候，我正在怀特湖警局任职。我一直坚持他们关进监狱的人是错的，所以我从那时起就一直在暗中追踪他。我用萨拉把他引到了这里，他一定就在这个地方。"

柯尔一瞬间紧张了起来。“但是那些证据——”

他摇了摇头道：“帮帮我吧，拜托你了。他捉走了……托莉。她是萨拉·贝克的孩子。上帝啊，帮帮我吧……”他跌倒在了雪地里。

柯尔赶紧跑下去扶起波顿，把他的手臂搭在自己的肩膀上，架着他站了起来。“你还能上楼梯吗，还能走到屋子里吗？”

波顿点了点头。

柯尔架着他走上了露台。

“和我说说，”他说道，“你怎么能肯定他们抓错了人？”

“他们隐瞒了一些事情——被抓起来的那个塞巴斯蒂安根本不识字，这也就意味着他根不可能是在尸体的眼窝里留下字条的那个人。”

“什么字条？”

“一些写着有关狩猎的文学名句的字条……”波顿艰难地吸了两口气道：“那……那是保留证据，媒体从头到尾都不知道这件事。只有那起案件的几个核心调查员和我知道。法庭上……也没有被提出来过。”

他们走到了门前。

“他们只想尽快定罪。我被强制要求噤声了，还被调任到了堡塔普利。我和我妻子——我们收养了萨拉·贝克的孩子，把她一起带去了堡塔普利。我……我就知道总有一天真正的凶手可能会回来找她的。”

柯尔把波顿靠在了墙边。“你是说你一直以来都养着她的孩子来做诱饵？你想让他回来找这个孩子，找她的妈妈？”

“不是这样的——”

“那他妈到底是什么样的?!”

波顿不自觉的缩了一下。

"托莉没事，"柯尔语气不善地道，"她现在和我父亲一起在里面。但是无论你想引来的是谁，他都已经抓走了奥莉薇亚。没错，我知道她就是萨拉·贝克。"

波顿闭上了双眼。他沉默了片刻，像是在为自己侥幸逃过一劫的女儿祈祷。然后他说道："他是怎么抓走萨拉的?"

"奥莉薇亚。她的名字现在是奥莉薇亚。他用她的狗把她骗去了沼泽地。而且从地上的血迹来看，她一定受了很严重的伤。他开着车把她带走逃去了北边，很有可能就是之前停在营地里的那一辆连着野营车的卡车。"

"就在第一场大雪降临之际……"

"什么?"

波顿睁开了眼睛。"他每次都会在大雪来临之前出手。我知道他要把她带到哪里。他要回家了，回到熊爪谷。他要回去做上次没完成的事情了。"

第二十三章

“熊爪谷具体在哪里?”柯尔问道。

“怀特湖西北方向大约六十公里的地方，在印第安土著的领地上。那是一道深深的峡谷，攀那戈峰山脉的另一侧。”

“你受伤了？还是病了？你身体没问题吧。”

“我有点头疼。我脑袋里有个肿瘤，时不时就会头痛。我活不长了。”他撑着刚才靠着的墙直起了身子，摇摆了几下，然后试着自己稳住重心。“我要去看看托莉。”

柯尔的目光犀利地扫射着这个退休的警察。“你用奥莉薇亚和你自己养大的孩子来引诱一个嗜血的杀手?”

他咽了咽口水道：“在托莉还是个婴儿的时候，我就对她发过誓。”他的声音变得沙哑而颤抖。“我发誓要还她公平，抓住那个人，然后给她一个更安全的世界。托莉的母亲去世时，托莉当时表现出来暴力的倾向，我对此必须得做点什么。当她知道自己的生父是谁时，我担心她还会这个样子。我死后，她在这个世界上就是孤身一人了。而她会觉得自己的身体里留着反社会分子的血液。”他向前趔趄了一下，柯尔抓住了他的胳膊才稳住了他的身体。

波顿深吸了一口气，试图重新集中注意力。“我……我想让她见见自己的母亲。我想让她知道自己的身体里也有好的一半，也有美丽、善良和正直的一面。我需要她看看自己能成为什么样的人。我也相信只要萨拉见到了她的女儿……”他的声音颤抖着。“我都做了什么？”

“你脑子有毛病，知道吗？”

“我知道。我已经这样很久了，也许比我自己意识到的还要久。”

柯尔盯着眼前的这个男人，脑子飞速旋转着。他瞟了一眼纷纷扬扬的雪花，还有风的方向，脑海中浮现出了之前电视上看到的气象图，以及图上风暴移动的路径。他有机会冒险一试吗？如果他足够幸运的话，也许一旦飞起来，还可以躲过最坏的结果。但是，他也可能会死，而这样的可能性更大。

他人生第一次感受到了死亡的恐惧——他不想腐烂在一个没人知道的地方，更不是在这个时候。他想要活下来，救出奥莉薇亚。他想要那个该死的第二次机会，为了她，也为了他自己，为了这间牧场。他对此的渴求就像人需要呼吸一样迫切。

“你有多确定他——无论这个他是谁——会去熊爪谷？”

“即使是受伤的小鹿都知道回家——他这么告诉过萨拉很多次，这是她在我旁观过的采访中说的。这个人很看重狩猎和杀戮的仪式感，他一定会想在开始的地方结束一切的。回到以前他大肆杀戮的地方，在印第安原住民的土地上，他所喜好的家乡的土地上。这样一来，他就可以回归他的动物本性。”

他一定要冒这个险。坐以待毙比死亡好不到哪去。

“你和我一起来。”柯尔突然开口道。

“哪里？”

“我们带上那只狗，然后一起去熊爪谷。我们要赶去阻止他。”

“怎么去?”

“开我的飞机。”

波顿看了看外面飘扬的雪花，一脸的担心，眼中也流露出些许的恐惧。“那托莉呢?”

“她在这里很安全。你骑上那辆雪地摩托，带上艾斯，然后等着我。我要先和我父亲说一声我们要去哪，还要把那张哈姆无线电业余爱好者牌照号码告诉他，如果他有机会，就能把这个消息传出去。”

柯尔跨上楼梯向图书室跑去，心底向每一位可以想到的神明祈祷奥莉薇亚不要再经受太多的痛苦。

坚持住，奥莉，只要坚持到我来就行了。坚持住啊……

加拿大皇家骑警的警车沿着克林顿镇的高速公路，转向了写着老栅栏牧场的指示牌的路口。坐在驾驶室里的警员全神贯注地在大雪纷飞的伐木路上行驶着，使出了浑身的解数想努力使车子保持平稳。但是只要四轮驱动，轮胎就会在路上打滑。车子才行进了 2.4 公里就在雪堆里熄火了。雪比先前下的都要大，云层低压压地覆盖在整片森林的上方。

四位警员弃了警车，下车分别上了之前放在车后的拖车里的两辆雪地摩托。其中一位警员在其他人戴上头盔和厚厚的手套时向总部报告了他们的位置和新的预计到达牧场的时间。报告方位的警员自己也带上了头盔，迈腿跨上一辆雪地摩托，紧贴着前面的驾驶员。

四人准备完毕，排气管喷射出一阵气体，两辆摩托沿着蜿蜒的伐木路飞驰出去，向着老麦克唐纳的牧场前进。

他们是接到负责调查伯肯黑德凶杀案的综合凶杀案调查前小组的

马克·雅其马探员的电话后出动的。伯肯黑德凶杀案受害人的丈夫，艾格·索伦森的信用卡最后一次使用记录正是在这间牧场。伯肯黑德凶杀案和怀特湖连环杀人案之间有一些不可忽视的相似之处，而这间牧场的经理正是萨拉·贝克，怀特湖杀手的最后一位受害者，唯一的一位逃脱者。

除此之外，最近才退休的联合凶杀案调查组成员，盖奇·波顿探员，很有可能在牧场。他是伯肯黑德案件中的一个重要人物，曾在萨拉·贝克被绑架的期间在怀特湖警局任职。波顿在当时就明显的表示过反对加拿大皇家骑警的所有证据的倾向，并且坚信他们抓错了人，自己从那时起也一直暗中追捕着所谓“真正的凶手”。据雅其马所言，波顿的主治医师说他现在可能患有精神疾病，十分危险。目前还不清楚这些关键点互相之间有怎样的联系，但是波顿把自己的孩子也带在了身边，克林顿镇警局方被要求一举一动都要慎重至极。

柯尔弯下腰握住了这个孩子的肩膀。

“你要好好照顾迈伦，好吗，托莉?”柯尔知道求生的准则——在生命攸关的时刻，照顾别人会提高百倍的自身生存几率。“给他泡一壶茶，找点东西来吃，你自己也吃一些。你会用厨房吗?”

她点点头。

“记得把门锁好。炉子里要不断地加柴火，不要让它熄灭了。如果你有任何不清楚，或者是需要的东西，只要问他就好。知道了吗?”

她大大的眼睛干涩不已，脸色变得苍白，然后点了点头。

他顿了顿继续道：“还有他的药，每个小时最多吃两片，不能多，记住了吗？即使他发火也不能给他多吃，好吗？这很重要。”

因为迈伦也需要为了托莉留在这里。他需要自己的父亲坚持到自己回来的时候。

“柯尔。”迈伦坐在轮椅上喊他。

柯尔抬头望向他。

“你只有在可视天气下飞行的执照。”

“没错。”

“现在很不安全。”

“我们必须得试一试。”

父亲灰色的双眸隔着一整个房间远远地望着他，两人之间有短暂地沉默。

“对不起，”他说，“我不是一个好父亲。很抱歉我一直无法释怀，还把一切都强加在你身上。”

柯尔走向自己的父亲，俯身撑在轮椅的扶手上。他想告诉自己的父亲福布斯和塔克可能才是导致那场意外的罪魁祸首，但是话到嘴边又咽了回去。即便告诉他刹车被动过手脚，也不能改变他是喝过酒才开车带着母亲和吉米出去的事实。过去受到的责备都是自己罪有应得，而今后他也会继续背负着这种罪恶感生活下去。只要柯尔提醒警察他们正在和高级政府官员暗度陈仓的计划，福布斯和塔克会得到他们应得的报应的。这是柯尔的正义，也是他可以从自己和简签下的协议中可以抽身而出的解决方案。

“爸爸，”他轻轻地道：“我走之前想让你知道，只是为了以防万一，我很抱歉。你的原谅对我来说……”他的声音卡在了喉咙里，眼睛一阵灼烧的疼痛，“意味着一切。”

迈伦凝视着他，脸色苍白的吞咽了一下口水，眼中渐渐溢满了泪水。晶莹的泪珠终于盛不住从眼角滑落，沿着他皮肤上深深浅浅的皱纹一路留下，然后低落了脸颊。他伸出自己粗糙的、布满老年斑的手，轻轻地放在了儿子的脸庞上。儿子的脸一片冰凉。他张开嘴，却说不出一句话。

“我得走了。”

迈伦点点头，再开口时声音变得嘶哑不已。“开着那个鬼东西去吧，快去。回来的时候别缺胳膊少腿，把奥莉薇亚也带回家来。你们两个都一定要给我完好无损的回来，因为我绝对不会让牧场落到福布斯手里的。”

柯尔的唇边扬起了一个有些扭曲的笑，小小的敬了一个礼。“遵命。”

有些肉麻的句子就在嘴边，比如我爱你，爸爸。他在心底默默承诺，如果这次能平安无事的回来，一定会将这句话说出口。

他转身走下楼梯，前去同艾斯和波顿汇合。

单翼飞机上没有很大的空间可以容得下两个成年男子和一条大狗，但是没关系，他可以把飞机上多余的东西通通扔下去。他需要足够快的速度来起飞，他也需要波顿的帮助。他们必须在寒风再一次转向，向北边呼啸而去之前起飞。他们得赶在恶劣的天气之前，不然就只能像汹涌的海浪中一根孤立无援的浮木一般被狂风抛来抛去。

光线也严重不足。他其实根本没有太多的操作空间。

他手中唯一的保障就是这架飞机是钢铁制作的丛林飞机，所以它的螺旋桨叶片是专为极短程的起飞和快速爬升而设计的，高高置于机顶的机翼也让它能够适应在高低不平的灌木丛中降落。这架飞机还配备了低压苔原轮胎，面对崎岖的砂砾地形也能勉强拿下。还有绑在轮胎上的滑雪板也让他可以应付雪地、土地和冰面的不同路况。

但是如果他看不见，一切都是无稽之谈。如果被困在风暴之中，这些又有什么用？

“克林顿镇的那些人已经上路了，我们也都准备好了。”这是马蒂娜罗的声音。她端来两杯咖啡，把其中一杯放在了马克的桌子上。“他们在波顿的档案里找到了一些东西，”她说着一屁股坐在了他金属桌的一角。

马克从自己搭档的眼中看出了事态的严重。他伸手端起了马克杯，看着她道：“然后呢？”

“一份收养证明，”她说，“托莉·波顿是萨拉·贝克和塞巴斯蒂安·乔治的孩子。”

他刚抬起马克杯送到唇边，听到这句话的时候顿住了，然后缓缓放下了杯子。

“妈的，”他轻声道：“他是带她去找她妈妈了。”雅其马抬起头来看着马蒂娜罗道：“这个家伙到底有什么问题？他他妈的都做了些什么？还有，艾格·索伦森现在到底在哪里？”

“技术部还在美乐蒂·文德比尔特的手提电脑里找到了一些东西，算是她死前起草的某种回忆录一类的东西。文章里提到的故事似乎就是他们领养托莉的时候的事，还有一些萨拉被绑架的细节。里面的大部分内容应该都是根据她在医院里为萨拉·贝克做的采访得来的，技术部同样在她的电脑里找到了当时访谈的所有笔记。很显然，美乐蒂是当时萨拉唯一接受过采访的记者，而她却从来没有在媒体上发布过关于这件事一星半点的内容。相反的，她和波顿领养了那个孩子，然后就径直搬走了。”

柯尔拉起机头冲向厚厚的云层，他已经把引擎开到了最大，但是横风依然把飞机吹得东摇西摆的。雪花糊满了挡风玻璃，有那么一瞬间他的心跳都吓停了，因为眼前什么都看不见。但是很快高速的气流就把挡风玻璃上的雪吹落，将它们化成雪水，像小溪一样顺着玻璃的边缘流淌下来，给他留出了一小片可以看清的视野。他奋力稳住机翼，越来越高的横风把飞机抛得像是狂风巨浪中的一叶小舟。

飞机越爬越高，越飞越快，他想要钻出云层，冲出这恶劣的天气。引擎咯吱作响，像是发出了抗议，飞机的负重太重了。螺旋桨高速旋转着，但是云层太过厚重密集。他开始拉平飞机，在一片昏暗的灰色里近乎盲目地前进着。他的嘴唇紧张得干裂了，完全是在凭借着自己的记忆和罗盘在飞行。如果他没记错的话，山脊应该在自己的左手边。而他如果记错了的话……他们就会被撞得粉碎，顷刻间失去生命。

一阵恐惧袭来，他暂时压制了下去。

恐慌是这时候最蠢的事情了，除了让他们离死亡更近一步之外毫无帮助。如果他们死了，那就没有人能去救奥莉薇亚了。他们活下去才是奥莉薇亚现在唯一的希望。但是恐惧却像一条游龙一样盘踞在他背后不肯离去。

没有害怕，也就不可能会有真正的勇气……

这一条不正是他所书写的生存准则吗？

拿过麦克风，他按下了无线电按钮，试图拨出一个号码。

没有回应。

他胡乱拨动着频道，再一次尝试，却还是一无所获。他放下听筒，打算在更接近北面的时候再试一试。如果他能接通无线电的话，也许就能找到一个人带话给怀特湖的警方。他的夹克口袋里还有一只手机，只要接近怀特湖，就有机会能收到信号。

他通过头戴式耳麦对波顿说道："你确定托莉是奥莉薇亚的孩

子吗?”

波顿被安全带固定在了他身后的座位上，艾斯则被紧紧地夹在他的腿间。迈伦已经把奥莉薇亚放在旅馆的艾斯的牵引绳给了柯尔。

“确信无比。”波顿的声音透过耳麦传回来，这个男人听起来有些一蹶不振。

又是一阵强烈的风拍打在机舱的侧面，他们像坐在跷跷板上一样上下颠簸。柯尔的心脏咚咚咚咚地像擂鼓一般地跳动，努力把这只钢铁大鸟的控制权夺回到自己的手中。但是他们还是只能在厚厚的云层和浓雾中嗡嗡地盲目行进。

“我这么做都是因为爱她，”他的耳机中传来声音。“我把托莉带到这里来，是因为她再没有别的依靠了。这是正确的决定。”

这个男人正在试图说服自己。

柯尔咬紧了下巴。一个人为了爱而做出来的事情……

曾经他和荷莉为泰所作出的事也是出于爱。曾经，他们也都以为自己做的是正确的选择，把他带到异国他乡，在异域对他进行单独的教育……

突然，有一个黑黑的影子出现在了飞机的前方，快速向他们冲来。柯尔的心跳到了嗓子眼。他再次加大油门，猛地把机头拉起，近乎直角的角度让飞机引擎哀鸣起来。他们在升高，不断升高，但是那个黑色的形状还是快速冲到了眼前。

该死。他们正冲向一面峭壁，躲不过去了——

你能准确地指出自己的生活开始和某个人产生交集的那一刻吗?你能回溯到那个原本两个毫不相干的生命突然交叉，从此纠缠不清，紧紧相连的那个瞬间吗……

托莉凝视着窗外，脑海中浮现出母亲手稿里的语句。外面的世界看起来就像是一个被生气地用力摇晃过的水晶球，不过和她的内心没有多大的区别。她此刻的思绪就像窗外这些厚重而冰冷的雪花一样飘落在地上、树上，把所有事物都掩盖成了白茫茫的一片，让人看不清它们原本的模样。

虽然图书室里很温暖，她还是忍不住搓了搓自己的手臂。她的外套脱下来挂在了火边的椅背上烘干，壁炉里的木柴烧得噼啪作响。

迈伦在炉边的轮椅上蜷缩着，灰白的脑袋微微前倾，正认真阅读着她母亲的手稿。在此之前，她不得不向他展示了怎样打开电子书，又是按哪个键才能翻页——他从未见过这种东西。

托莉扭过头看着他。

他感觉到了她的注视，抬头透过老花镜的上方看了她一眼。他看起来很不舒服。

“你想再加一根木柴吗?”他问道。

她沉默地走到壁炉边把火又拢旺了一些，然后从炉子侧面一个巨大的铜筐里取出一根干裂的木柴，把它投进了火焰里。

“你可以多放几根进去。”他又说。

她又往火里添了两根木柴，木柴在里面嘶嘶着，又噼啪作响，闻起来有一种松香的味道。她把柴火拢集中了一些。

迈伦看着火焰陷入了沉思，许久才开口道：“你母亲是一位出色的作家。”

她的嘴唇微微颤抖着，想辩解说美乐蒂不是自己的母亲，但是却说不出口。

他捋了捋胡须道：“你能给我们泡杯茶吗？或许再做些三明治?”

她点了点头。

“我要一杯浓红茶，放三块方糖。”

她站起身走到了厨房。厨房里有面包，茶罐，冰箱里还有冷藏的肉和芝士。她找来两个马克杯，烧开水，然后把黄油抹在了面包上。这幢房子太大了，她感觉周围空洞洞的。外面的天色也越来越暗了。

她举着托盘回到楼上，小心翼翼地保持着平衡，不让茶水洒出来，然后把托盘放在了图书室的碗橱上。

迈伦伸手拿过一旁桌子上的药瓶，用指头拨出了四片药片在手心。

“你应该只吃两片，”她说。

他对上了她的目光，静静地看着她。

她突然感觉身体发烫，但是还是坚定自己的立场。“柯尔是这么交代的，他说这很重要。”

他犹豫了一下，放了两片回去。他举起杯子喝了一口水，艰难地把药片咽了下去，眼睛不由拧成了缝。

她把装着两片三明治的盘子和一杯热茶端了过去。

“这是什么口味的？”他掀起了三明治上面的面包。

“芝士和意大利香肠，还有一些莴苣。”她说着坐在了他对面的椅子上。

“你喜欢这个味道吗？”

她摇了摇头道：“也许吧，我不知道。我父亲喜欢吃芝士和意大利香肠。”

他突然开始喘气，整个人在轮椅上痛苦地弯下了身子。

她慌忙站起来。“你没事吧？”她的目光移向了桌子上的药瓶。“你还想再吃一点药吗？”

他摆了摆手，眼睛被泪水湿润了，努力顺过气来。

她心中越来越慌，忍不住把自己的手扶在了他的肩膀上。“麦克唐纳先生，拜托……我能做什么？”

他喘着气，不停咳嗽着，深深地吸了一大口气，然后挣扎着想要在轮椅上坐直身体。

“茶，”他努力挤出一句话，“喝点热茶就好了。这能让这些杀千刀的药片快点溶化。”

她双手递过一杯满满的茶水，确保他骨瘦嶙峋的手指握紧了杯子，然后才放开了手。她盯着他的眼睛。他抿了一口杯子里的茶，热茶似乎让他感觉好了不少，因为他的脸上又重新恢复了血色。

“这茶真的不错，托莉·波顿。”

她一言未发，只是慢慢走回去又坐到了椅子上，担心着他会死掉或者是发生别的什么意外，留她一人独自在这幢伫立在荒无人烟的野外的可怕的大房子里。

他静静地打量了她片刻，然后道：“你不喝一点吗？”

她摇了摇头。

“你知道吗？这会是很艰难的一段时间。”他冲着放在手边桌子上的电子书点了点下巴道：“暂时没有人能照顾你。你将会用一段时间，很长一段时间，来适应这一切。但是你父亲做了一件很棒的事情，那就是把你带到了这里。知道是为什么吗？”

她摇了摇头。

“你知道萨拉·贝克身上发生了什么事吗？”

“不知道。”她轻轻地道。

“我想我知道她经历了什么。”

她心跳加速地等着下文，但是却见他开始不断地搓弄着自己的胡须，转头凝视起了跳动的火焰。然后轻轻地摇了摇头，低下浓密的长眉毛掩住了深沉的灰眼睛，让人看不到他眼中的神情。

“塞巴斯蒂安·乔治死在了监狱里，”他用一种平静的声音轻轻地说，仿佛是在仔细地措辞。他又转回来对上了她的视线。“他就是抓走了萨拉·贝克的那个人。”

她点点头。

“三年多前传来他死讯的时候，我收到了一位年轻女人的求职应聘。我一眼就能看出来，她是个很特殊的人。别问我是怎么看出来的。”说着透过胡须他展露了一丝苦笑，眼睛周围因此而爬满了细密的皱纹。“我已经是一个古怪的老顽固，对世事司空见惯，不大关心了，但是不知怎么的，她就是能触到我的心灵。她手腕上的伤痕，着实糟糕。”

托莉的心跳得飞快，专心致志地盯着他的眼睛。

“那些伤痕在我看来，就是一个女人试图自杀的证明。她还带着一条看起来惨兮兮的德国牧羊犬。我当时就暗自想，这两个家伙是不是刚打完仗逃回来的。后来，我仔细看了她的简历，但是所有的经历加起来都回归到一个时间节点。关于这个女人的一切似乎都只能回溯到八年前。你知道是为什么吗?”

托莉摇了摇头。

“你知道我是在说谁吗?”

“奥莉薇亚，”她静静地道。“还有艾斯。”

他点点头。“我认为她的记录只有八年的原因，是因为她八年前从萨拉·贝克改名换姓成了现在的名字。”

托莉目不转睛的盯着他，努力咽了一下口水。

迈伦在轮椅上倾了倾身子继续道：“一直到最近之前，我都从未问过她的过去，她的家庭，或者她是在哪里长大的这种问题。但是我一直以来都有着很不好的猜测，而它们现在全都慢慢拼凑起来了。你还知道吗？我想这就是你父亲带你来这里的原因，为了见她。”

托莉打从心底开始颤抖。她的眼睛渐渐蕴起了水汽，想别过头去，却无法移开视线，只能盯着这个老人的双眼。

“奥莉薇亚——萨拉——是我所见过的最优秀的人之一。她有着与外面的丛林和旷野一般开阔的心胸，如山中的狮子一般勇敢，勇气与力量在她身上并存。你的身上就流淌着这样的血液，托莉·波顿，如果书里面说的都是真的的话。而这也正是你父亲带你到这里来的原因，为了让你见到你的母亲，让你看看自己身体里有多么令人骄傲的一部分，感受一下流淌在你身体里的血液和跳动在胸腔下的心脏能迸发出多么惊人的力量。”

托莉眼中的湿润凝成热泪划过脸颊。她哭得喘不过气来。

她泣不成声，又过了好几分钟才能做到开口讲话。

“我恨他。”

“谁?”

“我父亲。我的……”

“我不知道那个新闻里说的可怕的谋杀案究竟是怎么回事，托莉。我也不知道是谁抓走了奥莉薇亚，但是——”他看了看手中的电子书——“从这里面写的内容来看，你父亲是一位值得尊重的绅士，他有自己的原则。哪怕其他人打算退缩另谋他路，他仍会随时准备好对抗最为汹涌的激流。无论你父亲现在在做什么，我都相信他是在声张正义，为了你而战斗。”

“他要弃我而去了。他快要死了，就留下我一个人。”

“所以他才会想要给你一个更好的世界。所以他才会带你到这里来见你的亲生母亲。”

她不断地搓着牛仔裤的膝盖部分，脑海中的愤怒和恐惧愈发深重，让她的脸和脖子都绷得紧紧的。

“我知道筑起愤怒的围墙比释怀要来得容易得多，孩子。上帝作证，再没有人会比我更清楚这点了。想要和外界断绝关系，沉醉在苦难中简直是再简单不过的事情了。但是这样做让我失去了很多。我没能敞开心扉，接受已经发生的悲剧，及时稳固我的家庭，我反而把孩子们拒之门外，把自己的家搞得支离破碎。看看我现在的样子。”

她缓缓抬起了眼睛。

“一个没有朋友的老顽固，没有家人围在身边，膝下没有孙辈，也没给我的牧场留下任何的财富。花了这么大的代价，这些都值得……”他的声音渐渐变弱了，然后清了清嗓子继续道：“有时候生活会给你第二次机会。”

“就像蜻蜓的幼虫。”她轻轻地说。

他皱了皱眉。“你是说——”

“豆娘。他们就有第二次生命。”

“这是奥莉薇亚告诉你的?”

她又搓了搓膝盖。“你觉得她还会回来吗?”她声若蚊蝇地说。“你觉得她会没事吗？艾斯，柯尔……还有我爸爸……”说着，她生气地抬起袖子擦掉眼中又一次不争气滚出来的泪珠。

迈伦沉默了很久，强烈的风在烟囱中发出阵阵哀鸣。她不敢看他，因为感受到了他的不舒服。

“我的书房里有一个白色的塑料盒子，”他突然道，“看起来像是建筑工人的工具箱一样，底是灰蓝色的，提手是蓝色的。就放在能眺望到湖面的那扇窗子旁的架子的最底层。你能帮我把它拿来吗?”

“为什么要拿它?”

“我想给你看点东西。”

她跑去找到了箱子，把它拿过来给他。他让她把另一张大一点的桌子挪过来，把椅子也凑近了一些。

她照做了。

“现在，再给我倒一杯威士忌——就倒那边那个瓶子里的，不用太多。”

她走到桌边，酒瓶的旁边还放着几个玻璃杯。她拔掉塞子倒了一杯。

“对了，这就完美了。”他说道。

她把杯子端来递给他。他豪饮了一口，眼睛因为浓烈的酒精而变得湿润起来。他用袖子擦了擦眉毛。

“你很难受吗?”

“嗯。”

“怎么了?”

“老了，仅此而已。我在这世上的时日已经走到了尽头，浪费了大把的光阴。”他用干瘦的手指用力掰着箱子上的搭扣，布满老年斑的手背上青筋凸起。

她静静地看着他和那个搭扣作斗争，最终还是伸出手去帮他打开了箱子。

箱子打开，拉出了很多级分层，很像是她母亲以前用过的那个放针线的箱子。每一层架子上又分成了许多的小格子，每一格都被填得满满的。闪闪发光的小珠子，按照彩虹色彩排序缠绕着各种钓鱼线的线轴，还有闪烁着银色光芒的钩子，大小各异，整整齐齐地摆放在箱子里。羽毛和小团的动物毛发被收拾得干干净净，其中有些已经被染上了鲜艳的颜色。

他伸手拿过自己的老花镜，把它歪歪斜斜地架在了布满皱纹的脸上。

他把一个钳子一样的东西固定在了桌子上，拧紧了下面的螺丝让它不会乱动。他用颤抖的手指捏起一只银色的钩子放在钳子中间，然后又拧紧了另一颗螺丝来固定住钩子。

他抬起头来，透过老花镜的上方看着她道。“再来一杯威士忌可能会好一点。为了抵抗头痛，让人神志清醒什么的。一个快要死的人视觉可不会太好。也不是每天都需要，你懂的。”

她笑了。“我快十二岁了。”这句话自然而然就到了嘴边。只是想说点什么，想向这位老人分享一点自己的事情。

“我知道。”

她拿过他的杯子，又往里面加了比刚才多那么一点点的威士忌。她把杯子递给他，他仰起头喝了一口，不过比刚才那口小多了。

她歪着头看着他。他的脾气有些古怪，但是她已经决定要喜欢他了。他说的都是事实，托莉对这一点评价相当高。

“话说回来，你到底多少岁了？”她问道。

他吃吃地笑了，不过笑容很快就消失在了脸上。“老到已经在这个世界上好好地走过一遭了，孩子。过来坐在我身边。”

她照做了。“万一他们没能回来怎么办？”

“他们会回来的。”

“我不大相信你所确定的事情。”

“孩子，你需要相信。现在，过来吧，我们一起做一个飞饵。”

“什么样子的？”

他从眼睛上方瞥了她一眼。“一只豆娘的样子。”

他教她怎样挑选颜色合适的珠子，把它们紧紧地缠绕在钩子上，并且造型成一个亮蓝色带着黑色条纹的身体的形状。他教她怎样做翅膀，然后让她自己试着缠绕线头和挑选作为眼睛的珠子。他们一起做了好多只飞饵，有些惨不忍睹，但是她已经开始逐渐掌握了技巧。他们一起做了几只，然后她就开始独立模仿着做，直到老爷钟整点开始报时。他又喝了几口威士忌，她往炉子里添了点柴火。

“你觉得他们会在天上看着我们吗，托莉——那些已经去世的人?”

“我……”她深吸了一口气道：“我觉得我妈妈会看着的。”

他点点头道：“格蕾丝也会，她是我的妻子。”

“我觉得死去的人能看到世间发生的一切。他们住在星星上，那里的一切都有理可循，万物皆有规律。”

他浓密的灰色眉毛扬了起来。“他们会原谅人吗?你觉得呢?就在天上?”

她想了一会儿道：“没错，他们会的。他们知道人们没有办法像他们一样能够看清一切，所以人才会犯错。即使人们认为天上的他们是对的，在人间依然会做出错误的决定。”

“那你会原谅你父亲吗?不管他犯下什么错?”

她低头看着自己指尖薄纱一样闪闪发亮的蓝线，脑海中又浮现出了那只豆娘，轻盈地落在自己的裤子上……但是就在她得出答案之前，楼下突然传来了一声巨响。

她浑身都绷紧了。迈伦猛地把头转向了门口，死死盯着那扇门，眼睛瞪得像铜铃一般。

重重地撞击声还在继续，屋外一时间传了来各种各样的声音。有很多人在外面，大喊大叫。

迈伦快速摇着轮椅来到墙边，从墙上的支架上取下自己的猎枪，对托莉说道“你站在那儿别动。”

“你要去哪?”

楼下的撞击声又一次响了起来，回响在空荡荡的屋子里，显得愈发可怕。她的心跳得飞快。

迈伦冲过去打开了窗户，向下看了一眼。

一个声音从敞开的窗户钻了进来。“加拿大皇家骑警克林顿分局。我们是警察！快开门!”

第二十四章

柯尔奋力把机头往上拉，同时绷紧身体做好了冲击的准备。但是突然地一阵风拍打在他们的机身侧面，把他们重重拍向了一边，迫使他急速调整方向，倾斜着机身向左飞去。又一阵强风袭来，带来一股自上而下的冲击波，拍到机身上方，继而飞机就像石头一样迅速下坠。

正当他以为他们会进入一个死亡旋涡，难逃一劫的时候，他们又被一股强大的风力抬了起来，险险地擦过正前方的山峰。这阵风把他们高高托向了天空，就像是被湍急的水流抛起的一个小木塞一样。他努力保持住机翼的平衡，加大油门，借着风力加速向前，就像冲浪一般在风中上下起伏。陡然间，他们就一下子窜出了云层，进入了平流层。

他的心跳得怦怦直响。

皮肤和衬衫都被汗水浸透了。

发动机巨大的哀鸣声打破了这里的寂静。他依然能看到机尾后面紧跟着的灰色——那是一阵扭曲盘旋的气流——是他们刚刚才冲出来的风暴。他们一路向北飞去，但是这股气流张牙舞爪地紧跟其后，像是死神附体一般随时准备出击将他们再次拖回去。他现在能做的一切就是极力飞在风暴的前边。

是的，没错。然后他还得在这自然界的洪水猛兽把他们再次吞下去之前找到一辆拖着野营车的小皮卡。

他抬起袖子擦了擦额头。

“好险。”他头上的耳机中传来一句话。

他轻哼一声道：“这还用说?”

他们的正下方是向北的高速公路，被大雪覆盖后宛如一条华丽的缎带。路上的车辆井然有序地来来往往。柯尔转了个急弯，降低了飞行高度，跟着路上的车流低空飞行，在众多的车辆中搜寻着载有野营车的灰色卡车踪影。他猜想绑架了奥莉薇亚的人肯定早就把小船和拖车抛弃了。

他在脑中计算着这里到老栅栏牧场的距离，以及拖车在积雪的伐木路上的大约行驶速度。如果奥莉薇亚是在三个小时前被绑架的，那么以伐木路的大部分路段都能达到的最高时速六十公里每小时来算的话，野营车在上了高速路之后能开得更快，那个掳走了奥莉薇亚的混蛋现在很有可能足足已经向北开出了一百八十多公里。

“在那里!”波顿在耳机中大叫道。“露营车！两点钟方向的岔道附近，正在向北行驶。”

他也看见了。他又转了个弯，以极低的高度在高速路上空飞行。飞机在车流的上方嗡嗡作响。

“双筒望远镜在你座位旁边的袋子里，”他对波顿说，“我们的目标是一辆冒险者牌露营车，应该就放在一辆灰色福特 F－150 卡车的敞开式货箱里，挂着不列颠哥伦比亚的车牌。”

坐在他身后的波顿，终于找出了望远镜，趁着柯尔低空飞行的时机，在车流中仔细留意着有没有和哪个型号的卡车所匹配的电反馈油缸的踪影。这一片地区上空已经开始聚集起了小片的乌云，晶莹的雪花正在云中酝酿，还敲打在了他们的挡风玻璃上。风暴正一步步逼近。

“你能看清它是不列颠哥伦比亚牌照吗?”

“我能肯定。”然后他暗暗骂了一声，“这辆露营车是赛特神牌的。”

柯尔抬起了机头，继续跟着闪闪发光的路面飞行，内心紧张不已。云层越来越厚了，不出几个小时这里就会完全黑下来，他们必须在日落之前找到露营车的位置。

又一辆车引起了他的注意，他再一次把飞机拉低，但是那辆露营车是载在一辆红色的卡车上。

“那边就是离开高速路通向第一民族领地的土路。”波顿伸出手去，顺着柯尔的肩膀指向前方。“就在那里，大概十一点钟方向。”

“我看到了。”

“这条路绕过了怀特湖，然后从它的后面一直通向森林和群山的深处。朝着掠夺者山脊一直往前，最终就能到达熊爪谷。”

柯尔的眼神在高速公路和蜿蜒至茂密的森林中的土路之间来回审视着。这就是场赌博。攻击奥莉薇亚的人可能压根就没走这条路。

“那是他唯一的目的地。”波顿的声音从耳机中传来。

“她现在命悬一线。如果你判断错了的话——”

“我想把她救出来的心情，远比你能想到的急迫得多。”继而波顿低沉又宁静地说：“这就是我所做的一切的原因。”

柯尔愣了愣，然后转了个急弯离开了高速路，以一个尖锐的角度飞向了茂密的丛林中的小路。远处起伏的是高高低低的丘陵，更远一点的是有一半都被云雾遮住了身影的顶峰山脊。他一定要在索伦森带着奥莉薇亚逃进顶峰山脉之前截住他们。

“那里!”波顿突然大喊起来，而柯尔也几乎是同一时间看到了树林间腾起的一阵烟尘。“有东西在那边移动!”

柯尔操作着飞机俯冲下去，紧贴着下面的露营车的上方飞行。这辆卡车一路扬起高高的灰烟，正在颠簸的石子路上飞速行驶。

波顿掏出望远镜仔细向下看，柯尔的心都跳到了嗓子眼。他环视着周围的地形，就连一丁点可以让他降落的裸露的土渣子地都看不到，更不用说这条弯弯曲曲的小路两旁还长满了巨大的松树。雪也越来越多地落在了挡风玻璃上。他迅速地转过头看了一眼身后，翻涌着的灰云还紧紧跟在他们身后。

“是冒险者牌露营车，”波顿道，“长车厢，灰色的福特 F－150，不列颠哥伦比亚牌照。”

“我会再降低一点，你注意观察露营车的尾部，左侧车门边有没有一张无线电业余爱好者执照牌照。”

他轰鸣着又拉低了高度，机身擦过了路两旁高耸的树梢。

“确认无误！我可以看到牌照。”

柯尔立即拉起了一点点机头。下面的露营车加快了速度，飞驰着在树林间扬起一阵尘土。这条路的一旁有条银光闪闪的河流。

柯尔又试着拨了一遍无线电，转动着频道试图收到信号，但还是一无所获。

“你有手机吗?”柯尔大吼道。

“没带。我把它放在小木屋里了。”

他掏了掏口袋，找出了自己的手机，然后递到了自己肩后道，“用我的。问问怀特湖警方能不能出动应急反应小组，还有直升机。

风暴就要来了，我们要在天色变暗之前请求支援。”

但是就在他说话的片刻，身后由风暴组成的怪物已经迫不及待地伸出一条风舌，把他们的飞机舔得偏离了原来的路线。“妈的！”

他倾斜飞行着，再一次努力找回对飞机的控制权。波顿还没来得及拿到手机，它就掉进了两个座位之间，沿着地板一路滑到了飞机的尾部。

现在他们只能靠自己了。柯尔深吸了一口气，又一次降低了飞行高度。下方的露营车已经快要接近峡谷的第一个弯了，肾上腺素在他的血液里不停激荡。那辆车高速转过了急弯，速度太快带起了路旁的一颗大圆石，滚落下峡谷，扑通一声巨响落到了河里。

这辆车还在提速，驾车的司机清楚地知道自己正在被空中追击。柯尔心中进行了激烈的斗争。继续追下去，他们可能会撞上去，这很有可能会伤害到奥莉薇亚。但是一旦放弃，这辆露营车随时可能在一望无际的茂密森林和群山中像灵活的水蛇般消失得无影无踪。一旦天色暗下来，风暴来袭，奥莉薇亚也就再无生还的可能了。

咬了咬牙，他还是选择继续跟着露营车上方飞行。车颠簸着冲下了一个浅滩，然后又攀上了另一边的河岸。然而就在它转向河岸的时候，车子的左侧差一点点就要滑落悬崖。仿佛是慢动作一般，车子左轮下的路肩似乎崩塌了，卡车像是悬空在了悬崖上方，车下哗啦啦滚落的石头在河床下腾起一朵小小的蘑菇云，随后就在风中消散得无影无踪。露营车摇摇晃晃的悬在崖边。

在看到车轮悬空转动的那一刹那，柯尔感觉自己的肠胃都被整个提起来了。车冲向一边，在慢慢下滑，车下的那些石头和还没有扎牢根的小树，不时地滑落着，滑落着，滑落着，跌入了翻滚着白浪绿波的河流中。

崩塌最终停止了，车子没有随着滑坡一起下去，而是险险地平衡在了水面上方一块突起的岩石上。

谢天谢地。

他必须降落了。立刻。

柯尔在空中一个急转弯，驾驶着他的飞机低低地贴近水面。到了这个高度，两旁的树枝几乎是毫厘之间就能碰到他们的机翼。雪花开始肆无忌惮地拍打在挡风玻璃上，他勉强靠着高速旋转的螺旋桨吹开的视野模糊地寻找着河岸，沙砾的路，或者是其他任何可以降落的地方——即使这样意味着摔机着陆，他也必须现在就降落。

“奥莉薇亚叫他艾格。”托莉对着同她和迈伦一起待在图书室的警察说。

其中的一名警官用电子设备给她看了一张照片。“是这个男人吗?”

她皱紧了眉头道。“是的。不，我是说，他看起来有点像。一样的浅金色短发，留着一样的胡子。我不太确定。”她抬头看了看面前的这位警官，他看起来还很年轻，十分和善。

“那个男人一直戴着棒球帽，”她解释道，“我每次见到他的时候他的帽檐都拉得很低，整张脸都笼罩在阴影里面。但是那很有可能就是他。”

“他有多高?”

她瞟了一眼正在和迈伦说话的那个深色头发的加拿大皇家骑警。“大概和那位警察一样高吧。”

“所以大概是六尺二吗?”

“我想是的。他说他是和妻子一起来的，但是我从来没见过她。”

警察们相互交换了一个眼神。

“谢谢你，托莉。”这位警官说。

他走到窗边，望向外边的雪地，拨通了一个电话。

“雅其马探员，”他对着电话里的人说道，“没错，很有可能就是索伦森，或者是某个假扮索伦森的人——他们的外貌十分相似。这个人绑架了牧场的经理，奥莉薇亚·韦斯特。她显然已经受到了伤害——受害人被带走的现场残留下许多血迹。他们相信他正在向北潜逃，目的地是熊爪谷。”

他顿了顿继续道：“确切地讲，这是牧场主迈伦·麦克唐纳的儿子柯尔·麦克唐纳告诉他父亲的。他还说嫌犯所驾驶的卡车现在挂的是不列颠哥伦比亚牌照，露营车的尾部还有一张由华盛顿签发的无线电业余爱好者牌照。”他将牌照的号码也一同报告了上去。

他再次停下来听着电话那头的人说话，然后开口道：“我明白了，是的。坚持说她会被带去熊爪谷的人正是波顿。没错，我知道波顿的精神状况可能有问题。但是这是我们现在唯一的线索了——这里所有的一切”——他的视线扫过托莉和迈伦——“都指向她被袭击者带往了北部。也许是想去那里完成塞巴斯蒂安·乔治未完成的事情。”

他又静静听了一会，开口道：“单翼飞机，黄色的。不，我不知道。”他清了清嗓子。“波顿的女儿说她父亲随身携带了两把手枪，而麦克唐纳也装备有一把猎枪。她说她父亲来这里是为了‘完成一些事情’的。我的建议是先通知怀特湖分局，让他们马上出动应急反应组，迅速前往熊爪谷。”

前方是一条狭长的砂砾滩——在涌动的河流中央孤零零地露出水面。柯尔很怀疑自己究竟能不能在冲出浅滩的尽头一头栽进水里之前把飞机停住。绑在飞机苔原轮胎上的滑雪橇肯定会让他们在石子滩的着陆充满颠簸，严重的颠簸也很可能让飞机即刻倾覆。

“抓紧了！”他大叫着，在一瞬间做出了决定要在这里降落。“抱紧狗！”飞机的轮胎擦着翻涌的水面掠过。他努力控制着副翼，让机头保持平稳，起落架咣地一声巨响砸在了石子上。飞机摇摇晃晃地向前滑行，机尾拍打着地面，整个机身倾斜摇摆着。柯尔使出了浑身解数让这架丛林飞机停了下来。然后他看到了面板上的数据。他们着陆得十分惨烈，飞机整个偏向了左侧机翼，头冲下摩擦着地面，机尾则高高翘起。飞机最终是因为左翼和地面狠狠摩擦才停了下来。支柱断成了几节，有的散落在浅滩上，有的则和断裂的树枝一起插进了挡风玻璃。

柯尔的肩膀在飞机猛地倾斜的时候受伤了。他的心还在止不住地狂跳。

“波顿？”

“在，我没事。”

“艾斯呢？”

“它也很好，只是在大喘气……被吓到了。”

柯尔解开安全带。幸运的是舱门不在飞机着地的那一侧，他用力推开舱门爬了出去。

波顿在下面举着艾斯，他帮忙把它拉了出来。波顿跟在艾斯后面自己也爬了出来。他眉毛上有一条脏兮兮的伤口，鲜血顺着一边眼睛流下了脸颊。

“你确定没事吧？”

波顿面色苍白地点点头。

柯尔解掉了系在艾斯身上的绳子，然后取下了牵引绳的搭扣。他把绳子递给波顿，然后转身又返回了机舱。他用尽全力把座椅的靠背往下压，终于如愿以偿听到了铰链断裂的声音，靠背被折断了。他小心翼翼地越过折坏的座椅继续往里面爬，双手伸进飞机后方的地板上摸索，寻找着手机可能滑落的地方。他不能肯定在哪里，但是它肯定卡在了后面被压得支离破碎的绳索和齿轮中间。没有时间了。就算奥莉薇亚现在还活着，也一定是身受重伤，奄奄一息。每一秒都至关重要。

他打开了飞机侧边嵌板上的卡扣，把上面挂着的小急救箱取下来，挂在了自己牛仔裤的皮带上。他跳出了机舱，落地时一股剧痛从脚踝上传来。他摸到了机舱的前部，取出了自己之前放在一边的猎枪，它看起来还可以正常使用。他伸手摸了摸前面另一个放着弹药的地方，拿了一盒子弹塞进夹克里，把这支 12 口径猎枪背到了背上，然后伸手向波顿要过了艾斯的牵引绳。

“分岔口的水流看起来要浅一些。”他指着轻轻拍打在石头上的河水道：“我们可以从这边涉水过去，然后沿着对岸向下游走。”

雪已经下到了这里，此刻的天空阴沉沉的，云层低压。冷风呼啸而来，带来了一阵令人战栗的寒冷。

刚抬脚踏进水中的第一步，他的靴子就被湍急的水流给冲走了，而他也被冲倒在了河里，激起了重重的水花。冰冷的河水像阴冷的毒蛇一样攥住了他的心脏，让他无法呼吸。他挣扎着站起身，身上滴滴答答滴着水，目光紧盯着流动的河水。这一次，他会更小心的选择落脚点。

“小心点，石头上全是苔藓，特别滑。”他冲身后大声说道，然后带着艾斯再一次踏入了河流。

她仿佛沉浮在一片名为疼痛的海洋里，红色的潮汐一波又一波涌来。就像是浓郁的颜料被慢慢混在一起一样，她的脑袋里原本是暗暗的绯红，后来又有一缕黑色悄悄缠绕了进来，让她头晕目眩，不断翻涌起呕吐的恶心感。她似乎在意识边缘的某处听到了金属摩擦的刺耳的咯吱声，随之而来的而还有玻璃碎裂的声音。她在恍惚间感觉到了一阵震动。她呻吟着想抬起脑袋，睁开眼睛看看发生了什么。她感觉到绑在身上的皮带被解开了，有一只手紧紧攥住了她的手臂，正在用力的拉扯。

她因为疼痛尖叫起来。这由自己的胸腔发出的本能的尖叫把她从无意识拉回了现实世界。她的心脏跳个不停，嗓子深处被自己的血液呛住了。一个男人正在拉她的手臂，用力把她翻过来。一瞬间，记忆像一道白色的闪电一般击中了她，她的心霎时间被肾上腺素充满了，身上的每一块肌肉都忍不住痉挛，恐惧层层涌了上来。她努力睁开双眼，试图看看前方，清醒过来。

“嘿，”他拍了拍她的脸颊，“该醒醒了。”他拍打得更用力了。

奥莉薇亚把头转到一边，喉咙深处涌上来一口带血的脓液，卡在了嗓子眼。他又开始拽她，左边身子传来的一阵撕心裂肺的疼痛让她差点再次昏过去。

“别拉……我的胳膊，”她很努力才挤出一句呻吟。“我的胳膊……断了。别碰它。”

他把双手从她的腋下伸过去，把她的上半身用力拖了起来。她的整个世界都在旋转，眼前没有一件东西是好好呆在原位的。她眨了眨眼睛适应了一会儿，然后才看出他们现在是在露营车的后面，车子不知怎么侧翻了过来。

“放松，”他说着试图把她拉出车厢。“这整件事情马上就要结束了。”

不安的情绪敲打着她的胸膛。她记起来了——车厢忽然倾斜，翻滚，向前滑，然后砰地一声撞击声。感谢上帝，他是把她绑在床上的，不然她现在断掉的肯定不只是一条胳膊这么简单。

他把她拖出受损变形的车门，她还被捆在一起的双腿在后面的地面上摩擦。她的靴子被一路拖离车厢的门，然后因为地心引力重重地砸在了石子上，痛得她倒吸一口气。疼痛难以忍受却真实无比，这是她还活着的证明。如果要说这一刻她学到了什么的话，就是一个人在被疼痛折磨死之前究竟能忍到什么程度。

脑后传来一阵几乎让人失明的白光，她挣扎着不让眼睛闭上。他把她扔到了一堆石头上。有水，她听到了河流的声音。他们现在是在一条奔涌的河流上方伸出的岩壁上。她的双手还被反绑在身后。

他在她的身旁蹲下，解开了她脚腕上的束缚。他用从她脚上接下来的绳子系了一个套索套在她脖子上，活像一条拴狗的链条。

求你了。不要，不要再来一次……我无法忍受再经历一遍了……就让我在这一刻死去吧。我只想死……

一张图像浮现在了她的脑海中。一张面孔，这张脸是那样的纯净，以至于她几乎要以为这是别的什么力量强行放到她脑子里的。一双被浓密的黑色睫毛覆盖的温柔的绿眼睛凝视着她，静静地看着她，里面满是渴求和需要。一头如乌鸦的羽毛般泛着蓝光的乌黑亮丽的头发垂在脸旁，每一根发丝都笔直垂顺。

托莉。

她的女儿。

如果她死了，她十一岁的女儿在这个世界上将成为孤苦伶仃的一个人。奥莉薇亚的眼中涌出了热泪。她已经为自己的孩子努力活下去过一次了。上一次，她像是一头粗暴的母熊一般奋力给了这个孩子生命，但是最后却让她的宝贝女儿失望了——她向伊森，向自己的父母，向这个社会妥协了。她没有勇气为了这个孩子与全世界对抗，当时即使独自抚养孩子她也没能做到。

这一次她不会再让托莉失望了，绝不。她将会再一次为自己的孩子而战。向看着她的不论是上帝还是魔鬼起誓，她这次一定会赢。她一定会杀了那个狗娘养的。

他再一次把手伸到她腋下，拽着她拖向自己的脚边。她忍住这股钻心的疼痛，左右摇晃了两下，然后试图稳住身形，努力把胸中涌起的眩晕感和胃里面翻江倒海的呕吐欲压了回去。

“动起来。”他走到她前面，扯了扯手中的绳子，绳子的另一头紧紧地套在她的脖子上。

“别碰我的手，你这混蛋！这样我没法把握平衡，会不断摔倒的！”她吐出了更多的血沫，星星点点的暗红色溅在岩石上，显得十分刺目。

他转过来看着她，周身似乎都在向外振动着发出能量。然后他笑了。嘴角微微向外拉扯，上扬。他的牙齿还和以前一样——洁白而整齐地排成一列，犬齿微微突出，这也让他多了一点点凶猛的气势。曾几何时，正是这两颗牙齿把她身体的一部分撕扯下来，吞吃下肚。

他有着一双肉食动物的眼睛。就是这双眼睛，十二年来每晚都出现在她的噩梦中，对她穷追不舍。

“你变了，萨拉。你以前可是很贴心的。”

“你他妈的到底是谁?！你明明死了的！你已经死了！”

他慢慢走近她，近到他可以用自己的胸膛感觉到她柔软的乳房的地方。他偏了偏头，轻轻覆上了她的双唇。“那不是我，萨拉，”他在她耳边低声道。“塞巴斯蒂安死了，我没有。塞巴斯蒂安只是个牺牲品，我母亲一直说我本该在她的子宫里的时候就把他吸收的，他只能算是半个人。塞巴斯蒂安本该在出生前就成为我身体的一部分的——这叫做胚胎吸收。你一定听过这个词吧，萨拉？还没出生就消失了的孪生兄弟。但是，哎呀，他却被生出来了。他的出生一定是为了一个更有价值的理由。他成了我的奴仆，在生活里一点一点被我吸收掉了。他存在的意义就是滋养我，供给我，他做到了，并且一直做得不错。他是我的影子兄弟，我的仆人。不过，最后留下的应该只能是一个人，只能是我。”

他伸出自己湿滑的舌头，像蛇一样舔了舔她的嘴唇。她猛地向后缩了一下，差点吐了出来。

他突然转过身去，用力扯了一下手中的绳子。她的脖子发出了可怕的声音，被扯得向前一扑，一瞬间的恐慌让她趔趄着站起来稳住了身体。她的手还被反绑在身后，如果这时候摔倒的话，脸一定会重重的砸在石头上。他拽着她爬上了河岸，她飞快地转头瞟了一眼身后的卡车和露营车。

车厢侧面着地险险地停在狭窄地岩壁边缘，他们能逃出来简直就是奇迹。她抬起头寻找着天空中飞机的踪迹，刚才露营车开始加速，侧翻的时候她听到过头顶上方传来飞机的轰鸣声。但是目力所及之处什么都没有，只有铅灰色的云层，和一只在林间腾起的浓雾中不断盘旋进出的秃鹫。有细细的雪花落在了她的脸上。

她还学到了另一件事——飞机的声音可以在你的脑海中残留好几个月。但是这毫无帮助。在这越来越低的云层和逐渐逼近的风暴中，她只能靠自己了。

奥莉薇亚收回了注意力，专注地把一只脚落在另一只脚前面，小心翼翼地保持着平衡，在砂砾和石子，以及其他山体滑坡的残骸中寻找着稳妥的落脚点。她还专心地感受着身体上的疼痛，以此作为心里逃避。别抵抗，就放任它这么疼着吧。让它随着每一次心跳传送到所有的神经末梢，让它顺着脉搏的每一次跳动遍布全身。如果她抗拒的话，这疼痛才会变得更加难以忍受。她试着拥抱它，根据不同的疼痛默默推测身上每一处受伤的严重程度。她的上臂可能骨折了，被撕裂的耳朵上已经结起了厚厚的血痂。她的头皮有一部分被撕裂了，他很有可能还打断了她的鼻子。她绊了一跤跪倒在地，他用力扯了扯手中的绳子，她不得不又摇摇晃晃地重新站起来。

她看到他也抬头看了看天空，神色之中有些担忧。

他找到了一条可以上到一片低一些的岸边的小路，牵着她走进了阴暗而寒冷树林之中。雪花大片大片的飘落，黑暗逐渐侵袭过来，带来一波海浪般的绝望。她又被绊倒了，右边身子着地摔倒在地上，剧烈的疼痛让她忍不住尖叫了一声。她的眼中溢满了泪水，耳朵上的伤口又裂开了，鲜血顺着脸颊滴滴答答地落在地上。她慢慢蠕动着坐起来，喘着气等待呼吸平顺。

“还有多远?”她半天才有力气说出一句话。

他没有回答，只是专注地打量着她，似乎在评判着什么。

“你从来没有真的去寻找过我们的孩子，对吧，萨拉?”

她看到了他的眼神，不由得咽了下口水。

“我以为你会的。以你这样的性格，真没想到。我都放好了线，就等着你上钩。”

她用挑衅的眼神看着他，胸中却升起一种只有失去了自己孩子的母亲才能懂的悔恨和罪恶感。

“我不想让她和你有任何接触，”她轻轻地道，“虽然我这辈子是逃不开了，但是我至少可以让她平安长大。”她吐出了更多从鼻子后面不断涌出的鲜血。“现在看起来，我做得没错。”

他的唇角扬起了一个有些扭曲的微笑，微微偏了偏头。

“啊，但是那个警察——那位探员——我现在可以肯定在一个寒冷的十一月的一天，我在斯缇纳河边见过他，他对我可比我对你要了解得多。他知道我没被关进监狱，也知道我一直在寻找着时机，还独自一人在网上给我下了饵。是他带我找到你的，萨拉。”他的笑容更深了，弯腰把脸凑到了她面前。她依旧死死盯着他的眼睛，不肯示弱。

她绝不会再在他面前后退半步。

他伸手抚上了她脖子上的绳子，用力又把它收得更紧了一些。她被勒得窒息了，气管里一丝空气都没有，眼眶迅速被泪水湿润了。他就这样扯着绳子，直到她眼前的景物渐渐消失，变成点点细碎的白光，然后才松开了手。她随着他松开的手无力地向后瘫倒，躺在地上大口喘息。

“起来，”他命令道，声音突然变得毫无感情，冰冷刺骨。“走，我们得找个地方过夜，然后做点有意思的事情。”

他用力拉着她往前走向森林深处的时候，她用右手的手指粗暴地扯下了戴在左手的手表，然后把它悄悄扔在了身后一片柔软的土地上。她拖着脚前进，尽量在不引起他注意的前提下在铺满松针的土地上留下更多的痕迹，祈祷着接下来的大雪不会让她的努力白白浪费。

第二十五章

雪花像节日的五彩纸屑一般落满了汽车的残骸。柯尔小心翼翼地爬进去，以免摇摇欲坠的车子掉进悬崖下湍急的河流中。

卡车的车厢里空无一人，后面连接着的露营车里也空空如也，但是很多东西都被血迹浸透了，他还找到了奥莉薇亚的几缕头发。要说有什么唯一能让人感到安心的话，那就是看样子她还活着，并且有足够的行动力能离开这里——绑架她的人如果是拖着一具尸体的话，必然不能这么快就消失无踪。

原本站在车外的艾斯突然开始狂吠，柯尔紧张地听到了波顿的大声呼喊。

他从露营车中探出头去观察外面的情况。

“这边！艾斯找到了什么！我觉得它是闻到她的气味了！”

艾斯呜咽着，奋力想要挣脱牵引绳爬上河岸。

柯尔从车上跳下，快步跑过去，弯下腰仔细看是什么让艾斯突然这么激动。地上有点点粉红色的血迹……看上去应该是喷出的血沫，不远处的石头上还有更多的血点。他绷紧了下巴，抬头看了看。

“你来拉着它。”波顿有些拉不住激动的艾斯了。他的脸色还是像纸张一样惨白，面容比刚才还要憔悴。他病了，身体状况越来越令人担忧。

柯尔从波顿手中接过了牵引绳，把绳子在手掌上绕了一圈来抵抗艾斯的拉力，它正不顾一切地狂吠，想要冲到自己找到的那条小道上去。

"准备好了吗?"

这位曾经的警察点了点头。

"找到她，好孩子，"他说，"去吧!"

艾斯沿着河岸边闻边走，左右嗅着，然后突然的，他的鼻子低了下去，前进的脚步也停下了，转而沿着峭壁下方向着河下游走去，柯尔在杂乱的碎石滩上走的磕磕绊绊，努力跟上艾斯的脚步，石子在他的靴子下面发出咔嗒咔嗒的响声。雪势越来越大，被雪覆盖的石头变得十分湿滑。

波顿落在了后面，艰难地喘着气，用手拽着灌木丛的枝叶努力跟上他们。

艾斯突然停了下来，仰起头在空气中嗅了嗅，看起来有些疑惑。它开始在原地转圈，尾巴也小幅度地摇了起来。终于，它又重新捕捉到了奥莉薇亚的气味，发出一声低低的哀鸣，然后拉着绳子继续往前走。

这一次艾斯带着他们走过了一处浅浅的河滩，然后径直穿进了森林深处，至此他们已经在河滩上走了将近一公里了。茂密的枝叶遮挡了来自上方的一切光线，他们都没有带手电筒，只有在黑漆漆的森林中盲目地前进，唯一的指引就是艾斯的鼻子和牵在他手中的绳子。

柯尔停下等着波顿跟上来，但是艾斯却突然猛地向前一冲，差点把他的胳膊从肩膀上扯下来。疼痛沿着肩膀一直传到了脖子后面，让他忍不住一缩手。艾斯往前走了没两步就趴下来卧在了地上。

“怎么了，孩子?”

波顿追上了他们道，“它是察觉到有危险了。”他说着弯下腰双手撑在大腿上气喘吁吁，直到恢复了一点才又说：“以前在怀特湖的时候我的手下有两名训练警犬的警员，其中一只警犬是专门搜寻 K－9 镇静剂的，它在闻到相应的味道的时候就会像这样卧下来报警。”

柯尔俯身翻找了一下艾斯爪子下面的土壤，果不其然从里面发现了一只手表，是奥莉薇亚的。他捡起手表，胸口郁结着一口气。

“做得好，艾斯，”他轻轻地摸了摸它的头道，“你真是个好孩子。你还能再找到点什么吗，嗯？找到她——找到奥莉薇亚。”

这条德国牧羊犬猛地站了起来，像一只专门被训练作寻找松露的小猪一样在土壤间仔细嗅着，然后渐渐偏离正轨转向了狭小的树林缝隙间。柯尔和波顿快速跑了起来，跳过倒下的树干，匍匐过低压的树枝，扒开杂乱的灌木丛，被不时伸出地面的粗壮的树根绊得七荤八素，在白雪茫茫的森林中磕磕绊绊地奔跑。

艾斯又一次突然卧下了。柯尔弯下腰，在黑暗中用手指摸索着它的爪间。他摸到了一个坚硬的东西，把它捡了起来，然后紧张了起来。那是奥莉薇亚的卡车钥匙，她一定是把它装在了自己的牛仔裤口袋里。

“你还能找到更多的东西吗，孩子？快去。”这只狗继续跑了起来，但是显然已经有些体力不支了。波顿跟在他身后，不停重复着被绊倒，摔在地上，然后又爬起来的动作。

“你还撑得住吗?”他问向这个退休的警察。

波顿用力擦了擦眉毛，大口喘着气道：“我能做到，我来就是为了这个的。”他的声音还有些喘息。

柯尔就着微弱的光线仔细打量了他。"我需要你的帮助，"他静静地道，"我们都需要你。"

他点点头道："我没事，走吧。"

柯尔又松开了艾斯的绳子，两个人再一次跟在它身后前行。雪积得越来越厚了，寒风在树林间穿行，艾斯稍稍放慢了脚步，更仔细地沿路嗅了起来。柯尔有些担心风会把气味吹散，引导他们到错误的地方去。艾斯带着他们上了一个小山坡，他们在山顶的树林边缘停了下来，山脚静静地躺着一片空地。虽然现在天色已经完全暗下来了，树林的外面还是可以隐约看得清东西。厚厚的雪地也反射着微弱的光线，给这个小小的山谷蒙上了一层诡异的光芒。周围静的可怕，甚至能听到融化的雪水从枝头扑通低落的声音。空地的那一头有一片光秃秃的赤杨树林，围绕着一间显然是荒废已久的小木屋，它的旁边还有一间已经腐朽得看不出来原来的样子的外屋。

有微弱的黄色灯光从小木屋的其中一堵墙上的缝隙中透出来。

柯尔在山顶上等着波顿赶上来，然后在他身旁悄悄弯下了腰。

"看起来这是一处被抛弃的家园。"柯尔轻声道。

"或者是一个杀人犯的专用囚禁所。"

艾斯从喉咙里发出了呜咽的低吼。

"嘘，"柯尔轻声制止，又伸手去安抚它，因为声音在这样的雪天里会在森林中传得很远。但是艾斯不肯安静下来，喉咙里发出低沉的吼声，鼻子不停朝着下面的小木屋喷着气。

"他们就在那里面，"柯尔压低了声音道，"艾斯闻到了她的味道。"

"他很有可能带着武器，"波顿道，"不知道他们伤的有多重，但是既然他们能在这么短的时间里就走了这么远的路，我猜测他们两个人都还没有失去行动能力。"

“而且奥莉薇亚显然脑子还很清楚，所以才能像韩塞尔与格雷特[①]一样沿路丢下线索方便别人找到她。”

这还意味着她并没有放弃希望。柯尔不禁为这个想法雀跃起来。但是他们必须小心，再小心，不要心急搞砸了事情。

“有什么想法吗?”他问波顿。

“我们现在有什么？你有一杆猎枪，我有一把史密斯威森手枪，还有一把金牛座点 22 手枪。”他瞟了一眼艾斯道：“还有她的狗。”

“不，”柯尔说着眯起眼睛看了看这条德国牧羊犬，心跳得很快。“这条狗不能出意外，我们的行动不会带上它。”

波顿换了个舒服些的蹲姿。他的右边胳膊无力地垂在身体一侧。

“你的手臂怎么了?”柯尔问道。

“有点使不上力气而已。”

他皱起了眉头，试图在黑暗中看清波顿的眼睛。“是你的病导致的吗?”

“有可能吧。”

“那个肿瘤——它最终会怎么样?”

“我脑袋里的损伤会逐渐扩大，如果它压迫到某个特定的神经的话，最终可能会导致运动协调失衡。”

柯尔在心底轻轻骂了一句。波顿正在他的眼前一点一点的垮下——他的体力可能无法参与到对小木屋的强攻。他又看了看艾斯。如果把它拴在这里山顶的某棵树上的话，它一定会在自己和波顿离开的一瞬间就开始狂吠的。到那时，所有隐藏起来的希望都会破灭。

---

① Hansel and Gretel，出自《格林童话》，故事中兄妹两人被女巫抓到森林中的糖果屋时，曾沿路丢下面包屑做记号。

他突然想到了一个主意。

“我有主意了，”他悄悄对波顿说：“我们这样……”

这间腐朽的房子充满了以前奥莉薇亚被锁链拴起来的那间棚屋的味道——一样的阴冷，一样的潮湿，散发着霉土和青苔的味道。她的脉搏跳得飞快，几乎都快要晕倒了，只能奋力抓住脑海中最后的一丝意识。

集中注意力。为了托莉。配合他的游戏，然后赢过他……

他把她推到了一个角落里。

“还和原来一样，是吧，萨拉?”他在她耳边低语。

“你叫什么?”她问道，牙齿上下咔嗒咔嗒打着架。她努力让自己平静下来，尽力拖延时间让他保持人性，而不露出兽性。“如果你不是塞巴斯蒂安的话，一定有一个别的名字。”

“尤金。”他回答道。

“尤金·乔治?”

他对上了她的双眼，她感觉一阵刺骨的冰冷从脊椎后面窜过。

“没错。”他说着把系在她脖子上的绳子的另一头拴在了墙角的一根粗粗的金属杆上，视线一直没有从她的脸上移开。

“所以你们是兄弟？同卵双胞胎?”

他从鼻子哼了一声道：“塞巴斯蒂安只不过是和我基因相同的复制品罢了，是从我身上分出去的分支，随时可以牺牲。他来到这个世界上的意义就是为我服务。我母亲在我很小的时候就告诉过我这一点了。”

“我怎么会从来没有见过他?”

“你见过的。他来帮忙分解尸体，也许你把他当成是我了？他住在另一间棚屋里，离这间房子还很远的地方。待在我的生活外围是他的义务。但最终的下场和我父母一样。”

“这就是他在法庭上说自己不识字的原因？只有你受过教育？”

“跪下。”他系好了绳子命令道。

她固执地站在原地，双手被绑在身后，耳朵上撕裂的伤口再一次流出了鲜血。“为什么你以前从未告诉过我你的名字？”

他望着她的眼睛，然后用极其缓慢的语速说道，“名字不过是虚无的东西。塞巴斯蒂安和尤金，罗慕勒斯和雷摩斯[①]，卡斯特和帕勒克[②]，以及《蝇王》中的萨姆和埃里克[③]，我母亲经常会引用这些故事。名字只是一个符号，而且渐渐已经变成了官僚控制的手段。不是吗，萨拉·奥莉薇亚？我们不会被名字所束缚，而是可以随意地成为自己想成为的人。我们可以像变色龙一样混迹于人群之中，取代他们的身份，就像我很久之前取代了北边一个已经死掉的，完全自给自足的，住在丛林里的家伙的身份一样。十二年前，就在他们逮捕了塞巴斯蒂安之后，我用这个家伙的身份进入了美国。因为两年前枪杀了一名亚利桑那州的国家公园管理员，我确实在监狱里待过一段时间，不过那件案子最终被判决为意外杀人，所以我也没有呆很久。他们不知道的是，我杀了他，只是因为他不巧看见了我和我可爱的小鹿的私事。她可真美，一头金发，还有浑圆的乳房。”他笑了，然后接着道：“我猜他们至今都没有找到她的尸体，毕竟她已经深深坠入了峡

① 罗慕勒斯（Romulus），古罗马建国者，据说为战神（Mars）之子，与其孪生兄弟雷摩斯（Remus）同为母狼所育。

② 卡斯特（Castor）和帕勒克（Pollux），古希腊罗马生活中的孪生双灵，双子星就是以他们命名的。

③ 诺贝尔文学奖获得者，英国现代作家威廉·戈尔丁的代表作。萨姆（Sam）和埃里克（Eric）是其作品中的一对双胞胎。

谷之间，那里各种各样的野生动物可是会饥不择食的。”

腥苦的胆汁涌上了她的喉间，强烈而纯粹的恨意像敲鼓一样在她的脉搏下怦怦跳动。

“真正的艾格·索伦森，”她从紧咬的齿缝间挤出一句话。“在哪里?”

“啊，他们现在应该已经在一片偏僻的荒野发现他了吧。我敢说他的尸骨肯定已经被鸟儿啄得七零八落了。还有可爱的玛丽——我们都知道他们已经找到她了，不是吗，萨拉，或者该叫你奥莉薇亚？不得不说，索伦森夫妇真是绝佳的猎物。我被从监狱释放出来之后没过多久，就在亚利桑那州的一处野营地遇到了他们。愉快地交谈之后我知道了他们有芳邻卡，还经常到加拿大来打猎，简直再合适不过了。他的体型和肤色都正合我意，装备也十分齐全。”

一阵战栗从她的身上流过，似乎神经都打结在了一起。

“跪下。”他再一次命令她道，声音比之前低了不少，透着森森寒意，眼神中有某种难以言喻的东西。

她慢慢弯下了自己的膝盖，跪到了腐烂的木地板上。他抽出了之前从她身上搜来的刀，把刀锋滑进了绑住她手腕的绳子，双手解放了。随之左臂荡了下来，她疼的眨了下眼。尤金伸手捏住了她脖子下方的夹克拉链，然后刺啦一声拉到了底。他把外套褪到她的肩膀下，最终落到了地上。他轻轻推了推她的胸膛，迫使她向后坐倒在自己的外套上。她心若擂鼓，忍不住向后一直退到了墙角，系在脖子上的绳子重重摩擦着她原本的伤痕。

他的脸上咧开了一个笑容，洁白的牙齿在摇晃的火光中闪着光芒。适才他在小屋的角落里用石头围了一个圈，然后在里面燃起了柴火，浓浓的烟雾都从房檐上的一个小洞吸出去了。雪花从那个洞飘落进来，落在火堆上嘶嘶作响，化作了一缕蒸汽。

“我们有整整一个长夜，萨拉·贝克，”他说着也在她面前跪了下来。他用锋利的刀刃轻轻抵着她的脸，滑过她浮肿的鼻梁，沿着嘴唇和下颌的线条一直游走到了她的脖子上。她屏住了呼吸，努力抑制住自己在他将冰冷的刀尖划过自己的喉咙时咽口水的冲动——她知道这把刀有多锋利，这是她亲手打磨过的。然后他突然猛地一抓，一下子撕裂了她的毛衣，滑落到地上。

她喘着气，紧紧闭上了双眼，任由毛衣从胸前剥落，露出了里面的胸衣。

他用刀尖挑起了她双乳间的织物，用力一抬手，那带子便应声断成了两半，她的胸脯跳了出来。她急需去上厕所，膀胱和下腹中几乎全是水。她的乳头因为寒冷而变得坚硬。

“噢，现在来看看吧，”他轻声说着用刀尖探了探其中一边的乳头。她开始剧烈地颤抖，因为她知道他能做到什么样的程度。他慢慢俯下身把脸凑近了她的胸前，轮流舔了舔她的两边乳头。她绷紧了身体准备迎接他一口咬下去，做好了被他的牙齿穿透皮肤，陷入肌肉，然后吸吮鲜血，甚至是撕咬下一块鲜血淋漓的肉的准备。但是预想中的那一刻并没有到来。他只是用舌尖细细舔舐过她乳头上曾经的咬痕，濡湿了自己以前留下的印记。他把她的刀子插回了挂在自己屁股后面的刀鞘，然后用双手捉住了她赤裸的腰身。他的手顺着腰缓缓移到了她的臀部，搭上了她的腰带。

奥莉薇亚用力偏过了头看向一旁，绝望如令人窒息的潮水一般不停向她涌来，一浪高过一浪。她知道他放开了她的手只是因为他喜欢自己挣扎着捶打他，用力扯他的头发。这只会愈发激起他的兽欲，让他越来越用力，然后伤害她更多。他专心吸吮着她的乳房的时候，她突然瞥见了挂在他左侧腰后晃来晃去的刀柄，心跳忍不住漏了一拍。她用极其缓慢的动作伸出自己的右手手指去够那个刀柄。此时他的手已经扯开了她牛仔裤的扣子和拉链，扒开了她的裤子，然后把一根手指捅进了她的身体。

她屏住呼吸，咬紧牙关把手指一根一根包裹上了刀柄，然后用力抽了出来。她从喉咙发出一声低沉的咕哝声，用尽全身的力气刺透了他的夹克，把刀子狠狠插进了他的侧腰。他震惊地顿住了，手指还在她的体内没有抽出来。她更用力地把刀子往里面推了推，搅动着刀柄，眼前因为脖子上绷紧的绳子而渐渐模糊。

他的左手像虎头钳一样紧紧攥住了她的手腕，然后抽出了右手的手指。她整个人都僵住了，胸口一阵发闷，赤裸的躯干上覆上了薄薄的一层冷汗。只见他露出一个杀千刀的微笑，然后缓缓舔了舔自己的手指。她的心就像是一瞬间坠入了冰窖。他举起手猛地扇在了她的脸上，那力道大的她被迫向后靠在了木制的墙壁上。她瘫倒在墙边，茫然地看着前方，鲜血从破裂的脸上流了下来。

他从自己的身体上拔出了刀子，原本雪白的刀锋被鲜血染红，变得闪闪发亮。他用左手用力捂住了伤口，鲜血从指缝间不停流淌下来。他又瞟了她一眼，她忍不住绷紧身体准备好接受下一次重击，但是他只是把刀子又插回了刀鞘，然后掀起夹克和 T 恤的一角检查起了自己的伤口。鲜红的血液顺着他的腰一直流到了牛仔裤里面。他伸手捡起刚才从她身上割下来的毛衣，把衣角卷成一团用力塞进了伤口里，然后把毛衣的袖子系紧在了腰上。

做完这一切之后，他又转回来对着她，眼中充满了极度的仇恨和敌意。他爬近了一点，她想要后退，却被脖子上的绳子困在了墙角。但是突然传来的一个声音让他停下了动作。他偏过头仔细听着。

是某种动物——一头狼。不，应该是一条狗，狂吠着，嚎叫着，低吼着。

尤金盯着她，用力扯了扯她脖子上的绳子，确保她是被好好拴着的，然后蹒跚地站起来走向了之前靠在房间的另一头的来福枪和猎枪。他拿到枪后猫着腰靠近了门边，悄悄凝视着外面的黑暗。

那个动物又嚎叫了一声，这声音最终转为了低声的呜咽。奥莉薇亚僵住了。她对这个声音再熟悉不过，这听起来是……这不可能。她合上了双眼片刻，眩晕和黑暗的感觉一起旋转着侵袭过来。

尤金还是像一只动物一样缩在门边，似乎会在那里等到天荒地老，静静观察着，听着。然后，他缓缓推开了吱吱作响的旧木门，匍匐着爬出门，爬进了屋外的雪夜。

柯尔沿着森林的边缘在雪中悄悄地爬行。他的目标是沿着树林绕过空地，然后到小木屋后边的水沟那里去。他稍微停下来歇了歇，呼出的气体在脸前凝成了白雾。他仔细打量着不远处的这间小木屋，昏黄的火光从模板的缝隙中透了出来，但是跳动的火星却让人看不清里面真实的情况。这间房子看起来就只是一个单间，窗户全都开在顶上，他赌的就是它只有前面的一扇门。肾上腺素在血管中激荡，他被一种直接冲出去推开门的鲁莽的念头包围了。

如果那样做的话，他和送死也没有什么差别了。

而他的死对她并不会有任何的帮助。

忍住心中翻涌不息的冲动，他又爬回了层层树影遮盖的地方，然后慢慢爬过这铺满落叶，盘区虬结的树根，向着他的目标前行。

他一爬进那条隐藏在杂乱生长的赤杨和柳树之间的水沟，就小心翼翼地探出头来观察着这间阴沉沉的雪雾中废弃的建筑。他能看见后墙的上方高高的有一个窗户。他估计自己和房子之间有大约两百米的距离,中间没有任何的遮挡和掩护，这几乎就是一条难以逾越的鸿沟。

空地的另一端，艾斯又发出了一声哀鸣，声音在穿过层层树林之后变得很像狼嚎。柯尔在听到一声刺耳的吱吱声时顿住了，前门被打开了？他在这里看不到前面的状况，也无法肯定自己的判断。

他又向空地的边缘爬近了一些，在雪地上尽量压低了身子。

如果一切都按计划进行，波顿应该躲在空地那一头传来嚎叫声的地方，就在离艾斯被绑着的树林边缘不远的地方。这样做是为了用艾斯的叫声把绑架奥莉薇亚的人引出房子，引到门前那一片波顿可以准确射击的空地上。柯尔把猎枪和子弹都给了波顿，自己则只装着一把手枪。

只要柯尔听到波顿枪声的一瞬间，他就会从这里冲出去，绕到房子前面解救出奥莉薇亚。

这注定是一场赌博，但是他们也只能如此了。汗珠从他的唇边滚落，他身体的每一寸肌肉都绷紧到了极点，只等那一声枪响。

时间一秒一秒的流逝，雪静悄悄地落下来，融化在他的脸上，然后顺着眉毛滴落进了他的眼睛里。又过了几秒钟，然后更长的时间过去了。柯尔心中的恐惧越来越深，他没有听到任何的枪响。

艾斯再次哀嚎了起来。他脖子后面的汗毛全都竖了起来，事情没有如他们预期进行。

奥莉薇亚用尚且完好的那只手撑住地面保持着平衡，一步步膝行至绳子把她勒得喘不过气来的地方。她停下了前进的脚步，紧紧拽着绳索，她可以够得到墙壁上的那个小洞。她从小洞中凝视出去，只见尤金蹲下的一团阴影在雪地中缓缓地朝着那条狂吠不止的狗前进。它的声音听起来很像她的艾斯，但是这是不可能的，不是吗？那会是它吗？

她眯了眯眼睛，试图在跳跃的火光中跟上尤金移动的身影。

他从她的视野中消失了。

一切都沉默了。只有大雪还在无声地纷纷扬扬，越下越大。

时间似乎被扭曲了。

她努力想要咽下一口口水，赤裸的肌肤在寒风中颤抖着起了鸡皮疙瘩。他很快就会回来，她必须得做点什么——在他回来之前找到趁手的武器。

她环视着小木屋的内部结构，视线最后落定在了靠在门边的来福枪上。她用手挫败地扯了扯把她困在了墙角的绳子，系在铁杆上的绳索系得死死的。*该死*——她这样被拴着是永远也不可能碰得到那把枪的。奥莉薇亚喘息着爬回了墙角，用力摇晃着铁杆，想把它从固定的地方晃松一些，但是它却纹丝不动的固定在一块水泥板上。她的手被划破了，她似乎是这时才注意到这根铁杆的边缘锈得有多厉害，被氧化得坑坑洼洼。她疯狂地捡起落在地上的绳子，然后开始在锋利的铁杆边缘摩擦。

虽然极其缓慢，但是绳子里已经开始有细小的纤维磨损崩断了。就在这时，一声枪响划破了寂静的夜空，震得天花板上都有细小的灰尘落下。她僵住了，心跳乱得不成样子。

回过神来，她飞也似的爬向了墙上的那个小洞，努力想看看到底发生了什么。他射中了那条狗吗？还是一头狼？但她目力所及之处只有温柔地打着旋下落的雪花。

然后，突然地，她从不断下落的大雪中瞥见了他的身影，一个蹒跚着的，受伤的黑影。

肾上腺素混杂着恐惧一瞬间涌了上来。她再清楚不过了，如果今晚他没有杀掉她，那么就一定是会在第一抹天光到来的时候把自己放出去进行狩猎。他的情形不对，他也很不安。

她连滚带爬地缩回墙角，抓起那根已经有些磨损的绳子，然后用她此生最快的速度把它在生锈的铁杆上摩擦，快到她的手指都磨破了，渗出的血迹浸湿了手中的绳子。汗水顺着她袒露的胸脯一滴滴落下。

又有几束纤维断裂了。汗水流进了她的眼睛里，她的嗓子烧得生疼。她能听见他的声音了——他的靴子落在松软的雪地里，正一步步向这里靠近，咯吱咯吱的声音里充满了死亡的脚步声。她摩擦得愈发卖力了，速度越来越快，似乎身体上的一切伤痛都已经感觉不到了。她喘着气，随着屋外逐渐逼近的脚步声更加疯狂地摩擦起来。就快要自由了，她用力扯了扯，绳子还是没有断。妈的。她的眼前因为紧张几乎已经看不见东西了，只有再次把绳子放到铁柱的缺口处用力摩擦，擦了两下，然后用力一拽，绳子终于断了。

她用一只手和双膝飞速地爬向门边，伸手去够那支来福枪，身后还拖着磨断的半截绳子。

她一把抓起武器，迅速爬到了半开的木门旁边，眼睛死死盯着敞开的那道开口。他马上就要走到小木屋了。

奥莉薇亚的心脏提到了嗓子眼，她用已经无法使用的左边胳膊靠着门柱保持平衡，右手则把来福枪架到了肩膀上，偏过头用脸颊紧紧地抵着枪托，然后把食指伸进了扳机。现在，谨慎一点，你只有一枪的机会，一条胳膊可以用。她的心里其实有些害怕即使自己击中了他，他也不会死，而是会变身为恐怖电影中的怪兽向她扑来。

在她紧张的呼吸声中，尤金黑色的身影完整地出现在了她的视野当中。她用准星对准了那个影子，然后扣下了扳机。

咔嗒。

她的心一下沉到了肚子底。

枪里没有子弹。

她在绝望中又按了一下扳机，然后又一下。

什么都没有。

恐慌在她腹中轻轻卷起炽热的火焰。难怪他会把枪留在这里，因为里面根本就没有子弹。她的大脑飞速转动着。

如果她在他的面前夺门而出，快速冲到森林里去的话，他一定会开枪的。如果他没射中，她应该能比受伤的他跑得更快，但是这里视野开阔，他就像一个有着精准的双眼而又经验丰富的老兵，几乎不可能会空枪。他的枪里填充的是 12 口径的子弹——足以击退一头正在进攻的棕熊。还不等她跑出两步，他就能用子弹在她的肺部开一个大洞。

恐惧一时间充满了她的大脑，像是要把她整个吞吃进去。黑暗一点点从指尖包围过来，她仿佛是陷入了沼泽一般动弹不得，感觉自己的意识正在一点点抽离身体。

不！想想托莉。你不能让她失望了。不要是现在……

她强迫自己集中注意力，慢慢挪动着脚步，看着他的身影渐渐出现在门口，被颤抖的火光投射成一个黑影。她一寸一寸挪动着，站起来靠在墙上，让自己尽可能地藏在门后。

不管是完好的，还是断裂的，她把两个胳膊都用上了，死咬着牙齿不让自己痛的叫出声，然后把来福枪高高举过了头顶。她的嘴唇干裂到出血，四肢打颤。静静地，她等着。

柯尔听到枪响的那一刻，才从胸中长吐了一口气，放松下来。他东倒西歪地站起来，加速冲向孤零零耸立在空地中间的小木屋，直奔那扇高高的窗子而去。

他在墙下猫着腰，从墙上的一条缝隙中偷看里面的情形，心脏怦怦直跳。他需要确认尤金确实被波顿射中了，此时并不在小木屋里。但是从这个角度，他只能看到屋内很小的一部分范围，视线之内只有一堆篝火，还有房间的其中一个墙角。他听到一阵细微的响动，似乎是木屑纷纷落下的声音。

他正想趁着夜色的掩护沿着墙角再向前走一些的时候，他听到了一声轻轻的咳嗽声。他顿住了动作，仔细听着，呼吸在眼前氤氲成一片。他在听到第二声咳嗽的时候不禁心跳加快了——这声音听起来像是从小木屋前方的外面传来的。

然后他就听到了一阵窸窣的响动，是薄薄的积雪下落叶摩擦的声音。

是人的脚步声。他的小腹收紧了。

是波顿吗？

但是他突然有了一种不祥的预感。

他迅速绕回了小木屋后面的一角，手枪也从怀里掏了出来。

在看到原本绑着奥莉薇亚的那个墙角变得空空如也的时候，尤金的身体一瞬间绷直了。但是他的一只脚已经踏进了房间，她举着来福枪重重地砸向了他的脑袋。

巨大的撞击把她的胳膊震得发麻，然后一直传到了她的肩膀，脖子和牙齿，就连她被打断的鼻子都感受到了这股震动。

尤金僵住了，像是突然被电流击中。然后，他慢慢地把脸转向了她。

奥莉薇亚在对上那双浅琥珀色的眸子时停止了呼吸。

周围的一切似乎都在缓缓波动、伸缩，她在跳跃的火光中可以看清每一个细节，以及尤金脸上每一个细微的表情变化，和他紧盯着她的杀手的眼睛。奥莉薇亚突然感觉自己像是被吊在了空中，所有的一切都在她周围旋转，形成的旋涡正把她拖回熊爪谷那间小棚屋里去，那个多年前他绑着她，强奸她的地方。

绝望悄悄绽放在她的胸膛。

都结束了。全完了。

他咧开嘴，笑了下，身体突然向旁边摇晃了一下。就在这么一瞬间，奥莉薇亚抡起手中的枪，当成棒球棒一样挥打着。她用尽了身体中的每一分力气，带着自己对活下去的每一份渴望，手中的武器狠狠地击中了他的颧骨。她虽然看不到，但是却能听到他颧骨破碎的声音，感觉到他的脸颊在自己的枪下凹陷下去。

尤金趔趄着，不由后退了几步，眼中一片迷茫。苦涩的胆汁一瞬间涌上了她的喉咙。他重重地倒在了地上，还试图伸出手臂在后面撑自己一下，但是却一把杵进了火堆里。

剧痛的一声吼从他的胸中迸出，他向后趔趄了几步又站了起来，然后猛地从正面冲向了她。他将自己的身体狠狠撞向了她，把她撞到了背后的墙上，她的脑子痛的已经有些不清醒了，肋骨像是断了似的。他用铁钳一样的大手死死捏住了她的脖子，将她提得双脚离地，让她不能呼吸。她胸腔里的空气越来越少，双眼突起。她疯狂的求生欲让她的第一反应就是去扳动他钢铁一般的手指，想让它们从自己的气管上松开，但是她没有做这样徒劳的举动，反而是定了定神，奋力伸手去够挂在他屁股后面的刀子。她知道它就在那里。

他用身体用力地压住她，手上的劲越来越大。她的双眼充满了血，变得通红，意识也一点点抽离了身体。她在越来越远的意识中模糊地感觉到他的下体硬得像石头一样抵着自己，而她裤子上的拉链还大敞着。过去的记忆如潮水般涌来，他赤裸汗湿的躯体在自己身上挺动的感觉，还有他把自己的性器深深顶入她甬道的触感。愤怒使她的大脑，陡然清醒过来。而她的手则摸到了他腰后那把熟悉的刀柄。她用自己最大的力气将它从刀鞘里抽出，然后用力把它捅进了他的侧腰。这一次，她把刀尖一直向上戳到了他的肋骨下，直指肺部。他静止了，手指稍稍松开了一些。她也突然就能看清了眼前的一些。她把刀抽出来，然后再一次捅进了他的身体。一刀，又一刀。

他像老旧的风箱一样大喘着气，双手无力地垂到了身体旁边。他歪歪斜斜地后退了两步，狮子一样的眸子对上了她的眼睛，表情满是扭曲的难以置信。

他用手去捂自己腰上不住往外冒血的伤口，她则又一次举起了自己紧握在拳中的刀子，再次刺向了他，刀柄上的鲜血反射着火光。他轰然倒地，后脑勺重重地摔到了火堆旁围起的石头上。他的发梢被点燃了，人体毛发燃烧起的味道霎时充满了整个房间。奥莉薇亚扑倒在他身上，嘴里喃喃着，渐渐被拖向了漆黑的意识深处，脑子已经无法思考。她机械地把猎刀插进他的胸膛，他的脖子，他的肚子，他的脸。她模糊的视线中全是血，到处都是，黏腻湿滑，还带着人体的温热。她的手上，脸上，赤裸的躯干上，全都是血。甚至连头发里也结着血块。她的嘴里都能尝到他的血的味道。

那双邪恶的琥珀色眼睛终于失去了神采。他的身体变得绵软无力，脑袋随着她每一次凶猛的穿刺而摆向一边。她在某个遥远的地方听到了自己的名字。

奥莉薇亚！奥莉薇亚——住手！

她在恍惚中感觉到有一双大手搭在了自己的肩膀上，有一个人捉住了她的手，从她手中夺走了刀子。有人想让她停下，把她拉离那个混蛋身边。

她奋力挣扎。一声枪响划破了空气。

她愣住了。

然后开始剧烈的颤抖。

有一瞬间，她不敢相信自己眼前所看到的一切，也不知道自己刚才究竟做了什么。她转过身，茫然地抬起头来。

第二十六章

柯尔盯着眼前的一幕——简直就是恐怖电影中的场景。

奥莉薇亚赤裸上身，只穿着一条牛仔裤，拉链开着，跨坐在一个血肉模糊的男人身上。这人已死，头发也被烧焦了，发梢还有尚未燃尽的火苗。她浑身像是在鲜血中沐浴过一般，手里紧紧握着一把猎刀，眼神疯狂，还有一丝意味不明的东西在眼底闪烁。

“奥莉薇亚，”他盯着她的眼睛，轻声呼唤着她的名字，然后在她身旁缓缓跪了下来，顺手把刚才开过的手枪插回了皮带上。腥涩的血气混杂着烧焦的毛发味道钻进了他的鼻孔，还有些更糟糕的——内脏的味道。她刺穿了这个变态的肠胃，里面的消化物散发出的恶心味道让人几欲呕吐。他深深地望着她的眼睛，慢慢伸手握住了她的肩膀。

“你现在可以停下来了，”他在她耳边喃喃道，“看着我，回过神来。他已经死了，走了。永远也不会再回来了。”她转向他，双眼空洞，嘴巴大张，呼哧呼哧地喘着气。

他的心像是被什么人狠狠地攥了一下。“过来，到我这儿来，奥莉。”

他把她从那个绑架犯身上抱起来，然后将她被血液和冷汗浸得湿透的身体拥在了自己怀里。他用一只手紧紧地搂着她，另一只手抬起来轻轻抚摸着她乱糟糟纠结在一起的头发。“没事了，”他把嘴埋在她的头发里低声道：“一切都结束了，你做到了，你打败他了。”他用手捧起她的半边脸，深深地凝视着她的眼睛。“你能听到我说话吗，奥莉?”她的嘴唇嚅动了几下，但是却一句话也说不出来，反而身体开始剧烈地颤抖。她的耳朵被撕裂了，现在正血流不止，鼻子看起来也受了伤。她的脸上全是划痕，脸颊肿起老高。他迅速脱下了自己的夹克外套，开始往她身上套。

但是当他试图抬起她的一条胳膊塞进袖子里的时候，她却痛得倒吸了一口冷气。这强烈的疼痛似乎让她的灵魂有些许回到了身体里面。

“你哪里受伤了?”

“手臂，”她轻轻地道，“我觉得可能是断了。”

他又试了一次，更加小心翼翼地把她的左臂稍稍抬起来了一点，把袖口从她的手掌下面穿进去，慢慢往上提，把夹克环过她的身后，让她把右手也伸进了袖子里，穿好了夹克，拉上了拉链。

她的视线飘向了旁边地板上乱成一团的尸体。“我……我……杀了他。”

柯尔捧着她的脸颊，让她看向自己，不去在意地上那一团血肉模糊的东西。

“没错，”他静静地说，“现在别去想他，也别去看他，都过去了，来，到这边来。”他引着她走到了小屋角落里远离尸体的地方，扶着她在墙角靠坐下来。在后背接触到墙壁的一瞬间，她仿佛是耗尽了全身的力气，无力地靠在了身后的木板墙上。

“我想知道你都伤了哪些地方。”

她两眼空洞地望着前方。

“你的胳膊，”他开口道，“还有鼻子。”他伸手轻轻碰了碰她的鼻子，她痛得往后一缩。他伸手在口袋里摸索着，他父亲的手帕还好好地躺在那里。他用自己最最轻柔的动作擦去了她脸上的血迹，看起来大部分都是属于那个施暴者的，除了耳朵旁边干涸的血迹之外。看到耳朵的那一刻，他的心不由地揪紧了。而后，他轻轻地笑了，松了口气，爱怜从心中油然而生。“你会没事的，奥莉，”他低声道，“你一定会没事的，听见了吗?”

她点点头，用力咽了一下口水。

然后她眨了眨眼睛，开口道：“你……你怎么找到我的?”她微微皱了下眉头，理智的思绪慢慢回到了脑袋里面。“那架飞机——那是你吗?”

他点了点头。

她的眼底蓦然涌起了一股滚烫的热意，忍不住紧紧抓住了他的手腕。“艾斯呢? 那个叫声是艾斯吗? 我听到了枪响。他打中了艾斯吗?”她的脸色突然变得刷白，身体又开始抑制不住地颤抖。

“没有，”柯尔说谎了。其实到现在为止，他也不知道屋前情况如何。而他并不想她朝着最坏的方向继续想下去。但是他现在打算出去打探一下情况了，因为此刻这个女人在这个世界上最需要的东西，莫过于自己的狗啦。除此之外他还很担心波顿。他瞥了一眼地上不远处的那具尸体，然后扫视了一圈小木屋，在角落里发现了一块胡乱堆在一起的防水帆布。

“在这里等一下。”

柯尔摇晃着站起身，提起了那块帆布，灰尘和零碎的杂屑在他把它盖到尸体上的时候零零散散地落了下来。他拽着被盖住了尸体的靴子把它拖离火边，然后往奄奄一息的火堆中又添了几根木柴，火苗摇曳着往上蹿了几分。

做完这一切之后，他回到了奥莉薇亚身边。“我要去看看外面的情况，好吗？你能自己在这里待一会儿吗？就一小会儿。”

她咽了下口水，目光紧紧追随着他的一举一动。他知道她正在担心艾斯。他被心中浓浓的担忧扼住了脖子，心脏提了起来，胃部缩紧翻出一阵酸水。他将她冰冷的双手握在手中道：“我很快就回来。你不要去看他，好吗？连想都别想。”

她点点头。

柯尔走出摇晃的木门，目力所及之处都被一片白色覆盖，空中旋转着飘落的雪花依旧不减丝毫。他带着焦虑步入了寒风中，一步步走向波顿事先约定好埋伏着伏击怀特湖杀手的那道沟渠。他慢慢接近了那个地方，眼睛借着微弱的天光仔细搜索着，然后在大约二十米远的地方发现了一个黑影，一动不动地躺在雪地里。他快步跑过去，一阵冰冷的战栗爬上了他的背脊。

“波顿?”

没有一丝动静，也没有任何的回应。只有雪花点点覆盖在他的身体上。

柯尔伸手扳过他的肩膀，把他翻过身来，清楚地感觉到自己的心脏在看到他的脸的一瞬间停止了。这个男人的头无力地垂向了一边，嘴角渗出了一丝血迹。同样被染红的还有他胸口的一个黑洞。

柯尔摸了摸他的脉搏，他的心脏已经停止了跳动，再也回天乏术了。绑架奥莉薇亚的人肯定是猜到了他们的计划。狗叫声不仅仅是把他引诱了出来，同样也激起了这个狡猾的猎人的警戒心。他一定是推测出了他们埋伏的地点，然后从后面悄悄接近了波顿。

该死。

柯尔把手指深深地插进了自己被雪花打湿的头发里，突然，一阵恐惧蓦地划过他的心脏。艾斯呢?

他一把抄起掉落在波顿尸体旁的猎枪，趔趄着跑向山坡上的树林。

“艾斯！老兄！你在哪里?”他大喊道。

周围静悄悄的。

就在他的胸膛几乎要因为焦虑而炸裂的时候，层层枝叶掩盖的树林深处传来了一声犬吠。他立即松了一口气。

这条老狗又叫了起来，这次更大声了，并且在他跌跌撞撞猛冲过去的时候变得沙哑。

柯尔不由自主地跪在了它的身前，激动地抚摸着它的毛发，摸索着解开了它脖子上的项圈。“有人现在很需要你，伙计。她比以前任何时候都更需要你。去吧！去找奥莉薇亚吧!”

艾斯像高速射出的子弹一样发射出了树林，飞快地冲下了陡坡，奔进了厚厚的雪地里。柯尔拿着猎枪和艾斯的牵引绳跟在它后面跑着，他们一起穿过雪地，来到了小木屋前。

艾斯把虚掩着的门挤开一条缝钻了进去，然后在角落里找到了她。

奥莉薇亚紧紧地搂着她的狗，脸深深地埋进了它温暖而柔软的长毛里，从喉咙深处发出一声令人肝肠寸断的呜咽，她唯一所能做到的就是颤抖着抱紧它。柯尔走进小木屋，站在一旁看着这个女人和她的狗相拥的场面，眼睛竟渐渐有些湿润。

他没有上前打扰他们。艾斯低低哀鸣着，伸出暖烘烘的舌头不停地舔着她的脸。奥莉薇亚抬起头来看向门口，眼神空洞而迷茫，血迹斑斑之下是伤痕累累惨白的脸。

他不打算现在告诉她波顿的事情。就让她晚一些再知道吧。

他在她身旁跪下，把她垂在脸庞已经毫无光泽的头发拨到耳后。“你应该让我现在就看看你的伤口。”

她望着他，静静凝视了半晌，然后慢慢靠向了他，把头搁在了他的胸膛。柯尔好似听到了自己的心脏哗啦碎了一地的声音，他心疼极了。慢慢地、轻轻地他用手臂环住了她的肩膀，把她和艾斯一起揽入怀中。

“谢谢，”她嗫嚅道。“谢谢你来找我，谢谢你设计引他出去。我……不然我不会有机会的。他……他捉住了我……”

“都结束了，奥莉。”

她埋在他胸前轻轻点了点头。“我有一部卫星电话，”他在她说话的时候轻轻抚摸着她被血迹糊成一块一块的头发。“就在他的外套口袋里。他把它从我身上搜走之后就放进了自己的口袋里。”

“不着急，”他小声说道。“我一会儿就去找。”他闭上了双眼，静静地抱着她，嘴唇嚅动着对着门外雪夜说出了一句无声的感谢，感谢上天让这个女人——他的女人——撑过了这一切，感谢老天让他及时赶到，还有那冥冥之中似乎已经在向他们招手的第二次机会，重生的机会。

第二十七章

借着小木屋里跃动的火光，柯尔用他带来的急救毯把奥莉薇亚尽可能地包裹起来，认真听着她断断续续地讲述自己被抓走之后的经历。他已经从尤金的口袋里翻出了她的卫星电话，向外发出了求救信号。

“我听说过双胞胎之间控制与顺从的关系，”他说道，“但是你描述的这种似乎是极端的特例。听起来他的母亲才是他性格缺陷的根源。从你刚才说的来看，是她把这种观念根深蒂固地植入了他的脑子里。”

他说着又撕开了一枚缝合贴，小心翼翼地把它贴到了她耳朵的裂口上，小心翼翼地把伤口的边缘粘合在一起。她痛得脸抽搐了一下，眼中充满泪水。

“这也确实能解释最终让塞巴斯蒂安定罪的 DNA 证据。还有你为什么会在指认罪犯的时候，把他错认为是凶手。”

“托莉在哪儿?”她在长久的沉默之后开口道。

“和我父亲在一起。”

“暴风雪这么大，你是怎么从老栅栏牧场飞出来的?”

他惨然一笑道："我想也许是因为有只无形的手在帮我们吧——别问了。"他停下了动作，向后坐直了身体，隔远了一点检视自己刚刚缠好的绷带，和为她左胳膊做的简易吊环是否合适。

"有时候，"他静静地道，"我常常会想人生还有没有更好选择，还是说一切都是命中注定的。是否我之前所经历的一切，都是为了让我绕一个圈又回到老栅栏牧场，为了遇到你。"

她抬起破碎的目光，抚摸着艾斯的手停了下来。"这也是我曾经同样问过美乐蒂·文德比尔特的问题。她是波顿的妻子，也是一名记者，过去常常到医院去陪我一起坐坐。我曾问过她，人们是不是真的能够精确地指出自己的生命第一次与另一个人交汇的那一刻——"她的眼神突然凌厉起来，似乎是想到了什么。"如果托莉和迈伦在一起的话，那么波顿在哪？他……他没有和你一起来吧？"

"奥莉薇亚——"

"噢，上帝啊，不会吧……那声枪响……"

"他死得其所，奥莉。他原本就油尽灯枯，已经走到了生命的尽头。而他一生所为之奋斗的就是想要亲手结束这件事。他一辈子都坚信真正的怀特湖杀手还在逍遥法外，现在他证明了自己没有错。他最终找到了他，这位加拿大皇家骑警终于抓住了他的犯人。"

她的眼神闪烁了几下，飘向了一旁油布下的身形，忍不住又打了一个寒颤。

"他还把托莉带回了你身边。"

"她失去了双亲，"她喃喃道。"她……她该怎么办？"

"她还有你。"

他盯着她的眼睛道："我们能抚养她长大的，奥莉。我们一起。"

她怔怔地看着他，过了一会儿才反应过来他话中的潜台词。汹涌的感情一瞬间涌了上来，眼泪溢满眼眶。柯尔的心似乎被这滚烫的泪水给灼伤了，她终于回来了。他们一定能做好的。

“我想去看看他。”

他犹豫了片刻，最终深吸了一口气，然后缓缓点了点头。“你还能自己站起来吗？还能走吗？”

“能。”她的声音平静无比。

柯尔牵着奥莉薇亚的手带她走出门外。已是破晓时分，最后一丝夜色在晨曦中散去。

她眨了眨眼睛，仿佛自己从一个世界步入到了另一个截然不同的世界中一般。她抬起头对上了柯尔的视线，那双漆黑深邃的眼睛里，满是浓到化不开的担心。她从他小心而坚定的触碰中感受到了怜爱和心疼。就在这一刻，两个人对视的这一眼，感觉到包裹着自己手掌的干燥而温暖的大手，还有身后倚着的坚实的胸膛，她突然相信自己可以做到了，也许她可以试着去爱这个男人。也许有一天，她能够再一次学会怎样去相信别人。

“怎么了？”他轻声问道。

“我……没什么。”他静静凝视着她的眼睛，看了很久很久，仿佛能透过她的眼睛看进她的心里，读懂她的想法似的，然后轻轻点了点头。但他不会给她压力的。奥莉薇亚此刻相信，柯尔·麦克唐纳永远不会逼迫她的。现在，尽管这些天来已经经历了太多，她还是能感觉到有一股温暖的潮汐轻轻拍打在胸膛，不断卷起小小的浪花。这感觉甚至超出了她所能清晰描述的范围，但这不是她想要的感觉，起码现在还不是。

他带着她和那间似乎被遗弃在雪地正中的孤零零的小木屋渐行渐

远，也离尤金的尸体越来越远。艾斯乖巧地紧跟在他们身后。厚厚的云层压得很低，似乎马上就要支撑不住要从天边倾泻而下，林间的雾气浓得能滴出水来。雪已经下了有几英尺厚了，大片大片的雪花却还是不停从高空旋转着坠落下来。

他们走近雪地上那个微微隆起的雪包的时候，奥莉薇亚听到了从云层上传来的微弱的直升机一样的轰鸣声。她的心怦怦直跳，抬起头来看着天空上被山风撕扯成一条条的薄雾——这样的天气下，绝不可能会有飞行员能在这里降落。不过知道他们在外面盘旋也是个好消息，最起码有人来救他们了。这一次，她不再是孤身一人了。

柯尔蹲下了身子，轻轻掸去了覆盖在波顿身体上的雪花。

“把他的脸也擦干净吧。”她说道。

他拂去了他脸上的积雪，露出了一双瞪得大大的，冻僵的眼睛，目光直直向上看向他们。

奥莉薇亚久久地凝视着这具尸体，最终用极轻的声音开口道：“我还是难以相信，每个人的命运会这样紧紧地纠缠在一起，永远也逃不开。波顿，托莉，美乐蒂，我，还有尤金的命运，这么多年来都纠缠不清，而我竟然一无所知。”

柯尔轻轻捏了捏她的手。她松开了他的手，痛苦地蹲了下来，艾斯在她身旁也坐下了。

“我会照顾好她的，我们的宝贝女儿，”她轻声道，“我向你保证。”她伸出手轻轻合上了盖奇·波顿冰蓝色的眸子。“我保证她一定会以你为骄傲的。”她的声音哽咽了。

寒风穿过压满了雪的松树枝头，发出一阵飒飒的声响，被吹落的雪花轻柔地在枝头曼舞。

她重新站起身来，踌躇了片刻，然后道：“我不知道自己刚才在小木屋里究竟是怎么了。”她看了看自己的手心，掌间的纹路里还依然残留着尤金的血迹，“我甚至记不清自己做了什么，不记得自己那样疯狂地用刀刺他。”

“你只是想要活下来，这是自卫。”

“这是过度防卫了，柯尔。他们会捉住这一点不放的。”

“奥莉，我不这么认为。”

她抬起头看着他的眼睛。

“无论发生什么，”他紧锁着她的视线道，“你都不必独自承担。我会在你身边。”

森林深处隐隐约约传来了雪地摩托的嗡嗡声，正在逐渐接近他们。柯尔伸手拥住了她的肩膀。

“准备好了吗?”

她点了点头。

柯尔从急救箱里取出了一支信号弹，把弹药上膛。

他冲着云层发射了一颗信号弹，粉色的火花在朦胧的雪雾中爆炸出耀眼的光芒，烟雾散开后形成了一朵艳丽的蘑菇云，低低地挂在深色的树林上方。

他把怀里的她搂得更紧了。“是回家的时候了。”

他们站在粉色的蘑菇云下方，警察们开着雪地摩托驶过来，摇晃交错的车前灯照亮了昏暗的森林。一位警察摘下了自己的头盔走近了他们，后面还跟着其他的同事。两位医护人员也下了车，提着急救箱匆匆向他们跑来。

柯尔向前走了一步向领头的警察致意。“我是柯尔·麦克唐纳，这位是奥莉薇亚·韦斯特——她现在需要紧急护理。”

这位警察在和柯尔握手的一刻，目光则向四周扫射了一遍。“我是雅其马探员，刑事科的，”他自我介绍的时候，医疗急救人员已经把奥莉薇亚围在了中间。“这位是马蒂娜罗警官。”旁边走上前一位扎着马尾辫的金发女郎，她的双颊因为寒冷而泛着粉红色。

这位女警官对柯尔点了点头，然后径直走向了奥莉薇亚，加入了围绕在她身边的医护人员。

托莉握着这个老人的手。他正躺在床上经受痛苦，骨节突出的手紧紧握着她的手，像是要奋力抓着自己生命的尾巴。她被一种严肃的责任感所包围了，忍不住咽了下口水，有那么一瞬间感觉自己像是一座桥，手中握着的是通向另一头的钥匙。如果她能够坚持下去的话，她愿意在奥莉薇亚和柯尔还有自己的父亲回来之前一直这样握着他的手。

其他警察都在楼下的图书室里，但是有一位却坐在房间里陪着她——长得和蔼可亲，十分年轻的一位。他坐在角落靠近火炉的一张椅子上，手机嗡嗡震动起来。

他小声接起了电话，片刻后抬起头来对托莉说道：“他们抓住他了。”

“奥莉薇亚还好吗?”

“没事，她很安全，现在和柯尔在一起。”

托莉从椅子上站起来，手里还握着迈伦干瘦的手掌。“还有我爸爸呢?”

警官沉默了一会儿，然后站起来，慢慢走近了她，双手搭在她的肩膀上，眼神中有一种难以名状的力量，似乎是在权衡怎样把一个非常不好的消息说出口。然后她突然就知道了。他还没有开口，但是她已经明白了。

“你父亲一定也知道这就是作为一名警察最难的部分——”

“他死了吗?”

“我很抱歉，托莉。”

她张了张嘴，心脏一瞬间坠入了谷底。她攥紧了手里的手掌，不自觉站得离床更近了一些。

“究竟……发生什么了?”

“你父亲是作为一名英雄倒下的，托莉·波顿，”这位年轻的警察说着，眼中隐约闪过一丝泪光，声音也稍稍变了调。“他是真正的英雄。他抓住了他的犯人。这么多年，没有任何一个人相信他，但是他最终抓到了真正的怀特湖杀手。”

托莉抿紧了嘴唇，胃里一阵翻江倒海。

她感觉到迈伦在轻轻捏自己的手指。她把视线投向躺在床上的这个男人，他睁开了双眼，正在静静地看着她，静静地。她觉得自己鼻子发堵，如鲠在喉。她不知道自己该做什么，也不知道该说些什么。

“究竟怎么回事?”她还是又问了一遍。

“为了救出奥莉薇亚·韦斯特，他不幸中了一枪，正中心脏。”

她瞥了一眼窗外，天已破晓——山林间寒冷而潮湿，冬天所特有的清冷的味道弥漫开来，又是新的一天。但是她的世界已经天翻地覆。她不再是一个孩子，却也没有蜕变成一个大人，而是茫然地站在这之间，甚至不知道自己是谁。

“托莉，”床上的老人张开了嘴，用蚊吟般细小的声音道：“他是……一个英雄。他这么做都是为了你。”

她的目光掠过他，然后又转回了警察的身上。

“我能为你做点什么吗?”警察说道。

她摇了摇头，又缓缓地坐回到了迈伦床边的椅子上，期间一直没有放开过他的手。陪着她的那个警察，走出房间去接另一个电话，而她就这样静静地坐了很久。

托莉感觉到手中老人握着她的力道变了。房间似乎突然变冷了。她有些茫然地抬起头。

迈伦的身边似有微风拂过，有那么十亿分之一秒，托莉恍惚看见了一个女人的身形，和挂在他床头的那张照片里的女人一模一样，然后又转瞬即逝了。紧接着，托莉看到了另一张脸——那是她的母亲，美乐蒂。她微笑着对托莉伸出了手，有一股暖意悄悄填满了托莉的心房。然后这幅画面就消失了。

托莉心跳加速，把目光投向了床上的老人。他的胸膛已经不再起伏。

“迈伦?”她轻声唤了唤他的名字，然后猛地站起身来。他一动不动。她小心翼翼地伸出手碰了碰他的脸颊，指尖下的触感是一片冰凉。

他的脸上带着平静的笑容。

感恩节当天　日暮时分

警方用雪地摩托把受害者救服中心的一个工作人员从克林顿镇专程接到了老栅栏，陪着托莉对她进行心理疏导。

这位女士现在正在厨房里为她们两人准备晚餐。

托莉待在图书室里，这现在是整间旅馆里最温暖的一间房间，壁炉里的柴火烧得正旺。迈伦空空如也的轮椅就摆放在壁炉的旁边。她看向窗外，感觉身体里正在呼呼地漏风，没有了主心骨。外面雪下得很厚，在夜晚有些诡异地静静泛着蓝光。暴风雪不久前突然停了——整个世界似乎都被静悄悄地冻住了。这个社工说接下来的一场暴风雪会在午夜时分降临。

她听到了远处传来的直升机降落的声音，不禁绷紧了身体，沿着窗的边向下看去。然后它出现在了视线里，发出隆隆的轰鸣声，巨大的气流吹弯了四周的小树。随着直升机的降落，无数雪花被从地上卷起，旋转着直上天空。

托莉飞速转身冲下了楼梯。她一把推开了旅馆的大门，然后却又突然顿住了，心底升起一阵恐慌。

直升机就降落在旅馆的不远处，近到可以看清内部仪表盘上交错的按钮和电线。

飞速转动的螺旋桨放慢了速度，舱门打开了，一个身影跳下了飞机，是柯尔。他扶着另一个人探出舱门，然后把她抱下了飞机。是奥莉薇亚。她的一只胳膊被连在脖子上的绳子吊着。柯尔伸手搂住她的肩膀，两个人从还未完全停下的螺旋桨下弯着腰小跑离开了飞机。等他们都到了安全地带的时候，柯尔对着飞机竖起了大拇指，然后直升机的螺旋桨又加速转动了起来。起落架从地上升起，直升机斜斜飞上了天空，消失在了云层后面。

托莉一步步挪到了门廊前。

柯尔和奥莉薇亚朝着旅馆走来，柯尔的手臂还是搂着奥莉薇亚的肩膀。托莉的心一下子揪紧了，眼泪不受控制地飙了出来。她大步跑下楼梯，飞奔向雪地里的那两个身影。奥莉薇亚弯下腰准备迎接她，她的脸上缠着厚厚的绷带。托莉将要冲进那个怀抱里的时候又犹豫了，两个人的眼神在半空中交汇。

这颤抖着的犹豫，似乎将她们两人都困在了原地，关于未来的问题在她们之间闪烁着微光，交揉又展开。

奥莉薇亚用力张开尚且完好的那只手臂。“托莉，”她轻声道：

“到这儿来。”

泪水瞬间爬满了托莉的脸颊。

奥莉薇亚用那只完好的手臂紧紧地抱着她，紧到托莉几乎无法呼吸。但是她也没有放手，而是把脸也深深地埋进了托莉的头发里，近乎贪婪地呼吸着她的味道。

“托莉，”她在她的发间模糊地说道：“社工告诉我说你已经知道我是谁了。”

托莉的心都停了一拍，僵硬地点了点头。

奥莉薇亚放开了怀抱，但还是半蹲在雪地里。两个人视线交错，托莉这时才惊奇地发现她们的眼睛是一样的颜色。她的胸膛下有什么东西微微地、滑稽地颤抖了一下。这是她的妈妈，她血脉相融的亲生母亲，她的身体里真的流着一部分和这个从妈妈的书里读到过的勇敢坚强的女人一样的血液。那小小的颤抖之后随之而来的是一种温柔地弥漫开来的自豪感，奥莉薇亚是一名真正的幸存者，她可真酷啊。

“我妈妈，美乐蒂，她非常喜欢你，”托莉静静地道，“这是她写的书。”

奥莉薇亚的嘴唇抿紧了，她似乎一时间失去了语言功能。

“她写这本书，就是为了等我长大，做好心理准备后，来读的。”托莉说，“我……”她后面的话哽咽在了喉咙里。“我……不知道现在应该怎么办了。”

奥莉薇亚捉住了她的手道：“我们已经打电话给你的露易丝阿姨了，”她的声音轻柔如纱。“她现在正在飞来见你的路上，应该明天早上就能到。如果天气状况太恶劣不能降落的话，柯尔会骑着雪地摩托去高速公路上接她的。”

“露易丝阿姨骑着雪地摩托？”

奥莉薇亚点点头，“她坚持如此。别说是穿过暴风雪了，就是要翻过地狱，她也会来见你的。”

“我爸爸……他一定会觉得这个场景很搞笑的。露易丝阿姨骑着雪地摩托。她可胖了，你知道吗？而且还喜欢指手画脚。”

奥莉薇亚笑了，她的眼中却渐渐氤氲起了水汽。

“我不想去安大略，”托莉说，“我……我不想和露易丝阿姨一起生活。”滚烫的热泪再一次溢满了她的眼眶，托莉吸吸鼻子，努力想要把眼泪憋回去。

“我们会想出解决办法的，所有人都会没事的。”奥莉薇亚抬眼看了看柯尔道：“一点点来。这是你自己的选择，托莉，所有的事情你都可以自己做决定。但是我想让你知道，我的心，我的家，还有这个地方，全都对你敞开怀抱。如果你愿意留下来的话……”她的声音哽咽了，清了清嗓子整理了一下自己的情绪才继续开口，“总之我是非常想让你留下来的。柯尔也是同样的想法。迈伦也会乐意看到这样的结果的，看到他的牧场和老房子，重新有了家的味道。”

有什么东西在托莉的脑海中一直轻轻絮语，穿透了她的心脏和身体，直达灵魂深处。她仔细辨别着，然后惊异的发现，那是她妈妈的声音，仿佛是从另一头传来的声音：*没关系的，托莉。你会找到一个新的家，就在这里，和你面前的两个人一起。我所期望的也正是这样。我们只是在你和你母亲准备好相见之前照顾你，在你爸爸确保你生活在一个完全安全的世界之前尽力将你揽在羽翼之下……*

只犹豫了不到一秒钟，她就扑上去紧紧抱住了奥莉薇亚。

奥莉薇亚发出了一声呜咽，用力用袖子揩了揩鼻子。她激动到一句话也说不出来，但是托莉能从她的眼睛里全部读懂。一个母亲对自己的孩子炽热的爱意，赤裸裸地展现在了她的眼睛里，在这一刻终于达到了顶点。

托莉看了看柯尔，他的表情十分认真，漆黑深邃的眼睛同样深深回望着她。

“迈伦走了。”她安静地说。

柯尔点点头。他把他宽厚而温暖的手掌放到了她的肩膀上。“我也很抱歉你失去了你的父亲。”他说道。

“我一直握着迈伦的手，”她说，“他想要等你回来的，他努力过了。”

柯尔的眼睛泪光闪烁。

“他是带着笑走的。”她用极轻的声音说道。

柯尔的嘴唇颤抖着，然后伸出手，环住了托莉的肩膀。“过来，”他带着浓浓的鼻音道：“太阳落山，外面开始降温了。”

他们走向了旅馆，三人一起。柯尔一只手搂着奥莉薇亚的肩膀，另一只手环着托莉，组成了一个由命运牵绊而建立的新的小家庭。他们向着老栅栏牧场历经风霜的旅馆走去，将风雪和寒冷都甩在了身后，向着从窗户里透出来的温暖而明亮的灯光前行。

后记

我和我的丈夫保罗，每年夏天都会装备好我们的卡车、野营车和拖车，带着我们黑色的拉布拉多犬，一路向北开到内陆的卡里布省的大吧湖[①]旁去野营几天，有时甚至是好几个星期——那里简直是人间失落的一片天堂。

有时我们会把营地设在这片碧绿的湖水的远端，那边的湖水因为浅滩而变成了奇妙的色彩，泛着七彩光泽的鳟鱼在水里肆无忌惮地横冲直撞，在这里垂钓常常收获颇丰。不过更多时候，我们会选择在一片特别的土地上消磨时光，那是汤姆·柯尔和詹妮弗·柯尔夫妇慷慨地与我们共享的乐土。湛蓝的天空下，一眼望不到边际的森林包裹着这片土地，抬眼就能看到远处的大理石浅滩，日落时分小狼的嚎叫在山谷中回响。奥莉薇亚和柯尔的故事正是在这样的景色下酝酿出来的。这个故事的灵感来源，要着重感谢汤姆和詹，是他们让我们和这片美丽的土地相遇。还要感谢我的保罗，感谢他帮我收获了人生中第一条用飞钓竿捕获上来的鳟鱼，给我描绘神秘的飞钓艺术，看着那些

---

① 大吧湖省立公园

生物向我讲述大自然的奥秘，让我从自然的规律中懂得了怎样才能让鱼儿咬钩（文中对此描写有任何不当之处，都是我自己的失误）。

在这里还要感谢的是黛博拉·内梅斯给我早期的编辑建议，感谢约万·苏塔克和山湖集团的支持，感谢凯莉·马丁帮我修改和润色书稿，还有众多的亚马逊出版团队人员，是你们让这本书得以出版。还要非常感谢的是乔安娜·怀特为本书所做的美工和宣传资料。最后和以往一样，我一定要谢的就是我的写作搭档，米卡·斯通，感谢她每每在我懈怠时，及时鞭策和鼓励我前行！

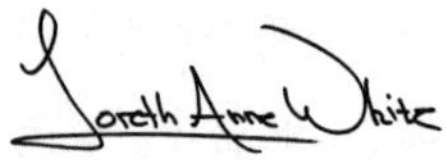

图书在版编目（CIP）数据

黑暗诱惑/(美) 劳瑞斯 · 安妮 · 怀特著；黄钰婷译；蔡君梅校译.

-上海：上海文艺出版社.2017.8

ISBN 978-7-5321-6368-7

Ⅰ.①黑… Ⅱ.①劳… ②黄… ③蔡… Ⅲ.①长篇小说－美国－现代

Ⅳ.①I712.45

中国版本图书馆CIP数据核字(2017)第168562号

著作权合同登记图字：09-2016-563

书　　名：黑暗诱惑

作　　者：(美) 劳瑞斯 · 安妮 · 怀特

译　　者：黄钰婷

校　　译：蔡君梅

出　　版：上海世纪出版集团　　上海文艺出版社

地　　址：上海绍兴路7号　200020

发　　行：上海世纪出版股份有限公司发行中心发行

上海福建中路193号　200001　www.ewen.co

印　　刷：崇明裕安印刷厂

开　　本：890×1240　1/32

印　　张：14.625

插　　页：2

字　　数：300,000

印　　次：2017年8月第1版　2017年8月第1次印刷

I S B N：978-7-5321-6368-7/I · 5086

定　　价：59.00元

告 读 者：如发现本书有质量问题请与印刷厂质量科联系　T: 021-59404766